Lily Braun-Arnold

THE LAST BOOKSTORE ON EARTH

Roman

AUS DEM ENGLISCHEN
VON MAREIKE WEBER

ROTFUCHS

Namen, Figuren, Orte und Vorkommnisse in diesem Werk sind fiktiv.
Ähnlichkeiten mit lebenden oder verstorbenen Personen,
realen Ereignissen oder Schauplätzen sind rein zufällig.

Für Bea
Sorry, dass ich dich in jeder meiner
Geschichten umbringe.

Erschienen bei Rotfuchs, einem Imprint von Fischer Sauerländer
Copyright für die deutsche Übersetzung © 2025, Fischer Sauerländer GmbH,
Hedderichstraße 114, 60596 Frankfurt am Main
Die englische Originalausgabe erschien 2025
unter dem Titel «The Last Bookstore on Earth»
bei Delacorte Press/Penguin Random House, New York.
«The Last Bookstore on Earth» Copyright © 2025 by Lily Braun-Arnold
Die Nutzung unserer Werke für Text- und Data-Mining
im Sinne von § 44b UrhG behalten wir uns explizit vor.
Das Zitat auf Seite 5 stammt aus Ray Bradbury: «Fahrenheit 451»
Aus dem amerikanischen Englisch von Peter Torberg
Copyright der deutschsprachigen Ausgabe
© 2020, 2024 Diogenes Verlag AG Zürich
Lektorat: Isabelle Erler
Satz: Pinkuin Satz und Datentechnik, Berlin
Druck und Bindung: CPI books GmbH, Leck
ISBN 978-3-7571-0196-1

Kontaktadresse nach EU-Produktsicherheitsverordnung:
produktsicherheit@fischer-sauerlaender.de

*«Ich brauche nur jemanden, der sich anhört,
was ich zu sagen habe.
Und wenn ich lang genug rede,
vielleicht ergibt es dann Sinn.»*

RAY BRADBURY, FAHRENHEIT 451

KAPITEL EINS

Ich hab lange genug über all das nachgedacht, um sicher sagen zu können, dass Überstunden scheiße sind. Vor allem, wenn es 9667 Stunden sind.

Girlboss, wirst du jetzt vielleicht sagen, *Hauptsache, du verdienst deine eigene Kohle!*

Ich antworte mit einem Augenrollen.

Ich werde in dieser gottverdammten Buchhandlung sterben und es wird niemand kommen, um meinen verwesenden Körper vom Boden aufzusammeln. Ich werde umgeben von Poe, Nietzsche und Shusterman verenden, eingezwängt zwischen dem Jugendbuchregal und den Klassikern, und eines Tages wird irgendein außerirdischer Archäologe meinen Körper finden und untersuchen wie die Leichen in Pompeji. Er wird nicht sagen: *Gut gemacht, Girlboss!* Er wird sagen: ⊏▲⊏♠ {⎇⏁☊♂⏁, was so viel bedeutet wie: *Was für eine Loserin!* Ich werde zu Tode gelangweilt und mutterseelenallein hier sterben.

Ich starre auf das Geschenkeregal mit den abschließbaren Tagebüchern und den bunten Schleifenbändern und auf die vielen effekthascherischen Buchcover in der Sachbuchabteilung. *In 10 Schritten zum glücklichen Ehemann und Millionär* lautet ein Titel, unter dem ein Mann mit Fake Tan und beginnender Glatze posiert. Die fast ganz verblassten Geburtstagskarten auf dem Ständer rechts neben mir tragen platte Sprüche über

Kinder, die einen den letzten Nerv kosten, und das Bedürfnis, mehr Wein zu trinken. Das verblichene Papier scheint mich zu verspotten: *Warum bist du überhaupt hiergeblieben, wo doch alles um dich herum flöten geht?*

Ich bin hiergeblieben, um zu retten, was noch übrig war, denke ich. Um mir zu beweisen, dass ich in der Lage war, etwas zustande zu bringen. Ich bin hiergeblieben, weil dieser Ort das Einzige ist, was ich kenne, und das Einzige, was mich noch kennt. Dieser Laden ist alles, was ich habe, auch wenn er auseinanderfällt. Auch wenn das Dach ein Loch hat, die Tür quietscht und die Dielen verrotten. Er gehört mir.

Ich war nicht immer so allein in der letzten Buchhandlung der Erde. (Zumindest glaube ich, dass sie das ist, aber es steht ja kaum noch ein Mobilfunkmast und die globale Kommunikation ist zusammengebrochen, also kann wohl niemand mit *Sicherheit* sagen, ob das hier tatsächlich die letzte Buchhandlung der Erde ist. Aber für mich ist sie es.) Früher hatte ich Eva, die neun Jahre älter war als ich und acht Jahre zu alt, um sich mit meinem «Bullshit» abzugeben. Eva hat immer Klartext geredet. Eva hatte keine Angst, abends in den Keller zu gehen, auch wenn dort Gott weiß was lauerte. Eva konnte ums Verrecken nicht singen, aber das hielt sie nie davon ab, es trotzdem zu versuchen. Vor zehn Monaten und siebzehn Tagen ist sie gegangen.

Sie wollte «die Welt erkunden». Sehen, «was davon übrig ist». Sie klang genauso wie Eltern, die sagen: «Ich bin nicht wütend, ich bin enttäuscht», und: «Ich fand euer Konzert wirklich toll und hab überhaupt nicht gemerkt, dass du dich bei *Contrapunctus IX*, Takt 13, verspielt hast.» Behutsame Worte und verschleierte Lügen. Sie weigerte sich, mir in die Augen zu sehen. Das ist bei solchen Abschieden immer so.

Ich redete mir ein, dass das okay war und es mir nichts ausmachte. Ich redete mir ein, dass ich die Stille, die seitdem in der Luft hing, sogar mochte. Hatte ich mich nicht schon oft genug geärgert, wenn ich Menschen um mich hatte? Brauchte ich überhaupt eine Person um mich, die zu laut quatschte und mit offenem Mund kaute? Ich redete mir ein, dass es einen Unterschied gab zwischen allein sein und einsam sein. Wenn man allein war, war man nicht automatisch einsam.

Ich redete mir ein, dass sie bald zurück sein würde, so wie sie gesagt hatte. Ich zählte die Tage, indem ich mit Edding Striche an die Wand malte, bis ich durcheinanderkam und keine Energie mehr hatte. Als ich nach dem Beinaheweltuntergang begriffen hatte, dass ich kein Zuhause mehr hatte, war ich hierher zurückgekommen. Und Eva war mitgekommen, erst einmal.

Ich drehe das «Geschlossen»-Schild im Schaufenster um. Das Metall fühlt sich unangenehm warm an in meinen schwitzigen Fingern. Ich versuche, nicht an Eva, die Striche an der Wand und die unerträgliche Hitze zu denken.

Ein paar Haarsträhnen haben sich aus meinem lockeren Pferdeschwanz herausgewunden und kleben an meinem Nacken fest. Ich sehe hinaus in die meilenweite Ödnis und versuche, an nichts zu denken.

Das vorstädtische New Jersey ist natürlich nach dem Beinaheweltuntergang auch nicht interessanter, als es vorher war. Es gibt keine furchtbaren Autofahrer oder Männer mehr, die so Sachen wie «Pork Roll», «Bruce Springsteen» und «Down the Shore» mit ihrem unerträglichen Akzent aussprechen, aber es gibt auch keine Cola-Slushies oder Wawa-Shops mehr. Das gleicht sich aus.

Ich drehe das Türschild um, sodass dort «Geöffnet» steht. Dabei würde ich es am liebsten gegen die Wand schleudern. Aber ich mache es nicht, denn das habe ich schon gestern versucht und es hat absolut nicht geholfen. Stattdessen starre ich durch das Fenster auf die Lücken, die geblieben sind. Wo Menschen waren, sind nur noch Schatten, die draußen auf dem Platz unter dem Gerippe einer Eiche sitzen. Sie kriechen durch Trümmer, durch Fensterglasscherben und zersplittertes Holz. Schlüpfen aus Autos, die verloren am Straßenrand rumstehen.

Wäre es nicht lustig, wenn das alles nur ein Traum wäre? Eine schlechte Geschichte, wie man sie in der fünften Klasse schreibt, die mit den Worten «und dann wachte sie auf» endet. Ein hingeschluderter Schlusssatz einer dilettantischen Geschichte. Irgendein verfluchter, verkorkster Albtraum. Ich würde in meinem Bett aufwachen, tausend Lichtjahre entfernt, etwas Schweiß auf der Stirn, und durch die Schlitze meiner Gardine den Mond anstarren. *Ihr glaubt ja nicht, was für einen verfluchten, verkorksten Albtraum ich hatte*, würde ich am nächsten Morgen beim Frühstück zu meinen Eltern sagen und meine Worte würden in der Luft hängen, bis mir klar würde: *Es ist ja vorbei. Es ist jetzt egal.*

Durch das beschlagene Fenster sehe ich, wie ein Mann in einem verblichenen blauen Marinemantel die Straße entlangstolpert. Er nestelt an seinen Mantelknöpfen und lässt den Blick durch die trostlose Leere streifen. Er hat noch nicht gemerkt, dass ich ihn beobachte. Er weiß nicht, dass er der erste Mensch ist, den ich seit Tagen sehe. Als er mich bemerkt, scheint er sich nicht zu freuen. Ich hätte nicht gedacht, dass ich ihn so schnell wiedersehen würde. Das kann nichts Gutes bedeuten.

Als er meinen Schatten im Fenster entdeckt, bleibt er stehen und sieht sich auf dem ausgestorbenen Marktplatz um, bevor er eine Grimasse zieht und auf die Tür zuschreitet.

KAPITEL ZWEI

Das erste Mal, als ich den Mann in dem verblichenen Marinemantel – oder den Marine-Mann, wie ich ihn inzwischen nenne – gesehen habe, war Eva erst seit zwei Tagen weg. Ich wusste überhaupt nicht, was ich tun sollte, außer mich in dem Gefühl meiner eigenen Nutzlosigkeit zu suhlen.

Als ich aus dem Fenster guckte und eine Gestalt auf das Haus zukommen sah, dachte ich im ersten Moment, ich wäre verrückt geworden. Für einen Augenblick fühlte ich mich in normale Zeiten zurückversetzt, als ich stundenlang im angenehm klimatisierten Laden stand und die Leute beobachtete, die draußen vorbeigingen. Und wahrscheinlich hätte ich es nicht tun sollen, aber aus einem Reflex heraus lächelte ich ihn an.

Ich weiß nicht, ob damit alles anfing. Kann sein, dass mein strahlendes Lächeln der Katalysator war, der zu diesem Moment führte. Vielleicht wäre der Mann aber auch in jedem Fall in die Buchhandlung gekommen, ob ich ihn nun reingelassen hätte oder nicht. Vielleicht hätte er die Tür mit einer rostigen Kettensäge aufgebrochen, so richtig zombiefilmmäßig. Trotzdem, als er nach der Türklinke griff, lächelte er zurück und ich ließ ihn rein.

Er war gekommen, um ein Buch über Vögel zu kaufen, das sagte er zumindest und wollte mir sogar einen zerknitterten Zwanzigdollarschein dafür geben.

«Was anderes hab ich nicht», sagte er.

Ich lachte über die Nutzlosigkeit des früher so wertvollen Papiers, nahm es aber trotzdem. Damals verstand ich noch nicht, welchen Wert ein Buch in dieser neuen Welt hatte. Doch bald wurde mir klar, dass ich den Wert der Ablenkung kolossal unterschätzt hatte. Der Marine-Mann lachte, als ich ihn fragte, ob er eine Papiertüte wollte oder Geburtstagsgeschenkpapier.

«Nein danke», antwortete er. «Mein Geburtstag ist erst im März. Aber danke für diese kleine Ablenkung an einem tristen Tag.»

«Danke für Ihren Besuch. Kommen Sie doch mal wieder vorbei.»

Die Glocke über der Tür bimmelt kläglich, als der Marine-Mann hereinkommt. Er streicht sich mit den Fingern durch das schweißnasse Haar und ich beobachte, wie sich die Haut in seinen Augenwinkeln kräuselt, während er lächelt.

«Ist es nicht ein bisschen heiß für einen Mantel?» Ich spüre, wie mein Tanktop an meinem Rücken klebt. Ich sage das, als hätte er nicht jedes Mal diesen Mantel getragen, wenn ich ihn sah, selbst als es Sommer wurde und die Temperaturen kletterten. Ich sage das, als hätte ich es nicht schon hundertmal gesagt.

Der Mann lacht. «Wenn ich ihn nicht trage, verliere ich ihn. Ich würde sogar meinen Kopf verlieren, wenn er nicht festgeschraubt wäre.» Seine Finger zittern leicht, während er an seinem Hemdkragen nestelt.

«Ah. Das kenne ich.»

Ich weiß nicht, wie der Mann heißt. Er hat mir nie seinen Namen genannt und ich habe nie danach gefragt. Ich will es auch nicht wissen, bevor er bereit ist, ihn mir zu sagen. Vielleicht fände er das sonst unhöflich. Man weiß ja nie – was für den einen vollkommen akzeptabel ist, kann der Nächste unpassend finden. In Griechenland zum Beispiel gilt das Daumen-hoch-Zeichen als unhöflich. Das ist, als würde man jemandem den Mittelfinger zeigen, und dann muss man sich nicht wundern, wenn man beschimpft und die Straße hinuntergejagt wird. Es passiert leicht, dass man jemanden beleidigt, wenn man keine Ahnung hat. Das sind so die Dinge, die man in einer Buchhandlung lernt.

Ich habe im letzten Jahr zweihundertachtundneunzig Bücher gelesen. Jedes Mal, wenn ich merke, dass ich mich in Selbstmitleid oder anderen depressiveren Gefühlen suhle, greife ich nach einem Buch. Angefangen habe ich mit Science-Fiction, Krimis und Klassikern. Nachdem ich mich durch diese Genres gesucht hatte, war ich gezwungen, mich den weniger verlockenden Genres zuzuwenden. Besagtes wertvolles Wissen bezüglich Daumen stammt aus einer Ausgabe von *Griechenland: Biografie einer modernen Nation*, zu finden in der Reiseabteilung.

Obwohl ich den Marine-Mann also nie nach seinem Namen gefragt habe, kennt er meinen. Alle kennen ihn. *Elizabeth. Liz. Eliza. Lizbeth. E.* Ich hab nichts dagegen, dass sie meinen Namen kennen.

Wenn der letzte Mensch, den du kanntest, deinen Namen vergisst, ist es, als hättest du nie wirklich existiert. Als wärst du nie wirklich da gewesen. *Puff*, weg. Wenn man bedenkt, wie wenige Menschen noch übrig sind, sollte ich meinen Namen in die Welt hinausrufen. Ich werde ihn allen anbieten, die durch diese Tür kommen, wenn sie bereit sind zuzuhören. Wenn sie bereit sind, sich an mich zu erinnern.

«Womit kann ich Ihnen heute dienen?», frage ich ganz im

Kundenservicemodus. Meine Stimme nimmt automatisch wieder diesen munteren Singsang an. Die Macht der Gewohnheit. Ich fahre mit meinen Händen über den Holztresen und zeichne sanfte Schlangenlinien in den Staub. Ich werde später versuchen, das sauber zu machen, auch wenn der Staub sich schneller ansammelt, als ich ihn wegwischen kann.

Der Marine-Mann zieht seine Nase kraus und streicht die Hände an seinen Hosen ab. «Mit einem Krimi, denke ich. Aber einem, der nicht zu kompliziert ist. Nicht zu düster, wenn du weißt, was ich meine.»

«Ich weiß, was Sie meinen.» Ich schenke ihm noch ein Lächeln. Diesmal ein echtes, nicht eines, das nur dem motorischen Gedächtnis folgt. «Ich lasse Sie mal stöbern. Ich weiß ja, wie fuchsig Sie werden, wenn ich Ihnen etwas empfehlen will.»

«Das liegt daran, dass dein Buchgeschmack unter aller Kanone ist. *Lobgesang auf Leibowitz*? In diesem Klima?»

Ich bin jetzt ganz ehrlich und gebe zu, dass ich *Lobgesang auf Leibowitz* nie gelesen habe. Es ist ein postapokalyptisches Epos über ein katholisches Kloster, in dem über Jahrhunderte der Zerstörung und Trostlosigkeit der heilige Sankt Leibowitz verehrt wird. Das Buch war einer der Vorschläge auf meiner Sommerleseliste im ersten Highschool-Jahr und ich hätte es beinahe gewählt. Beinahe – bis mein Dad mir erzählte, dass er es als Dreizehnjähriger gelesen hätte und es ihn für immer traumatisiert hätte. Ich habe *Lobgesang auf Leibowitz* nie gelesen, weil ich ein Schisshase bin und mir nicht das Leben verderben will. Also versuche ich jetzt, alle möglichen Leute dazu zu bringen, dieses alberne Buch zu lesen und mir Bericht zu erstatten. Bisher hat niemand den Köder geschluckt.

«Sie sind aber echt ein alter Griesgram heute Morgen.»

Der Marine-Mann grinst nur. Eine sandfarbene Haarsträhne

fällt ihm ins Gesicht und verdeckt seine starren Augen. «Pass auf, was du sagst, junge Frau.» Für einen Moment stehen wir schweigend da, schmelzen in der Spätsommerhitze langsam dahin.

Seine Gesichtszüge werden wieder weicher, als er in seine Brusttasche greift und einen zerknitterten gelben Zettel herausholt, den er mir jetzt reicht. «Für meine Schwester.» Er zögert kurz. «Könntest du das für sie aufheben, falls sie hier vorbeikommt?»

«Na klar», bringe ich hervor. Behutsam nehme ich ihm den Zettel aus der Hand und hefte ihn an die Korkpinnwand hinter der Kasse.

Der Marine-Mann gibt mir auch noch ein Foto, zehn mal fünfzehn, Hochglanz, wie man es früher in jedem Drogeriemarkt entwickeln lassen konnte. Eine Frau strahlt mich an, warm eingepackt mit Wollpulli und grauer Beanie. Sie sieht aus, als gehörte sie zu diesen Leuten, die zum Spaß den Appalachian Trail wandern oder barfuß einen Marathon laufen würden. So was in der Art.

Es war nicht meine Idee, als Postamt zu fungieren. Angefangen hat das vor acht Monaten, als eine ältere Frau mit einem Briefumschlag in der Hand hereinkam. Sie bot mir eine Sechserpackung Nudelsuppe mit Hühnchengeschmack an und alles, was ich dafür tun musste, war, dafür zu sorgen, dass ihr Brief in die richtigen Hände gelangte. Sie war mit einer neuen Gruppe auf dem Weg zu einer westlichen Kolonie und wusste, dass ein Freund auf dem Weg dorthin vielleicht auch hier vorbeikommen würde. Zumindest hoffte sie das. Es war ein Deal, den ich nicht ablehnen konnte. Der Adressat des Briefes kam drei Monate später und ich gab ihm die Nachricht. Als er das dünne Papier in seinen müden Händen hielt, fing der Mann an zu weinen.

Ich habe schon dreizehn Briefe erfolgreich ausgehändigt, sodass mein provisorisches Postamt für die Leute hier die beste Anlaufstelle ist. Allerdings wartet hinter dem Tresen auch noch ein Stapel von siebzehn unzugestellten Briefen. Es leben nur noch etwa dreihundert Leute in der Gegend, dazu noch einige, die hin und wieder in der Stadt vorbeikommen. Also habe ich Hoffnung, dass noch ein paar Briefe ihre Adressaten finden. Trotzdem werde ich das Gefühl nicht los, versagt zu haben. Die Leute zu enttäuschen.

«Danke», sagt der Marine-Mann. «Ich will aus der Stadt sein, bevor der *Sturm* kommt. Mich irgendwo weit draußen verkriechen, wo der Schaden nicht so groß sein wird», fährt der Mann fort. «Meine Schwester sollte bald hier vorbeikommen und braucht eine Wegbeschreibung zu meinem Unterschlupf.»

«Was meinen Sie?», frage ich. «Der *Sturm*?»

«Es kommt wieder einer», antwortet er ernst.

«Wovon reden Sie?»

«Ich habe Gerüchte gehört. Die Leute sagen, über dem Atlantik brauen sich schon die Wolken zusammen.»

Seine Worte durchfahren mich wie ein Messer. Mir wird ganz flau im Magen. Der *Sturm*. Ich hatte den *Sturm* schon fast ganz verdrängt. Nach dem, was letztes Jahr passiert ist, habe ich mir gesagt, so etwas würde nicht noch mal passieren. Das war eine einmalige Sache. Ganz bestimmt. Ich weiß auch nicht, ob ich so was noch mal überlebe. Oder ob ich es überleben will. Ich erinnere mich, was letztes Mal passiert ist. Der Ausdruck auf den Gesichtern. Die heiseren Schreie. Das stehe ich nicht noch mal durch.

Ein Teil von mir will glauben, dass er Schrott erzählt. Aber warum sollte er bei so etwas lügen? Oder überhaupt lügen? «Wissen Sie es?», frage ich. Meine Stimme klingt trocken und harsch. «Oder vermuten Sie es nur?»

Der Mann schüttelt langsam den Kopf, als wollte er sagen: *Wie konntest du nur so naiv sein?* Ich hasse diese Geste. Trotzig drücke ich meine Wirbelsäule durch und schürze die Lippen.

«Erinnerst du dich noch, wie letztes Mal alle Vögel weggeflogen sind?»

Nein, ich erinnere mich nicht daran, wie die Vögel weggeflogen sind, denn das war mir so was von egal. Vögel haben mich damals nicht interessiert und sie interessieren mich heute nicht. Aber dann denke ich daran, wie still es letztes Jahr um diese Zeit war, bevor *es* passierte. Als wäre die ganze Welt in Schweigen gehüllt. Damals habe ich einfach gedacht, dass es ein seltsames Ereignis war, und vielleicht mochte ich sogar das Gefühl, das mir diese Ruhe gab. Als wäre alles andere verschwunden. Ich wäre nie darauf gekommen, dass es ein Vorbote für etwas so viel Größeres sein könnte. Also antworte ich dem Marine-Mann mit einem Nicken und er nickt zurück.

«Es war, als hätten sie gewusst, dass da etwas kam. Ich hab gehört, dass Tiere das manchmal können. Sie spüren vor uns, wenn etwas Schlimmes auf uns zukommt. Tsunamis und so was. Das sieht man manchmal im Fernsehen.» Er starrt für einen Moment auf einen Punkt in der Ferne. «Aber dieses Mal sind es nicht nur die Vögel. Es sind auch die Rehe und die Kaninchen und was nicht alles. Ich bin nicht der Einzige, der es bemerkt hat. Dir ist doch sicher auch aufgefallen, wie wenig Menschen noch in der Gegend sind.»

Ich frage mich, seit wann der Marine-Mann ein Experte für Wettervorhersagen ist, aber ich beiße mir auf die Zunge.

«Dann stimmt es also», murmele ich und lasse mich auf seine Hypothese ein. *Er weiß es aber nicht sicher*, sage ich mir. *Kann auch sein, dass er vollkommen falschliegt und es nicht passiert. Er weiß auch nicht mehr als du.* «Wann?»

«Ich weiß es nicht. Vielleicht in ein paar Wochen. Weniger,

wenn wir Pech haben. Und es wird diesmal noch viel schlimmer. Das weiß ich. So schlimm, dass die Rehe und Kaninchen, die letztes Mal nicht weggelaufen sind, es wittern.» Er holt leise Luft. «Ich mache mich jetzt auf den Weg, bevor es zu spät ist. Versuche, einen Ort zu finden, den es nicht so hart treffen wird. Ich schlage vor, du machst bald die Schotten dicht, okay?»

Ich tue so, als würde ich nicht bemerken, wie sein Blick reflexartig in Richtung Decke geht, denn zwei Stockwerke über uns klafft ein großes Loch im Dach. Er klingt wie mein Dad.

«Okay.» Meine Gedanken sind ein Strudel. Ich schwimme, sinke, halte mich mühsam über Wasser. Ich kenne ihn schon seit fast einem Jahr. Und er kennt mich, nicht wahr? Er würde mich nicht anlügen. Was wäre das auch für ein beschissener Scherz, wenn er nur Spaß machen würde? Über solche Dinge machen die Leute eigentlich keine Witze mehr. Na ja, die Leute machen überhaupt kaum noch Witze. Ich schaue hinunter auf die kleinen wulstigen Narben auf meinem linken Arm. Ich erinnere mich daran, wie der Regen brannte, und ich bin sicher, der Marine-Mann tut es auch. Die Haut um sein rechtes Auge ist vernarbt, seine Iris verblasst zu einem milchigen Weiß. Wir tragen alle unsere Narben, auch wenn manche von ihnen unter der Oberfläche liegen.

Der Marine-Mann räuspert sich und grinst zaghaft. «Genug mit diesem Weltuntergangsgerede», sagt er. «Wir schaffen das schon. Wir haben schon Schlimmeres überstanden.»

«Klar», antworte ich. Aber ich bin nicht sicher, ob ich ihm glaube. Ich bin nicht sicher, ob er weiß, wovon er redet, aber ich bohre nicht weiter nach. Es ist auch egal, was er glaubt. Vielleicht kommt der *Sturm* ja gar nicht.

«Und vergiss den Brief nicht. Meine Schwester müsste bald hier vorbeikommen. Ich wünschte nur, ich hätte Zeit, hier auf sie zu warten.»

«Ich vergesse es bestimmt nicht», sage ich und nehme meine ganze Energie zusammen, um ein Lächeln zustande zu bringen. «Ich helfe doch gerne.»

«Was du machst, ist wirklich lebensrettend.»

Darüber muss ich fast lachen, denn ich habe noch nie jemandem das Leben gerettet. Noch nie. Nicht einmal ansatzweise. Wenn das Weiterreichen von Briefen Leben rettet, hat jeder Postbote und jede Drittklässlerin eine Freiheitsmedaille des Präsidenten verdient. Ich tue einfach, was ich kann, um relevant zu bleiben.

Ich lasse ihn noch eine Weile hinten im Laden stöbern und sich in Agatha Christie und Stieg Larsson vertiefen. Wieder allein an der Kasse, sehe ich mich prüfend im Laden um. Verrostete Scharniere an der Haustür. Die müssen ersetzt werden. Ein zerbrochenes Fenster. Überall Staub. Und nicht zu vergessen das riesige klaffende Loch im Dach. Diese Hütte ist einen Windstoß davon entfernt, komplett umgepustet zu werden.

Die Welt, wie sie heute existiert, hat nicht die Endzeitästhetik, die ich mir nach meinem jahrelangen Binge-Watching der Science-Fiction-Serie *The 100* und dem Verschlingen der *Tribute von Panem*-Trilogie ausgemalt habe. Dies ist nicht die visuell ansprechende Techno-Cyberpunk-Dystopie, die früher in meinen Tagträumen vorkam. Die Realität könnte nicht weiter davon entfernt sein, zumal wir schon seit Monaten keine Elektrizität mehr haben.

Als das Leben noch halbwegs normal war, habe ich apokalyptische Bücher verschlungen. Ich habe meine Zukunftsangst durch den zynischen Glauben bestätigt gesehen, dass die Endzeit jeden Tag anbrechen könnte. Ich habe sie sogar herbeigesehnt. Wenn die Zivilisation zusammenbrach, müsste ich keine Pläne für meine Zukunft machen oder mich entscheiden, was ich studieren wollte. Stattdessen könnte ich meine pinterestinspirierten Hot-Girl-Träume ausleben, die Kettensäge in meinen ungewöhnlich muskulären Händen, um Zombies abzuschlachten.

Ich glaube, viele Leute reden sich ein, dass sie auf die Dinge vorbereitet sind, die ihnen am meisten Angst machen. Steuern zum Beispiel, fünfzigste Geburtstage, Highschool-Abschlüsse oder die letzte Folge ihrer Lieblingsfernsehserie. Aber letzten Endes ist man nie darauf vorbereitet, mit seinen Ängsten konfrontiert zu werden.

Ich kann mir nicht helfen, aber jetzt hätte ich gern eine Zukunft, vor der ich Angst haben könnte. Eine Angst, die so weit weg wäre, dass ich ihr nie ins Auge sehen müsste. Aber das ist keine Option mehr. Das endlose Geflecht der Zeit, das sich vor mir zu erstrecken schien, hat ein Ende. Alles, was ich noch habe, ist die Vergangenheit. Die Vergangenheit und das Heute.

Mein Blick wandert zu einer Reihe ledergebundener Bücher, die wahllos auf dem Regal hinter dem eingestaubten Dell-Computer liegen. Der Computer war schon nicht mehr funktionsfähig, bevor das alles passierte. Er ist ein Relikt. Ein Fossil, das unsere zukünftigen außerirdischen Overlords entdecken können. ⌂⇧⍱Ѱ⌂Ọ✦!, werden sie sagen, was so viel heißt wie: *Idioten! Warum nutzen ihre Browser immer noch Microsoft Bing?!*

Schuld war ein Virus, den 2008 jemand aus Versehen heruntergeladen hatte, vermutlich beim Versuch, an eine Raubkopie von *Bis(s) zum Ende der Nacht* zu kommen. Monatelang versuchte ich, den Virus loszuwerden, bis der Computer schließlich in die Knie ging. Bing ist nicht totzukriegen und wird uns noch alle überleben.

Die Lederbände sind mit meiner ziemlich unleserlichen Schrift vollgekritzelt. Mein Englischlehrer in der fünften Klasse hat meine Sauklaue als «Handschrift eines psychopathischen Mörders» bezeichnet. Ich nenne sie sexy und mysteriös.

Es ist ja nicht meine Schuld, dass ich die Grippe hatte, als in der dritten Klasse Schreibschrift auf dem Lehrplan stand.

Ich habe mir angewöhnt, die Geschichten meiner liebsten Stammkunden aufzuschreiben. (Ich bin mir noch nicht sicher, ob das eine gute oder unglaublich lästige Angewohnheit ist.) Wenn sie hier vorbeikommen, um ein Buch zu holen oder mir einen Brief anzuvertrauen, bitte ich sie, mir ein bisschen was von sich zu erzählen. Wie sie vor dem *Sturm* waren, wo sie waren, als er hereinbrach, wer sie jetzt sind. Ich schreibe die Geschichten auf, weil sie mir helfen, nicht durchzudrehen. Sie geben mir eine Aufgabe. Dass ich Worte zu Papier bringe, beweist, dass ich hier war. Egal, was passiert – ich war unbestreitbar hier, absolut und vollkommen real. Und es beweist, dass meine Kunden auch real waren.

Der Marine-Mann reißt mich aus meinen hitzeduseligen Gedanken, als er – *klatsch!* – ein Buch zuknallt.

«Also, ich bin dann so weit», brummelt er.

Ich schüttele meine Benommenheit ab und beuge mich ein Stück über den Tresen. «Ist das alles?», frage ich, auch wenn ich nicht so recht weiß, was er sonst noch wollen könnte. Aber der Satz ist in mein Gehirn einprogrammiert, also stelle ich die Frage trotzdem. Ich werfe einen Blick auf das Cover des Thrillers, den er ausgewählt hat. *Die Einkreisung.* Ich verdränge mein ständiges Bedürfnis, meine Meinung zu äußern.

«Das ist alles.» Seine freie Hand nestelt an dem Knopf seiner Manteltasche, bevor er etwas herausholt, das ich nicht genau erkennen kann.

Er streckt mir den Arm entgegen und rein aus Instinkt halte ich meine Hand auf. Drei kleine Gegenstände fallen in meine Handfläche, einer nach dem anderen. Sie klimpern und rollen herum, warm in meiner Hand.

Als ich meine Hand zurückziehe, sehe ich, dass es Batterien

sind. AA-Batterien. AA-Batterien, für die man wahrscheinlich auch eine Wochenration Essen bekommen könnte und nicht nur ein eingestaubtes altes Buch.

«Danke, aber das kann ich ...», stammele ich, auch wenn meine Augen meine Gedanken verraten. Der Mann schüttelt den Kopf. Immer erst mal ablehnen. Eine genetische Veranlagung, geerbt von meinem Vater, der sie wiederum von seinem Vater und dem Vater seines Vaters geerbt hat, zwingt mich, jede Art von Geschenk erst einmal abzulehnen. In meiner Familie war es immer ein Wettrennen, wer als Erstes die Kreditkarte zückte, wenn wir zum Essen ausgingen, wie ein verqueres Wildwestduell. Aber so läuft das nicht mehr, oder? Ritterlichkeit war einmal. Jetzt ist nichts mehr umsonst.

«Nichts für ungut.» Er umklammert sein Buch und geht zur Tür. Die Dielen knarren, als seine Stiefel über den staubigen Holzboden trotten. Er bleibt noch einmal stehen und dreht sich zu mir um, während er die Knöpfe an seinem dreckigen Mantel richtet. Dann fügt er hinzu: «Bring dich in Sicherheit. Die Lage ist sehr viel schlimmer, als du denkst.»

Ich kann nur noch an das Loch im Dach denken, an die morschen Dielenbretter und die Eingangstür, die sich nicht mehr abschließen lässt. All die Dinge, die kaputt sind. All die Dinge, die auf den perfekten Moment warten, auseinanderzufallen. Und das kann genauso gut jetzt sein.

«Ich gehe nirgendwohin.»

KAPITEL DREI

Ich hab immer noch nicht überlegt, was ich mit den Batterien machen soll, also trage ich sie seit zwei Tagen mit mir herum. Auf diese Weise kann ich sie wenigstens nicht verlieren. Auf diese Weise können sie sich nicht in Luft auflösen, wie das die meisten Dinge tun, wenn ich auch nur einen Augenblick wegschaue. Jetzt stehen die Batterien aufgereiht auf dem Tresen wie seltsame Dominosteine.

Das ist eine schlechte Angewohnheit von mir. Dinge für später aufzuheben. Mein Dad hat immer gesagt, es sei eine meiner schlimmsten Angewohnheiten. Es machte ihn wahnsinnig. Wenn er meine halb aufgegessene Packung Erdnussbutter-Cracker auf dem Küchentisch herumliegen sah, schmiss er sie weg. Wenn ich von der Arbeit zurückkam, suchte ich nach der Cracker-Packung und fand sie nicht. Und dann war ich traurig und hungrig und Dad ärgerte sich über die Krümel auf seinem Küchentisch. Natürlich holte ich mir eine neue Packung Erdnussbutter-Cracker, aß ein paar, fing mit meinen Statistik-Hausaufgaben an und vergaß meine Cracker ein weiteres Mal, woraufhin Dad die herumliegende Packung wieder wegwarf. Es war ein Teufelskreis.

Trotzdem lasse ich die Batterien auf dem Tresen stehen und spähe ein letztes Mal aus dem Fenster, nur um mich zu vergewissern, dass niemand auf der Straße ist, der in meine Richtung kommt. Ich weiß, dass niemand kommt. Die Besucher kommen in immer größeren Abständen, fast mit der Regelmäßigkeit eines Uhrwerks, und es ist gerade erst heute Morgen jemand hier gewesen. Ein Junge, den ich aus der Highschool kenne, Isaac, der im letzten Jahr noch einmal gewachsen ist. Als er ging, nahm er meine geliebte Ausgabe von Stieg Larssons *Verblendung* mit, ganz zerlesen mit Eselsohren und meinen markierten Lieblingsstellen, aber dafür hinterließ er mir eine ungeöffnete Tüte Beef Jerky. Das schien es mir absolut wert zu sein.

Die Buchhandlung befindet sich im Erdgeschoss eines zweistöckigen Gebäudes. Die Wohnung oben ist mit dem Laden durch einen schmalen Flur und eine Treppe verbunden. Auf der anderen Seite dieses schmalen Flurs befindet sich die Treppe in den Keller, aber der Keller ist gruselig und steht schnell unter Wasser, sodass ich ihn nie betrete. Der Flur ist dunkel, mit cremefarbenen und an einigen Stellen eingedellten Wänden, weil ich so oft mit irgendwelchen kantigen Sachen dagegen gestoßen bin. Die Treppe nach oben sieht nicht weniger kläglich aus, die kleinen durchgetretenen Stufen knarren jedes Mal, wenn ich sie hinaufsteige.

Den Typen, der vor dem *Sturm* in der Wohnung über der Buchhandlung lebte, kannte ich gar nicht, weil er sich nie blicken ließ. Gegen Ladenschluss hörte ich manchmal die Musik mit dem unerträglichen Basspegel, die aus seinen Lautsprecherboxen plärrte und die Zimmerdecke vibrieren ließ. Und wir mussten uns immer mit seinen falsch abgelieferten Amazon-Paketen rumschlagen, aber gesehen habe ich ihn nie. Zumindest nicht in echt. Wenn im Laden nicht viel los war, malte ich mir gerne aus, wie er aussehen könnte, und in meiner Vorstellung war er immer jung und verliebt. Jemand, der Motorrad fuhr, seine Haare teilweise abrasiert hatte und so coole Sachen sagte wie *enigmatisch* oder *marginal*.

Als ich nach dem *Sturm* zum ersten Mal nach oben ging und an seine Wohnungstür klopfte, antwortete niemand. Wer auch immer dort gewohnt hatte, war verschwunden, bevor ich je richtig Hallo hatte sagen können. Es gab keine Leiche, also habe immer noch die Hoffnung, dass er überlebt hat. Aber eigentlich ist es ein Wunschtraum. Ich weiß, dass es viele Orte gibt, wo man sterben kann. Wir sterben nicht alle in unseren vier Wänden, umgeben von den Dingen, die wir lieben.

Was ich jetzt weiß, ist, dass sein Name Greyson war. Er liebte die *Matrix*-Filme und hatte Poster von allen an den Wänden hängen. Er hatte eine Freundin mit grellpink gefärbten Haaren und einem umwerfenden Lächeln. Zumindest nehme ich an, dass es seine Freundin war. Ihr Bild stand auf seinem Schreibtisch, direkt in der Mitte, genau da, wo er es jeden Tag sehen konnte. Das musste doch bedeuten, dass sie verliebt waren.

Ich habe seine Fotos nicht behalten. Ich dachte, das könnte ich nicht. Als ich mein eigenes Zuhause zum letzten Mal verließ, nachdem *es* passiert war, nahm ich nur ein Bild mit. Der Gedanke, dass irgendjemand die Fotos finden könnte, die *ich* zurückgelassen habe, gefällt mir gar nicht, also konnte ich schlecht seine behalten. Das Bild, das ich mitgenommen habe, zeigt meine Familie: mich und meine Zwillingsschwester und meine Eltern. Da war ich neun. Auf dem Foto sitzen meine Eltern auf gelben Stühlen und halten sich an den Händen. Meine Schwester und ich sitzen auf ihren Knien und schauen hoch in ihre strahlenden Gesichter. Zu der Zeit, als das Foto gemacht wurde, war das Leben nicht anders denkbar. Glücklich und alltäglich und normal.

Also schob ich mein Foto in den Rahmen über Greysons Freundin und stellte es in die Mitte des Schreibtisches, wo ich es jeden Tag sehen kann. Wenn ich uns anschaue, glücklich und zusammen, ist es, als sei alles okay. Als hätte ich nicht alles verbockt. Ich kann so tun, als würden wir immer noch existieren, zusammen, in jenem Moment. Für immer. Wenn ich das Foto ansehe, kann ich die Schuldgefühle vergessen, die in meinen hintersten Gehirnwindungen unaufhörlich an mir nagen. Für einen Moment sind sie weg.

Die Wohnung selbst ist klein, die Küche groß genug für einen dieser riesigen Kühlschränke mit zwei Türen und Gefrierfach, aber zu winzig für einen richtigen Küchentisch. Im Schlafzimmer herrscht ein ziemliches Durcheinander, der Schreibtisch mit der inzwischen nutzlosen Lampe steht einsam in die Ecke gepfercht. Meine Matratze liegt in der anderen Ecke, das dunkelrote Bettzeug zerwühlt und zusammengeknüllt. Mein Kissen sieht etwas abgenutzt aus und der Stoff ist ein bisschen mürbe, aber es ist ein Stück Zuhause. Mehr habe und brauche ich nicht, auch wenn ich nichts dagegen hätte, wenn jemand in den Laden käme und mir für ein Buch ein neues Kissen anbieten würde.

Ich schnappe mir ein übrig gebliebenes Notizbuch, blättere hektisch durch Seiten mit grässlichen Kritzeleien und angefangenen Gedichten und mache mich daran, eine Liste zu schreiben. Eine To-do-Liste, die ich abarbeiten muss, damit ich nicht einsam und jämmerlich sterbe, wenn der *Sturm* kommt. Falls er überhaupt kommt.

To-do-Liste
(von äußerster Wichtigkeit) ☹

1. DACH

Das Dach ist eine Katastrophe. Der größte Teil davon wurde vom letzten *Sturm* weggeweht und in meiner unendlichen Trägheit habe ich es nur notdürftig repariert, indem ich eine Plane an die äußeren Mauern (oder dem, was davon übrig war) genagelt habe. Es ist ein bisschen wie Campen, nur beschissener. Jedes Mal, wenn auch nur das kleinste Lüftchen weht, flappt das provisorische Dach hin und her und klingt wie ein gestresster Flattergeist. Wenn die Sonne stark genug scheint, wird der ganze Raum in einen gespenstischen Blauton getaucht wie in einem billigen Science-Fiction-Film.

Ich reiße lärmend den Küchenschrank auf. Die Regale sind beunruhigend leer, aber ich versuche, nicht darüber nachzudenken. Es hat keinen Zweck, sich wegen des Konserven-Essens zu sorgen, denn es gibt absolut nichts, was ich tun kann, um mehr Dosen in den Schrank zu zaubern. Der nächstgelegene Supermarkt ist schon vor langer Zeit geplündert worden. Echt scheiße. In diesem Moment würde mein Dad sagen, ich sollte etwas mehr *Initiative* zeigen. Dann würde ich ihn verkniffen anschauen und ihm sagen, *dass er verdammt nochmal keine Ahnung hat, wovon er da redet*. Ich beäuge eine Dose Baked Beans, eklig, aber verfügbar, die wahrscheinlich mein Abendessen sein wird. Genau wie gestern Abend. Und vorgestern.

Ich drehe den Wasserhahn auf, zum einen, um den Wasserdruck zu testen, und zum anderen, um mir etwas halbwegs Kaltes ins Gesicht zu spritzen und meine Körpertemperatur zumindest ein bisschen herunterzukühlen. Mit ausgestrecktem Arm stehe ich da und warte, während die Sekunden langsam verstreichen und ich irgendwann merke, dass absolut nichts herauskommt.

Ich starre auf den Wasserhahn, der jetzt ein glucksendes Fauchen ausstößt, das immer lauter und lauter wird, bis das ganze Waschbecken zu wackeln und zu beben beginnt und ein Schwall Schmodder aus dem Ausguss sprotzt und platschend in der Spüle landet. Dann ist das Waschbecken wieder still. Dickes braunes Wasser strudelt in den Ausguss. So viel zum Thema Trinkwasser. Im Gegensatz zu den Baked Beans kann ich mir diese Brühe nicht schönreden. So blöd bin ich nun auch wieder nicht. Von solchem ekligen Wasser aus den Wasserhähnen von New Jersey bekommt man wahrscheinlich irgendeine furchtbare Krankheit.

Ich habe Glück, dass es überhaupt so lange funktioniert hat. Wasser ist inzwischen ein Luxus in dieser Welt. Ich seufze und frage mich, was zum Teufel ich jetzt machen soll. Nichts kann ich machen, schätze ich, außer mir einzugestehen, dass ich aufgeschmissen bin. Ich setze noch einen Punkt auf die Liste.

2. WASSER

Diesen Punkt unterstreiche ich sicherheitshalber. Ich lasse meinen Schlafplatz zurück und trotte durch den offenen Türrahmen in die Küche. Mein Blick fällt auf den Riss im oberen rechten Glas des Sprossenfensters. Die Glasscheibe darunter ist ganz verschwunden, das klaffende Loch mit Isolierband und einem Buchumschlag von Palacios *Wunder* überklebt. Das wird nicht reichen.

3. KÜCHENFENSTER

Ich gehe wieder nach unten, in die eigentliche Buchhandlung, immer noch ausgestorben und voller Staub. An der hinteren Wand des Raums habe ich ein paar alte Milchkisten aufgestapelt, geschickt platziert, um den Schaden zu verbergen, den Eva und ich verursacht haben, als uns ein Regal voller Bücher umgefallen ist. Das Regal krachte mit einer solchen Wucht gegen die Wand, dass es ein großes Loch in den Putz gerissen hat und man den rosafarbenen wulstigen Isolationsstoff aus der Wand quellen sieht.

    4. ISOLIERUNG
    5. WASSERFLECK AN DER DECKE?
    6. TÜR LÄSST SICH NICHT ABSCHLIESSEN
    7. ZERBROCHENE FENSTER * NOCH MAL* (UNTEN)

Als ich sehe, wie lang meine Liste ist, wird mein Puls schneller. Und ich habe mir das Haus nicht einmal von außen angeguckt. Da kommen bestimmt noch mal mindestens drei Punkte dazu. Mein Magen krampft sich zusammen, vor allem, weil ich gar keine Ahnung habe, wie man Wände isoliert, Fensterscheiben austauscht oder gigantische Löcher im Dach repariert. Ich hätte nicht gedacht, dass ich so was mal machen müsste. Meine Expertise reicht gerade, um das Quietschen einer Tür zu beheben, aber das war's dann auch. Ich hab mich immer darauf verlassen, dass Eva hier sein würde, wenn die Lage sich verschlechterte.

Ich mustere das halb abgedeckte Dach und die verstopften Regenrinnen und die kaputten Fensterscheiben. Mir fällt auf, dass die kleine Eiche sich in Richtung Haus neigt, als könnte ein einziger Windstoß sie zum Umstürzen bringen. Ich würde das ja mit auf die Liste setzen, aber ich weiß nicht, was ich dagegen tun kann, und ich hasse es, dass ich es nicht weiß.

Als ich jünger war, richtig jung, hatte ich meine Zukunft bis ins Detail geplant. In der fünften Klasse beschloss ich, dass ich ans Dartmouth College gehen und Chirurgin werden würde. Nach Dartmouth wollte ich, weil der Dad meiner besten Freundin dort gewesen war und mir erzählt hatte, dass die Studenten dort Bier tranken und eislaufen gingen. Und dann sprangen sie auf Schlittschuhen über Fässer. In meiner Vorstellung war das cool und ein Riesenspaß. Heute würde ich es als Sicherheitsrisiko einstufen. Ich wollte Chirurgin werden, weil ich mir die Namen von fünfzig Knochen gemerkt hatte und dachte, das wäre alles, was ich wissen müsste. Wem ich auch über den Weg lief, gab ich die haarsträubendsten medizinischen Ratschläge. Doch als ich erfuhr, dass ich acht Jahre Medizin studieren müsste, überlegte ich mir das mit der Chirurgie noch mal anders, denn sonst würde ich ja meine Glanzzeit am Broadway verpassen. Ich wollte alles machen.

Die Highschool zwang mich dann, der Realität ins Auge zu blicken. Meine Beratungslehrerin bereitete meiner Träumerei von meinen farbcodierten Excel-Tabellen, die jeden Aspekt meiner Zukunft festlegten, ein Ende. Sie führte mich an solche Dinge heran wie *Zulassungsquoten* und *Bewerbungsportale*. Damit zerplatzten meine Pläne wie Seifenblasen. Ich war nicht mehr gut genug, alles auf einmal zu machen.

Wenn wohlmeinende Erwachsene mich dann fragten: «Wo willst du denn studieren?», oder: «Hast du dich schon für ein Hauptfach entschieden?», lächelte ich nur und sagte: «Ich hab ein paar Top-Unis zur Auswahl», oder: «Ich schwanke noch zwischen Englisch, Musik und Biochemie.» Die Erwachsenen nickten und antworteten: «Das ist ja prima», und ich sackte innerlich in mir zusammen. Ich hasste es, nicht zu wissen, was ich wollte, und zu wissen, dass ich es so bald wie möglich herausfinden musste. Ich hatte eine Zukunft, aber ich wollte keine. Ich wünschte mir ein Ende der Welt herbei, das mir meine Entscheidungen abnehmen würde. Das meine Zukunft für nichtig erklären würde. Niemand in *Station Eleven* kümmert sich um College-Bewerbungen. Sie kümmern sich nur darum, am Leben zu bleiben.

Jetzt vermisse ich die Zukunft, die ich nie hatte. Joni Mitchell hätte ihren Spaß, einen Song über meine missliche Lage zu schreiben.

Ich sehe noch einmal zu dem schiefen Baum draußen und starre auf seine toten Äste. Nicht ein einziges grünes Blatt klammert sich an seine Zweige. Der Baum ist schon lange tot und ich habe es noch nicht einmal bemerkt. Es ist aber auch leicht zu übersehen, wenn die Straßen voller Schutt sind und die Läden, die ich freitags nach der Schule besucht habe, fast nur noch Ruinen. Meine Welt liegt in Trümmern und ich versuche immer noch, die Teile zusammenzuhalten, die übrig geblieben sind.

KAPITEL VIER

14. Januar: Vor dem ersten *Sturm*

Die Weihnachtsdekorationen hängen noch, auch wenn der Januar schon halb rum ist. Die Schule ist wieder in vollem Gange. Es gibt keine Scheinschulstunden mehr, die mit Stillarbeit oder kaum relevanten Dokumentarfilmen verplempert werden.

Meine Mom hasst es, den Weihnachtsschmuck abzuhängen. Ich habe sie darauf hingewiesen, dass sie ja nicht so viel Zeit damit zubringen muss, die Dekorationen aufzuhängen, sie zu begutachten und hier noch ein rotes Vögelchen und da noch ein Glöckchen an die Girlanden zu binden. Das würde es vielleicht einfacher machen. Eine künstliche Tannengirlande würde es auch tun *und* ich müsste nicht einen ganzen Wald von Nadeln wegsaugen, wenn ich eigentlich an meinem Englisch-Essay sitzen sollte. Doch Mom weigert sich, ihre Gewohnheiten zu ändern. Jedes Jahr müssen wir bis in den nächsten Bundesstaat fahren, um einen ganz besonderen Baum aufs Autodach zu binden. Und jedes Mal kaufen wir Girlanden von dem winzigen Blumenladen im unteren Stockwerk eines Gebäudes, das schon seit Jahren abbruchreif ist. Aber Mom interessiert sich nicht für meine Kommentare.

Also verkneife ich mir einen Kommentar über den Weihnachtsschmuck oder die Tannennadeln, die in meinen Wollsocken hängen bleiben, als ich zum Esstisch gehe. Dad hat mich ermahnt, dass ich die schlechte Angewohnheit habe, beim Abendessen die Stimmung zu verderben, bevor wir überhaupt angefangen haben zu essen. Jetzt versuche ich, einen Rekord an nicht ruinierten Abendessen aufzustellen. Ich bin schon bei sechs.

Meine Schwester Thea sitzt auf meinem Platz, aber ich sage nichts. Ich will ja das Abendessen nicht verderben.

Die Zeitung liegt auf der Küchentheke, die Schlagzeile halb verdeckt. Ich bin sicher, da steht wieder was von Schnee und schmelzenden Polkappen und Gott weiß was noch. Aber ich sage nichts dazu, denn ich will ja das Abendessen nicht verderben.

Ich bin sogar so darauf fokussiert, die Stimmung nicht zu ruinieren, dass ich überhaupt nichts sage, als wir uns zum Essen hinsetzen, und nur stumm auf meinen labberigen Spargel und den Hackbraten starre. Ich schiebe meine Makkaroni mit der Gabel auf dem Teller hin und her und warte darauf, dass jemand anders als Erstes etwas sagt.

Es dauert nicht lange, bis Mom darauf anspringt. Mit ihrem schlanken Finger streicht sie sich das blonde Haar hinters Ohr. Mit ihrem Ringfinger. Ihrem nackten Ringfinger. Auch das kommentiere ich nicht. Ich will ja das Abendessen nicht verderben.

«Elizabeth», schimpft sie. «Du musst mich wirklich nicht so beleidigen. Ich hab mir viel Mühe gegeben mit diesem Essen.»

Ich brauche eine Sekunde, um zu kapieren, dass sie von den Makkaroni spricht und nicht von der Tatsache, dass ich in schmuddeligen Jogginghosen beim Abendessen erschienen bin.

«Das sollte keine Beleidigung sein, echt nicht.»

«Du weißt doch, sie hat diesen Tick, dass sich unterschiedliche Speisen nicht berühren dürfen», fügt Thea hinzu.

Ihr ebenso blondes Haar hat sie zu einem strengen Pferdeschwanz zusammengebunden.

Dann räuspert sich auch Dad und sieht von seinem Teller auf, um mich anzulächeln. Ich habe mein Aussehen von ihm. Seine durchdringenden Augen und sein kantiges Kinn. «Sie segmentiert die Dinge eben gerne, Schatz.» Pause. «Stimmt's, Liz?»

«Klar.»

Dad lacht in sich hinein und legt seine Gabel neben seinen Teller.

Mom hat das Tischdecken schon immer zu ernst genommen. Die Servietten passen zur Tischdecke. Das Besteck ist kunstvoll verziert. Alles antik und vom Flohmarkt. Ihre Philosophie ist, dass man all die kleinen Scheißdinge, die heutzutage passieren, vergessen kann, wenn der Esstisch zu Hause gedeckt ist wie in einer Fernsehserie aus den Fünfzigerjahren. Dad unterstützt sie darin und so habe ich noch keinen Abend erlebt, an dem Familie Flannery nicht bei Kerzenlicht diniert hat. Sogar wenn wir ein Take-away essen.

«Als du klein warst, hast du uns erklärt, dass du in deinem Magen verschiedene Abteilungen hast, für verschiedene Essenssorten», erzählt Dad.

«Ich weiß.»

Und ich weiß es wirklich, denn ich höre diese Geschichte ungefähr einmal in der Woche, wann immer ich es wage, eine zweite Portion von Moms Spaghetti abzulehnen.

Thea schüttelt den Kopf und sucht meinen Blick. «Was denn? Ist dein Makkaroni-Fach voll? Du Arme.»

«Ja, ich bin arm dran. Gott erlegt mir schwere Prüfungen auf.»

«Genau, Makkaroni und College-Bewerbungen», feuert Thea zurück.

Bei diesen zwei goldenen Worten horcht Mom auf und schüttelt ihre makkaroniinduzierte Trance ab.

«Irgendwelche College-News, Mädels?», fragt sie. Ihre Hängeohrringe schwingen hin und her, als sie den Kopf von einer zur anderen dreht. Und schon ist sie im Verhörmodus.

«Es ist Januar», antworte ich.

«Und was ist mit den Unis mit vorzeitiger Zulassung?», fügt Dad hinzu und nimmt seine Gabel wieder in die Hand.

Thea schnaubt. «Von denen hab ich schon gehört. Nichts Neues.»

«Ich auch», werfe ich ein.

Aber Mom ignoriert mich und wendet sich meiner Schwester zu. «Wirklich, Thea?» Sie lehnt sich auf ihrem Stuhl zurück und verschränkt die Arme. Ihre Augen funkeln argwöhnisch. «Gibt es da nicht noch etwas, das du uns erzählen willst?»

«Nein», antwortet Thea seufzend. «Es ist doch sowieso egal, oder?»

Ich kann mir ein Lächeln nicht verkneifen. Ich bin sicher, sie sagt es nur, um Mom zu ärgern, aber sie hat meine Anerkennung. Eigentlich bin ich die Zynikerin in der Familie. Ich strecke meinen Fuß aus, um sie unter dem Tisch anzustoßen. Ein Liebesstups, wie Dad es nennen würde. Sie versteht die Botschaft und wird ein wenig rot.

«Sag so was nicht.» Mom läuft knallrot an und beugt sich wieder über ihre Makkaroni.

«Lass sie offen reden, Ivy. Wir wollen die Kinder doch zu unabhängigem Denken erziehen.»

Aber Mom schüttelt ihren Kopf. «Nicht wenn sie solche Dinge sagt.»

Aus den Augenwinkeln sehe ich die zur Seite gelegte Zeitung. Thea sieht sie auch. «Es ist aber wahr!», protestiert Thea und schiebt ihren Teller von sich. «So verblendet kannst du doch nicht sein.»

«Ich bin nicht verblendet.»

Und dann beginnt das Blickduell. Wie die Mutter so die Tochter. Dad sieht mich an, als wollte er sagen: *Bitte tu doch was. Ich will nicht mit ansehen, wie hier ausgerechnet jetzt der Dritte Weltkrieg ausbricht.*

«In der *Times* stand, dass wir nur noch bis nächsten Januar haben, bis der Point of no Return erreicht ist», argumentiere ich. «Da haben wir gerade mal angefangen zu studieren.»

«Sehr hilfreich, Liz», murmelt Dad und funkelt mich auf einmal wütend an. Das war wohl nicht das, was er hören wollte.

«Sie hat aber recht», gibt Thea zurück.

Aber Mom ist keine, die schnell aufgibt. «So einen Point of no Return gibt es nicht. Das sagen sie immer wieder, aber es passiert nie. Davon haben sie schon gesprochen, bevor ihr beiden überhaupt geboren wart.»

Thea hält ihrem Blick stand. «Es ist *noch* nicht passiert, meinst du wohl.»

Dad holt lang und tief Luft. Ich sehe, wie sein Brustkorb sich hebt und senkt, während er uns drei mustert. Ich weiß, was er denkt. Er muss es gar nicht aussprechen. Ich weiß, wenn Mom nicht hier wäre, würde er sagen: *Ihr habt recht.* Aber er ist ein Friedensvermittler. Also schluckt er und lässt sich nichts anmerken.

«Eure Mutter hat sich viel Mühe gegeben mit diesem Essen. Jetzt lasst es uns genießen.»

«Danke, David.»

Ich sage nichts. Ich will schließlich nicht die Stimmung verderben. Also bleibe ich sitzen und sehe zu, wie die Tannennadeln von den Girlanden an der Treppe rieseln.

KAPITEL FÜNF

Ich habe von meiner Familie geträumt, als ich von dem Geräusch der knarrenden Ladentür geweckt wurde. Es war kein neuer Traum. Mein Kopf ist in letzter Zeit nicht gerade ein Hort der Fantasie.

Meine Augen gewöhnen sich langsam an die Dunkelheit. Meine To-do-Liste liegt auf dem Tisch neben meiner Matratze, wo sie sowohl metaphorisch als auch buchstäblich Staub ansetzt. Früher haben die Leute immer gesagt, es wäre nicht gut, sein Mobiltelefon neben dem Bett zu haben, weil man im Unterbewusstsein immer wüsste, dass es da läge. Und dieses Wissen würde einen um einen guten Nachtschlaf bringen. Meine To-do-Liste hat den gleichen Effekt. Ich rede mir ein, dass sie der Grund für meinen wiederkehrenden Albtraum ist, auch wenn ich weiß, dass das nicht stimmt.

Ich starre auf die flatternde blaue Plane über meinem Kopf und frage mich, ob ich mir das Knarren der Tür nur eingebildet habe. Gut möglich. Bei dem Wind draußen ist es leicht, Dinge zu hören, die nicht existieren. Andererseits weiß ich genau, wie das Flattern der Plane klingt. Es ist eine dieser Sachen, an die man sich gewöhnt, wie an den Jagdhund unseres alten Nachbarn, der immer um Punkt sechs Uhr morgens anfing zu heulen. Selbst daran hatte ich mich irgendwann gewöhnt.

Ich schließe die Augen und versuche, wieder einzuschlafen. Ich bin schon fast abgedriftet, als mich das Geräusch von quietschenden Türangeln unten im Laden aufschrecken lässt.

Und dann höre ich ein Krachen.

Diesmal bilde ich es mir bestimmt nicht ein. Beim ersten Mal konnte ich es noch als Halluzination abtun, aber ich glaube nicht, dass mein Gehirn so hoch entwickelt ist, dass es mir zweimal den gleichen Streich spielen würde.

Ich stehe leise auf und gehe durch die Küche, bevor ich an der Tür nach unten stehen bleibe und lausche. Ich höre kein Knarren oder Quietschen mehr, aber ich höre etwas anderes. Es klingt wie ein Rascheln, Schlurfen. Und ich glaube, ich höre Stimmen. Oder vielleicht nur eine Stimme. Vielleicht ist es irgendein Spinner, der vor sich hin murmelt, wie gerne er junge Frauen abmurkst. Ich bin nicht sicher. Trotzdem gehe ich im Dunkeln die Treppe hinunter oder rutsche vielmehr auf dem Geländer nach unten.

Mein Magen schlägt Purzelbäume. Ein Teil von mir denkt, dass meine Angst albern ist. Es gibt tausend Dinge, die da unten im Laden gerade passieren könnten, und dass jemand dort umherläuft, ist nur eine von vielen Möglichkeiten. Aber ein größerer Teil von mir – der Teil, der Geistergeschichten liebt, auch wenn ich davon Albträume bekomme – weiß es besser. Ich habe genug Horrorfilme gesehen, um zu wissen, dass eine knarrende Bodendiele in der Nacht meistens Grund zur Sorge ist. Ich atme tief durch und beschließe, dass ich nur eins tun kann. Ich öffne die Tür und betrete die Buchhandlung.

Die Welt ist still, bis auf meine Schritte ist nichts zu hören. Der ganze Raum ist in ein diesiges weißes Licht getaucht und erinnert mich an die Vampirfilme, die ich immer mit Thea geguckt habe. Das Ganze ist ein bisschen unheimlich und macht mir bewusst, dass ich noch nie im Dunkeln hier war. Sobald die Sonne untergeht, läuft niemand mehr draußen herum und deshalb gehe ich dann nach oben, krieche ins Bett und träume von den Dingen, die ich tagsüber krampfhaft versuche zu vergessen. Bevor alles zu Ende ging, ließen wir im Buchladen nachts immer etwas Licht an – kleine LED-Lämpchen, übrig geblieben von Weihnachten, die freundlich über den Regalen funkelten. Es war nie ganz dunkel. Es war nie wie jetzt.

Der Raum ist menschenleer, was sowohl beängstigend als auch beruhigend ist. Beruhigend, weil ich mir vielleicht doch alles nur eingebildet habe. Vielleicht habe ich gar nichts gehört. Vielleicht werde ich verrückt. Aber beängstigend, weil es hier womöglich spukt. Entweder das oder der nächtliche Eindringling ist noch irgendwo im Haus und beobachtet, wie ich mit nackten Füßen über die knarrenden Dielen laufe.

Doch dann schaue ich nach draußen.

Vor der offenen Eingangstür steht ein Lastkarren auf dem Fußweg. Man könnte ihn auch als Bollerwagen bezeichnen, bei dem die Seiten durch Drahtgeflecht ersetzt wurden. So ein Drahtgitter, aus dem Picknicktische auf einem Spielplatz sind oder die Seiten eines ramponierten Holztransporters. Der kleine Wagen ist verrostet, das Drahtgitter verbogen. Die Zugstange liegt auf dem Boden und hinterlässt einen Abdruck auf dem staubigen Fußweg. Der Karren ist voll. Gefüllt mit Plunder und Tüten und Töpfen und Pfannen und Dosen und Stoffen. Die Dosen erinnern mich daran, wie hungrig ich bin. Die Dosen erinnern mich daran, dass das Wasser und das Essen im Küchenschrank zur Neige gehen. Dieser Karren ist nicht etwas, das man einfach so am Straßenrand stehen lassen würde. Er muss jemandem gehören, der nicht einfach abhauen und ihn zurücklassen würde. Dieses Zeug ist wertvoll.

Was bedeutet, dass der Eindringling noch in der Buchhandlung sein muss.

Noch kann ich ihn nicht entdecken, also gehe ich langsam

zur Klassikabteilung, um mir zur Selbstverteidigung eine in Leinen gebundene Ausgabe von *Anna Karenina* zu schnappen. Es ist das dickste Buch, das ich finden kann, und deshalb nehme ich an, dass es am meisten wehtun wird, wenn ich jemandem damit eins überbrate. Nicht dass ich das schon mal versucht habe. Ich umklammere das Buch so fest, dass meine Knöchel ganz weiß werden. Vorsichtig setze ich einen Fuß vor den anderen, wie ich es in einer Folge von *Criminal Minds* gesehen habe, während ich das schwere Buch über meinen Kopf halte, damit ich jederzeit damit zuschlagen kann, wenn es nötig ist.

So durchkämme ich den Raum. Ich sage mir, wenn sich wirklich jemand auf mich stürzen wollte, hätte er schon jede Menge Gelegenheiten dazu gehabt und den günstigsten Moment wahrscheinlich schon verpasst. Ich gehe weiter, bis ich den Durchgang zur Kinderbuchabteilung erreiche. Sie ist der einzige Teil des Ladens, der nicht rechteckig ist. Stattdessen sieht sie aus wie ein schiefes Tetris-Puzzleteil, mit einer Nische an der linken Seite. Vielleicht wollte man den Kindern einen ruhigen Bereich zum Lesen schaffen, fern von den wachsamen Augen ihrer Eltern. Vielleicht hat es was damit zu tun, dass der hintere Teil des Gebäudes immer das beste Licht abbekommt. Auf jeden Fall kann ich den Raum erst einsehen, wenn ich ihn betrete, was ihn zum perfekten Versteck für den Eindringling macht.

Ich zerbreche mir den Kopf, wie ich auf mich aufmerksam machen könnte, bevor ich um die Ecke biege. Aber der Eindringling kommt mir zuvor. Eine forsche Stimme hallt durch den ausgestorbenen Laden. Die Stimme einer jungen Frau.

«Hau ab und ich tu dir nichts», knurrt sie. Ihre Stimme klingt heiser und erschöpft.

Das ist nicht das, was ich erwartet habe. Was ich erwartet

habe, war eine Entschuldigung oder ein Hilferuf oder etwas in der Richtung von: *Oje! Du hast mich erwischt! Bitte schlag mich nicht mit dieser Prachtausgabe von* Anna Karenina, *die du da in der Hand hast!*

«Was?», ist alles, was mir als Antwort einfällt, während ich mich an ein Bücherregal presse, damit mich meine ungebetene Besucherin nicht sehen kann.

«Ich will dir nicht wehtun. Geh einfach wieder nach oben und tu, als wär ich nicht hier.» In diesem Satz steckt eigentlich keine richtige Boshaftigkeit, es schwingt sogar eher Verzweiflung darin mit und doch klingt er wie eine Drohung.

Ein kleiner Teil von mir bekommt Angst, diese Frau mit der rauen Stimme könnte mich in Stücke reißen oder so was in der Art, doch ein anderer Teil von mir fühlt sich beleidigt. Wer, denkt sie denn, ist sie, dass sie in mein Haus einbricht und *mir* Befehle gibt? Warum sollte *ich* Angst haben? Also hole ich tief Luft und beschließe, wenigstens einmal in meinem Leben Rückgrat zu zeigen.

Ich halte *Anna Karenina* noch etwas fester in meinen verschwitzten Händen und betrete den Raum. «Entschuldigung, aber ich glaube nicht, dass du das Recht hast …»

Plötzlich stehe ich der Einbrecherin gegenüber, stoße direkt mit ihr zusammen, sodass ihr Brustbein gegen meines prallt. Mit erhitztem Gesicht weiche ich zurück, taumele gegen ein Regal mit Bilderbüchern. Sie stürzt sich mit mir auf den Boden, rammt mir ihren Ellenbogen in die Brust und drückt mich auf den Teppich. Sie starrt mich an, ihre Nase nur wenige Zentimeter von meiner entfernt.

Sie ist kleiner, als ich erwartet habe, vielleicht einen Meter fünfundsechzig oder so. Außerdem wirkt sie ziemlich jung, wahrscheinlich sogar etwas jünger als ich, aber vielleicht liegt das auch nur an ihrer Größe. Ihre dunkelbraunen verfilzten

Haare sind ein totales Durcheinander, auf der einen Seite rasiert, auf der anderen Seite stufig geschnitten. Sie hat ein paar Schrammen im Gesicht, verschorft, aber noch rot und geschwollen. Und über ihren durchdringenden grünen Augen sitzen zwei mürrisch zusammengezogene dünne Brauen.

Als ich da so neben einem Ständer mit Dr.-Seuss-Büchern auf dem Boden liege, verspüre ich fast den Drang, mich zu entschuldigen. Doch dann schüttele ich das Gefühl ab und erinnere mich daran, dass ich tatsächlich ein Rückgrat habe.

«Wer *zum Teufel* bist du?», frage ich und versuche dabei, den rauen Tonfall ihrer Stimme nachzuahmen.

Die Einbrecherin lockert ihren Griff leicht und stützt ihre freie Hand auf dem Boden neben meinem Kopf ab. Für eine Sekunde denke ich, dass sie mich vielleicht loslässt, doch dann presst sie mit all ihrem Gewicht ihr Knie auf meinen Oberkörper. Ich halte die Luft an.

«Ich sagte, ich will dir nicht wehtun.»

Aber der Ausdruck auf ihrem Gesicht und die Art, wie sie in ihre Gesäßtasche greift, lassen mich denken, dass sie mir *doch* wehtun will. Heutzutage tun die Leute fast alles, um zu überleben.

«Dasselbe könnte ich auch sagen», antworte ich und schiele hinüber zu meiner *Anna Karenina*-Ausgabe, die jetzt ein, zwei Meter entfernt aufgeschlagen auf dem Boden liegt. Ich hoffe, ich klinge nicht so erbärmlich, wie ich mich fühle.

«Das bezweifle ich.»

Ich will sie erwürgen und die Tatsache, dass ich das nicht kann, treibt mich in den Wahnsinn. Hier einzubrechen ist eine Sache, mir jede Fähigkeit, mich zu wehren, abzusprechen, eine andere. Mir wird klar, dass ich das Einzige, was ich noch habe, vor dieser Fremden beschützen muss. Ich nehme meine wenige Kraft zusammen, richte mich auf und stoße ihr

Knie von meinem Oberkörper. Zu meiner Überraschung lockert sie ihren Griff, nimmt ihr Bein weg und weicht ein kleines Stück zurück. Es ist nicht gerade ein Sieg für mich, aber es genügt. Zögerlich stütze ich mich auf meine Ellenbogen und warte auf ihre Reaktion. Wenn sie mich nicht zurück auf den Boden drückt, nehme ich das als Erlaubnis, langsam aufzustehen.

«Was willst du von mir?», frage ich. Meine Kraftreserven sind aufgebraucht.

«Du musst mich allein lassen. Geh nach oben. Tu, als hättest du mich nicht gesehen.»

«Sorry, aber so funktioniert das nicht», stottere ich. «Ich hab dich *erwischt*. Du solltest jetzt eigentlich aufgeben.»

Das Mädchen räuspert sich und verdreht die Augen. «Ich glaube, du kapierst nicht so ganz. Ich geh nirgendwohin, bevor ich nicht das bekommen habe, was ich brauche.»

«Da hast du Pech gehabt», antworte ich, auch wenn ich merke, dass ich in dieser Situation überhaupt keine Macht habe. Ich bin mager, habe keine Kraft in meinen Armmuskeln und das Brutalste, was ich je getan habe, ist, ein Buch durchs Zimmer zu schleudern, wenn ich mich über das Ende geärgert habe. Aber das weiß sie ja nicht. «Hier gibt es nichts zu holen.»

Das Mädchen scheint ein Stück in sich zusammenzusacken und als sie sich jetzt aufrichtet, sieht sie nicht mehr aus wie eine Möchtegern-Superheldin. Eher sieht sie aus wie ein junges Mädchen. Ein Mädchen, das durch die Hölle gegangen ist. Aber wer ist das nicht?

«Was?» Jetzt ist sie an der Reihe, Fragen zu stellen.

«Ich hab nichts, was ich dir geben könnte, selbst wenn du mich nicht zu Boden geworfen hättest. Ich hab kein Essen, das ich dir geben könnte. Auch kein Wasser. Es gibt absolut nichts, was du mir stehlen könntest, das nicht schon gestohlen wurde.» Jetzt bin ich in Fahrt und kann nicht mehr aufhören zu reden. «Ich wette, du bist hier reingekommen, weil du gedacht hast, ich hab es so viel besser als du ...»

«Ich hab gar nicht gewusst, dass hier noch jemand wohnt», beginnt das Mädchen, aber ich bringe sie mit einer abwehrenden Handbewegung zum Schweigen.

«Aber ich habe nichts. Dieser Laden bricht bald zusammen. Ich bin müde. Ich bin hungrig. Und trotzdem ziehe ich nicht herum und stehle von anderen.» Ich mache eine Pause, bevor ich hinzufüge: «Du bist wirklich tief gesunken, nicht wahr?»

«*Tief gesunken?*», spottet das Mädchen. «Wie alt bist du? Fünfzig?»

Ich ignoriere ihr Sticheln. «Schämst du dich nicht?», frage ich und zucke zusammen, als ich merke, dass ich klinge wie meine Mutter.

Aber das Mädchen achtet nicht mehr auf meine Schimpftirade. Ihr Gesicht sieht wieder aus wie versteinert, die Augenbrauen zusammengezogen. Sie ist ganz in Gedanken vertieft. «Ich will überhaupt nichts von dir stehlen», sagt sie.

«Hä?»

«Na ja, ich wollte es. Aber was ich wirklich brauche, ist ein Platz zum Pennen.»

«Warum?»

«Mein Zelt ist kaputt», antwortet das Mädchen sachlich. «Ich hab gehört, es kommt bald ein neuer *Sturm*. Vielleicht in einem Monat oder früher, wenn wir Pech haben. Und dann will ich lieber nicht draußen sein.»

Ich runzele die Stirn. «Woher weißt du, dass das stimmt?» Bin ich denn die Einzige, die diese meteorologischen News verpasst hat?

Das Mädchen kaut auf ihrer Unterlippe und kneift leicht die Augen zusammen, bevor sie antwortet. Es ist, als wollte sie mir überhaupt nichts anvertrauen. Schließlich sagt sie nur: «Ich habe meine Quellen.»

Tolle Antwort! Echt informativ. «Sicher weißt du es nicht», murmele ich und kaue einen Moment auf der Innenseite meiner Wange, bevor ich hinzufüge: «Und was springt für mich dabei heraus?»

«Du hast gerade gesagt, dass du Essen brauchst. Wasser. Vorräte», antwortet sie. «Ich kann dir helfen, das alles zu beschaffen.»

«Indem du die Sachen klaust?», frage ich hämisch. «Sorry, aber im Gegensatz zu dir habe ich einen moralischen Kompass.»

Ich beobachte, wie auf der Stirn des Mädchens eine Vene zu pochen beginnt, wie sich ihr Kiefer anspannt. Sie starrt mich mit eiskalten Augen an. «Ich bin gut im Sachenreparieren», sagt sie und deutet auf die kaputten Fensterscheiben und das Isoliermaterial, das aus der Wand quillt. «Mein Dad war Hausmeister. Ich bin praktisch mit einem Schraubenzieher in der Hand aufgewachsen.»

Ich mustere das Mädchen. Mustere die Schnittwunden in ihrem Gesicht und ihre verfilzten Haare. «Du hättest mich umbringen können.»

«Hab ich aber nicht.»

Auf der einen Seite sagt mir meine To-do-Liste, dass ich tief in der Scheiße stecke. Diese Bruchbude wird praktisch nur noch von frommen Hoffnungen zusammengehalten. Und jetzt erzählt mir schon die zweite Person, dass ein neuer *Sturm* im Anmarsch ist. Auf der anderen Seite kann ich dieses Mädchen irgendwie nicht ausstehen und woher soll ich wissen, dass sie mich nicht im Schlaf erstickt. Wobei mir etwas in ihren Augen sagt, dass sie das nicht machen würde. Es ist seltsam, ich weiß nicht, wie ich das erklären soll. Vielleicht ist es die Art, wie ihre Stimme plötzlich gebrochen ist, als sie mir drohte. Vielleicht ist es der Ausdruck in ihren Augen, eher traurig als wahnsinnig. Mag sein, dass ich gerade die hirnrissigste Entscheidung meines Lebens treffe, aber ich beschließe, dass ich ein aggressives, wahrscheinlich aber eher nicht mordlustiges Mädchen handeln kann. Alles andere ... weniger. Außerdem sind zwei Paar Hände besser als eins.

Ich muss sie ja nicht mögen. Wir müssen keine Freundinnen sein. Ich kann sie auf Abstand halten und mich schützen. Ich brauche Essen. Ich brauche Wasser. Auch wenn ich es hasse, das zuzugeben – ich brauche jemanden. Das hier kann ich vielleicht nicht alleine schaffen.

«Na gut», ist alles, was ich sage.

Wir sitzen zusammen in der dunklen Kinderbuchabteilung. Auch wenn ich müde bin und lieber oben weiterschlafen würde, bleibe ich die ganze Nacht wach – für den Fall, dass. Für den Fall, dass all das Teil ihres Plans war und sie alles stehlen will, was ich habe, sobald ich unaufmerksam bin und die Augen schließe. Aber wir sagen kein Wort zueinander. Wir sitzen einfach nur da und starren uns trotzig an.

Ich spüre die Kante eines *Elephant und Piggie*-Schubers in meinem Rücken. Das Mädchen sitzt auf der anderen Seite des Raums, drüben bei den Graphic Novels, eine aufgeschlagene Ausgabe von *Amulett* in den Händen.

Schließlich halte ich das Schweigen nicht mehr aus. «Wie heißt du?»

«Maeve», antwortet sie und hebt lässig die Augenbrauen.

«Oh.»

Maeve zögert, als würde sie überlegen, ob sie moralisch verpflichtet ist, die Frage zu erwidern, dann gibt sie nach. «Und du?»

«Elizabeth», antworte ich. «Liz.»

«Wie Elizabeth Swann in *Fluch der Karibik*?»

Ich bereue, dass ich sie überhaupt irgendwas gefragt habe. «Kann sein.»

Ich hab *Fluch der Karibik* nie gesehen. Keine Ahnung, ob der Vergleich mit Elizabeth Swann ein Kompliment ist oder ein halbherziger Versuch, einen Witz zu machen. Ich nehme mal an, keins von beidem.

«Ich bin aus New York», fängt Maeve noch einmal an, während sie das Buch zuklappt und ins Regal zurückschiebt. Ich will ihr sagen, dass sie es an den falschen Platz gestellt hat und dass ich mir viel Mühe gegeben habe, alles alphabetisch zu sortieren, aber ich beiße mir auf die Zunge.

«Cool», sage ich stattdessen.

«Und du?»

«Ich bin von hier», antworte ich.

«Aha.»

Dann sagen wir für den Rest der Nacht nichts mehr. Irgendwann schläft Maeve ein und ihr Kopf sackt nach hinten auf das Bord mit den Jugendbüchern. Ich schlafe nicht. Ich beobachte.

Ich beobachte, wie sie im Schlaf das Gesicht verzieht. Ich beobachte, wie sie hin und wieder ihre Hände zu Fäusten ballt. Und ich kann nicht anders, als mich zu fragen, ob ich einen Riesenfehler gemacht habe.

KAPITEL SECHS

Wir stehen vor der Haustür und starren hinunter auf Maeves Karren, der mit so vielen Gegenständen vollgeladen ist, dass ich nicht einmal erkennen kann, was das alles ist. Sie fängt an, durch die Sachen zu wühlen, holt mit einer Hand eine Dose hervor und mit der anderen eine Decke, als hätte dieses wahnsinnige Durcheinander ein System. Mir ist klar, dass das absolut nicht so ist, aber ich lasse sie machen. Wenn sie Spaß dran hat. Es ist ein Riesenlärm, ein ständiges Klappern und Scheppern.

«Und wenn du dein Zelt repariert hast, gehst du wieder?», schreie ich gegen den Krach an. Maeve scheint mich nicht zu hören oder sie will meine Frage ignorieren. Ich versuche es noch einmal. «Kann ich was helfen?» Ich gestikuliere wild in Richtung Lastkarren. Ich weiß eigentlich nicht, warum ich ihr helfen sollte, aber ich hab das Gefühl, es wäre richtig.

Maeve hebt ruckartig den Kopf. Ihre braunen Ringellocken stehen in allen Richtungen ab. Sie spitzt die Lippen und runzelt konzentriert die Stirn. «Wir müssen alles reinbringen.»

«Ins Haus? Alles?»

Maeve nickt.

Mein Blick geht zwischen Maeve und ihrem Karren hin und her. Ich frage mich, worauf ich mich da eingelassen hab. Das ganze letzte Jahr habe ich mich bemüht, einen neuen Rhythmus für mein Leben zu finden. Nachdem Eva gegangen war, habe ich mich total daran gewöhnt, meine Sachen alleine zu machen, alleine zu funktionieren. Mit meinem eigenen Tagesablauf. Maeve könnte das alles durcheinanderbringen. Meine Art zu leben. Meine Art zu funktionieren. Ich will sie so schnell wie möglich wieder loswerden und ich werde schauen, dass sie ihr Zelt schnell repariert bekommt. Natürlich nachdem sie mir geholfen hat, ein paar Punkte auf meiner To-do-Liste abzuhaken. Damit ich ein Stück weiterkomme.

Ich mustere ihren Karren und schüttele den Kopf. Dieser alberne Karren, der aus irgendeinem Grund nicht durch eine völlig normalgroße Türöffnung passt. Dieser alberne Karren, der mich zwingt, all den Müll darin nach oben zu schleppen, ein Ding nach dem anderen.

«Komm», sage ich und strecke die Hände nach einer Kiste mit Decken und Kerzen, einem Seil und einer Schere aus. «Lass mich das nehmen und dann kannst du mir nach oben folgen.»

«Warum sollten wir das Zeug nach oben bringen?»

«Weil dort unser Schlafplatz ist?»

«Du meinst, weil dort *dein* Schlafplatz ist.»

«Was willst du damit sagen?»

«Kann ich nicht einfach hier unten schlafen?», fragt Maeve abfällig. «Es war ziemlich seltsam aufzuwachen und zu begreifen, dass du mich beim Schlafen beobachtet hast.»

«Kommt überhaupt nicht infrage.»

«Ich werde bestimmt nicht mit dir *kuscheln*, Liz, wenn es das ist, worauf du aus bist.»

Ich schnaube spöttisch, doch dann wird mir klar, dass Maeve das absolut ernst meint. «Ich traue dir nicht. *Deshalb* schlafen wir im selben Zimmer.»

«Das ist nicht fair», stellt Maeve sachlich fest. «Unser Deal war, dass du mich hierbleiben lässt und ich dafür sorge, dass du überlebst. Von einem gemeinsamen Schlafraum war in unserer Vereinbarung nicht die Rede.»

«Ich will dich im Auge behalten. Sicherstellen, dass du mich nicht übers Ohr haust.»

«Das ist aber echt creepy», murmelt Maeve. «Außerdem würde ich das nicht machen.»

Jetzt muss ich wirklich lachen. «*Du* bist doch diejenige, die mich gestern Abend ausrauben wollte. *Ich* bin diejenige, die so was nicht macht.»

«Ich trau dir aber auch nicht.»

Mein Blick geht vom Karren mit den Vorräten und Gerätschaften zu Maeve, die trotzig ihre Arme vor der Brust verschränkt. Wenn sie so dringend einen Unterschlupf braucht, wie sie sagt, wird sie schon noch nachgeben. Ich weiß, dass sie das tun wird.

«Also gut», sagt Maeve schließlich.

Ha. Ich hatte recht. «Okay. Ich bin froh, dass wir das geklärt haben.»

Maeve rafft eine Hose und sechs Packungen Instantnudelsuppe zusammen. «Na dann mal los, Elizabeth Swann.»

«Einfach Liz reicht.»

Ich stoße mit der Spitze meiner Sandale die Haustür auf und schlüpfe hinein. Ich höre Maeves schlurfende Schritte hinter mir, als sie mir folgt und auf dem Weg mit ihrer Hüfte gegen den Türknauf stößt. Es ist, als wollte selbst die Buchhandlung sie nicht hierhaben.

Ich führe sie am Tresen vorbei durch den dunklen Flur und die knarrenden Stufen hinauf, vorsichtig, um nicht über die durchgebogenen Stellen in der Mitte zu stolpern. Als ich oben bin, ruckele ich zwei-, dreimal am Türknauf, bevor die Tür endlich nachgibt und mich hereinlässt.

Ich stelle Maeves Kiste auf die Küchentheke und schiebe

sie ein Stück zur Seite, um für die Hose und die Nudelsuppen Platz zu machen, die Maeve auf die Arbeitsfläche fallen lässt.

«Willst du dein Zeug in eine eigene Ecke stellen?»

Maeve zuckt die Schultern. «Was auch immer du am besten findest.»

Ich weiß auch nicht, was am besten ist, also gehe ich wieder runter, um noch eine Armladung aus dem Karren hochzubringen. Ich wühle durch die Sachen und frage mich, wie sie so viel Schrott anhäufen konnte. Da sehe ich es. Auf einem alten roten T-Shirt mit dem Aufdruck *Jackson Hole, Wyoming*, halb versteckt durch irgendwelchen anderen Kram, liegt ein Messer. Es steckt in einer abgenutzten Lederhülle, die von goldenen Nieten zusammengehalten wird. Ein dunkler Holzgriff ragt oben heraus. Ich kann nicht anders, als es anzustarren.

Dabei ist es natürlich nicht das erste Mal, dass ich ein Messer sehe. Vielleicht kann ich meinen Blick nicht davon losreißen, weil es kein gewöhnliches Messer ist, kein stinknormales Küchenmesser. Ich nehme es in die Hand, behutsam, als könnte es jeden Moment explodieren. Langsam ziehe ich es aus der Lederhülle, vorsichtig, um mich nicht zu schneiden. Wenn ich daran denke, wie ich mir die Finger zusammengetackert habe, als ich sieben war und wir im Kunstunterricht Papierketten gebastelt haben, ist es nicht ganz auszuschließen, dass ich mir hier und jetzt einen Finger abhacke, was mir gerade noch gefehlt hätte.

Es ist eines dieser Messer, die ich auch schon auf Instagram gesehen habe, wahrscheinlich angefertigt von irgend so einem Typen in seinem Camper, der dafür riesige Holzklötze sammelt. Es ist die Art Messer, für die man früher als «Kunsthandwerk» ein paar Hundert Dollar hingeblättert hätte. Die Klinge ist nicht sauber. Etwas klebt daran. Etwas Dunkles und leicht Rötliches. Es macht mir Angst.

Ich weiß überhaupt nichts über Maeve. Diese Tatsache trifft

mich wie ein Schlag ins Gesicht, als ich jetzt hier stehe. Verletzlich. Allein. Ich weiß absolut nichts über diese Person, die ich in mein Haus gelassen habe. Sie hätte mich gestern Abend umbringen können. Ist das der Gegenstand, nach dem sie in ihrer Hosentasche getastet hat? Ihr Messer? Aber warum hat sie es dann nicht benutzt? Es wäre doch viel praktischer gewesen, mich aus dem Weg zu schaffen und das Haus für sich zu beschlagnahmen. Und warum braucht sie jetzt so lange? Warum konnte ich so schnell alleine nach unten verschwinden? Warum ist sie noch oben und lässt sich alle Zeit der Welt?

Ich höre die Tür innen knarren und als ich mich umdrehe, steht Maeve im Hauseingang. Unsere Blicke treffen sich und sie erstarrt.

«Warum hast du ein Messer?»

Sie macht ein paar zögerliche Schritte auf mich zu und reckt den Hals, um zu sehen, was genau ich da in der Hand habe. «Was?», fragt sie, aber sie wirkt überhaupt nicht verwundert. Ihre Miene bleibt vollkommen gleichgültig.

Ich wiederhole meine Frage, auch wenn ihr maskenhafter Ausdruck mir unbehaglich ist. «Warum hast du ein Messer?»

«Hast du denn kein Messer?»

«Klar hab ich eins. Ein Küchenmesser, das wahrscheinlich seit Jahren nicht geschärft wurde. Damit könnte ich nicht einmal einen glatten Schnitt durch Styropor zustande bringen.» Und noch *nie* war es mit einer mysteriösen roten Substanz verkrustet.

«Okay», sagt Maeve und kommt weiter auf mich zu. «Und wie isst du?»

«Mit einem *Löffel*.»

Sie grinst abfällig. Ich spüre, wie mir die Hitze ins Gesicht steigt. Ich kann nicht sagen, ob aus Scham oder aus Wut. Vielleicht eine furchtbare Mischung aus beidem.

Maeve steht jetzt keinen halben Meter vor mir. Sie streckt die Hand nach dem Messer aus, das ich immer noch in der Hand halte. Ich umklammere es noch fester.

«Musst du denn nie jagen gehen?», fragt sie.

«Nein.»

Ich verstehe nicht, warum ihre Augenbrauen nach oben schnellen, als ich das sage. Und ich hasse es, dass ich das nicht verstehe. «Und was genau hast du dann die ganze Zeit gegessen?»

Ich hole tief Luft, bevor ich antworte. «Dinge, die ich nicht *umbringen* muss.»

«Und wie verteidigst du dich? So ganz allein hier?»

Ich starre auf meine Füße, unsicher, ob es eine richtige Antwort auf diese Frage gibt. «Bisher musste ich das nicht», sage ich, bevor ich hinzufüge: «Zumindest nicht bis gestern Abend.»

Maeves Lachen klingt nicht so rau, wie ich erwartet hätte. «Hast du dieses Haus in den letzten sechs Monaten überhaupt mal verlassen?»

«Bisher musste ich das nicht», antworte ich noch einmal.

«Ich will dir mal was erzählen, *Elizabeth Swann*», sagt sie. «Die Welt ist nicht mehr die, die du zuletzt gesehen hast. Sie ist schlechter.»

«Das bedeutet noch lange nicht, dass man ein blutiges Messer braucht.»

«Jetzt hör mal zu, Liz», faucht Maeve, als sie mir das Messer aus den Händen reißt. Aus irgendeinem Grund versuche ich nicht, es festzuhalten. «Hör auf, mich für das zu verurteilen, was ich getan habe, um zu überleben. Ich musste mir eben manchmal die Hände schmutzig machen, denn im Gegensatz zu dir lebe ich in der realen Welt. Manche von uns haben nun mal keinen schicken Buchladen, um sich darin zu verstecken. Manche von uns müssen sich durchschlagen.» Ich sehe zu, wie sie noch ein paar ihrer Sachen aus dem Karren zusammenrafft und an mir vorbeistürmt. Ich öffne den Mund, um etwas zu sagen, aber Maeves wütender Blick lässt mich verstummen. Schockiert starre ich sie an, als sie die Spitze ihres Messers auf mich richtet und mir das Herz bis zum Hals schlägt. «Und wühl nicht in meinen Sachen.»

KAPITEL SIEBEN

An diesem Abend sitzen wir zusammen in der Küche und brüten beide wütend vor uns hin. Ich glaube, selbst wenn ich es wollte, würde ich kein Wort herausbringen.

Die Scheinheiligkeit des Ganzen schwelt noch in mir. Ich sollte nicht in ihrem Zeug wühlen? Während sie weiß Gott wie lange in *meiner* Wohnung war und durch *meine* Sachen gestöbert hat? Sie kommt zu mir, weil sie einen Unterschlupf braucht, und erzählt *mir* dann, dass ich nicht verstehe, wie es ist, Hunger zu haben. Dass ich nicht verstehe, wie es ist, allein zu sein. Dabei verstehe ich das sehr wohl. Ich verstehe es vollkommen.

Es gibt einen Unterschied zwischen allein sein und einsam sein. So viel ist sicher. Allein sein ist ein äußerlicher Zustand. Ein Zustand der Trennung von jedem und allem, was einem irgendwie Geborgenheit geben könnte. Allein sein ist, stolz auf dich zu sein und niemanden zu haben, der dich liebt und dieses Gefühl mit dir teilt. Allein sein ist, nach einem Albtraum aufzuwachen und absolut niemanden zu haben, der dich in den Arm nimmt und dir sagt, dass *alles gut* wird. Allein sein ist die völlige und uneingeschränkte Abwesenheit der Menschen, die dich lieben, und der Menschen, die du zurückliebst.

Einsamkeit ist Hunger. Einsamkeit ist ein Hunger nach etwas, das du nie haben kannst. Einsamkeit ist ein Hunger nach

Wärme und Mitgefühl und Geburtstagsliedern und Liebe. Wenn du so lange keinen anderen Menschen hattest, der sich um dich kümmert, dass du das Gefühl hast, vollkommen zu zerbrechen.

Ich bin vielleicht nicht das ganze letzte Jahr äußerlich allein gewesen, aber der Hunger hat angefangen, mich Stück für Stück von innen aufzuzehren. Von dem Marine-Mann bekomme ich keine Liebe. Er bietet keinerlei Gegengift gegen Einsamkeit. Er existiert einfach. Er ist nett und für einen Moment habe ich einen anderen Menschen um mich. Genauso ist es mit den anderen Leuten, die im Laden vorbeikommen. Sicher, ich habe Kontakte, ich treffe Menschen und manche von ihnen sind sogar ganz freundlich. Aber ich bin immer noch einsam. Ich habe eine Leere in mir, die kein Mensch füllen kann, der nur kurze Zeit *um mich herum* ist. Ich habe eine Leere in mir, die wohl nie gefüllt werden wird. Sie wird jeden Tag größer.

Das Messer liegt auf der Küchentheke. Maeve hat es dort hingelegt, nachdem wir ihre letzten Sachen hochgebracht hatten. Sie hat es dort hingelegt und sich vergewissert, dass ich es sehe, als wollte sie sagen: *Schau, ich werde dich nicht umbringen! Ich werde mein schmuckes Messer hier auf den Tisch legen. Dann müsste ich vor deinen Augen den ganzen Weg hier rübergehen, um dich umzubringen. Also, alles in Ordnung.* Trotzdem weiß ich, dass sie das Messer erreichen und in meinen Bauch rammen könnte, bevor ich auch nur Zeit hätte zu reagieren. Sie funkelt mich vom Sessel aus an. *Meinem* Sessel. Dem Sessel, in dem ich im vergangenen Jahr jeden Abend gegessen habe.

Ich beschließe, es zu ignorieren. Ich starre sie von meinem Platz auf dem Boden aus an und schlürfe einen Becher Nudelsuppe. Eine nützliche Sache, die Maeve in ihrem albernen Karren hatte, war eine Riesenschachtel Streichhölzer. Sie stellen zwar in Anbetracht der Menge an Papier in diesem Gebäude eine große Feuergefahr dar, aber sie haben auch dafür gesorgt, dass ich mein Abendessen zum ersten Mal seit langer Zeit nicht kalt essen musste. Dafür hat sich Maeve den Sessel verdient. Ich schaue wieder hinunter auf meine Nudeln und wirbele sie mit meiner Gabel umher, bis daraus ein großer Klumpen Nudeln geworden ist, den ich nicht auf einmal in den Mund stopfen kann. Ich versuche es trotzdem.

Vielleicht ersticke ich daran und sterbe hier und jetzt auf dem Küchenfußboden, während Maeve sich aus purem Trotz nicht aus dem Sessel hochbewegt. Ich werde hier sterben und zu einem Fossil werden und unsere allbarmherzigen außerirdischen Overlords werden meine Überreste finden und sagen: ᐃᒡᖢᖢᐅᐧ! Was ungefähr so viel bedeutet wie: *Vielfraß!*

Maeve hört einen Augenblick auf zu kauen und zeigt mit einem Finger auf meine Pinnwand, von der die Schwester des Marine-Manns auf uns herablächelt. Maeve grinst. «Wer ist das auf dem Foto?»

Auch wenn ich genau weiß, wovon sie spricht, runzele ich die Stirn. Warum interessiert sie das? «Hä?»

«Die Frau auf dem Foto. Ist das jemand aus deiner Familie?»

«Nein», antworte ich patzig, bevor ich verstehen kann, warum ich mich so angegriffen fühle. Aber warum sollte Maeve auch irgendetwas über meine Familie erfahren? Warum sollte sie überhaupt irgendetwas über mich erfahren? «Es ist eine Kundin.»

Maeve schnaubt. «Eine Kundin? Willst du damit sagen, dass der Laden noch geöffnet ist? In dieser allgemeinen Lage?»

«Gewissermaßen», grummele ich, bevor ich hinzufüge: «Es gibt eben noch Menschen, die an die bleibende Kraft der Literatur glauben.» *Im Gegensatz zu gewissen Leuten in diesem Raum, die in Buchhandlungen einbrechen und wahrscheinlich nicht einmal wissen, wie man Nietzsche schreibt.*

«Sieht so dein Leben aus?», fragt Maeve. «Genug zu essen und eine offene Tür für Besucher?» Ihr Tonfall überrascht mich. Er ist sanft, nicht boshaft, wie ich erwartet hätte. Ich erstarre, die Gabel auf halbem Weg zum Mund.

«Was?»

«Dein Alltag. Sieht so dein Leben aus?», wiederholt Maeve.

Ich stecke meine Gabel wieder in meinen Nudelbecher und sehe zu ihr auf. «Ich meine, nicht genau so. Nicht jeden Tag. Einige Tage sind schlechter als andere, schätze ich.» Ich mache eine Pause und warte, bis sich das Gefühl in meiner Brust verflüchtigt. «Aber an sich schon.»

Maeve starrt mich an und schlürft langsam ihre restliche Suppe. «Das muss schön sein.» Ihre Stimme klingt monoton, als würde sie eine altbekannte Tatsache wiedergeben. Als wäre es eine unbestrittene Wahrheit, dass ich es so viel leichter gehabt habe.

«Ist das wieder so eine zweideutige Bemerkung? Noch so eine Spitze gegen mich? Du hast deinen Standpunkt doch heute Morgen schon klar genug gemacht. Dabei weißt du ja gar nicht …»

«So mein ich das doch nicht.» Zuerst klingt ihr Ton bissig. Dann nicht mehr. «Ich mein nur, es muss schön sein, immer Menschen um sich zu haben.»

«Ich habe keine Menschen um mich. Sie bleiben ja nie lange.» Und wenn sie wieder gehen, bin ich so allein wie alle anderen. Allein mit meinen Gedanken an all die Dinge, die ich hätte tun sollen. Allein mit diesen schwelenden Schuldgefühlen in mir.

«Aber immerhin existieren diese Menschen. Es gibt Menschen in deinem Leben.»

«Mag sein, aber ich kann sie nie dazu bringen zu bleiben.»

Maeve wendet den Blick ab und mein Herz zieht sich zusammen. Für einen Moment fürchte ich, dass ich das Gespräch verdorben habe, auch wenn es nicht gerade ein gutes Gespräch war. Ein Teil von mir will, dass Maeve mich mag, egal, wie wenig ich sie mag. Ich kann nicht anders – im Grunde bin ich eine Arschkriecherin und wünsche mir, dass mich alle mögen. Ich beobachte, wie etwas in ihrem Gesicht aufflackert, während sie meine Worte verarbeitet.

Sie nickt langsam und sieht auf ihren Suppenbecher hinunter, um noch einen Schluck zu nehmen. «Richtig heiß.»

Nicht gerade die überschwängliche Verständnisbekundung, die ich erwartet habe. «Ach echt? Ist mir gar nicht aufgefallen.»

Maeve lacht darüber, auch wenn ich nicht finde, dass ich etwas Witziges gesagt habe. Ich glaube, es ist mehr ein Lachen der Erleichterung.

«Übrigens, tut mir leid, was du durchgemacht hast», murmelt sie, den Mund halb voll mit Nudeln. «Was auch immer es war.»

Ich mustere sie und versuche zu erkennen, ob sie wirklich meint, was sie da sagt. Ihre Miene scheint nichts zu verbergen. Keine Boshaftigkeit lauert dahinter und wartet darauf, dass ich den Köder schlucke.

«Schon okay.»

KAPITEL ACHT

18. Februar: Vor dem ersten *Sturm*

*E*s ist Chinesischer Abend, das heißt, Mom ist in der Stadt bei irgendeinem Schickimicki-Juristen-Dinner für Leute in Anzügen. Diese Abende mag ich am liebsten. Die Abende, an denen ich ihr endloses Gemecker nicht ertragen muss und stattdessen einen großen Teller leckere Sesamnudeln genießen kann.

Thea sitzt neben mir und schiebt ihr frittiertes Hühnchenfleisch mit ihren Stäbchen umher. Dad räuspert sich.

«Kann ich mal was mit euch beiden besprechen?», fragt er, legt sein Besteck zur Seite und nimmt einen Schluck von seinem Gin Tonic.

Das ist wahrscheinlich der furchtbarste Satz, den man von seinen Eltern am Freitagabend beim Abendessen hören kann, abgesehen vielleicht von: *Ich hatte heute einen interessanten Anruf von deinem Schuldirektor*, oder: *Mir ist etwas mulmig heute, hoffentlich ist es nichts Ansteckendes.*

Ich höre auf, Nudeln in mich reinzustopfen, und sehe ihn aufmerksam an. Im Gegensatz zu meiner Mutter ist mein Dad nicht der Typ, der melodramatisch wird. Wenn er es ernst meint, meint er es ernst. Thea wiederum lässt sich nicht aus der Ruhe bringen.

«Klar», antworte ich und stupse mit meinem Turnschuh gegen Theas Knöchel, bis sie aufhört, ihr Dinner zu misshandeln.

«Ich habe euch doch von eurer Tante Sophia erzählt», sagt Dad.

Das hat er. Angeblich haben wir sie getroffen, als wir klein waren, in einem Alter, in dem man noch keine richtigen Erinnerungen speichern kann. Daher ist das einzige Bild, dass ich von Tante Sophia im Kopf habe, eine Frau mit einem verschwommenen Gesicht.

«Jaja», murmelt Thea, «die in Alaska.»

Dad lächelt. «Genau die.»

Ich nehme meine Stäbchen wieder in die Hand und hebe einen Haufen Nudeln hoch. «Was ist mit ihr?», frage ich, bevor ich die Nudeln in meinem Mund stopfe.

«Sie hat uns angeboten, bei ihr zu wohnen, wenn es sein muss.»

Thea hustet, die Augen vor Schreck weit aufgerissen. Weil... Dad ist nicht gerade ... exzentrisch. Höchstens wenn er am Mittwochabend um elf *Jesus Christ Superstar*-Imitationen zum Besten gibt. Oder sich an Halloween als entflohener Geisteskranker verkleidet und für die Kinder vor der Tür eine aufwendige Pantomime aufführt. Jedenfalls ist er kein Weltuntergangsfanatiker. Und plötzlich klebt mir das chinesische Essen im Rachen.

«Warum sollten wir das tun?», faucht Thea.

«Es ist ja nicht sofort. Das Ganze ist noch ein paar Monate hin. Wenn alles so schlimm wird, dass wir ...»

Thea hebt abwehrend die Hand. «Um Gottes willen, Dad. Jetzt fang bitte nicht wieder damit an. Ich versuche gerade, mein Essen zu genießen.»

«Habt ihr gehört, dass es in Massachusetts gestern einen Tornado gegeben hat? Und noch dazu kein kleiner. In Massachusetts gab es seit Jahren keinen Tornado! Und der Tsunami in Louisiana. Ganz zu schweigen davon, dass praktisch ganz Kanada in Flammen steht», sagt Dad.

«Es gibt immer ein erstes Mal, oder?», entgegnet Thea.

Ich schüttle den Kopf. Dad hat nicht immer recht, aber manchmal schon. «Das macht es aber nicht weniger alarmierend.»

«Danke, Liz», sagt Dad. «Ich habe vor, im September nach Alaska zu ziehen, wenn ihr zwei an der Uni anfangt.»

Thea lacht auf – ein kaltes Lachen –, bevor sie eine dramatische Pause macht. «Meinst du das echt ernst? Das ist doch verrückt, Dad. Ich meine, ich verstehe, dass du pessimistisch bist. Verdammt, ich bin auch pessimistisch, aber jetzt spinnst du wirklich. Das geht einen Schritt zu weit.»

«Glaubt mir. Die Situation wird nur schlimmer werden.»

«Es wird immer alles schlimmer!»

Ich beschließe, meine Meinung zu äußern, auch wenn sie nicht gefragt ist. «Es kann nicht schaden, vorbereitet zu sein.»

«Das ist mehr als vorbereitet sein», meint Thea. «Das ist echter Doomsday-Prepper-Scheiß. Als Nächstes fängt er an, einen Aluhut zu tragen und aus dem *Levitikus* zu zitieren.»

«Hör auf, so mit mir zu reden, Thea. Ich bin immer noch dein Vater.»

«Ich verstehe, Dad», sage ich und schaue zu ihm hoch. Er sieht müde aus. Zu müde. «Ich verstehe, was du sagen willst.»

«Mach es nicht, Liz», warnt mich Thea. «Lass dich nicht auf diesen Wahn ein, dem er da verfallen ist.»

Ich sehe hinunter auf meinen Teller, bevor ich murmele: «Ich muss darüber nachdenken.»

Denn vielleicht wäre es ja auch ganz schön, all das hier hinter sich zu lassen und sich nicht um ein Studium oder die Zukunft oder was auch immer damit verbunden ist, kümmern zu müssen. Vielleicht wäre es besser, einfacher, die Welt hinter sich zu lassen. Vielleicht hat Dad auf diese abstruse Weise recht.

Ich schiebe meinen Teller weg. Irgendwie habe ich keinen Hunger mehr.

«Okay», sagt Dad. «Das ist okay. Denkt darüber nach.»

Das Essen ist kalt geworden.

KAPITEL NEUN

Am Himmel türmen sich die Wolken auf, eine düstere Mahnung, dass da etwas auf uns zukommt. Maeve hat es sich zur Aufgabe gemacht, auf einem Blatt an der Wand einen Countdown aufzuschreiben. Ich spüre die Anwesenheit dieses Zettels wie eine verfluchte *Mona Lisa*, als Maeve das «Geöffnet»-Schild an der Ladentür umdreht. Ich hab Maeve gesagt, dass ich es nicht besonders hilfreich finde, ständig an den herannahenden Untergang erinnert zu werden. Sie arbeite immer besser unter Druck, erwiderte Maeve nur. Ich kann nicht sagen, dass mir das auch so geht.

«Ein ganz schöner Dreckladen», murrt Maeve und wischt mit ihrem Flanellärmel den Staub vom Tresen. «Staub auf den Regalen, Staub auf dem Boden, Spinnweben in der Ecke.»

«Was?»

«Machst du hier überhaupt mal sauber?»

Ich drehe mich um und starre sie regungslos an. Sie sieht mich nicht einmal an. Sie inspiziert den Fußboden hinter dem Tresen, der mal gefegt werden müsste. Das weiß ich auch. «Sieht es so aus?»

Maeve hat keinen Sinn für meinen Sarkasmus und funkelt mich wütend an. «Ich bin nicht hier, um Putzfrau zu spielen.»

«Saubermachen ist nicht so wichtig», entgegne ich.

«Ich dachte, du führst ein Geschäft?»

Ich gehe auf Maeve zu. Meine Stiefelschritte dröhnen auf dem Fußboden. «Es ist ja nun nicht so, dass ich viel Konkurrenz habe.»

Maeve schnaubt verächtlich und wirft einen Blick auf meine To-do-Liste auf dem Tresen. «Kein Wunder, dass dieser Laden ein Trümmerhaufen ist», murmelt sie. «Wenn dir das alles so egal ist.»

Ich will ihr sagen, dass es mir überhaupt nicht egal ist. Es bedeutet mir mehr, als sie sich vorstellen kann. Dieser Ort bedeutet mir mehr, als ihr irgendetwas in ihrem Leben bedeutet haben kann. Aber es gibt Dinge, die sind wichtiger als Fegen und Staubwischen. Überleben zum Beispiel. Und manchmal bist du einfach zu traurig, um irgendetwas zu machen. Manchmal fühlst du dich, als würdest du zerbrechen, und dann musst du deine ganze Energie darauf verwenden, das zu verhindern. Aber Maeve scheint solche Tage nicht zu kennen. Maeve scheint überhaupt keine Gefühle zu kennen.

Maeve seufzt und fährt mit ihrem dünnen Finger über die To-do-Liste. «Egal, das ist alles einfacher Kram.»

«Was meinst du damit: *Das ist einfacher Kram?*», gebe ich zurück.

«Ich weiß nicht. Ich verstehe nicht, warum du das alles so lange aufgeschoben hast.»

Ich halte ihre besserwisserische, ungehobelte, anmaßende Art nicht aus. Diese Art, sich in etwas reinzudrängen und zu ignorieren, wenn es unpassend ist. Ich halte ihre ständig finstere Miene und ihre schroffe Stimme nicht aus. Maeve klopft mit ihrem Finger auf die Hartholzplatte des Tresens. Sie starrt mich erwartungsvoll an, als warte sie darauf, dass ich protestiere und so was sage wie: *Halt die Klappe. Du hast ja keine Ahnung.* Das wäre richtig. Das ist das, was ich sagen will, aber ich kann es nicht. Wenn sie hierbleiben will, bis ihr Zelt repariert ist (wie lange das auch immer dauern wird), dann will ich dafür sorgen, dass unser Umgang miteinander wenigstens halbwegs angenehm ist.

«Wie du meinst», bringe ich schließlich heraus.

Ein kleines Lächeln stiehlt sich in Maeves Gesicht. «In zwei oder drei Wochen hab ich das erledigt.»

«Ja, klar. Ist ja nur ein später Frühjahrsputz, damit ich auf den Winter vorbereitet bin.»

Maeve steht langsam von ihrem Hocker auf, wischt ihre schwitzigen Hände an ihren Beinen ab und sieht mich an. «Gibt es draußen am Haus auch einen Wasserhahn?», fragt sie. «Ich will nur überprüfen, ob das ganze Wasserproblem vielleicht nur ein Problem mit dem einzelnen Waschbecken oben ist. Dann kann ich einen Schlachtplan entwickeln.»

Ich blinzele langsam und erwidere ihren Blick. Ich bin überhaupt nicht darauf gekommen, dass das Wasserhahnproblem nur auf die Küche oben beschränkt sein könnte, und jetzt, wo Maeve das sagt, komme ich mir total dämlich vor. Und ich werde mich noch dämlicher fühlen, wenn sie den anderen Hahn aufdreht und frisches Wasser herausströmt. Ich spüre, wie mir die Hitze ins Gesicht steigt, als ich mit einem Nicken auf die Haustür deute. «Ja, er ist gleich da draußen», bringe ich hervor. «Es ist so ein biegsames Rohr, falls es denn funktioniert.»

Maeve antwortet nicht. Sie stolziert an mir vorbei und geht durch die Haustür voran. Ich rühre mich nicht von der Stelle. Ich sehe ihr nach, wie sie um die Hausecke verschwindet, bis sie durch die Vorderfenster nicht mehr zu sehen ist. Für einen Moment genieße ich die Stille ihrer Abwesenheit, dann raffe ich mich auf, ihr zu folgen.

Ich gehe um den Kassentresen und durch die Ladentür, die ein neues Schloss und neue Angeln braucht. Bestimmt wird Maeve mir erzählen, dass ich vollkommen beschränkt war und den Knauf in die falsche Richtung gedreht habe. *Das Schloss ist völlig in Ordnung. Es mag dich nur nicht.*

Ich biege um die Hausecke und folge den Spuren, die Maeves Stiefel im Dreck hinterlassen haben.

Als ich Maeve finde, starrt sie auf den leicht verrosteten rechteckigen Kasten, der gerade weit genug von der Hauswand entfernt steht, dass ein Fußball in dem Zwischenraum festklemmen könnte. Ganz in Gedanken bewegt sie ihre Zunge im Mund umher. Mit zusammengekniffenen Augen mustert sie den unscheinbaren Kasten und wippt ungeduldig mit dem Fuß, als warte sie darauf, dass er etwas macht.

«Was?», grummele ich, als ich keine Lust mehr habe zu warten.

Maeve kaut auf ihrer Unterlippe. «Weißt du, was das ist?»

«Ein Kasten.»

Maeve stößt ein schrilles höhnisches Lachen aus und grinst. «Sag bloß, du Blitzmerker.»

Ich will sie ohrfeigen. Ich will ihr sagen, dass ich durchaus imstande bin, allein zurechtzukommen, und sie bisher auch nicht gebraucht habe. Ich brauche sie nicht, um mich zu retten oder mir zu vorzuhalten, was ich alles nicht weiß. Schließlich gibt es vieles, was ich weiß. Zum Beispiel, dass Maeve ein *überhebliches Arschloch* ist, das ich so schnell wie möglich wieder loswerden will.

«Okay. Und was ist es dann? Wenn du so viel schlauer bist als ich? Es sieht nämlich aus wie ein rostiger Kasten.» Ich mache eine Pause und kaue auf der Innenseite meiner Wange. «Es sieht aus wie ein simpler Metallkasten, der seit Jahrzehnten hier steht und gleich zu Staub zerfällt.»

Maeve sieht mich stirnrunzelnd an, bevor sie auf einen kleinen Aufkleber an einer Ecke des Kastens zeigt. «Was steht da?»

«Ich hab jetzt keine Lust auf Detektivspielchen», murre ich, aber ich gucke trotzdem hin. Die Buchstaben sind fast ganz verblasst, aber als ich angestrengt die Augen zusammenkneife, kann ich die verschwommenen Umrisse einer Elektroschockwarnung erkennen. Der mysteriöse Kasten soll nicht von Kindern angefasst werden. Er kann genügend Volt produzieren, um dich aus den Socken zu hauen – oder Schlimmeres. Ich schaue wieder zu Maeve, die mich erwartungsvoll anguckt. «Okay, es ist ein Elektrokasten. Cool. Falls du es noch nicht bemerkt hast: Der Strom ist ausgefallen. Schon vor einer Weile. Und jetzt teste ich die Wasserleitung, wenn du nichts dagegen hast.»

Aber Maeve scheint etwas dagegen zu haben, denn sie hebt den Arm und blockiert meinen Weg zum Wasserhahn. «Liz, das ist kein Elektrokasten, was auch immer du damit meinst. Es ist ein Generator!» Ich beobachte, wie sich ein Lächeln auf ihrem Gesicht ausbreitet. Ein echtes Lächeln, kein gehässiges. «Du sitzt hier seit einem Jahr auf einem Generator und hast es nicht gemerkt!»

Ich starre sie stirnrunzelnd an. «Woher hätte ich denn wissen können, dass das ein Generator ist?»

«Konntest du nicht. Deshalb hast du ja auch ein Riesenglück, dass ich hier bin.»

«Ja, was würde ich nur ohne dich machen?», sage ich sarkastisch. Doch dann taucht ein Bild in meinem Kopf auf. Ein Bild von einer funktionierenden Glühbirne. Einem CD-Spieler mit echter Musik, die aus den Lautsprechern strömt. Vielleicht sogar eine funktionierende Klimaanlage. Ein Bild von mir und Maeve auf der Titelseite einer Zeitung, mit einem stolzen Lächeln, weil wir einer zerstörten Welt die Elektrizität zurückgegeben haben. Und sie gerettet haben. Natürlich würde Maeve alle mit ihrer beschissenen ablehnenden Haltung vor den Kopf stoßen, sodass am Ende wahrscheinlich ich die ganze Anerkennung bekommen würde. Der Gedanke gefällt mir.

«Komm schon. Lass uns dieses Teufelsding mal knacken.»

Ich starre hinunter zu Maeve, die sich hingekniet hat, um ihre Beute zu inspizieren. Da beginnt etwas in mir zu gären und ich schwöre mir, dass ich nicht zugucken werde, wie Maeve dieses Ding öffnet. Schließlich ist es *mein* Generator, verdammt nochmal.

«Du hast keine Ahnung, was du da machst, oder?»

Maeve dreht sich sofort zu mir um. «Doch, das habe ich. *Du* wusstest ja nicht einmal, dass das ein Generator ist.»

«Na gut. Meinetwegen. Ich bin eine Idiotin. Aber eine Idiotin, die dieses Ding in Gang bringen wird.» Ich beobachte, wie Maeve einen Moment zögert und ihre Möglichkeiten abwägt. Entweder sie bleibt bei dem Generator und beschwört meinen Zorn herauf oder sie überlässt mir den Vortritt und ich ermorde sie heute Nacht nicht. Sie macht einen Schritt zurück und lehnt sich an den Stamm des toten Baumes. Sie tut, als wäre es ihr egal, aber ich kann sehen, wie ihr Blick hin und her springt und jeden Zentimeter des Generators inspiziert. Alle Rädchen in ihrem Gehirn rotieren gleichzeitig.

«Bitte, nur zu.»

Ich nähere mich der Metallkiste und wische mit meinem schweißnassen Finger langsam den Rost und Dreck von den Außenseiten. Ein Riss auf der Oberfläche kommt zum Vorschein und dann ein paar Scharniere. Nach und nach lege ich eine Klappe mit einem kleinen, mittlerweile vollkommen blinden Plastikfenster frei. Ohne zu zögern, reiße ich die Klappe auf und eine Staubwolke kommt mir entgegen. Maeve kann sich ein Lachen nicht verkneifen, als ich einen Hustenanfall bekomme, und ich muss mich zusammenreißen, mich nicht umzudrehen und sie mit einem bösen Blick zum Schweigen zu bringen. Nicht dass das funktionieren würde, aber egal.

In dem Metallgehäuse befindet sich ein Gasbehälter wie in diesen teuren Gasgrills, mit denen die Reichen auf Long Island ihr Barbecue zubereiten. Diese Grills, die früher in Vatertag-Werbespots oder Memorial-Day-Sales bei Home Depot vorkamen. So was in der Art. Daneben ist ein dunkler Zylinder mit einem kleinen Ventilator. Beide sollten sich vermutlich drehen und kinetische Energie erzeugen, aber sie tun es nicht. Ich starre ratlos in den Kasten, bis ich mich schließlich überwinde und Maeve ansehe.

«Und was mache ich jetzt?»

Sie grinst mich von ihrem Platz unter dem Baum aus an. «Nun ja, diese Dinger werden normalerweise mit Gas betrieben oder in diesem Fall mit Propan, schätze ich. Wie wäre es, wenn du erst mal nachguckst, ob noch etwas im Tank ist?»

«Wie kommt es, dass du dich mit so was auskennst? Bist du nicht ein Stadtkind?», frage ich. *Wieso denkst du immer, dass du so viel mehr weißt als ich?*

«Wie ich schon sagte, mein Dad war Hausmeister und meine Mom hat praktisch in ihrem Büro gelebt. Ich hatte die Wahl, entweder vor Langeweile zu sterben oder ihm bei der Arbeit zuzuschauen. Nachdem ich also jahrelang die Keller unseres Wohnblocks erkundet habe, kenne ich mich mit solchen Sachen aus», antwortet Maeve grinsend. Sie wirft ihre Haare zur anderen Seite, wodurch die rasierte Hälfte zum Vorschein kommt. «Und was ist mit dir? Sollte das nicht dein Metier sein, Landmaus?»

Jetzt bin ich an der Reihe zu spotten. «Eine Vorstadt in New Jersey ist ja nun nicht gerade der typische Ort für Selbstversorger. Meine Eltern konnten noch nicht einmal den Fernseher richtig bedienen. Ich musste ihnen praktisch jeden Abend helfen, die Programme zu wechseln.»

Maeve zuckt mit den Schultern. «Okay.»

«Okay.» Damit wende ich mich wieder dem Generator zu und überprüfe, ob der Propantank irgendeine Art Füllstandanzeige hat. Der schwarze Schlauch, der sich durch das Innere der Kiste windet, ist mit einem Stutzen oben auf dem Gastank verbunden. Daran ist eine kleine Metallscheibe mit einer roten Nadel befestigt, kaum sichtbar unter der dicken Staubschicht. Ich wische die Anzeige mit dem Daumen ab. Der Tank ist voll. Warum funktioniert das Gerät dann nicht?

«Das Ding muss kaputt sein», seufze ich und streiche mir die Haare hinter die Ohren. Dann drehe ich mich um und versuche mein Bestes, Maeves furchtbares Grinsen nachzuahmen. «Du bist eine echte Lebensretterin. Vielen Dank, dass du mich auf dieses nutzlose Stück Metall aufmerksam gemacht hast.»

«Einen Versuch war es wert», murmelt sie und nickt langsam. «Aber sie hätten das Ding doch nicht hier stehen lassen, wenn es kaputt wäre. Stimmt's?»

«Du hast wohl die apokalyptische Katastrophe vergessen, die letztes Jahr über uns hereingebrochen ist und praktisch alles zerstört hat.» Ich wirbele mit der Sohle meiner Sandale eine Staubwolke auf. «Und was genau machen wir mit diesem Generator, wenn wir es irgendwie schaffen, ihn zu reparieren? Das Propan wäre sicher bald aufgebraucht. Willst du es für ein paar Glühbirnen verschwenden oder was?»

«Nein, Dummerchen», antwortet sie. Mein Magen dreht sich um, ein unangenehmes Gefühl, das mir gar nicht gefällt. Ich fahre mit der Zunge meinen Gaumen entlang, um mich davon abzuhalten, etwas zu sagen, was ich später bereuen könnte. Es sind ja nur ein paar Tage, nicht wahr? Ich muss sie nicht mehr lange ertragen.

Ich fühle mich in die Highschool zurückversetzt. Ich erinnere mich an ein Spiel, das ich damals mit mir selbst gespielt habe, wenn meine sozialen Interaktionen mal wieder schiefgelaufen waren oder einer meiner Witze falsch angekommen war. Bis auf die Knochen blamiert, wiederholte ich dann ein Mantra in meinem Kopf: *Nur noch zwei Jahre und du musst sie nie wiedersehen.* Später wurde daraus: *Halt sie dir warm, sonst musst du allein zur Prom gehen.* Und: *Beiß dir noch eine kleine Weile auf die Zunge, sonst hast du auf der Abschlussfeier keinen zum Reden.* Die Abschlussfeier kam und ging und am Ende war sowieso alles egal. Alles war vollkommen egal. Ich war immer noch allein. Ich bin immer noch allein.

Ich sehe Maeve interessiert an und warte darauf, dass sie mich aufklärt. «Denk nur an die Wunder, die ein elektrischer Bohrer vollbringen könnte. Oder eine Kreissäge», erklärt sie.

«Mit elektrischen Werkzeugen kenn ich mich nicht aus.»

Maeve grinst mich noch einmal an. «Ich aber.» Das war ja klar. Maeve lacht, ein gedämpftes, raues Lachen, das leise anfängt und dann zu einem ausgewachsenen Lachanfall anschwillt.

«Was ist denn daran so witzig?», frage ich frustriert.

Maeve verdreht die Augen. «Ich stelle mir nur gerade vor, wie du mit einem elektrischen Werkzeug hantierst. Passt nicht so ganz zu deinem Vibe.»

Ich drehe ihr gleich den Hals um. Ich glaube wirklich, ich drehe diesem Mädchen noch den Hals um. Klar, kann auch sein, dass sie mir zuerst den Hals umdreht, aber ich denke allmählich, dass mir das auch schon egal ist. Es juckt mir in den Fingern, als sie auf etwas hinter meinem Rücken zeigt und ihr Lachen noch lauter wird.

Ich werfe die Hände in die Luft. «Mein Gott, Maeve. Was ist denn jetzt schon wieder?»

«Vielleicht solltest du mal den Einschaltknopf überprüfen», sagt sie und deutet mit dem Fuß auf ein Ding unten am Generator. Ich spüre, dass sie diesen Satz eigentlich mit dem Wort

Idiotin beenden will, aber sie tut es nicht. Sie hat es nicht nötig. Sie kann einfach so tun, als ob sie nett und hilfsbereit wäre.

Und tatsächlich: Den kleinen schwarzen Knopf, auf den sie deutet, habe ich in meiner unendlichen Weisheit irgendwie übersehen. Jetzt bemerke ich die leicht zerkratzten Buchstaben neben dem Knopf, die ein Wort formen, das verdächtig nach dem Wörtchen OFF aussieht. Ich antworte nicht, aber ich strecke die Hand aus, um den Knopf in Richtung eines winzigen Blitzsymbols zu bewegen, das hoffentlich ON bedeuten soll.

Ich warte darauf, dass der Motor zu brummen beginnt, dass dieses Ding zum Leben erwacht. Ich warte auf irgendein Zeichen, dass dieses Ding überhaupt funktioniert, aber nichts passiert. Ich kann spüren, wie Maeve hinter mir unruhig wird. Bestimmt kann sie sich kaum zurückhalten, mich nicht anzuschnauzen und mir zu sagen, was genau ich jetzt wieder falsch gemacht habe. Dann wird sie mich zur Seite schubsen und irgendetwas drehen und – Abrakadabra! – es funktioniert. Genau so wie man manchmal ein scheinbar unlösbares Computerproblem hat und sobald man jemand anderen zu Hilfe holt, läuft alles in Sekundenschnelle wieder von allein.

Ich starre auf den Motor. Vielleicht hat das etwas mit Aktivierungsenergie zu tun. Ich meine, ich habe aus dem Biokurs im ersten Highschool-Jahr nur eine vage Erinnerung daran, was das bedeutet. So richtig habe ich wohl nicht aufgepasst, auch wenn ich das nur ungern zugebe. Jede Reaktion braucht ein gewisses Maß an Aktivierungsenergie, die sie in Gang setzt. Sobald dieser Punkt erreicht ist, beginnt die Reaktion. Ein Enzym kann die benötigte Menge an Aktivierungsenergie verringern. Also könnte ich das Enzym sein oder zumindest meine Hand. Denke ich. Das Enzym, um dieses ramponierte Teil wieder zum Laufen zu bringen.

Ich bitte Maeve nicht um Erlaubnis. Ich teile ihr einfach mit, was ich mache. «Ich helfe nur mal ein bisschen nach», nuschele ich leise. Wenn sie mich nicht hören kann, kann sie mir auch nicht sagen, dass ich etwas falsch mache.

Langsam greife ich mit meiner Hand in den Kasten, spüre das kalte Metall an meinen Fingerspitzen. Ich bekomme mit, dass Maeve hinter mir etwas sagt, aber ich höre nicht hin. Ihre Stimme ist barsch. Ihre Stimme ist schroff. Und ich bin sicher, wenn ich mich umdrehen würde, hätte sie wieder dieses hämische Grinsen auf dem Gesicht.

Ich spüre das kühle Metall an meiner Haut und dann drücke ich zu. Auf einmal höre ich ein lautes Dröhnen und dann spürt meine Hand überhaupt nichts mehr.

KAPITEL ZEHN

Manchmal frage ich mich, wie es wäre, wenn mein neunjähriges Ich mich heute sehen könnte. Bisher habe ich mir das eher in herzerwärmendem Sinne vorgestellt, so nach dem Motto: *Ich bin vielleicht im Moment nicht hundert Prozent happy mit meinem Leben, aber die neunjährige Liz wäre trotzdem superstolz auf mich. Ich wette, sie hätte nicht einmal gedacht, dass sie es so weit schaffen würde.*

Aber wenn die neunjährige Liz sehen könnte, was in diesem Moment passiert, würde sie einen Schlaganfall bekommen und auf der Stelle tot umfallen. Sie würde ein solches Übermaß an widerstrebenden Gefühlen empfinden, dass sie sich spontan selbst entzünden würde wie diese Irin in den Siebzigerjahren. Die Frau auf diesem seltsamen, aber irgendwie auch faszinierenden Foto mit dem Aschehaufen und den zwei unversehrten Füßen.

So ist das bei einer spontanen Selbstentzündung, auch wenn die meisten Ärztinnen und Wissenschaftler darüber streiten, ob es so was überhaupt gibt. Ein Mensch verbrennt von innen heraus und irgendwann stoppt das Feuer. Es hat nicht mehr genug Zündstoff, genug Antrieb, also klingt es ab, ohne seine Arbeit ganz erledigt zu haben. Der Mensch lässt einen Fuß oder einen Finger zurück, wie um zu sagen: *Ich war hier, ob ihr an mich glaubt oder nicht.*

Die neunjährige Liz würde eine so toxische Mischung aus Verwirrung und Schmerz und Scham und Angst empfinden, dass ihr Gehirn vor lauter sensorischem Overload in Flammen aufgehen würde.

Mein siebzehnjähriges Ich spürt so gut wie gar nichts. Die Zeit verstreicht zu langsam. Ich kann kaum etwas anderes hören als das Getöse, mit dem das ganze Blut durch meine Venen rauscht. Ich sehe, wie sich Maeves Fingernägel in meine Haut graben und blasse weiße Halbmonde auf meinem Arm hinterlassen. Ich sehe ihr Haar wild umherdreschen, während sie hektisch an mir zieht und zerrt und sich fragt, warum ich da herumstehe und nicht genauso panisch bin wie sie.

Dabei stehe ich gar nicht herum. Meine Hand wird gezogen, Millimeter für Millimeter, näher und näher an den Generator, bis sie ganz darin verschwindet. Der Motor frisst sie auf, bleibt mit seinen scharfen Kanten an meiner Haut hängen und zieht meinen Arm durch den winzigen Spalt zwischen dem Zylinder und der Oberkante des Generators.

Als ich zusehe, wie meine Hand von dieser Maschine verschlungen wird, die ich unbedingt in Gang setzen wollte, denke ich, dass ich das vielleicht verdient habe. Vielleicht hat die Welt jetzt doch mal genug von meinem Blödsinn. Vielleicht bin ich zu gut darin geworden, die kleinen Stiche des Schmerzes zu verdrängen, die mich in der Nacht wach halten, und das Universum will sicherstellen, dass ich ständig Schmerzen habe, für immer. Und es steht mir doch nicht zu, mich gegen diese ausgleichende Gerechtigkeit aufzulehnen.

Maeve schlingt ihre Arme so fest um meine Schultern, dass ich kaum atmen kann. Ich spüre sie, auch wenn ich nichts anderes spüren kann. Ich spüre die Wärme ihrer Haut, spüre ihren Atem in meinem Nacken. Ich mag das Gefühl nicht. Als sie mich endlich aus der Maschine befreit hat, lässt sie mich los und wir stolpern beide zurück. Völlig außer Atem sitzen wir auf dem Boden und sehen einander nicht an.

Augenblicklich kehrt die Zeit zu ihrem normalen Tempo zurück und die Sekunden vergehen wieder in der Geschwindigkeit, in der Sekunden vergehen sollten. Und diese Sekunden tun weh. In diesen Sekunden spüre ich alles. Mein Körper scheint die verlorene Zeit nachholen zu wollen. Jeder Nerv in meinem rechten Arm brennt wie Feuer. Der ganze Arm pocht gnadenlos und ich spüre jeden Herzschlag, jeden Schwall Blut in jedem dumpfen Stoß, der durch meinen Arm geht.

Ich will ihn gar nicht ansehen, weil er so furchtbar wehtut. Ich versuche, den Schrei zu unterdrücken, der aus meinem Mund bricht, aber es gelingt mir nicht. Es klingt animalisch. Der Schmerz überwältigt mein Gehirn, erstickt jeden Gedanken, jede rationale Handlung. Wenn meine Hand sich schon so schlimm anfühlt, wie mag sie dann erst aussehen? Und weil hinschauen einfach nicht machbar ist, wende ich mich an Maeve. Ich erlaube ihr, für mich zu gucken, und das tut sie. Das hat sie schon getan. Ich suche ihren Blick, aber sie hat ihn auf meine pochende, blutende Hand geheftet. Sie wagt es nicht, sich wieder abzuwenden, als fürchte sie, mein Arm würde dann komplett abfallen.

Ich spüre, wie etwas Warmes, Klebriges auf meine Füße tropft und meine Sandalen färbt. Ich kann nicht anders, als hinunterzugucken und zuzusehen, wie das Rot über meinen Knöchel rinnt und an meiner Haut haftet.

Schließlich reißt Maeve ihren Blick von meiner Hand los. Sie sieht erschrocken aus. Richtig erschrocken. Aus ihrem Gesicht ist alle Farbe gewichen. Sie beißt sich so fest auf die Unterlippe, dass ich schon denke, gleich fängt *sie* an zu bluten. Dabei blute ich bestimmt genug für uns beide.

Alles, was mir dazu einfällt, ist: «Verdammte Scheiße!», was ja nun nicht gerade eloquent ist. Ich versuche, mich zu beruhigen. «Weißt du, dass ich mir noch keinen einzigen Knochen gebrochen habe?», bringe ich hervor. Meine Stimme ist zittrig und schwach. «Ich war sogar noch nie im Krankenhaus.» Ich kann kaum sprechen. Ich kann kaum atmen.

«Du fieberst ja», sagt Maeve und packt mich an der linken Schulter. Es tut immer noch weh. Mein ganzer Körper brennt. Stirbt einen Tod nach dem anderen, tausendmal.

Ich kann Maeve kaum verstehen, als sie sagt: «Liz, ich muss dich jetzt reinbringen, damit wir versuchen können, das in Ordnung zu bringen, okay?»

Ich kann kaum denken, geschweige denn meine Füße in Bewegung setzen. Mit Maeves Hilfe, die mich behutsam hochzieht, schaffe ich es, ins Haus zu humpeln, während das Blut von meiner Hand auf den Boden tropft. Als wir auf die Ladentür zuhumpeln, redet Maeve weiter. Ihre leise Stimme summt in meinen Ohren.

«Da hast du dich ja ganz schön zugerichtet, was?», murmelt sie. «Geniale Idee von dir, deine Hand in eine Maschine zu stecken. Das ist immer ein Erfolgsrezept: *O nein! Der Strom ist ausgegangen! Ich steck mal eben meine Hand in die Sicherungsdose!*»

In ihrer Stimme schwingt eine Spur Sorge mit. Das verblüfft mich so sehr, dass ich nichts anderes hervorbringe als: «Ich tropfe auf den Boden. Das gibt Flecken.»

«Weißt du, Liz, es gibt Wichtigeres als den Fußboden. Wichtigeres als Generatoren und zerbrochene Fensterscheiben und verrostete Angeln. Zum Beispiel ... ich weiß auch nicht ... am Leben zu bleiben?» Es ist keine Frage, es ist eine Feststellung. «Wenn du so überzeugt bist, dass dieses Haus zusammenbricht, warum gehst du dann nicht einfach? Irgendwohin, wo es sicherer ist?»

Sie setzt mich auf den Hocker hinter dem Tresen. Der aufgeheizte Metallsitz brennt an meinen Oberschenkeln. Benebelt vor Schmerzen sehe ich zu Maeve auf. Sie kapiert nicht, dass die zwei Dinge sich nicht gegenseitig ausschließen. Generatoren und Am-Leben-Bleiben. Fensterscheiben und Überleben. Sie gehören zusammen. Sie kapiert nicht, dass Sicherheit nicht nur eine Regierung, Nahrung und ein Dach überm Kopf bedeutet. Dass es so viel mehr ist als das.

«Ich weiß nicht, ob es überhaupt einen sichereren Ort gibt», bringe ich mühsam hervor. «Das hier ist das ...», ich unterdrücke einen weiteren Schmerzenslaut, «das Beste, was ich habe. Das hier ist ... mein Zuhause.»

Entweder hat Maeve mich nicht gehört oder sie ignoriert meine Begründung absichtlich. «Hast du einen Erste-Hilfe-Kasten?» Nicht gerade ein eleganter Themenwechsel, aber es funktioniert.

Ich nicke. Plötzlich habe ich auch noch pochende Kopfschmerzen. «Er müsste ... da drüben sein.» Ich zeige mit meiner guten Hand. «Dort in diesem ...» Meine Stimme verebbt, aber Maeve scheint zu verstehen.

Als sie sich umdreht, nutze ich die Gelegenheit, mir endlich meinen Arm anzusehen und den Schaden einzuschätzen, den der Generator mir zugefügt hat. Ohne Maeve, die sonst ständig um mich herum ist und jede meiner Bewegungen verfolgt. Als ich einen Blick riskiere, zieht sich mein Magen zusammen.

Auf meinem Unterarm klafft eine lange gezackte Schnittwunde, die noch immer blutet. Streifen von Schmierfett verlaufen kreuz und quer über meine Haut und vermischen sich mit dem tiefen Rot. Meine Hand ist in noch schlechterem Zustand. Die Finger sind bis auf die Knöchel aufgeschürft und hängen schlaff herunter. Sosehr ich es auch versuche, ich kann sie nicht bewegen. Ich kann meine ganze Hand nicht bewegen.

Ich spüre, wie sich etwas Nasses in meinen Augen sammelt, während meine ganze Welt ins Wanken gerät.

Maeve kommt mit einem Bündel Bandagen und Stofffetzen zurück, die sie so fest umklammert, dass die Adern um ihre Knöchel hervortreten. Dann nimmt ihr Gesicht einen konzentrierten Ausdruck an.

«Heb deinen Arm.»

Ich versuche es und der Arm schlackert in der Luft. Maeve legt behutsam ihre Finger unter meinen Unterarm und hebt ihn ein Stück hoch, um die Wunde zu betrachten.

«Ist es wirklich so schlimm?», frage ich, auch wenn ich die Antwort eigentlich schon kenne. Ich will hören, wie sie mich anlügt. Ich will ihr glauben.

Maeve antwortet mit einem Kopfschütteln. «Dein Arm blutet ziemlich stark, aber ich werde versuchen, ihn zu verbinden. Mit einem Druckverband. Ich werde die Wunde erst mal auswaschen. Genäht werden muss sie hoffentlich nicht, denn dafür haben wir im Moment nicht die Ausrüstung.»

«Nähen?», keuche ich. Angestrengt überlege ich, ob ich irgendwelche Ärzte kenne, die noch leben. Hab ich in letzter Zeit die Geschichte eines Arztes aufgeschrieben? Bitte, lieber Gott, sag, dass ich das habe.

«Ich schätze, wir könnten die Wunde auch ausbrennen, wenn es zu schlimm wird. Wir wollen ja nicht, dass sie sich entzündet, denn in deinem Erste-Hilfe-Kasten sind *definitiv* keine Antibiotika, mit denen man so was behandeln könnte. Überhaupt, was hat die ganze Handcreme darin zu suchen?»

Sie redet nicht mehr mit mir. Sie redet, um sich von der Gegenwart abzulenken. Quasselt sich zu, damit sie keine neuen Informationen aufnehmen kann. Damit sie nichts Aktuelles und Schmerzvolles mehr spüren kann. Das Gefühl verstehe ich.

Maeve wirft mir ein altes dekoratives Geschirrtuch zu, verziert mit dem Spruch «Ich unterstütze meine lokale Buchhandlung!». Das Preisschild hängt noch dran. Fünfzehn Dollar neunundneunzig.

«Press das mal auf die Wunde. Ich muss etwas Wasser finden, um sie zu reinigen.» Sie gibt mir nicht einmal die Chance zu antworten, bevor sie durch die Hintertür verschwindet. Sie ist halb die Treppe hinauf, als ich sie rufen höre: «Sieh zu, dass du nicht verblutest, während ich weg bin!»

Ich antworte nicht. Mein Mund ist plötzlich zu trocken, um zu sprechen. Ich presse einfach das gottverdammte Geschirrtuch so fest wie möglich auf meinen Arm, egal, wie sehr es wehtut. Ich sehe zu, wie mein Blut langsam durch den Stoff sickert und die Buchstaben einen nach dem anderen verschluckt.

ICH UNTERSTÜTZE MEINE LOKALE BUCHHANDLUNG!
ICH UNTER   E MEINE LOK   BUCH
              E MEINE LO
              E

Maeve kommt mit einer metallenen Feldflasche zurück. Die Buchstaben auf dem Geschirrtuch sind jetzt alle verschwunden, Weinrot überdeckt Weinrot.

Ich deute auf den blutdurchtränkten Stoff. «Ich brauche noch ein Tuch.»

«Hier. Gib mir einfach den Stoff und ich wasche deine Wunde aus und verbinde sie. Die Knöchel auch.»

Ich lächele matt und sie kniet sich hin, um vorsichtig das wenige Wasser über meine Haut zu gießen. Und es brennt. Es brennt so furchtbar, dass der Schmerz mein Gehirn überflutet. Mein Blick verschwimmt und ich fange an, überall kleine Punkte zu sehen.

«Woher hast du das Wasser?», bringe ich hervor.

«Mein persönlicher Vorrat. Der letzte Rest.»

Ich beiße mir auf die Zunge, bis ich ganz sicher bin, dass ich sie gleich abbeißen werde. Ich beiße so fest zu, dass ich spüre, wie das Blut in meinen Kopf steigt und mein Sichtfeld von klar zu Rot zu Schwarz wird.

KAPITEL ELF

Als ich die Augen öffne, sitzt Maeve auf dem Verkaufstresen und baumelt mit den Beinen. Mir tut immer noch alles weh.

«Willkommen im Land der Lebenden», murmelt sie und streicht sich eine Haarsträhne hinter das Ohr.

Der Kommentar kommt mir seltsam vor, denn mir war nicht bewusst, dass es auch anders hätte kommen können. Also frage ich: «Werde ich sterben?»

Maeve hält mitten in einem Atemzug die Luft an. Ich hatte gehofft, sie würde lachen. Ich hatte gehofft, sie würde lachen und *Natürlich nicht* sagen und mich wieder eine Idiotin nennen, aber das tut sie nicht. Maeve schüttelt den Kopf. «Ich weiß es nicht, Liz. Woher soll ich das wissen?» Sie redet schnell. Eine Silbe stolpert über die andere, während sie aus ihrem Mund drängen. «Ich weiß es nicht.»

Ihr Blick ist nicht ehrlich. Sie scheint nicht zu glauben, was sie sagt, und ich glaube ihr auch nicht.

«Du wirkst aber, als würdest du so was wissen», erkläre ich. «So wie du über Ausbrennen und solche Sachen geredet hast. Das hörte sich ziemlich überzeugend an.» *Du weißt anscheinend alles. Warum dann nicht auch das?* Ich wünschte, ich würde nicht so herumfaseln, aber in meinem Gehirn purzelt alles durcheinander. Ich habe das Gefühl, gleich vollkommen zerbrochen zu sein, in tausend Stücken auf dem Boden verstreut.

«Meine Eltern waren keine Chirurgen», brummt Maeve. «Meine Mom war Vorschullehrerin. Und es war nicht so, dass sie sich besonders darum gekümmert hat, mir etwas beizubringen. Mein medizinisches Wissen habe ich nur aus medizinischen Fernsehsendungen und Teenagerserien.»

«Wie *The 100*?», frage ich. Ein zaghaftes Lächeln stiehlt sich in mein Gesicht. Ein echtes.

Maeve lächelt zurück. «Mein Gott, diese Serie war in der zehnten Klasse praktisch mein Leben.»

Ich muss lachen und vergesse für einen Moment meinen Schmerz.

«Ich weiß auch nicht alles, Liz», murmelt sie und starrt auf etwas in der Ferne, das nicht existiert. «Mit manchen Dingen kenne ich mich aus, aber bei anderen, bei den meisten Dingen tue ich nur so, als ob ich wüsste, was ich tue. Und meistens steige ich dann irgendwann tatsächlich dahinter.» Maeve sieht wieder hinunter auf meinen Arm und inspiziert ihn. «Kannst du die Finger bewegen?»

Ich weiß, dass ich es nicht kann, also wechsele ich das Thema. «Ist das jetzt etwas, womit du dich auskennst, oder tust du nur so?»

«Jetzt beweg einfach deine Finger, Liz.»

«Es geht nicht.» Die Worte sinken durch die Luft zwischen uns.

«Das ist nicht gut.»

Ihre Stimme durchfährt meinen Körper, dringt in meine Lungen und in den leeren Raum in meiner Brust. Ich hasse diesen Ausdruck auf ihrem Gesicht, diesen leeren Blick. «Okay. Was bedeutet das?»

«Herzlichen Glückwunsch, Elizabeth Swann. Eine Sache kannst du jetzt endlich von deiner Bucketlist streichen: einen Knochenbruch.»

Maeve greift nach einem alten Lineal und beginnt, es an meinem Arm zu befestigen, indem sie es durch die Bandagen schiebt.

«Was machst du da?», frage ich.

«Eine Schiene», brummt sie. «Das habe ich in der Middleschool im Gesundheitsunterricht gelernt.»

«Okay.» Ich weiß nicht, was ich sonst dazu sagen soll. Ich bin nicht einmal sicher, ob sie mir zuhört, während sie mit starrem Blick arbeitet.

Doch dann macht sie eine Pause und sieht mir direkt in die Augen. «Wir haben beide schon so vieles überlebt, Liz», sagt sie. «Da wird irgend so ein Generator nicht das sein, was dich zur Strecke bringt. Das werde ich nicht zulassen.»

An diesem Abend lässt Maeve mich im Sessel sitzen. Sie hatte beschlossen, meine Wunde noch vor dem Abendessen zu kauterisieren, was ein hochtrabendes Wort dafür ist, meine Haut mit einem glühend heißen Kunsthandwerksmesser zu verbrennen. Danach machte sie mir eine Entschuldigungssuppe, um mich dazu zu bringen, ihr die ganze Sache mit dem Generator zu verzeihen. Ich kann immer noch das Blut in meinem Mund schmecken.

«Ist die Suppe okay?», fragt Maeve und sieht von ihrem Platz auf dem Boden zu mir hoch. Das Mondlicht, das durchs Fenster scheint, erhellt ihr Gesicht. Ausnahmsweise sieht sie ganz entspannt aus. Ich hätte nicht gedacht, dass sie so aussehen könnte. So gelassen. So ruhig.

Ich habe Schwierigkeiten, mit der linken Hand meinen Löffel zu heben, und führe ihn unbeholfen zum Mund. «Ist das jetzt der falsche Zeitpunkt, um dir zu erzählen, dass ich

Rechtshänderin bin?» Ich versuche zum Beweis, meinen Arm aus der Schlinge zu heben, aber es schmerzt so sehr, dass ich es aufgebe.

«Willst du damit sagen, dass du Hilfe dabei brauchst, deine Suppe zu essen?»

Ich verziehe das Gesicht und versuche, dieses Bild aus meinem Kopf zu verdrängen. «Absolut nicht. Da würde ich lieber vor Hunger sterben.»

Wenn Maeve gekränkt ist, dann zeigt sie es nicht. Sie schüttelt den Kopf und wendet sich wieder ihrer eigenen Suppe zu.

Als ich mich räuspere, schaut sie wieder zu mir hoch und hebt die Augenbrauen, als rechne sie damit, dass ich mir das mit dem Füttern noch mal anders überlegt habe. Nur über meine Leiche.

«Danke für heute», sage ich leise und kaue auf meiner Unterlippe. «Ich glaube, ohne dich wäre ich verblutet. Oder ich wäre von einem Generator verschlungen und in tausend winzige Scheiben zerlegt worden.»

«Nicht der Rede wert», sagt Maeve und wird rot.

«Nein, im Ernst jetzt.» Meine Stimme klingt fest, unbeirrt. «Danke, Maeve.»

Maeve schluckt einen weiteren Löffel Suppe. «Wir können ja morgen noch mal nach dem Wasser gucken. Diesmal richtig. Ohne uns von Generatoren ablenken zu lassen.»

«Okay.» Tief in mir blüht ein seltsames Gefühl auf.

Maeve antwortet mit einem Lächeln.

KAPITEL ZWÖLF

21. März: Vor dem ersten *Sturm*

Ich hab mich bei keiner Uni für eine frühe Zulassung beworben, weil ich zu viel Angst habe, mich bei so etwas Wichtigem festzulegen. Klar, es gibt Unis, die ich liebe. Oder mag. Aber wenn ich nach der Zusage keinen Rückzieher mehr machen könnte, würde ich mich bestimmt für den Rest meines Lebens fragen, wie es gewesen wäre, wenn ich eine andere Wahl getroffen hätte. *Was schiefgehen kann, wird auch schiefgehen.*

Und jetzt habe ich gleich drei Absagen nacheinander bekommen. Ein plötzlicher Schlag ins Gesicht, an dem ich aber vielleicht selbst schuld bin. Vielleicht hätte ich einfach eine frühe Bewerbung einschicken sollen und das wäre es dann gewesen. Denn sosehr mich das Gefühl, an der falschen Uni zu sein, auch gequält hätte, es könnte gar nicht schlimmer sein als das Gefühl, das ich jetzt habe.

Als meine Eltern sich für die Uni bewarben, bekamen sie ihre Zusagen in Briefumschlägen. Dicke Umschläge bedeuteten gute Neuigkeiten und dünne bedeuteten schlechte Neuigkeiten. Man konnte den Umschlag ins Licht halten und versuchen, den Brief zu erkennen, der sich darin verbarg.

Leider kann ich meinen Computer nicht ins Licht halten. Also muss ich auf einen grellroten Button in meinem Bewerbungsportal klicken. «BEWERBUNGSSTATUS ANSEHEN», steht dort. Mein Leben lang hat man mir eingeschärft, nicht auf große rote Knöpfe zu drücken, aber jetzt muss ich es tun.

Meine Eltern sind in diesem Moment nicht bei mir. Und Thea auch nicht. Sie sind unten im Wohnzimmer. Dad wollte bei mir sein und mir über die Schulter schauen wie diese Eltern in den kitschigen YouTube-Videos. Diese Videos, in denen alle weinen und jubeln und sich mit ihrem Kind freuen. Ich frage mich, wie all die nicht geposteten Videos aussehen, wenn das Kind wieder eine Absage bekommen hat.

Mein Cursor schwebt über dem Button, als könnte ich durch das Zögern noch irgendwie mein Schicksal ändern, aber das ist natürlich Quatsch. Mein Schicksal ist seit sechs Uhr abends, Eastern Standard Time, besiegelt. Jetzt ist es sechs Uhr fünfzehn. Ich klicke auf den Button.

Eine Freundin hat mir mal erzählt, dass es einen Konfettiregen gibt, wenn man eine Zusage bekommt, und ich hab sie ausgelacht und eine Lügnerin genannt. Aber sie hat nicht gelogen. Das weiß ich jetzt, denn über meinen Computerbildschirm rieseln in diesem Moment blaue und weiße Konfetti. Ich sehe zu, bis die bunten Schnipsel weniger werden und schließlich ganz verschwinden. Dann aktualisiere ich die Seite und der Konfettiregen beginnt von Neuem.

Ich muss das Schreiben gar nicht lesen, um zu wissen, was da steht. Konfetti für eine Absage, das wäre ja sadistisch. Auf so eine Uni würde ich vielleicht sowieso nicht gehen wollen.

Nach ein paar Minuten ebbt der Konfettiregen wieder ab und ich spüre rein gar nichts. Ich hätte schon gedacht, dass sich das ein bisschen besser anfühlen würde. Vielleicht würde mein Herz einen Höhenflug zum Mond und zurück machen. Vielleicht würde ich anfangen zu weinen und kreischend auf und ab hüpfen wie die Leute auf YouTube. Vielleicht würde ich mich ein bisschen vollständiger fühlen als vorher. Aber ich fühle mich einfach nur leer. Leer und betäubt. Es ist nicht das erste Mal, dass YouTube mich angelogen hat.

Trotzdem setze ich ein Lächeln auf und öffne meine Zimmertür. Ich bin bereit, eine Show abzuziehen. Ich werde die Fäuste in die Luft recken und *Ich bin drin!* kreischen, als wäre ich jemand aus *High School Musical*. Aber es ist niemand hier. Ich hatte gehofft, dass meine Eltern vielleicht auf mich warten, sich vor meinem Zimmer herumdrücken würden, um die Neuigkeiten zu hören, aber ich bin allein. Niemand ist auf dem Flur oder unten auf der Treppe.

Ich gehe die Stufen hinunter, vorbei an dem jetzt leeren Wohnzimmer und zwei halb leeren Cocktailgläsern auf dem Sofatisch. Erst als ich in Richtung Küche weitergehe, höre ich ihre Stimmen.

Sie stehen auf der Veranda, zwei Meter voneinander entfernt, als hätten beide eine ansteckende Krankheit. Ihre Gesichter sind erhitzt, Moms ist noch tiefer rot als Dads. Ihre Stimmen dringen gedämpft durch die Glasfenster.

«Das ist nicht der richtige Moment für dieses Gespräch», schreit Mom.

«Und wann ist dann der richtige Moment, Ivy? Sollen wir warten, bis es dir besser in den Kram passt?»

Ich tapse mit meinen flauschigen Socken über den Holzfußboden und gehe zum Kühlschrank.

«Darum geht es doch gar nicht. Es ist sicher hier. Es war immer sicher hier! Wir leben in der Vorstadt, Herrgott nochmal.»

«Glaubst du wirklich, dass es noch irgendwo sicher sein wird?», fragt Dad.

Ich öffne die Kühlschranktür und nehme mir eine Cola aus dem obersten Fach. Die Dose glänzt wegen des Kondenswassers. Ich stelle sie auf die Küchentheke.

«Du klingst schon so wie diese Spinner im Fernsehen, David. Merkst du das nicht? Du bist genauso irrational wie die!»

«Vielleicht haben sie ja auch recht.» Pause. «Überleg doch mal. Meine Schwester hat ein Haus in Alaska. Und sie hat Platz für uns. Dort ist die Lage etwas stabiler. Kühler. Sicherer.»

«Ich siedele meine Familie bestimmt nicht nach *Alaska* um. Ich bin doch keine verrückte Weltuntergangsfanatikerin.»

«Aber da oben wohnen nicht so viele Menschen. Wir könnten uns von der Natur ernähren. Selbstversorger werden.»

Mom schnaubt spöttisch und wirft ihr blondes Haar hin und her. «Hörst du dich eigentlich selbst? Hörst du, wie du gerade klingst? Du hast doch gar keine Ahnung, wie man von der Natur lebt, David. Du kannst ja nicht mal eine Tiefkühllasagne in der Mikrowelle auftauen, ohne sie zu verbrennen.»

«Du hast doch gesehen, was in Texas nach diesem Hurrikan passiert ist. Ein Massaker war das. Die Leute haben angefangen, sich *umzubringen*. Du hast doch die Schlagzeilen gelesen ... Hunderte Tote. Ich will nicht, dass meiner Familie so was passiert.»

Die Cola schafft es auch nicht, das leere Gefühl in mir zu beseitigen, also hole ich mein Handy heraus. Ich öffne meine Nachrichten und suche nach dem richtigen Chat.

«In Texas haben alle Waffen. Hier in New Jersey haben die Leute keine Waffen. Hier ist das anders.»

«Die Menschen machen gefährliche Dinge, um zu überleben. Wenn etwas meine Familie bedroht, ist das eine leichte Entscheidung.» Dad kaut auf seiner Unterlippe. «Vielleicht sollten wir auch eine Waffe haben. Zum Schutz. Damit die Mädchen sicher sind.»

«Wir *sind* sicher. Wir haben einen Sturmschutzkeller einbauen lassen. Ich hab dich diese *alberne* Maschine kaufen lassen, die uns die Hälfte unserer Ersparnisse gekostet hat.»

Evas Name erscheint auf dem Bildschirm und ich klicke ihn an.

«Falls wir uns dort unten einschließen müssen, wäre es mir eben lieb, dass wir Sauerstoff hätten.»

Moms Stimme klingt auf einmal angespannt. «Siehst du, das meine ich, David. Das ist der Unterschied zwischen uns. Mir wäre es lieb, dass wir gar nicht erst da runtermüssten.»

«Genau deshalb müssen wir nach Alaska! Hier ist es zu voll. Dieser Ort ist eine tickende Zeitbombe. Es braucht nur einen Funken und hier geht alles in Flammen auf.»

Als ich eine kurze Nachricht an Eva tippe, zittern meine Finger leicht. Ich weiß auch nicht warum. *Ich hab den Platz!* Zur Betonung füge ich noch ein kleines Konfetti-Emoji hinzu.

Drei graue Pünktchen erscheinen auf dem Bildschirm und dann eine Nachricht.

OMG GRATULATION!!! Ich hab gewusst, dass du das schaffst <3

«Ich halte das nicht länger aus», sagt Mom. «Ich gehe ein Stück spazieren. Wir können uns heute Abend ja ein Takeaway holen.»

«Okay.»

Als Mom die Verandatür zuknallt und an mir vorbeigeht, schäumt sie immer noch vor Wut und sagt kein Wort. Sie stellt mir keine einzige Frage.

KAPITEL DREIZEHN

In dieser Nacht denke ich über Maeve nach. Ich denke über Maeve nach, um den bohrenden Schmerz zu betäuben, der meinen ganzen Arm durchzieht. Weil ich schon jetzt weiß, dass ich keinen Schlaf finden werde, kann ich genauso gut über Maeve nachdenken. Ich denke über ihren Karren nach, über ihr Messer und über New York City. Ich denke, dass sie in mein Haus eingebrochen ist und ich mich trotzdem etwas sicherer fühle, wenn sie da ist.

Ich sitze auf der Kante meiner Matratze, während der Mondschein alles um mich herum in ein blasses weißes Licht taucht. Noch in der Hoffnung, wenigstens ein klitzekleines bisschen Schlaf zu bekommen, habe ich all meine Decken weggekickt und jetzt liegen sie zusammengekrumpelt in der Ecke. Inzwischen habe ich den Gedanken an Schlaf ganz aufgegeben. Er wird nicht kommen. Nicht bei dieser Hitze, nicht bei diesen Schmerzen, nicht bei so vielen Dingen, die mein zu kleines Gehirn überfluten.

Ich sehe zu Maeve, die ein paar Meter von mir entfernt auf dem Boden schläft. Ich frage mich, wer sie war, vor dem *Sturm*. Woher kam sie? Als sie in der Buchhandlung auftauchte, sagte sie, dass sie sonst nirgendwo hinkönnte. Fast als würde sie vor etwas davonlaufen. Etwas verbergen. Ich habe keine Ahnung, was.

Während ich nachdenke, starre ich aus dem Fenster in den Nachthimmel. Eine Million Sterne funkeln in der Dunkelheit. Ich habe mal gehört, dass sie das nur von der Erde aus tun. Ich meine, wenn man im Weltall wäre, ganz weit oben und außerhalb der Atmosphäre, würden die Sterne einfach nur da sein. Lichtpunkte, die vollkommen unbeweglich sind und überhaupt nicht glitzern oder funkeln. Das machen sie nur für uns, als würden wir ihr Strahlen sonst nicht ertragen können.

Ich wollte schon immer ins All reisen. Ich wollte immer in einer Art schwebenden Stadt leben. Etwas Cooles mit meinem Leben machen, etwas Lohnenswertes. Wenn man im Weltall herumschwebt, kann man keinen unnötigen Ballast mitnehmen. Das habe ich meinen Freunden immer gesagt. *Nehmt das jetzt nicht persönlich*, habe ich gesagt, *aber wenn man mir einen Platz in der ersten zivilen Weltraumsiedlung anbieten würde, würde ich sofort Ja sagen und euch alle zurücklassen.* Ich glaube, ich hatte eine romantisierte Vorstellung von einem solchen Neuanfang. Ich hatte eine romantisierte Vorstellung vom Alleinsein.

«Stopp!»

Ich werde von einem Schrei aus meinen Gedanken gerissen. Es ist Maeve, die unter ihrer Decke drüben in der Ecke wild um sich tritt. Sie wälzt sich von einer Seite auf die andere, die Augenbrauen zusammengezogen.

«Bitte nicht.»

Ihre Stimme ist atemlos, angespannt. Ich sehe, wie ein ganzes Universum seine Schatten über ihr Gesicht wirft, während sie im Schlaf verzweifelt zuckt, gefangen in einem Albtraum, aus dem sie sich nicht befreien kann.

«Es ist nicht meine Schuld! Bitte!» Jetzt wimmert sie. Sie hat schreckliche Angst. Wovon sie da auch immer träumt, es muss furchtbar sein.

Während ich sie beobachte, überlege ich, was ich tun soll.

Die Maeve, die ich kenne oder zumindest zu kennen glaube, ist taff, hat einen eisernen Panzer. Aber das ... das sieht nach Angst aus. Schmerz. Das ist brutal. Das ist grausam. In ihrem Schlaf klingt sie panisch. Ich weiß nicht, ob sie will, dass ich sie so sehe. Ob sie wissen will, dass ich sie so gesehen habe. Wenn ich sie jetzt wecke, muss ich ihr sagen, warum. Und wer weiß, wie sie dann reagiert? Wird sie es überspielen? Auf mich losgehen? Weggehen? Ich erinnere mich an das Messer auf dem Küchentisch und daran, dass ich nicht weiß, wozu Maeve fähig ist.

Glücklicherweise muss ich keine Entscheidung treffen. Maeve schreckt aus dem Schlaf und starrt mich mit aufgerissenen Augen an. Ihr Körper ist schweißgebadet. Sobald sie merkt, wie panisch sie wirkt, versucht sie, es zu überspielen. Sie fakt ein Gähnen und reibt sich die Augen. Sie will sich gerade zur Wand drehen, als ich sie mit meiner unverletzten Hand auf der Schulter zurückhalte.

«Bist du okay?» Die Frage rutscht mir heraus, bevor ich überhaupt kapiere, worauf ich mich eingelassen habe.

«Hm?» Sie runzelt die Stirn, als hätte sie nicht die leiseste Ahnung, wovon ich spreche. Sie ist eine furchtbare Schauspielerin.

Vielleicht hätte ich einfach gar nichts sagen sollen. «Schon gut.»

Einen Augenblick schweigt sie, bevor sie sich aus ihrer Decke schält und ihre Knie an die Brust zieht. «Mir geht's gut.»

Wir wissen beide, dass das nicht stimmt, und selbst wenn ich es nicht wüsste, könnte ich es an der Art ablesen, wie sie sich weigert, mich anzusehen. «Bist du sicher?»

Jetzt ist Maeve an der Reihe zu lachen, während sie den Kopf zurücklehnt und an die notdürftig reparierte Decke mit der Plane starrt. «Es ist nicht so wichtig, okay? Wenn man das große Ganze betrachtet. Ich meine, wir haben beide schon so viel Scheiß durchgemacht, dass es auf lange Sicht egal ist.»

«Was meinst du damit?»

«Schau dich doch um. Es ist alles ein einziger Scheiß und das wird auch so bleiben. Was wir tun, ist eigentlich ziemlich belanglos, wenn man mal darüber nachdenkt. Wir müssen tun, was wir können, um zu überleben. Der Rest verblasst im Lauf der Zeit.»

Ich muss wieder an die Sterne denken. Wie klein sie aussehen, wie groß sie in Wirklichkeit sind. «Ich weiß nicht. Denk doch an die Sterne.» Maeve hebt eine Augenbraue, als wollte sie sagen: *Du hast doch überhaupt keine Ahnung, wovon du da redest.* Ich räuspere mich und versuche, sie zu ignorieren. «Sie sind so klein, nicht wahr, und doch hätten in Wirklichkeit ganze Welten darin Platz. Wenn wir die Sterne ansehen, fühlen wir uns total unbedeutend. Aber das sind wir nicht. Auch wenn wir vielleicht total winzig aussehen.»

Maeve stößt ein kleines spitzes Lachen aus. «Ich hab keine Ahnung, was du damit sagen willst.»

«Wenn man *das große Ganze* betrachtet, klar, dann sieht es nicht so aus, als ob das, was in diesem Moment passiert, eine große Rolle spielt. Als ob es überhaupt eine Rolle spielt. Aber das bedeutet nicht, dass man es nicht fühlt. Es bedeutet nicht, dass es nicht wehtut. Dass es nicht zum Kotzen ist.»

«Wie bei den Sternen», sagt Maeve skeptisch.

«In meinem Kopf klang die Metapher irgendwie besser.» Ich zögere, dann rutscht mir eine alberne Frage heraus. «Wünschst du dir manchmal, du könntest ins All reisen?»

Maeve lacht, bis sie merkt, dass ich die Frage ernst meine. «Was? Nein. Warum?»

«Ich weiß auch nicht. Die Ruhe. Das Unbekannte.»

«Ich glaube, ich hatte schon genug Ruhe und Unbekanntes

für ein ganzes Leben», gibt Maeve zurück. «Vielleicht sogar zwei Leben.»

«Gut, wie wäre es dann mit einer Art Urlaub im All?», frage ich. Meine Mundwinkel bewegen sich langsam nach oben.

«Ein Urlaub im All? Und für zehntausend Dollar riskieren, in der Atmosphäre zu verglühen? Nein danke.»

«Okay, und was, wenn irgendein exzentrischer Milliardär dafür bezahlen würde?»

«Pah, Milliardäre», sagt Maeve und schnalzt mit der Zunge. «Wo sind die denn jetzt, um uns aus diesem Schlamassel zu befreien?» Ich merke, dass sie etwas wirr redet, weil sie so müde ist, aber es geht mir genauso.

«Oh! Neil deGrasse Tyson! Dieser Astro-Typ!» Maeve horcht auf und ich muss zugeben, dass ich mich echt freue, in ihr eine willige und halbwegs engagierte Gesprächspartnerin gefunden zu haben. «Was, wenn *er* dich zu einem all-inclusive Weltallurlaub einladen würde? Wie in seiner *Cosmos*-Sendung, aber noch abgefahrener!»

«Also gut», murrt Maeve und hebt die Hände. «Du hast gewonnen, ich mach den Weltallurlaub!»

Ein paar Sekunden koste ich meinen Sieg aus.

«Und wen würdest du mitnehmen, wenn du drei Promis mitnehmen könntest?»

Sie stöhnt und verdreht die Augen. «Hör auf, Liz. Es ist zu spät, um mich mit Eisbrecherfragen zu bombardieren.»

«Entweder das oder du schläfst weiter.»

Das Lächeln auf Maeves Gesicht friert ein. Sie starrt auf ihren Schoß. Ich mustere meine Snoopy-Schlafanzughose.

«Ich hätte nie alleine losgehen sollen», sagt Maeve. «Ich hab gedacht, es wäre einfacher, neu anzufangen, weißt du? Zu erkunden, was da draußen noch auf mich wartet.»

«Ich verstehe.»

Mag sein, dass das eine Lüge ist. Eine Notlüge, aber immer noch eine Lüge. Für mich war der Schmerz eines neuen Anfangs unvorstellbar. Es war, als würde einem das ganze Sicherheitsnetz weggerissen werden. Die Menschen, die du liebst, zu verlieren, ist schwer genug, aber alles zurückzulassen, ist kein Experiment, das ich bereit bin einzugehen. Die Buchhandlung ist alles, was ich noch habe.

Eva war anders. Eva wollte dieses Unbekannte und diesen Neuanfang und deshalb ist sie fortgegangen. Sie konnte das Gefühl nicht mehr ertragen, so lange von schemenhaften Erinnerungen umgeben zu sein. Sie konnte die Vorstellung der nie ganz verschwundenen Geister nicht ertragen. Die Geister, die in diesen Straßen blieben und in diesen Gebäuden, und die Gerüche, die jede Jahreszeit mit sich brachte. Alles, wonach sie sich sehnte, war etwas völlig und vollkommen Fremdes.

Ich war nicht fremd genug für sie. Ich war alt. Ich trug Erinnerungen mit mir. Ich trage immer noch Erinnerungen mit mir. Erinnerungen, die ich nicht loslassen kann.

Maeve scheint meine Lüge für die Wahrheit zu halten und nickt. «Es war aber gar nicht einfacher, weißt du?»

«Ich glaube nicht, dass heute noch *irgendwas* einfacher sein kann. Ich bin nicht einmal sicher, ob dieses Wort noch existiert.» Ich wünschte, ich hätte eines meiner Ledernotizbücher von unten. Ich wünschte, ich könnte all das als Maeves Geschichte aufschreiben, bevor sie geht. «Ich wünschte, ich hätte mein Notizbuch.» Zuerst merke ich gar nicht, dass ich es laut gesagt habe.

«Was?»

«Es ist unten», erkläre ich und sehe Maeve an. Zu meiner Überraschung habe ich sofort ihre volle Aufmerksamkeit. «Ein paar Monate nach dem *Sturm* habe ich angefangen, die Geschichten der Menschen aufzuschreiben. Wie sie sich bis hierhin durchgeschlagen haben, weißt du?» Maeve nickt langsam und sieht mir weiter in die Augen. «Zuerst hatte es ein bisschen was mit Eitelkeit zu tun, glaube ich. Ich wollte nicht vergessen werden. Niemand, der hier vorbeikam, wollte, dass sein Leben umsonst gewesen war. Wie auch immer. Du sollst deine Geschichte erst erzählen, wenn du bereit bist. Wenn du eine Version davon im Kopf hast, an die man sich erinnern soll.»

«Geh und hol das Buch.»

«Wirklich?»

Maeve zögert einen Moment, bevor sie nickt. «Ja, ich bin sicher.»

Kurz darauf bin ich zurück. Ich springe die wackligen Stufen hinauf und komme atemlos oben an. Der Ledereinband meines Notizbuchs klebt an meiner verschwitzten Handfläche, als ich es vor mir aufschlage.

«Es ist sozusagen Work in Progress. Ich hab noch nicht mal die Hälfte vollgeschrieben», erkläre ich, als Maeve die Hand ausstreckt und vorsichtig durch die Seiten blättert, um das dünne Papier nicht zu zerreißen. «Aber es ist ein gutes Projekt. Ein guter Zeitvertreib, wenn nicht viel los ist.»

Maeve antwortet nicht, während sie sich vorbeugt und mein Gekritzel auf der aufgeschlagenen Seite liest.

Ich hab gearbeitet, als es passierte. Im Yellowstone Park.
Ich hatte keine Ahnung, wie weitverbreitet das Ganze war.
Ich war ja campen. Ohne Netz.

Die Leute fangen immer an unterschiedlichen Punkten in ihrem Leben an. Einige ganz am Anfang. Einige mit ihrem Highschool-Abschluss. Einige mit ihrer Hochzeit. Aber meistens beginnen ihre Erzählungen an dem Tag, an dem alles zu Ende ging. Nur ein Ende kann den Weg für einen neuen Anfang frei machen.

Als der Sturm kam, war ich mit dem Zelt unterwegs, fuhr jeden Tag mit dem Mountainbike und machte Fotos von wilden Tieren. Mein Zelt hielt dem Regen nicht lange stand und so blieb ich in einer Höhle, eine Nacht nach der anderen, und tat, was ich konnte, um zu überleben. Tat, was ich konnte, um das Wasser zu vermeiden und das brennende Gefühl, das es hinterließ. Ich jagte, sammelte Beeren, schnitzte mir sogar ein paar Waffen.

«Krass», murmelt Maeve, als sie den Eintrag durchgelesen hat und einen neuen aussucht.

«Was, interessanter als das Leben in einer verstaubten Buchhandlung?»

«Nicht unbedingt.» Maeve sieht zu mir auf und unsere Blicke treffen sich wieder. «Ich meine nur, stell dir vor, wie es gewesen wäre, richtig zu leben, bevor alles den Bach runterging. Etwas Bedeutendes zu machen.»

Ich lache, ein Krächzen, das aus meiner Kehle drängt, fast schon erschreckend in der nächtlichen Stille. «Highschool war wohl nicht besonders bedeutend?»

«O ja, meine knapp bestandenen Prüfungen haben der Welt viel gebracht.» Sie verstummt und konzentriert sich auf die nächste aufgeschlagene Seite. Ihr Kopf geht leicht hin und her, als sie die Sätze überfliegt.

Ich habe zwei Tage nach meinem achtzehnten Geburtstag geheiratet. Meine Mom war wahrscheinlich nicht besonders begeistert davon, aber sie hielt den Mund. Er machte eine Ausbildung im Tattoostudio und ich studierte an einem College in der Nähe. Ich war glücklich. Statt in ein Wohnheimzimmer konnte ich jeden Tag zu Mason zurückkommen, der uns etwas kochte und so unsere ganze Wohnung mit einem Duft erfüllte, der aus einem Bon Appétit-Video zu strömen schien.

Maeve kann ihren Blick lange nicht von dem Eintrag losreißen, als würde sie sich die Worte auf der Zunge zergehen lassen. Ich verstehe, warum. Wir haben es nie so weit geschafft. Wir haben es nie bis zum «normalen Leben» geschafft, das uns versprochen wurde.

Sie wendet sich vom Tagebuch ab und geht langsam zurück zu ihrem Bett. Ich klappe es zu und ziehe es zu mir heran. «Es ist wirklich nur ein kleines Projekt», murmele ich. «Es hat keine große Bedeutung. Es ist nichts Weltbewegendes.»

«Es ist wichtig, Liz», flüstert Maeve, so leise, dass ich es fast nicht hören kann. «Wenn du es für wichtig hältst, ist es wichtig. Es ist wichtig für die Menschen, die dir bisher ihre Geschichten erzählt haben, und es wichtig für all die Menschen, die diese Geschichten in Zukunft lesen werden.» Sie hält einen Moment inne.

Ich muss lachen, über ihre Worte und dieses ganze Melodrama. Ich kann nicht anders, aber Maeve redet weiter.

«Ich glaube, ich kann dir meine Geschichte doch noch nicht erzählen», sagt sie und sieht mich an, als suche sie in meinen Augen nach meinem Einverständnis. «Ich glaube, dass meine Geschichte noch nicht zu Ende ist, zumindest nicht so, wie ich es mir wünsche. Wenn das hier das Ende meiner Geschichte ist, dann ist es ein schlechtes.»

«Warum?»

«Ich weiß auch nicht», antwortet Maeve und macht eine vage Geste. «Es ist nur ... Ich bin mir nicht sicher, ob ich will, dass du alles weißt. Wer ich bin, was ich getan habe. Verstehst du?»

«Na ja, falls es dich beruhigt: Ich habe meine eigene Geschichte auch noch nicht aufgeschrieben», sage ich. «Eigentlich ziemlich heuchlerisch, oder? So viele Geschichten in diesem Buch zu haben, aber nicht meine eigene.» Doch dann denke ich an ihren Countdown an der Tür. «Aber ich hätte nichts dagegen, deine aufzuschreiben, wenn du bereit bist.»

«Wie wäre es, wenn ich dir den Anfang erzähle. Nur ein Vorgeschmack auf das, was kommt?»

«Okay.»

«Okay.» Maeve lächelt mich an. Ihre Zähne blitzen weiß in der Dunkelheit. «Wo soll ich anfangen?»

«Wo auch immer du willst.» Ich hab gelernt, keine Struktur vorzugeben. Es ist besser zu warten. Es ist besser, wenn sie sich selbst definieren. Die Geschichten sind dann ehrlicher. Unverfälscht.

«Ich bin ursprünglich aus der City.» Das hat sie schon mal erwähnt, aber ich lasse es sie gerne noch mal sagen, wenn es sie dazu bringt, mir etwas Wahres zu erzählen.

«New York?»

Ich hab gelernt, diese Frage zu stellen, wann immer jemand einen Ort «die City» nennt. Für mich bedeutet das New York City. Für andere bedeutet es Chicago oder Miami oder Atlanta. Jetzt nachzufragen, erspart mir viel Verwirrung in der Zukunft.

«Ich bin dort aufgewachsen. Wir lebten in einer Wohnung unten im Greenwich Village, auf der West 9th Street. Als das große Chaos ausbrach, konnte ich dort natürlich nicht bleiben.»

«Ach?»

«Ja», sagt Maeve. «Zu viele Menschen, die überall herumwuselten. Alle hatten ihre eigenen Ideen, was man tun sollte. Alle hatten ihre eigenen Gefühle zu verarbeiten und die meisten wollten dabei nicht allein sein. Aber ich brauchte meine Ruhe. Ich musste weg von ihnen. Es erdrückte mich.» Sie schweigt einen Augenblick und lächelt abwesend. «Ich war alleine besser dran als mit all den Leuten. Das war mir alles zu viel, all ihre Probleme und Ängste, ihre Wut und ihre Nöte. Es machte mich fertig. Also bin ich weg aus der Stadt. Ich hab alles zurückgelassen. Ich konnte nicht dortbleiben. Entweder jemand würde mich umbringen oder ich würde verhungern oder vollkommen verrückt werden.»

«Und dann bist du einfach zu Fuß los?»

Maeve schnaubt. «New Yorker sind gut zu Fuß.» Ich verdrehe die Augen und sie tut so, als würde sie es nicht bemerken. «Ich glaube, ich bin seitdem nie irgendwo länger als ein oder zwei Wochen geblieben. Es ist, als würde ich mir nicht erlauben, mich irgendwo einzuleben. Wenn ich nirgendwo lange bleibe, habe ich nie etwas zu verlieren.»

«Deshalb das Zelt?»

«Deshalb das Zelt», sagt Maeve. Ihr Blick ist auf einmal ganz entrückt. «Ich schätze, der Rest ist Geschichte.»

Ich muss zugeben, dass ich enttäuscht bin, wie wenig Details sie erzählt hat. Und ich bin nicht sicher, ob ich ihre Geschichte glaube. Sie hat keinen Grund, mir die Wahrheit zu erzählen. Bei den meisten Leuten kommen mindestens zwei Notizbuchseiten zustande, aber davon scheint Maeve weit entfernt zu sein. Sie hat zu viel Distanz zu ihrer eigenen Geschichte, um sie richtig zu erzählen. Ich verstehe das. Wenn du deine Geschichte erzählst, gibst du zu, dass sie wahr ist. Wenn du deine Geschichte erzählst, akzeptierst du, was sie wirklich bedeutet. Was sie mit dir gemacht hat. Wie du dich verändert hast.

Vor dem Fenster hängt der Mond hoch am Himmel. Die Baumgerippe werfen Schatten auf den Fußweg. Ich höre, wie Maeve mit ihrem Bettzeug raschelt. Als ich zurückschaue, hat sie sich selbst eingekuschelt und die Decke bis zum Kinn hochgezogen.

Ich beschließe, mein eigenes Bettzeug aus der Ecke zu holen, und breite die Decke über meinem Körper aus. Sie ist zu heiß auf der Haut, aber ich lasse sie trotzdem liegen. Es fühlt sich gut an. Es fühlt sich sicher an.

«Gute Nacht», flüstert Maeve von der anderen Seite des Zimmers.

«Bist du sicher, dass du die Matratze nicht willst?», frage ich. Sie antwortet nicht, also drehe ich mich um, weg vom Fenster, und sehe stattdessen auf den Schlafzimmerboden und meinen eigenen Schatten. «Gute Nacht.»

KAPITEL VIERZEHN

Maeve weckt mich in aller Herrgottsfrühe, indem sie an meiner guten Schulter rüttelt, sanft genug, um keine Schockwellen von Schmerz auszulösen. An Tagen wie diesem wird mir bewusst, wie sehr ich Schmerztabletten immer als selbstverständlich angesehen habe. Als ich die Augen öffne, steht sie über mir, ein Stiefel auf jeder Seite meiner Taille. Ihre Haare hat sie zu einem Zopf zurückgezurrt, um ihre rasierte Kopfhälfte zu zeigen. Sie sieht aus wie Katniss Everdeen, die Hauptfigur aus *Die Tribute von Panem*, mit Punkrock-Einschlag. Mein Blick springt von ihrem Kopf hinunter zu ihrer schwarzen Jacke, auf der ein bunter I ♥ *Fiona Apple*-Aufnäher prangt.

Ich setze mich auf, bevor sie die Chance hat, irgendetwas zu sagen. «Du hörst also Fiona Apple?», frage ich.

Maeve seufzt. «Liz», beginnt sie. «Wie heißt du eigentlich mit Nachnamen?»

«Das ist eine ziemlich private Frage», murre ich, immer noch etwas groggy, nachdem ich so unsanft geweckt wurde. Trotzdem antworte ich. «Flannery.»

Maeve räuspert sich und beginnt noch einmal. «Liz Flannery, hast du etwa Vorurteile?»

«Vielleicht», murmele ich. «Ich treffe ja selten jemanden, über den ich urteilen kann.»

Sie reagiert mit einem Kopfschütteln. «Bei deinen geliebten

Kunden hast du anscheinend keine Vorurteile. Diese Feindseligkeit hast du für mich reserviert.»

Für einen Moment starren wir einander an und fragen uns wohl beide, was uns so früh am Morgen mit dieser sarkastischen Streitlust erfüllt haben kann.

Maeve seufzt genervt, während sie sich neben der Matratze auf dem Boden niederlässt. Ich schäle mich aus meiner Decke, um mich neben sie zu setzen. Sie sieht mich an. «Ja, ich höre Fiona Apple. Na und?»

«Ich hätte einfach nicht gedacht, dass du auf die Art von Musik stehst. Ich bekomm von dir eher Punkrock-Vibes.» Ich deute hastig auf ihre Combat Boots und ihren rasierten Kopf.

«Und ich hätte nicht gedacht, dass du jemand bist, der die Hand in einen Generator steckt, aber na ja.»

«Hey!», protestiere ich, die Wangen sofort feuerrot. «Das war gemein.»

Ich gehe langsam zur Küche und bleibe in der Tür stehen. Mein Arm pocht und schmerzt immer noch, aber ich habe angefangen, mich an das Gefühl zu gewöhnen. An den Schmerz, den ich jetzt mit mir trage. Ein Schmerz, der nicht abebbt. Auf der Suche nach etwas Essbarem krame ich mit meiner guten Hand durch die Küchenschränke, als mir aus den Augenwinkeln etwas auffällt.

Neben der Wohnungstür steht ein vollgepackter Rucksack, auf dem sich diverse Vorräte aus Maeves Karren auftürmen. Sie ist aufbruchbereit.

Maeve verlässt mich.

Ich weiß nicht, was ich sagen soll. Ich weiß nicht, was ich gegen die bittere Galle tun kann, die in meiner Kehle aufsteigt. Ich verstehe nicht einmal, warum ich so geschockt bin. Ich wollte doch, dass sie geht, oder? Es war ja sowieso nur vorübergehend. Ich sollte mich freuen, dass ich nicht mehr jeden Morgen ihr selbstgefälliges Grinsen sehen muss, mich nicht mehr mit ihren sarkastischen Kommentaren herumärgern muss. Aber ich freue mich nicht. Ich will nicht, dass sie geht, und denke nur daran, wie ich das verhindern kann. Wie ich Maeve dazu bringen kann zu bleiben. Ich habe gedacht, sie wäre länger hier.

Es ist wie bei Eva. Damals habe ich auch nicht kapiert, dass Eva gehen wollte, bis ich den Haufen mit ihren Sachen in einer Ecke der Wohnung gesehen habe. Er war versteckt hinter dem Schreibtisch, damit ich ihn von meinem Schlafplatz aus nicht sehen konnte. Ich hatte keinen Grund, in diese Ecke zu gehen. Keinen Grund, nach dem Zeug zu suchen. Und wenn ich es doch finden würde, so dachte sie wohl, würde ich es für Gerümpel halten. Aber das tat ich nicht. Mir fiel auf, wie sie ihre Kleidung zusammengelegt hatte, wie sie die besten Ausgaben ihrer Lieblingsbücher aufeinandergestapelt hatte. Das war kein Gerümpel.

Ich wartete, bis Eva mit mir reden würde. Ich wartete und versuchte, mich zu beruhigen, dass ich mir das alles nur eingebildet hätte. Natürlich würde sie nicht weggehen. Und wenn, würde sie es mir mit Sicherheit nicht verschweigen. Aber der Haufen in der Ecke wuchs weiter. Er wuchs weiter, bis er eines Tages verschwand.

Eva redete erst mit mir, als sie schon halb weg war. Sie hatte es nicht vorgehabt, aber ich erwischte sie dabei, wie sie sich aus dem Haus schlich. Sie sagte, sie würde die Monotonie nicht mehr aushalten. Sie könnte nicht weiter in einem staubigen alten Buchladen hocken und darauf warten, dass sich ihr Leben änderte. Sie wollte Abenteuer. Sie wollte Freiheit und Neues entdecken. Und das waren alles Dinge, die sie mit mir nicht haben konnte.

Es fühlte sich nicht an wie eine Trennung. Es fühlte sich an, als wäre sie gestorben. Es fühlte sich an wie eine weitere Apokalypse. Eva war aufgetaucht, als ich am meisten eine Familie brauchte, und ich war ihr nicht genug. Als ich ihr nachsah, wie sie die Straße hinunterging und verschwand, weinte ich. Und dann ging ich zurück zur Arbeit.

Dieser Rucksack neben der Tür ist ein Déjà-vu. Alles genauso wie damals. Früh am Morgen. Kein Wort von ihr, bevor ich sie zur Rede stelle. Die Zeit verhält sich zyklisch, wiederholt sich in Endlosschleife, bis die Vergangenheit nicht mehr von der Gegenwart zu unterscheiden ist.

Ein Teil von mir ärgert sich, dass mich das so mitnimmt. Ärgert sich, dass Maeves Plan zu gehen sich so anfühlt, als würde ich einen wichtigen Menschen verlieren. Im Großen und Ganzen betrachtet, sind fünf Tage gar nichts, aber jetzt in diesem Moment ist Maeve der einzige Mensch seit langer Zeit, den ich im Entferntesten als Freundin bezeichnen könnte. Es überrascht mich selbst, aber ich weiß, dass ich sie vermissen werde. Ihre Witze, ihr Lächeln. Aufzuwachen und sie auf dem Schlafzimmerboden liegen zu sehen, Arme und Beine von sich gestreckt wie ein Seestern.

«Als ich vor vier Tagen gesagt habe, du könntest gehen, hab ich nicht gemeint, dass ich das wollte.» Meine Worte hinterlassen einen kreideartigen Geschmack in meinem Mund.

«Was?», fragt Maeve. Sie geht um die Matratze auf dem Boden herum und kommt auf mich zu.

«Ich will nur nicht, dass du denkst, ich will dich hier nicht haben.» Für einen Moment verhaspele ich mich und verstehe meine eigenen Gefühle nicht. «Ohne dich wäre ich wahrscheinlich verblutet. Oder vielleicht an einer Infektion gestorben. Du hast mir das Leben gerettet.»

Maeve verdreht die Augen, während sie weiter auf mich zukommt. «Liz, ich fühle mich wirklich geschmeichelt, aber ich gehe nirgendwohin.»

«Aber der ...» Ich deute matt auf den gepackten Rucksack.

«Ich gehe nur los, um etwas zu essen und ein paar Vorräte zu besorgen, damit wir nicht verhungern, wenn du einverstanden bist. Ich hab heute Morgen das Wasser überprüft. Der Außenhahn funktioniert, aber das Wasser sprudelt nicht gerade heraus, verstehst du? Ich hab mir überlegt, dass es besser wäre, auf Nummer sicher zu gehen und etwas ...» Maeve redet weiter von Wasser und Wasserhähnen, aber ich höre nicht mehr zu.

Alle Luft weicht aus meinen Lungen und ich bin total ausgelaugt. Ein seltsames Gefühl überwältigt mich. Erleichterung. Wenn unsere zukünftigen außerirdischen Overlords hier wären, würden sie sagen: ᓱᘳᐁ ᐊ ᐅᑎᓲ ᒍ ᐊ[], was ungefähr so viel bedeutet wie: *Reiß dich zusammen, verdammt nochmal.*

Alles, was ich herausbringe, ist: «Ich hab gedacht, du willst weg.»

«So einfach wirst du mich nicht los.» Bevor ich reagieren kann, streckt sie den Arm aus und drückt meine Hand, die gute natürlich. Ihre Finger verharren einen Moment auf meinen und ich spüre so etwas wie einen kurzen elektrischen Schlag, bevor sie ihre Hand schnell wieder wegzieht. Nachdem sie sich an mir zu ihrem Rucksack vorbeigedrängt hat, dreht sie sich in der Tür noch einmal um. «Du kommst doch mit, oder? Ich glaube nicht, dass es gut ist, mit diesem Arm hier allein zu bleiben.»

Bevor ich es zurückhalten kann, platzt ein Lachen aus mir heraus. «Auf keinen Fall.»

«Was meinst du damit, auf keinen Fall?»

«Ich habe die Buchhandlung seit einem Jahr nicht verlassen. Nicht seitdem ...»

«Was?», unterbricht mich Maeve. «Du meinst, du hast nie das Gebäude verlassen? Es gab nie einen Grund? Überhaupt nie?»

Ich fand diese Vorstellung eigentlich nicht so abwegig. In all meinen liebsten postapokalyptischen TV-Serien schafften sich die Hauptfiguren einen sicheren Rückzugsort und harrten dort aus. Es gibt einem ein tröstliches und sicheres Gefühl, wenn man einen Ort hat, den man Zuhause nennen kann. «Warum sollte ich?», antworte ich. «Es ist sicherer hier. Und was, wenn irgendwas mit dem Laden passiert, während ich weg bin?»

Maeve zögert einen Moment, als würde sie über die Stichhaltigkeit meiner Antwort nachdenken. Sie kneift die Augen zusammen. «Aber was ist mit neuen Vorräten? Wie findest du was zu essen?»

«Die Leute geben mir die Sachen, die ich brauche, im Austausch für Bücher oder das Weiterleiten von Briefen. Außerdem war gegenüber früher ein chinesisches Restaurant. Als ich herkam, hab ich dort so viel mitgenommen, wie ich konnte. Und der Rest hat sich dann irgendwie ergeben.»

«Aber was, wenn das mal nicht so ist?»

«Es ist aber so.»

Maeve stöhnt. Sie ist frustriert, dass ich nicht auf ein intellektuelles Streitgespräch einsteige. «Aber Liz, du kannst nicht davon ausgehen, dass die Dinge sich immer *irgendwie ergeben*. Was, wenn du die Reparaturen nicht rechtzeitig hinbekommst? Das mit dem *Sturm* wird sich nicht irgendwie von selbst erledigen. Der kommt auf jeden Fall.»

«Und?» Als wenn ich das noch nicht wüsste.

«Würdest du dann auch nicht gehen? Wenn es hier nicht mehr sicher für dich wäre?»

Wieder fange ich an zu lachen. «Und zulassen, dass das Gebäude zerstört wird, während ich weg bin? Auf keinen Fall!»

Maeves Augen weiten sich. Ihr Grün wirkt plötzlich noch

krasser. «Das ist doch albern», erwidert sie scharf, bevor sie hinzufügt: «Bei allem Respekt – dann würdest du *mit* dem Gebäude draufgehen. Es ist jetzt schon eine Bruchbude.»

Ich weiß nicht, worauf sie hinauswill. Ich weiß nicht, was sie von mir hören will. Welche Antwort will sie mit ihren hypothetischen Fragen provozieren? Will sie hören, dass dieser Ort nicht wichtig ist? Das wäre eine Lüge. Dieses Relikt eines Gebäudes, das Hunderte von Geschichten beherbergt, fiktionale wie reale. Es ist wichtig. Wichtiger, als ich es bin, das ist schon mal klar.

«Dann ist das eben so. Vielleicht hab ich ja nichts dagegen.»

«Was? Liz, das ist doch gestört.»

Ich spüre, wie sich ein Gewicht auf meine Brust senkt. «Können wir jetzt bitte mit diesem Verhör aufhören?»

«Ja. Gut. Klar. Aber du schaufelst dir dein eigenes Grab. Im wahrsten Sinne des Wortes», antwortet Maeve. «Wie wäre es mit einem Tag? Würdest du für einen Tag mitkommen?»

«Und wenn etwas passiert?»

«Innerhalb eines Tages wird schon nichts passieren», sagt sie und verdreht die Augen.

Auch wenn mir jede Faser zu verstehen gibt, dass es eine dumme Entscheidung ist und ich Nein sagen sollte, kann ich nicht anders. Ich will die Welt sehen, wie Maeve sie sieht. Ich will ihre Welt verstehen und aus meiner fliehen, nur für einen Tag. Ist das ein Verbrechen?

«Okay, gut. Ich komm mit.»

Ich gehe noch einmal durch den Laden und mache einen Last-Minute-Check, um sicherzugehen, dass ich kein Fenster offen gelassen habe, das es einem Einbrecher leicht machen würde.

Maeve hat mir den Rucksack zum Tragen gegeben und einen zweiten für sich selbst mit allem möglichen Krimskrams vollgestopft. Er ist aus braunem Leinenstoff, an dem diverse Anstecker von verschiedenen Comics und Bands befestigt sind. Auf dem einen steht *The Unbeatable Squirrel Girl!*. Auf einem anderen steht *Fetch the Bolt Cutters*. Ich beschließe, sie nicht noch einmal nach Fiona Apple zu fragen.

Als wir auf die Haustür zugehen, reiße ich ein Stück von dem Klebebandroller ab, der auf dem Tresen steht. Als die Tür hinter uns ins Schloss gefallen ist, drehe ich mich um und fange an, mit dem Klebeband rumzufummeln.

«Was machst du denn da?»

Ich antworte nicht, während ich weiterarbeite und das Klebeband entlang der Türspalte anbringe. Ich drücke es mit dem Fingernagel fest, bis das Plastik sich fast mit dem Holz verbindet. Mit einer Hand einen Klebestreifen anzubringen, ist viel schwieriger, als man annimmt.

Als ich fertig bin, drehe ich mich wieder zu Maeve um. Sie sieht verwirrt aus.

«Das Türschloss funktioniert nicht, deshalb benutze ich Klebeband», erkläre ich.

Maeve runzelt die Stirn noch stärker. «Ich glaub kaum, dass das halten wird. Sorry, wenn ich dir diese Illusion nehmen muss.»

Wie gut es sich anfühlt, ausnahmsweise auch mal die Oberhand zu haben. «Wenn jemand die Tür öffnet, reißt das Band und wir wissen Bescheid.»

«Alles klar, Nancy Drew», antwortet sie. Dann kräuselt sie die Lippen und mustert meinen dünnen Klebestreifen. «Nimmt man dafür nicht ein Haar?»

Ich schultere einfach meinen Rucksack und fange an, die Straße hinunterzugehen. «Das ist unhygienisch.»

«Sagt das Mädchen, das vor ein paar Tagen überall ihr Blut verteilt hat?», blafft Maeve. «*Das* ist unhygienisch.»

Und damit machen wir uns auf den Weg.

Ich wusste nicht, in was für einem katastrophalen Zustand die Straßen sind. Überall stehen verlassene Autos herum. Überall liegt so viel Dreck und Schutt und Gott weiß was noch, dass man kaum durchkommt. Ich frage mich, wie Maeve das mit dem Karren schaffen will.

Als hätte sie meine Gedanken erraten, manövriert sie ihre Habseligkeiten mit demonstrativer Geschicklichkeit durch die Straßen und weicht Schlaglöchern und Rissen im Asphalt aus. Ich versuche erfolglos, ein Grinsen zu unterdrücken.

«Hab ich da eben was von Nancy Drew gehört? Ich dachte, du liest nicht.»

Maeve antwortet nicht. Sie geht einfach weiter, überholt mich schließlich sogar, sodass ich Schwierigkeiten habe hinterherzukommen. Ich hab vielleicht lange Beine, aber ich hab nie gelernt, sie optimal zu nutzen.

Maeve führt mich am Baumarkt vorbei und damit habe ich mich jetzt schon weiter von der Buchhandlung wegbewegt als in all den Monaten, seit ich dort vor etwas über einem Jahr eingezogen bin. Die komplette Fassade des Baumarktes ist zusammengefallen, der einst verblasste Beton nur noch ein Trümmerhaufen. Als wir vorbeigehen, können wir in die zwei oberen Stockwerke hineinsehen. In einem Stockwerk stehen eine Badewanne mit Füßen und ein zersprungenes Waschbecken. Im Stockwerk darüber erkenne ich eine abgeblätterte rote Tapete und einen zerschlissenen Fernsehsessel. Im Schaufenster des Erdgeschosses liegt noch eine Sommerspaß-Deko, ein aufblasbarer Orca, der inzwischen ganz verblasst ist. Die Fensterscheiben sind zertrümmert. Das Glas knirscht unter unseren Schuhen, als wir vorbeigehen.

Seit einem Jahr bin ich nicht so weit von zu Hause weg gewesen. Das Gefühl lässt mein Herz unregelmäßiger schlagen, auch wenn es albern ist. Ich habe mich im letzten Jahr total an meine vertraute Umgebung geklammert. Nichts Neues. Keine Veränderungen. Das hat mir geholfen zu überleben, aber seit heute ist das vorbei, weil Maeve beschlossen hat, mich zu unchristlicher Zeit zu wecken und mich aus dem Gebäude zu zerren.

Außerdem möchte ich mal wieder das Gefühl haben, gebraucht zu werden. Wenn Maeve sagt, dass sie Hilfe brauchen kann, dann helfe ich ihr gerne. Zumindest soweit das mit einer Hand geht. Es ist besser, als hinter dem staubigen Verkaufstresen zu sitzen und überhaupt nichts zu tun.

Wenn ich jetzt so darüber nachdenke, ist es fast schon ironisch, dass ich noch immer in New Jersey feststecke. Schlimmer noch, in derselben Straße feststecke. Ich bin eine richtige Eremitin geworden. Eine Einsiedlerin.

Maeve geht weiter, ohne zu ahnen, dass ich gerade meine persönliche unsichtbare Grenze überschreite. Wir kommen an einer Reihe identischer Häuser in verschiedenen Verfallsstadien vorbei. An der einst weißen Fassade eines Tudorstil-Hauses kriecht Schimmel hoch. Vorsichtig weiche ich Teilen eines Klettergerüsts aus, die auf der Straße liegen.

«Ziehst du immer so umher? Seit dem *Sturm*?», frage ich, auch wenn ich nicht sicher bin, ob ich die Antwort hören will. Ich bin nicht sicher, ob ich mich dann dafür hassen werde, dass ich selbst nie weggegangen bin.

Maeve überlegt einen Moment, als würde sie ihre Antwort abwägen. Die Räder des Karrens quietschen laut. Erzählt sie mir die Wahrheit oder sagt sie das, was ihr selbst ein besseres Gefühl gibt? «Ja», antwortet Maeve langsam. «Ich bleibe nie zu lange an einem Ort. Eine Art falsche Normalität zu schaffen, das kann auf lange Sicht nur schiefgehen, oder? Wenn man sich zu sehr in Sicherheit wiegt, wird man nachlässig. Und steckt seine Hände in Generatoren oder so was.» Ich strecke Maeve die Zunge raus und sie lacht. «War natürlich nur ein Witz.»

«Natürlich.» Meine Wangen werden rot, aber aus dem falschen Grund. Ich bin nicht verärgert über das, was sie gesagt hat. Es ist mir eher peinlich, dass ich mich so albern verhalten hab. «Und was ist, wenn der nächste *Sturm* kommt?»

«Wenn ich nicht bei dir wäre, meinst du? Ich komm schon klar. Das komme ich immer.»

Wenn ich nicht bei dir wäre. Sie sagt das, als wäre es selbstverständlich, dass wir zusammenbleiben. Als wäre die Vorstellung, dass sie den *Sturm* mit irgendjemand anders durchstehen könnte, völlig abwegig. Plötzlich spüre ich jede Vene in meinem Körper.

Während wir weitergehen und sich wieder Schweigen zwischen uns ausbreitet, grübele ich darüber nach, was *zusammen* bedeutet. Ich glaube, ein *Zusammen* – das Zusammen, das ich früher für selbstverständlich hielt – gab es schon lange nicht mehr in meinem Leben. Das Zusammen, wenn ich am Küchentisch meine Hausaufgaben machte, während meine Mutter kochte und dabei Ella Fitzgerald hörte. Diese seltenen Sommerabende, wenn meine Freunde und ich auf dem Fußballfeld saßen, quatschten und uns mit irgendwelchen Leuten anfreundeten, die vorbeikamen. Zur Arbeit gehen und von Menschen umgeben sein. Nicht einmal mit ihnen sprechen zu müssen, sondern einfach zu wissen, dass sie da sind und man nicht allein ist.

Es gibt einen Unterschied zwischen allein sein und sich einsam fühlen. Das hab ich schon mal gesagt und ich sag es wieder. Aber jetzt in diesem Moment, als ich mit Maeve die Straße entlanggehe, habe ich zum ersten Mal seit Langem das Gefühl, weder das eine noch das andere zu sein.

KAPITEL FÜNFZEHN

Ungefähr fünfzehn Minuten von meinem Heimatrevier entfernt, bleibt Maeve am Anfang eines Wanderwegs stehen. Ich wundere mich etwas, denn von einer Wanderung war nicht die Rede gewesen. Maeve bleibt an dem Schild stehen, das den Beginn des Wanderweges markiert. Am Rand sind ein paar kleine Symbole abgebildet. *Dreizehn Kilometer. Flusswanderung mit Aussichtspunkt. Haustiere erlaubt.* Ich schaue zu Maeve.

«Wenn du mich dazu zwingst, die ganzen dreizehn Kilometer zu laufen, wirst du diese Wanderung nicht überleben, das schwör ich dir», murre ich.

«Nein, nein, keine Wanderung, Prinzessin», antwortet sie. «In der Nähe ist eine Wasserquelle, die man nur über den Wanderweg erreicht. Wir füllen unsere Flaschen auf, drehen um und sind im Nu wieder auf der Straße.»

Ich schüttele den Kopf. «Warum können wir nicht einfach zum Supermarkt auf der Valley Road gehen? Vielleicht gibt es dort ja noch irgendwelche abgefüllten Getränke.»

«Ich wollte einfach, dass du dich etwas bewegst.» Sie macht eine Pause und wartet auf meine Reaktion. «Quatsch. Glaubst du wirklich, dass im Supermarkt noch irgendwas übrig ist? Wir holen uns etwas natürliches Wasser und dann bringe ich dich zu einem Laden in der Nähe, von dem ich weiß, dass es dort noch was zu essen gibt.»

Maeve geht den Wanderweg entlang. Ihre Stiefel stoßen gegen Steine und Wurzeln. Zum ersten Mal seit langer Zeit wünsche ich mir, dass ich passenderes Schuhwerk hätte. Ich bin so schon erschöpft genug. Ich weiß nicht, wie viel ich noch aushalte.

Maeve geht unbeirrt weiter und ignoriert jede Wurzel und jeden Stein, die mich zu Fall bringen wollen. Sie drängt weiter, auch wenn die Sonne hoch am Himmel steht und die Bäume nicht so viel Schutz bieten, wie ich gehofft hatte. Sonnenstrahlen fallen durch Lücken im Blätterdach. Der Regen von gestern ist längst verdampft. In der Nacht hat es geschüttet und das Wasser tropfte durch mein stümperhaft geflicktes Dach. Ich habe mein altes Tanktop unter das größte Loch gestopft und gehofft, dass es alles Wasser aufsaugen würde, aber es hat seine Aufgabe nicht gerade optimal erfüllt. Auf dem Boden ist eine richtige Pfütze entstanden, in der ich ausgerutscht bin, als ich versucht habe, mitten in der Nacht aufs Klo zu gehen.

Glücklicherweise machen wir nach weniger als zwei Kilometern am Aussichtspunkt halt. Der kleine Bach ist nur ein, zwei Meter tief und der Anblick natürlichen Wassers lässt mich wie angewurzelt stehen bleiben.

«Ist das nicht giftig von dem sauren Regen?», frage ich mit leicht zittriger Stimme.

«Nicht mehr», antwortet Maeve. «Das hat sich im Lauf des letzten Jahres verwässert.»

Ich beschließe, ihr zu vertrauen, ziehe mir meine Schuhe und Strümpfe aus und tauche vorsichtig einen Fuß in den fließenden Bach. Als sich das gut anfühlt und mir nicht die Haut verätzt, wate ich ganz hinein.

Das Wasser ist bitterkalt, als würde man direkt in Eis springen, aber das macht mir nichts. Ich lasse zu, dass ich das Gefühl in meinen Füßen verliere. Das kommt schon irgendwann wieder. Das Wasser ist so klar, als würde ich durch Glas auf bunte Steine blicken. Es fühlt sich so gut an, so sauber und so echt. Zum ersten Mal seit Langem fühlt sich meine Umgebung wirklich lebendig an.

Maeve nimmt mir den Rucksack ab und wirft ihn neben ihren Karren auf den Boden, bevor sie mir ins Wasser folgt, eine Feldflasche in der Hand.

«Wird das genug sein?» Ich kann hören, wie das Flusswasser zwischen größeren Steinen hindurchplätschert.

«Ich hab noch einen größeren Kanister im Wagen», erklärt Maeve, deutet wahllos in Richtung Wanderweg und beugt sich zum Wasser hinunter. Luftblasen steigen blubbernd an die Oberfläche, während sie die Metallflasche langsam füllt. Als sie fertig ist, streckt sie sie mir entgegen. «Trink.»

«Ist es auch wirklich sicher?» Ich bin vielleicht nicht so eine kernige Survival-Expertin, wie sie es ist oder sein will, aber ich war immerhin im Sommercamp. Die wichtigsten Campingregeln waren: «Wisch dich nicht mit giftigem Efeu ab, hinterlass keinen Müll und trink kein Wasser aus unbekannten Quellen.» Maeve sieht mich immer noch erwartungsvoll an und hält mir die Flasche hin. «Sollten wir das nicht lieber erst abkochen?»

Sie verdreht die Augen. Ihre Lippen formen sich zu einem Lächeln. «Liz, wann hast du zum letzten Mal an einem heißen Tag kaltes Wasser getrunken?» Ich antworte nicht, während ich meine Zehen im Fluss hin und her bewege. «Ein Schluck wird dich nicht umbringen. Davon bekommst du höchstens für eine Weile furchtbare Magenprobleme.» Maeve lacht. «Und wenn du doch daran stirbst, kannst du mich als Geist ja für alle Ewigkeit verfolgen.»

«Das würde ich auch tun», grummele ich, bevor ich nach der Feldflasche greife. Das kühle Metall an meinen Fingerspitzen fühlt sich angenehm an. Das eiskalte Wasser läuft meine Kehle hinunter und ich schwöre, ich kann spüren, wie es durch meinen Magen und meinen Darm strömt und meinen Körper wiederbelebt. Pures Glück. Ich reiche Maeve die Flasche zurück, während ich aus dem Wasser wate, um den blauen Plastikkanister aus dem Karren zu holen. Als ich mich abmühe, ihn mit einer Hand zu fassen zu bekommen, höre ich Maeve kichern.

«Ich hoffe sehr, du machst dich gerade nicht lustig über mich», knurre ich. Sie geht nicht darauf ein.

Endlich schaffe ich es, den Kanister hochzuheben, indem ich den Arm darum wickele und mich mit meiner linken Hand an meinem rechten T-Shirt-Ärmel festhalte. Ich umklammere den Kanister so fest wie möglich und presse ihn an meinen Körper, damit er nicht runterfällt. Als ich mich wieder zum Fluss umdrehe, trifft mich ein Wasserschwall im Gesicht. Der Kanister fällt mir aus dem Arm und ich starre Maeve ans, die mit klitschnassen Armen dasteht.

«He, du spinnst ja wohl.»

«Und was hast du jetzt vor?», neckt sie mich. «Zurückspritzen? Du kannst ja deinen rechten Arm nicht nass machen.»

«Eins zu null für dich», murmele ich. «Aber glücklicherweise hab ich ja noch eine zweite Hand.»

Maeve lacht einfach weiter, als wollte sie mich herausfordern, meine Drohung umzusetzen.

Und das mache ich. Mein linker Unterarm schlägt auf das Wasser und spritzt Maeve einen nassen Schwall entgegen. Als das Wasser sich wieder geglättet hat, starre ich sie wie vom Donner gerührt an. Ihr durchnässtes T-Shirt klebt an ihrer Haut und gibt die Konturen ihres Oberkörpers zu erkennen. Sie macht einen vergeblichen Versuch, ihr T-Shirt auszuwringen, während ich mich bemühe, meinen Blick abzuwenden.

Aber das ist nicht einfach. Sie ist drahtig und stark und als sie ihr T-Shirt hebt, um Wasser herauszuwringen, sieht sie aus wie eine epische Heldin. Wie Botticellis *Venus*, die Göttin der Liebe, in Cargohosen und rotbraunen Stiefeln. Ich spüre, wie meine Wangen anfangen zu glühen, während ich sie anstarre, bis Maeve mir den Kampf ansagt.

«Das zahl ich dir heim!»

Ihre Stiefel klatschen durchs Wasser, als sie auf mich zurennt und versucht, mich in den Bach zu ziehen.

«Hey!», rufe ich. «Vorsichtig mit den Versehrten!»

Maeve ignoriert es, schlingt die Arme um mich und reißt mich ins Wasser. Das Einzige, was ich tun kann, ist, schnell meinen verletzten Arm zu heben, damit er trocken bleibt.

Als wir lachend wieder auftauchen, streiche ich mir mit der guten Hand das nasse Haar aus dem Gesicht. Ich spucke einen Mundvoll Wasser in Maeves Richtung.

Für einen Moment sehen wir uns reglos an, als Maeve sich vor mir aufbaut. Es ist total still. Kein Laut außer unserem Atmen und dem leisen Plätschern des fließenden Wassers. Für einen Augenblick verblasst alles andere und alles, was ich denken kann, ist, wie *richtig* sich dieser Moment anfühlt.

«O nein! Sieht aus, als wärst du etwas nass geworden.»

Ich schüttele den Kopf. «Du siehst auch nicht gerade trocken aus.»

«Hey, ich hab nur getan, was ich tun musste, um dich zu schlagen. Man muss dich manchmal von deinem hohen Ross stoßen, Miss Flannery.»

Ich will gerade wieder meine Hand ins Wasser tauchen, als ich im Wald einen Schatten sehe, der auf der anderen Seite des Flusses am Ufer entlanghuscht. Ich zögere und blinzele kurz, um sicherzugehen, dass mein Verstand mir keinen bösen Streich spielt. Das macht er manchmal.

Maeve holt zu einem neuen Spritzer aus, doch dann sieht sie die Spur von Sorge in meinem Gesicht und zögert. Es ist nur ein kurzes Aufflackern, einen Wimpernschlag lang, aber Maeve entgeht es nicht. Ich sehe, wie ihre Muskeln sich anspannen, und die ausgelassene Stimmung der letzten Minuten verschwindet.

«Was?»

Mein Blick sucht den Wald ab. Plötzlich wünschte ich, wir wären nicht so weit von der Hauptstraße entfernt. So weit weg von zu Hause. Vielleicht hätten wir nicht weggehen sollen. Aber ich schüttele meinen Kopf. «Ach nichts», antworte ich und drehe mich wieder zurück zu Maeves Wagen. «Mein Gehirn spielt mir Streiche, das ist alles. Ich bin einfach müde. Alles in Ordnung.»

Aber Maeve nimmt mir das nicht ab. Sie starrt mich an und mustert mich von oben bis unten, als suche sie nach irgendeinem Fehler. Irgendeinem Hinweis auf das, was in meinem Kopf vorgeht.

Mit meiner funktionstüchtigen Hand greife ich nach dem blauen Kanister und drücke ihn ins Wasser. «Ich hab dir doch gesagt, es ist alles in Ordnung.»

Maeve kneift die Augen zusammen und hebt vorsichtig ihren Behälter aus dem Wasser. Ihre Armmuskeln spannen sich an. Ihre Stiefel spritzen durch den Bach, als sie zurück zum Karren watet. Mit einem Rums lässt sie den Wasserbehälter in den Wagen fallen, sodass durch den Aufprall etwas Farbe vom Holz abblättert.

Ich will mich gerade umdrehen und auf den Weg zurückkehren, da sehe ich es wieder. Aus den Augenwinkeln entdecke ich einen verschwommenen Schatten, kaum sichtbar im Dickicht der Bäume. Das Knacken eines Zweiges jagt mir einen Schauer über den Rücken. Ruckartig drehe ich meinen

Kopf zu Maeve, aber sie scheint nichts gehört zu haben. Das Rauschen des Wassers ist zu laut. Ich muss mir das eingebildet haben, oder?

«Ist wirklich alles okay mit dir?», ruft sie mir zu.

Ich will schon nicken, will antworten: *Natürlich ist alles okay, kannst du jetzt mal aufhören, das zu fragen?*, da weiten sich Maeves Augen. Ihr Mund klappt auf, als wollte sie etwas sagen, etwas rufen, aber es kommt kein Laut heraus.

Und dann spüre ich kalten Stahl an meinem Hals.

Maeve ist schnell, aber die Gestalt hinter mir ist noch schneller. Bevor Maeve auch nur in der Lage ist, ihr dubioses Jagdmesser zu zücken, drückt sich die Klinge an meinem Hals in meine Haut.

«Was zum Teufel willst du?», fragt Maeve mit heiserer Stimme. Die Gestalt hinter mir antwortet nicht und presst mir stattdessen eine verschwitzte Hand auf den Mund. «Was machst du da?»

Ich muss stumm zusehen, wie zwei weitere Leute hinter Maeve aus dem Wald auftauchen. Sie bemerkt die Angst in meinem Blick und wirbelt mit ausgestreckter Klinge herum, bevor der Mann und die Frau sie erreichen.

«Was zum Teufel soll das?», fragt Maeve.

Die beiden sind ganz in Grau gekleidet. Zumindest ist jetzt alles grau, mit der Zeit durch Dreck und Sonnenlicht verblasst. Der Mann hat einen struppigen Bart und lange Haare, die ihm fast bis zu den Schultern gehen. Er ist jünger als die Frau, vielleicht fünfunddreißig, während sie mindestens vierzig ist. Ihre Haare hat sie zu einer Reihe kunstvoller Zöpfe geflochten und zurückgebunden, eine Frisur, die man bei einer Wikingerin erwarten würde. In ihren Händen hält sie eine abgenutzte Pistole. Ihr Finger schwebt über dem Abzug. Auf einmal wirken Maeve und ihr kleines Messer gar nicht mehr so taff.

Die Person hinter mir nimmt endlich die Hand von meinem Mund, nachdem sie mich erfolgreich davon abgehalten hat, Maeve vor den Leuten hinter ihr zu warnen.

Als Maeve die Gesichter der Angreifer mustert, verändert sich ihre Haltung. Sie steht jetzt ganz gerade und die Hand, die das Messer hält, zittert nicht mehr. Sie wirkt nicht mehr geschockt oder verwirrt, sie ist etwas selbstbewusster, selbstsicherer. Sie muss wissen, wer diese Leute sind. Der Ausdruck des Wiedererkennens in ihren Augen ist eindeutig. Sie muss wissen, was sie wollen. Warum sie hier sind. Ich frage mich nur, warum sie mir nicht davon erzählt hat, bevor sie mich überredet hat, aus dem Haus zu gehen.

«Was wollt ihr?», knurrt sie.

«Wir haben nichts, was wir euch geben können», füge ich hinzu. «Wir haben nichts getan!» Es gelingt mir nicht, so viel Stärke zu zeigen wie Maeve.

Der Mann ergreift als Erstes das Wort. «Wir werden dich wohl nie los, was?»

«Ich schwöre, ich bin noch nie in diesem Wald gewesen», beteuere ich.

Die Frau schüttelt den Kopf und geht weiter auf Maeve zu, die ihr Messer nur noch fester umklammert. «Wir haben mit *ihr* gesprochen.»

Die Gestalt hinter mir, der Stimme nach zu urteilen ein junger Mann, lacht gehässig. «Erst vor ein paar Wochen haben wir dich in diesem Wald bei der Jagd erwischt, nicht wahr?»

Ich will gerade alles abstreiten, als Maeve einen Schritt nach vorn macht und nickt. Ihr Gesicht ist voller Empörung. «Na und wenn schon! Ich hab keine andere Wahl. Das wisst ihr genau.»

Jetzt wird mir klar, dass dieses Wortgefecht überhaupt nichts mit mir zu tun hat. Ich bin da nur hineingeraten. Kollateralschaden.

«Letztes Mal hast du dich irgendwie herausgewunden», sagt die Frau. «Dieses Mal können wir dich nicht ungestraft davonkommen lassen.»

«Dieser Wald gehört nicht euch», blafft Maeve zurück. «Wo soll ich denn sonst hingehen?»

Der Mann hinter mir entlässt mich endlich aus seinem Würgegriff und stößt mich in die Mitte des Dreiecks. Mein Hals schmerzt von dem Druck der Klinge und ich kann nicht anders, als mit der Hand die wunde Haut abzutasten.

Maeve sieht mich an. Ihre Schultern beben. «Es tut mir leid», flüstert sie kaum hörbar. «Das ist alles meine Schuld. Ich hätte dich nicht hierherbringen sollen.»

Ich antworte nicht, ich starre meinem Angreifer jetzt in die Augen. Etwas an seinem Gesicht kommt mir bekannt vor. Seine Augen. Seine Nase. Etwas an ihm sagt mir, dass ich ihm schon einmal begegnet bin. Vielleicht in der Buchhandlung? Aber dieser Teenager scheint mir nicht der Typ zu sein, der in eine Buchhandlung geht. Früher vielleicht, aber nicht jetzt.

Sein Haar ist lang, genau wie das seines Kumpels, aber er ist frisch rasiert. Er kneift leicht die Augen zusammen, als er mich ansieht, mich von oben bis unten mustert. Er erkennt mich auch. Da bin ich mir sicher.

Hinter uns streitet Maeve weiter mit dem anderen Mann und der Frau, aber ich kann sie nicht richtig verstehen. Die Wortfetzen gehen zum einen Ohr rein und zum anderen raus. Der Teenager vor mir scheint auch nicht zuzuhören. Sein Messer hängt locker in seiner Hand.

«Ich kenne dich», murmele ich, doch die Worte bleiben in meinem Hals stecken. Ich bin nicht sicher, ob ich wirklich mit ihm spreche oder einfach mit mir selbst rede. Vorhin war ich ganz benebelt von dem Adrenalinschub, aber jetzt wird allmählich alles klarer. «Ich kenne dich», sage ich noch einmal.

Dann plötzlich reimt sich alles zusammen. Mit einem besseren Haarschnitt und weniger Dreck im Gesicht ist er unverkennbar. Wie oft habe ich ihn auf unserer Couch sitzen sehen, mit meiner Schwester knutschend?

«Benji?», frage ich atemlos. Der Freund meiner Schwester. Er hat es geschafft. Er lebt noch.

Da fällt es auch ihm wie Schuppen von den Augen. «Liz?» Er blickt hinunter auf meinen dick verbundenen Arm. «Was ist passiert?»

«Generator», murmele ich und versuche, das Gespräch zwischen Maeve und der Frau zu verstehen.

«Ein Generator?», fragt Benji und hebt die Augenbrauen. «Du hast einen Generator?»

«Ja. Und ich bin kein besonderer Freund davon.»

«Und der funktioniert?» Nach einer kurzen Pause fügt er hinzu: «Wie geht es Thea?»

Ich schlucke und überlege angestrengt, wie ich bloß erklären kann, was passiert ist, als unser Gespräch unterbrochen wird.

«Wir hätten sie gleich beim ersten Mal töten sollen», flucht die Frau.

Ich wirbele herum. «Was?»

«Becca», protestiert Benji. Eine Spur von Verzweiflung schleicht sich in seine Stimme. «Du weißt, das ist gegen das Protokoll.»

Tausend Fragen schwirren durch meinen Kopf. «Protokoll? Was für ein Protokoll?»

«Wie wäre es mit deiner kleinen Freundin?», fragt Becca und schreitet an Maeve vorbei. «Würde dir das einen Denkzettel verpassen?»

Ich brauche eine Sekunde, um zu realisieren, dass *ich* die kleine Freundin bin, von der Becca spricht, aber ich realisiere es nicht schnell genug. Blitzschnell legt sie ihren Arm um meinen Oberkörper und drückt ihre Pistole gegen meine Schläfe. Ich versuche, meinen Arm zu heben und mich aus ihrem Griff zu befreien, doch sofort geht eine Schockwelle von Schmerz durch meine Seite. Wieder bin ich vollkommen wehrlos.

Maeve will zu mir springen, aber der andere Mann packt sie von hinten an der Jacke und hält sie zurück. Sie windet sich in seinem Griff.

«Lass sie los.»

«Was auch immer ihr denkt – sie hat es nicht getan, das schwöre ich», bringe ich hervor.

«Du weißt doch überhaupt nichts von ihr», antwortet Becca.

«Sie ist ein guter Mensch.»

Der Mann grinst höhnisch. «Gute Menschen gibt es nicht mehr.»

«Doch, die gibt es», kiekse ich und spüre, wie mir die Hitze in die Wangen schießt. «Wir haben alle getan, was wir tun mussten, um zu überleben. Das macht uns nicht zu schlechten Menschen.»

Der Mann schüttelt den Kopf. «Das ist das dritte Mal, dass wir dich seit deiner Verbannung in unserem Wald erwischen.» Meine Gedanken überschlagen sich. Verbannung? Ich sehe fragend zu Benji, aber er wendet den Blick ab, das Gesicht ganz erstarrt. *Feigling.* Er schafft es nicht einmal, mir in die Augen zu sehen.

«Das meint ihr doch nicht ernst», flehe ich.

Maeve stößt ein schrilles Lachen aus. «Das meinen sie *sehr wohl* ernst.»

Becca packt mich noch fester und drückt mir die Luft aus den Lungen. «Da Benji so scharf auf das Protokoll ist, würde ich vorschlagen, wir töten das Mädchen und nehmen Maeve mit, um sie vors Tribunal zu stellen.»

«Nein», faucht Maeve. «Tötet lieber mich. Sie hat nichts getan.»

«Du solltest wissen, dass ich nicht diejenige bin, die für den Tod deiner Freundin verantwortlich ist», sagt Becca. «Das ist alles deine Schuld, Maeve.» Sie macht eine Pause, bevor sie mir ins Ohr flüstert: «Vielleicht willst du lieber die Augen zumachen. Dann ist es leichter.»

Die Pistole wird nur noch fester an meine Schläfe gepresst und ich kann hören, wie Beccas Finger am Abzug herumnesteln. Sie will mich nicht erschießen. Keiner von ihnen *will* mich erschießen. Sie glauben nur, dass sie es tun müssen. Wir *denken* alle, dass wir furchtbare Dinge tun müssen, um zu überleben.

«Du musst das nicht tun», sage ich und doch schaffe ich es nicht, Beccas Arm wegzustoßen.

Der Mann lacht, als er seinen Griff um Maeve lockert. Für einen Augenblick lässt er sie los, während er in seinen Taschen nach etwas kramt. Etwas, mit dem er ihre Hände fesseln kann. Mehr Zeit braucht sie nicht. Mit dem Messer in der Hand stürzt sie sich auf Becca und schlägt die Pistole von meinem Gesicht weg.

Becca lockert ihren Griff um mich und stolpert einen Schritt zurück. Ich stürze zu Boden. Der Schmerz schießt durch meine Wirbelsäule, Blut sammelt sich in meinem Mund. Alles bewegt sich zu schnell. Die Pistole feuert in die Luft, der Schuss hallt in meinen Ohren wider. Maeve wirbelt umher wie ein flackernder Blitz, wie ein wildes Tier. Als sie ihre Klinge auf Becca hinuntersausen lässt, stehen Benji und der andere Mann wie versteinert da, nur ein paar Meter entfernt. Sie tun nichts, um Maeve aufzuhalten oder ihre Freundin zu beschützen. Sie haben Angst. Ich verstehe, wie sie sich fühlen.

Becca stürzt rückwärts in den Bach, als Maeve schrittweise zurückweicht, jede Bewegung langsam und bedächtig. Becca ringt nach Luft, die Stimme gurgelnd, als würde sie schon ertrinken, bevor sie überhaupt untertaucht. Als sie dort liegt, sickert Blut in den fließenden Strom und färbt das Wasser purpurrot. Ich muss nicht zu Beccas Körper runterschauen, um zu wissen, was passiert ist. Es gibt nur noch Stille. Stille und plätscherndes Wasser.

Schließlich zwingt sich der Mann, doch noch zu handeln, und stolpert auf Maeve zu, ohne Waffe in der Hand und zu spät. Maeve hebt ihre befleckte Klinge. Mit zitterndem Arm richtet sie das Messer auf ihn.

«Komm nur näher», faucht sie, «wenn du dich traust.» Sie steht vor mir und schirmt mich von ihnen ab, während ich auf dem Boden kauere. Ihre Nase blutet und ihre Zähne färben sich rot. Wieder beschützt sie mich. Wieder bin ich wehrlos.

Der Mann macht einen Schritt nach vorn, aber Benji legt eine Hand auf seine Schulter. Hält ihn zurück.

«Stopp», knurrt er und fügt in einem giftigen Tonfall hinzu: «Sie ist es nicht wert.»

Ich mustere Benji und versuche herauszufinden, ob er es für mich macht oder für seinen Freund, aber er sieht mich nicht an. Er beugt sich zu seinem Freund und flüstert ihm etwas ins Ohr. Zwischendurch macht er Maeve ein Zeichen. Sie antwortet mit einem verbissenen Gesichtsausdruck. Anscheinend versucht er irgendwie, einen Handel auszumachen, aber ich weiß nicht, worin der bestehen soll.

Der Mann zögert, als würde er seine Möglichkeiten abwägen, bevor er sich wieder an Maeve wendet. Sie steht noch immer im Fluss, die Hosen vollkommen durchnässt.

«Wenn wir dich noch einmal in diesem Wald erwischen, seid ihr beide tot.»

Maeve wischt sich über die Nase und funkelt den Mann wütend an. «Das werdet ihr nicht.»

«Ich bin sicher, wir werden dich wiedersehen», antwortet er.

Der Mann schneidet eine Grimasse, dann wendet er sich ab. Benji folgt ihm stumm und sie lassen ihre gefallene Freundin im Bach liegen. Das einst frische Wasser färbt sich weiter rot.

Sobald die beiden Gestalten verschwunden sind, rennt Maeve auf mich zu und zieht mich hoch. Mein Atem geht hastig und stoßweise.

«Danke, dass du mich nicht hast sterben lassen», flüstere ich, als sie mich an sich zieht. Ihre feste Umarmung hat etwas Verzweifeltes. Wir stehen einfach da, unsere Atmung fließt ineinander, unser Herzschlag wird zu einem. Unsere Körper verschmelzen zu einem.

«Es tut mir so leid, Liz.»

«Du musst dich nicht entschuldigen.» Ich bin nicht sicher, ob ich meine, was ich da sage. Ich bin nicht sicher, ob ich Angst vor ihr habe oder ihr dankbar bin. Ich weiß überhaupt nicht mehr, wie ich mich fühlen soll.

«Ich hätte dich nicht hierherbringen sollen. Ich hätte das nicht tun sollen», wimmert Maeve und vergräbt ihr Gesicht an meiner Schulter. «Ich hätte einen anderen Weg finden müssen.»

«Du hast getan, was du musstest. Du hattest keine Wahl.»

Maeve stößt ein trauriges Lachen hervor. «Wir haben nie eine Wahl. Aber das macht unsere Handlungen nicht besser.»

Ich weiß nicht, was ich darauf sagen soll.

KAPITEL SECHZEHN

Wir verbringen die Nacht in einem alten Target-Supermarkt an der Route 46. Eine Stunde brauchen wir dorthin, mit Maeves Karren im Slalom an den vielen verlassenen Autos vorbei. Vielleicht hätten wir für die Nacht in die Buchhandlung zurückkehren sollen, aber wir haben uns anders entschieden. Ich hatte zu viel Angst vor dem Rückweg durch den Wald. Maeve sagte nichts, aber ich wusste, dass sie auch Angst hatte.

Das Gebäude ist in besserem Zustand als alle anderen, die ich gesehen habe. Ich schätze mal, das liegt an Stein und Beton. Alles noch intakt. Als wir durch die automatische Tür gehen, die frühere Besucher aufgebrochen haben, drehe ich mich zu Maeve.

«Bist du hier schon mal gewesen?»

«Ein- oder zweimal», gibt sie zu, als unsere Augen sich an die Dunkelheit gewöhnt haben. «Es ist nicht so gut wie jagen gehen, aber es führt auch zum Ziel ... Und jagen ist schließlich nicht immer möglich.» Während wir weitergehen und von der Dunkelheit verschluckt werden, die jeden Gang erfüllt, kramt Maeve etwas aus ihrem Wagen hervor. Ich höre ein zufriedenes Aufatmen, als sie eine Campinglaterne herauszieht und anknipst. Die Lampe taucht unsere Umgebung in ein grünliches Licht.

«Sie ist batteriebetrieben», erklärt Maeve und biegt am Ende des Gangs in die Lebensmittelabteilung. «Ich hab mir aus einer Kiste unter der Kasse ein paar AA-Batterien geschnappt.»

«Das waren meine!», protestiere ich halbherzig. «Die hat mir jemand gegeben, als du noch nicht da warst.»

Maeve lacht. Ihre Augen blitzen im Dunkeln. «Tja, da hast du wohl gepennt.»

Wir kommen in den Gang mit den Konserven und Maeve dreht sich im Kreis, um sich umzusehen. In den Regalen liegen noch ein paar Dosen gefüllt mit Maisbrei und den am wenigsten appetitlichen Suppensorten. Brokkoli-Cheddar, Pilzrahmsuppe und ein paar Dosen Hühnchen mit Nudeln in Form von irgendwelchen Cartoonfiguren. Ich schnappe mir die Nudelsuppen und werfe sie in den Karren, bevor ich mich wieder zu Maeve umdrehe.

«Wie kann es sein, dass überhaupt noch irgendwas übrig ist?»

«Ich weiß auch nicht», murmelt sie. «Ich hatte irgendwann genug von diesem ganzen Dosenfraß, nachdem ich monatelang nichts anderes gegessen hatte, ohne Abwechslung. Diese Monotonie hat mich ganz verrückt gemacht.»

«Man kann doch im Namen der Abwechslung nicht einfach hungern», murmele ich und lege einen Styroporbecher mit Instantnudeln in den Wagen hinter mir. «Ich esse dieses Zeug jeden Tag.»

«Nicht alle von uns können sich auf großzügige Kunden verlassen, die bereit zum Tauschhandel sind. Egal, auf jeden Fall ist das Zeug in diesem Regal nicht gerade das Beste vom Besten. Es ist nicht selbst gekocht.» Sie lächelt, als würde sie einer fernen Erinnerung nachhängen. «Da pflanze ich lieber etwas an oder jage etwas oder pflücke etwas, als dass ich jeden Tag dieses Junkfood esse.»

Ich schlucke den Kloß hinunter, der in meinem Hals aufsteigt, als ich an Maeves blutiges Messer denke. Wir haben noch nicht über das gesprochen, was heute passiert ist. Ich habe zu viel Angst, sie darauf anzusprechen. Ich bin nicht sicher, wie sie reagieren wird. «Du tötest Tiere? Und isst sie?»

Sie antwortet mit einem Nicken. «Was denkst du denn, wo ich das Dörrfleisch herhatte? Von Whole Foods?»

Jetzt wird mir manches klar. In meinem Laden haben die Leute manchmal etwas gesalzenes Fleisch oder getrocknete Bohnen getauscht, gegen ein Buch oder eine Geschichte oder einen Brief, aber ich habe nie darüber nachgedacht, wo das alles herkam. Sind alle, die in den Buchladen kommen, so wie Maeve? Wie Benji? Wie Becca? Haben sie alle einfach getan, was sie tun mussten, um zu überleben? Bin ich wirklich so anders?

Maeve geht weiter die Regale entlang. Mit der einen Hand schnappt sie sich eine Dose Kidneybohnen, mit der anderen eine Dose Pickles. «Wenn du dir in diesem Moment eine Mahlzeit aussuchen könntest, was würdest du nehmen?» Die Frage kommt aus heiterem Himmel. Ich hatte bisher nicht das Gefühl, dass Maeve der Typ für Small Talk ist, aber ich tue ihr den Gefallen. Nach dem, was heute passiert ist, braucht sie eine Ablenkung. Wir brauchen sie beide.

Ich starre auf den Becher mit der Instantnudelsuppe vor mir und stelle mir vor, es ist etwas anderes, irgendetwas anderes. «Einen Burger», sage ich. «Einen Burger frisch vom Grill, mit einem Schokomilchshake, der so dick ist, dass man ihn kaum trinken kann. Einen reifen Pfirsich und eine Zitronenlimonade mit Eiswürfeln bis zum Rand und vielleicht ein paar Minzblättern obendrauf.» Ich mache eine Pause, bevor ich hinzufüge: «Und irgendwas mit Kartoffeln und vielleicht einen Caesar Salad.» Auf meinem Gesicht breitet sich ein Lächeln aus, als ich mir vorstelle, wie diese Mahlzeit aussehen würde, wie sie riechen würde und mit welchen Menschen ich sie teilen würde, wenn die Zeit eine andere wäre. Der Ort ein anderer. Die ganze Zeitachse eine andere.

Maeve lacht, leiser als sonst, während sie hinter mir die Dosen mit den Bohnen in den Karren wirft. «Ich würde Reis haben wollen, vielleicht mit Linsen, natürlich selbst gekocht von meiner Mutter. Und etwas Lammfleisch dazu. Eine kalte Cola und ein Riesenstück Schokokuchen. Und ich will so viel Zuckerguss darauf, dass der Zuckerguss dicker ist als der Teig, wenn du weißt, was ich meine?»

Ich nicke wissend. «Na klar. Der Zuckerguss ist doch das Beste.»

«Ich bin froh, dass wir da einer Meinung sind.»

Maeve verschwindet in einem anderen Gang. Ich folge ihr und bin auf einmal umgeben von lauter vorgestrigen Spielsachen aus dem schrillsten Neonplastik, das man sich vorstellen kann. Maeve scheint sich nicht dafür zu interessieren, aber ich lasse es mir nicht nehmen, eine grellblaue Nerf Gun aus ihrer Pappverpackung zu reißen.

Das Geräusch lässt Maeve stehen bleiben. Langsam dreht sie sich um und wirft einen Blick auf die Schaumstoffpatronen in meiner Hand, während ich vorsichtig das orange Magazin lade und in meine Waffe schiebe.

Sie schüttelt den Kopf. «Was hast du denn mit *dem* Ding vor, Liz Flannery?»

Sie begreift nicht, dass dieses Spielzeug in meiner Hand ein koordinierter Überfall ist. Wenn sie sich in einigen Monaten an diesen Tag erinnert, wird sie vielleicht nicht als Erstes an Becca denken. An das Blut oder das Messer oder das, was gesagt wurde. Stattdessen wird sie an eine alberne Spielzeugwaffe und Schaumstoffpatronen denken und an mich. Vielleicht wird diese Erinnerung die Gedanken überlagern, die ihr im Moment im Kopf herumgehen.

«Meine Eltern haben mir so ein Ding nie erlaubt, als ich klein war», erzähle ich ihr. «Meine Mom war zu pazifistisch und mein Dad war zu sehr damit beschäftigt, sich auf den Weltuntergang vorzubereiten, um mit ihr darüber zu diskutieren.»

«Und nun? Heißt das, du erfüllst dir jetzt deinen größten Kindheitstraum?»

«Besser spät als nie», antworte ich.

Konzentriert richte ich meine Waffe auf einen Stapel Sammelkarten in einem eingestaubten Regal. Aber ich bin nicht nur wegen meines verletzten Arms eine furchtbare Schützin und das zeigt sich auch jetzt, als meine Schaumstoffpatrone an der Metallleiste des Regals abprallt und klanglos zu Boden fällt.

«Das war wohl nichts.»

«Was? Du glaubst doch nicht etwa, dass du das besser kannst?», wettere ich und füge nach einer Pause hinzu: «Ach nein, warte, du bist ja die unvergleichliche Maeve, die alles so gut kann.»

«Du hast ja selten recht, aber in diesem Fall muss ich dir zustimmen. Ich bin ein Ass an der Schießbude.»

Sie nimmt sich eine Waffe aus dem Regal, zieht das Plastik ab und inspiziert den revolverartigen Lauf. Maeve runzelt die Stirn. «Diese Dinger sehen wirklich erschreckend echt aus. Kein Wunder, dass meine Cousins so missraten sind. Die hatten als Kinder ein ganzes Zimmer voll davon.»

«Du klingst wie meine Mutter», sage ich.

«Tja, guck dir an, was aus dir geworden ist …»

Maeve lädt ihre Waffe und zielt auf die Sammelkarten, bevor sie abdrückt. Mit einem Rums stürzen die Kartons zu Boden. Natürlich kann Maeve auch das besser als ich. Gibt es überhaupt was, das sie nicht gut kann?

Sie grinst mich an und pustet scherzhaft in den Lauf ihrer

Waffe. «Volltreffer», prahlt sie und nimmt auf einmal einen Südstaatenakzent an.

«Du bist unausstehlich», murre ich und richte meine Spielzeugwaffe auf sie. «Wirklich schade, dass es so enden muss.»

«Was für ein Verrat!»

Maeve stürmt durch die Dunkelheit davon, die Laterne in der Hand. Meine Schuhsohlen schnalzen auf dem Linoleumboden und meine Beine überschlagen sich fast, als ich ihr hinterherrenne. Dann biegt sie um eine Ecke und läuft den nächsten Gang hinunter. Ich stolpere fast, als ich die Richtung ändere und ihr folge.

Ich bleibe erst stehen, als ein Kuscheltier an meiner Stirn abprallt.

«Was zum Teufel?»

Maeve strahlt mich durch die Dunkelheit an, die Pistole gezückt. Die Laterne hat sie auf den Fußboden gestellt und in der freien Hand hält sie einen Stoffdalmatiner, mit dem sie mich bewerfen will.

«Hast du etwa gedacht, dass ich bei den Cousins keine Nerf-Kriegserfahrung gemacht hab?», fragt sie. «Was ist, ergibst du dich?»

Ich sammele all meinen Kampfgeist und sehe ihr herausfordernd in die Augen. «Niemals», rufe ich und strecke zur Bekräftigung meine Zunge raus.

«Das wirst du bereuen», sagt Maeve mit einer gedämpften, heiseren Stimme, die mir Schauer über den Rücken laufen lässt.

Da ich nicht warten will, bis mich ihr Zorn ereilt, sprinte ich durch die Kosmetikabteilung und werfe erst am Ende des Gangs einen Blick zurück, um zu sehen, ob ich ihr entkommen bin. Es ist niemand da. Ich beuge mich vor, ringe nach Atem und lausche auf das Dröhnen von Maeves Stiefeln auf dem Linoleumboden. Ich höre absolut nichts und atme erleichtert auf, weil ich anscheinend in Sicherheit bin.

Weit gefehlt.

Wie aus dem Nichts rennt Maeve auf mich zu und reißt uns beide zu Boden. Ich versuche, den Sturz mit meinem guten Arm abzufangen, und lande auf dem Po. Maeve fällt vornüber und klatscht mit den Händen aufs Linoleum, als unsere Oberkörper gegeneinanderprallen.

Sie bremst ihren Fall ab, doch ihre Nase ist nur wenige Zentimeter von meiner entfernt. Der Kampf ist ausgesetzt. Ich spüre ihren Atem auf meiner Haut, während wir einander anstarren und nicht wissen, was wir tun oder sagen sollen. Vielleicht macht mir das auch gar nichts aus. Vielleicht fühlt es sich schön an, wieder einmal jemandem so nah zu sein. Vielleicht fühlt es sich schön an, Maeve zu spüren, auch wenn ihre Berührung nicht absichtlich ist.

Schließlich lacht sie und rollt zur Seite. Ihre Haare streifen meine Haut. Und dann liegen wir einfach da, Seite an Seite, in der Dunkelheit.

«Hättest du je gedacht, dass du heute hier sein würdest?», frage ich. Ich kenne die Antwort, aber ich frage trotzdem, um Maeve zu zeigen, dass sie mir wichtig ist.

«Du meinst, dass ich in einem verlassenen Supermarkt in New Jersey mit Nerf Guns herumballere? Mit einer halbwegs Fremden, der erst vor ein paar Tagen fast der Arm abgerissen wurde, Supermarktregale plündere?» *Und im Wald eine Frau töte, um dein Leben zu retten?* Den letzten Satz spricht sie nicht aus, aber ich höre ihn trotzdem. «Nein», spottet sie. «Ich kann nicht sagen, dass das Teil meiner Lebensplanung war.»

«Ich auch nicht.»

Maeve rutscht näher heran und legt ihren Kopf auf meine Schulter.

Ich höre, wie sie ausatmet, wie die Luft durch ihre Zähne entweicht. «Trotzdem», sagt sie. «Ich bin froh, dass ich nicht allein bin.»

«Ich auch», flüstere ich.

Es gibt tausend weitere Dinge, die ich ihr sagen will. Sie klingen in meinen Ohren und verstecken sich in den Windungen meines Gehirns. Ein Teil von mir ist wütend. Wütend, weil sie mich angelogen hat. Wütend, weil sie uns beide in Gefahr gebracht hat. Aber ein anderer Teil von mir will sagen: *Danke, dass du mich nicht allein gelassen hast. Danke, dass du geblieben bist. Danke, dass du mir das Leben gerettet hast.*

«Du hättest mir davon erzählen können», ist alles, was ich sage. «Von diesen Leuten.»

Maeves Körper spannt sich an. «Ich wollte nicht, dass du denkst, dass ich gefährlich bin.»

«Du bist gefährlich, Maeve. Du bist in mein Haus eingebrochen. Schon da habe ich gedacht, dass du gefährlich bist.» Es soll so etwas wie ein Witz sein, aber es klingt nicht wie einer, wenn ich es sage.

«Ich weiß, es tut mir leid», sagt sie. Ihre Stimme klingt so geknickt, dass ich nicht weiß, ob ich ihr böse sein kann. Vielleicht bin ich jetzt an der Reihe, mich um sie zu kümmern.

«Schon okay.»

Ich denke an das, was Becca gesagt hat, bevor sie gestorben ist. Dass ich Maeve überhaupt nicht kennen würde. Dass sie ihnen beim letzten Mal entwischt ist. Und ich denke daran, wie es dieses Mal ausgegangen ist. Maeve hat nicht gezögert, Becca zu töten, als es darum ging, mir das Leben zu retten. Ich kann nicht anders – ich frage mich, ob sie so was schon einmal getan hat.

KAPITEL SIEBZEHN

11. Juni: Vor dem ersten *Sturm*

Thea ist damit beschäftigt, mit ihrem Freund auf dem Wohnzimmersofa herumzuknutschen. Da sie den Autoschlüssel hat und ich nicht scharf darauf bin, sie zu unterbrechen, beschließe ich, zu Fuß zur Arbeit zu gehen. Es ist nicht weit, aber Mom mag es lieber, wenn wir das Auto nehmen, weil ich die schlechte Angewohnheit habe, die ganze Zeit mit In-Ear-Kopfhörern herumzulaufen und fast überfahren zu werden. Ich finde, es ist das Risiko wert. Mum sieht das anders.

Ich hab die In-Ears drin, als ich im Laufschritt die Straße überquere. Eine Sache, die mir an der Arbeit in der Buchhandlung schon immer gefallen hat, ist, dass es keinen Dresscode gibt. Ich hab mal in einer Pizzeria gearbeitet, wo alle Angestellten die gleichen T-Shirts tragen mussten und die Klamotten nach drei Tagen so stark nach Rauch und Knoblauch rochen, dass ich es nicht mehr ertragen konnte. In der Buchhandlung ist das viel lockerer. Trotzdem könnte ich mich ohrfeigen, dass ich heute Morgen keine bequemeren Turnschuhe angezogen habe, weil ich den ganzen Nachmittag hinter der Kasse stehen werde.

Eine kleine Glocke bimmelt über meinem Kopf, als ich eintrete. Meine Kollegin Laurel ist hinten im Laden und schaut zur Tür. Eva ist nirgends zu sehen, das heißt, sie hockt wahrscheinlich irgendwo und schlingt den Rest ihres Mittagessens hinunter.

«Kannst du die Kasse übernehmen?», fragt Laurel. Ihre Stimme hallt durch den winzigen Laden. Ich nicke und gehe zu der Kundin hinüber, die an der Kasse steht.

Ich schlüpfe hinter den Tresen, setze mein bestes und strahlendstes Kundenservice-Lächeln auf und streiche mir eine Haarsträhne hinters Ohr. Gestern Abend bin ich auf die Idee gekommen, mir spontan selbst einen Haarschnitt zu verpassen, und ich fürchte, vorne ist es vielleicht etwas *zu* kurz geraten.

«Möchten Sie eine Tüte dafür?», frage ich, während ich die Bücher scanne, die die Frau auf den Tresen gelegt hat.

«Danke, das geht schon so», sagt die Kundin und lächelt zurück. «Dafür müssen nur wieder Bäume sterben.»

Ich will ihr sagen, dass für eine Papiertüte so viele Bäume nun auch wieder nicht sterben müssen. Ich will ihr sagen, dass der Baum sowieso schon getötet, zu winzigen Stücken zerschreddert und zu einer Tüte verarbeitet worden ist, egal, ob sie diese Tüte ablehnt oder nicht. Für den kleinen Baum, aus dem schließlich diese Tüte geworden ist, ist die Reise zu Ende.

«Das macht dann sechsunddreißig Dollar und acht Cent», sage ich zu der Frau und schiebe ihr die Tüte einfach zu.

Die Frau antwortet nicht und steckt ihre Kreditkarte in das Lesegerät. Sie kneift leicht die Augen zusammen und kritzelt mit dem Finger eine hastige Unterschrift auf das Display. Dann zögert sie und sieht prüfend zu mir auf. Ich fühle mich plötzlich ganz unbehaglich und hefte meinen Blick auf einen Stapel Patricia-Highsmith-Bücher im Regal hinter ihr.

Sie räuspert sich und ich ringe mir ein weiteres Kundenservice-Lächeln ab.

«Gehst du nächstes Jahr nach Middlebury?»

«Was?» Und dann kapiere ich, dass sie auf mein T-Shirt

guckt. Mein T-Shirt, auf dem klar und deutlich MIDDLEBURY COLLEGE steht. «Oh. Ja, genau.»

«Da hab ich auch studiert!» Sie strahlt. «Hab jeden Moment genossen!»

Ich weiß nicht so recht, was ich darauf antworten soll, also sage ich: «Das freut mich.»

«Du wirst begeistert sein», verspricht die Frau, auch wenn ich nicht verstehe, wie sie da so sicher sein kann. Sie weiß doch absolut nichts über mich.

«Ich bin auch schon ganz aufgeregt», sage ich, ohne eigentlich zu wissen, wie ich mich dabei fühle auszuziehen. Klar, die Highschool zu verlassen, war aufregend. Es war fantastisch. Aber die Buchhandlung zu verlassen, fällt mir sehr viel schwerer. Von zu Hause wegzugehen, fällt mir sehr viel schwerer.

«Na dann, viel Glück», sagt die Frau. «Die vier Jahre Studienzeit werden die besten deines Lebens!» Wie deprimierend muss ihr Leben sein, dass sie die vier Jahre, die sie abgebrannt und gestresst an der Uni verbracht hat, für die besten vier ihres Lebens hält? Ich glaube nicht, dass sie mir mit ihren Worten Angst machen will, aber sie versetzen mir einen Stich wie ein Messer.

Und damit nimmt sie ihre Bücher und ich bin allein mit meinen Gedanken.

———

Zuerst fällt mir gar nicht auf, dass Laurel länger geblieben ist. Sicher, sie geht montags normalerweise früher, aber ich vermute, dass sie noch ein paar Bücher einsortiert oder länger mit Ablage oder Wareneingang beschäftigt ist. Mir fallen alle möglichen Erklärungen dafür ein, weil ich absolut keinen Grund habe, irgendeinen Verdacht zu schöpfen.

Ich werde erst stutzig, als Eva mich bittet, die Regale in der Kinderbuchabteilung aufzuräumen. Aber sie ist in perfekter Ordnung. Das weiß ich, weil ich die Regale dort am Anfang meiner Schicht aufgeräumt habe. Als ich jetzt dorthin gehe, stelle ich natürlich fest, dass alles picobello aussieht, abgesehen von ein paar Bilderbüchern, die auf dem Fußboden liegen. Ich bin echt beleidigt, dass die anderen es wagen, meine perfekte Ordnung infrage zu stellen.

Ich hebe die Bücher auf und werfe einen Blick auf meine Uhr. Es ist schon fast sieben. Ladenschluss. Da sollte Laurel nicht mehr hier sein, oder?

Aber ich beschließe, nicht weiter darüber nachzudenken, und kümmere mich stattdessen um das Bilderbuchregal. Während ich die Bücher zurückstelle, singe ich in meinem Kopf ein paarmal das Alphabet-Lied. Ich sage immer scherzhaft, dass ich manchmal das Alphabet vergesse. Lauren lacht dann, aber es ist wirklich so. Ich kann mir tatsächlich nie merken, welcher Buchstabe nach welchem kommt, ohne das ganze Alphabet-Lied durchzusingen. Es ist meine größte Schwachstelle ... meine Achillesferse.

Ein paar Minuten später höre ich, wie Eva aus dem anderen Zimmer meinen Namen ruft. Es ist nur noch ein Bilderbuch übrig und ich stelle es zurück an seinen Platz, bevor ich zurück zur Kasse trotte.

Dort warten Eva und Laurel auf mich, jede einen Cupcake in der Hand.

«Überraschung!», ruft Eva.

«Was?»

Laurel antwortet mit einem Lachen. «Herzlichen Glückwunsch zu deinem fast letzten Tag!»

«Oh!» Ich nehme ihren Cupcake entgegen und zupfe unschlüssig am wächsernen rosa Papierförmchen. Das Verhältnis von Zuckerguss und Kuchen stimmt genau. Je mehr Zuckerguss, desto besser. Ein Cupcake mit zu wenig Zuckerguss lohnt sich nicht.

Als ich Laurel und Eva mit ihrem strahlenden Lächeln so sehe, wird mir ganz mulmig. Im Schein einer einzelnen Kerze spüre ich, wie sich die Wärme dieser Geste um mich herum ausbreitet. Im Moment ist alles ein ziemliches Schlamassel, in der Welt und zu Hause. Aber hier fühle ich mich sicher. Wie kann ich diesen Ort, den ich so liebe, verlassen? Plötzlich fühlt sich der Cupcake an wie eine Handgranate. Eine falsche Bewegung und alles um mich herum fliegt in die Luft.

Eva reicht mir eine Karte.

«Mach sie später auf.»

Ich nicke. «Danke, Leute. Das hättet ihr wirklich nicht machen müssen.»

«Wollten wir aber», antwortet Laurel. «Wir wollen dich überzeugen, uns nicht zu verlassen.»

Ich sehe die beiden an und ringe mir ein halbherziges Lächeln ab. «Ich wünschte, ich müsste es nicht.»

Aber ich weiß, dass ich weggehen muss. Die Zeit schreitet nun mal leider linear voran, ob wir es nun wollen oder nicht.

KAPITEL ACHTZEHN

Als wir am nächsten Tag zur Buchhandlung zurückkehren, nehmen wir einen Umweg, um den Wald nicht zu durchqueren. Auf dem Wagen stapeln sich jetzt Konservendosen und eine Falle, die Maeve aus einem Jagdgeschäft in der Nähe mitgenommen hat. Sie sagte, die bräuchten wir *für alle Fälle*, und ich hatte so früh am Morgen noch nicht die Energie, darüber zu debattieren. Solange ich nicht diejenige sein muss, die das Ding aufstellt, hab ich nichts dagegen, eine Falle zu besitzen.

«Ist das immer so?», frage ich, als wir an einem verlassenen Fußballfeld vorbeikommen, wo auf einer Bank noch ein Trikot und eine Wasserflasche liegen. Das Feld ist vollkommen überwuchert, das Unkraut geht mir bis zu den Knien und Moos und Efeu umranken das Gestänge der Tribüne. In der Ferne ragt eine Anzeigetafel über den Platz. Wenn sie sich noch ein Stück weiter neigt, fällt sie um. «Ist es hier immer so leer?»

Maeve umklammert den Griff des Karrens. «Hier draußen ist eine ganze Welt, die sich vor uns verbirgt. Nur wenige Leute sind zu Hause geblieben, wenn sonst keiner mehr übrig war. Keine Freunde, keine Haustiere, keine Familien. Zu viele Erinnerungen. Zu viel Schmerz.» Klingt ein bisschen melodramatisch, aber ich verstehe. Ich verstehe nur zu gut.

«Dann spielt sich alles nur im Verborgenen ab?» Wir biegen um die Ecke und kommen an einem Schnellrestaurant vorbei, einen Häuserblock von der Buchhandlung entfernt. Im Fenster hängt noch das «Geöffnet»-Schild. Bis auf die Vorderwand ist das ganze Gebäude zu Staub zerfallen. Es sieht aus wie ein schlecht gemachtes Bühnenbild, trostlos und eindimensional. Hinter der zersplitterten Glastür liegt eine umgekippte Eiscremetruhe, in der Schimmel sprießt.

Ich denke an die Buchhandlung, an die Leute, die draußen herumlungern. Hoffentlich hat sich niemand mit den noch übrigen achtundsiebzig Exemplaren von *Hüter der Erinnerung* aus dem Staub gemacht. Eine meiner Kolleginnen hat bei einer Schulbestellung aus Versehen dreihundert statt dreißig Stück geordert und seitdem sitzen wir mit diesen Unmengen von Büchern da. Kein einziges Exemplar konnte ich im letzten Jahr loswerden. Erstaunlicherweise haben die Leute seit dem Weltuntergang anscheinend keine Lust auf dystopische Literatur.

«Es gibt Dinge, die noch am Laufen gehalten werden», erklärt Maeve und holt mich damit in die Gegenwart zurück. «Wie deine Buchhandlung. Es gibt Gruppierungen. Wie die im Wald. Manche sind gefährlicher als andere. Es gibt neue Familien. Man muss nur wissen, wo man sie findet.»

«Weißt du, wo man sie findet?»

«Früher ja», bringt sie hervor.

«Früher?» Aber Maeve antwortet nicht. Sie wendet den Blick ab und geht schneller.

«Ich will nicht darüber reden.»

In diesem Moment durchfährt mich eine Erkenntnis. Ich bleibe stehen und warte, bis Maeve mir in die Augen sieht. Mir wird bewusst, dass ich Maeves kaputtes Zelt gar nicht gesehen habe. Jetzt verstehe ich. Ich weiß, wie es ist, zurückgelassen zu werden. *Verbannt.* Das ist das, was der Mann gesagt hat. «Maeve, sag mir die Wahrheit. Ist dein Zelt wirklich kaputtgegangen?»

Ich beobachte, wie in ihrem Gesicht widersprüchliche

Gefühle aufflackern. «Nein», gibt sie schließlich zu. «Ich war allein und wusste nicht, wo ich sonst hinsollte. Ich konnte nicht weiter vor ihnen davonlaufen. Ich brauchte einen Unterschlupf und als ich die Buchhandlung sah, dachte ich, das wär doch kein schlechter Ort. Mir war nicht klar, dass dort noch jemand wohnt.»

Ich weiß nicht, was ich sagen soll. Ich wusste noch nie, was man in solchen Situationen sagt oder wie man jemanden richtig tröstet, außer vielleicht mit einer laschen Umarmung. Ich betrachte Maeves angespannten Kiefer. Sie steht dort, als wüsste sie nicht, ob sie das letzte Stück zur Buchhandlung rennen soll, um vor ihren Gefühlen davonzulaufen, oder warten, bis der Schmerz über sie hinwegzieht und nachlässt. Ich verstehe den Impuls wegzulaufen, aber das werde ich nicht zulassen. Ich lasse sie nichts von beidem tun.

Ich streife meinen Rucksack ab. Dann gehe ich zu ihr, lege meinen guten Arm um ihren Hals und drücke sie an mich. Sie weicht nicht zurück. Ich bleibe so stehen, unsicher, ob ich sie wieder loslassen soll, doch dann spüre ich zwei Arme um meinen Rücken, die mich festhalten. Als sie ausatmet, spüre ich die Wärme an meinem Ohr.

«Du kannst so lange bleiben, wie du magst», sage ich. Es ist das Mindeste, was ich tun kann. Sie hat mein Leben gerettet, zwei Mal.

Sie spricht so leise, dass ich sie kaum hören kann. «Danke», flüstert sie.

Irgendwann gehen wir weiter die Straße hinunter, machen uns auf den Heimweg. Maeve zieht ihren Karren vorsichtig über den Asphalt, um nichts von dem Wasser zu verschütten, das wir geholt haben. Ihre Schritte sind langsam und bedächtig, als sie auf die Buchhandlung zutrottet. Jeder Schritt scheint ungewohnt viel Energie zu erfordern, als wären ihre Kraftreserven erschöpft. Etwas an ihrem Verhalten sagt mir, dass dies die echte Maeve ist. Keine überbordende Energie, kein übertriebenes Selbstbewusstsein, kein bissiger Humor.

Eigentlich will ich sie fragen, ob alles okay ist, aber ich tue es nicht. Ich weiß, dass sie mir nicht die Wahrheit sagen würde. Niemand sagt je die Wahrheit, wenn ihm eine solche Frage gestellt wird.

Doch dann bleibt Maeve ein paar Schritte vom Kantstein entfernt stehen und holt scharf Luft.

«Alles in Ordnung mit dir?»

«Es geht nicht um mich», antwortet Maeve und lässt den Griff des Wagens los, um auf die Seite des Gebäudes zu deuten. «Es geht darum.»

Ihr Ton gefällt mir nicht. Ich will nicht wissen, was *darum* bedeutet. Ich kann jetzt wirklich nicht noch ein Problem gebrauchen. Bitte sag, dass es nicht noch ein Problem gibt. Ich glaube, ich platze, wenn ich noch über ein anderes Problem nachgrübeln muss, was meine Chancen, das alles hier zu überleben, natürlich nicht gerade erhöhen würde. Aber es bleibt mir nichts anderes übrig, als hinzusehen.

Zuerst fällt es mir gar nicht auf. Zuerst runzele ich die Stirn und frage mich, wovon Maeve da redet. Mein Herzschlag beruhigt sich und ich kann wieder atmen. Aber dann sehe ich es. Der Baum neben dem Gebäude ist umgefallen und hat den Großteil der Hauswand mit sich gerissen.

KAPITEL NEUNZEHN

Jetzt bin ich wirklich total angeschissen. Wieder und wieder geht mir dieser Satz durch den Kopf. Als ich jünger war, hab ich Dad immer angebettelt, dass er mir ein Baumhaus baut. Das ist nicht das, was ich mir darunter vorgestellt hab.

Maeve guckt mich immer wieder an, als wollte sie sich doppelt und dreifach vergewissern, dass ich nicht vor ihren Augen zu Staub zerfalle. Ich bin mir nicht hundertprozentig sicher, dass ich das nicht tun werde. Ein Teil von mir, vielleicht der schlechteste, will in diesem Moment einfach lachen. Will lachen über die Absurdität der letzten Tage, denn gerade häuft sich in meinem Leben so viel Scheiße an, als wollte das Universum sich über mich lustig machen. Es ist der Teil von mir, dem manchmal ein Kichern herausrutscht, wenn jemand auf dem Gehweg auf die Nase fliegt. Ich weiß, es ist ein scheußlicher Impuls, und vielleicht macht mich das zu einem scheußlichen Menschen, aber manchmal macht es die Dinge einfach etwas leichter.

Aber das hier ist die bittere Realität, das lässt sich nicht leugnen. Wie zur Bekräftigung setze ich mich langsam auf den Baumstamm.

«Jetzt sind wir total am Arsch», bringe ich hervor.

«Ich glaube, total ist ein bisschen übertrieben.» Sie ist nicht ehrlich, das merke ich an der Art, wie sie den Baumstamm anstarrt, das Gras, irgendetwas, nur um meinem Blick auszuweichen.

«Maeve, da ist ein kleinwagengroßes Loch in der Hauswand. Was erwartest du von mir? Dass ich so tue, als ob ich schon immer einen zweiten Eingang haben wollte?»

Ich warte auf ihre Antwort, aber stattdessen kommt sie geradewegs auf mich zu und überrascht mich mit einer Umarmung. Und ich lasse es zu. Ich lasse zu, dass ihre Hand behutsam unter meinem rechten Arm hindurchgleitet und meinen Oberkörper umfasst. Ich lasse zu, dass ihre Finger sich in meinen Rücken graben, so fest, wie ich es lange nicht mehr erlebt habe. Zwei Umarmungen an einem Tag – nein, in einer Stunde –, nachdem ich monatelang keine einzige bekommen habe. Und sicher, Maeve zu umarmen, hat sich gut angefühlt, aber umarmt zu *werden*, ist etwas vollkommen anderes. Es zeigt mir, dass ich ihr wichtig bin. Ihre Arme um meine Taille sagen mir, dass ich ihr wichtig bin.

Nach einer Weile rückt sie ein Stück von mir ab, ohne mich ganz loszulassen. Sie lockert ihre Umarmung nur so weit, dass sie mir in die Augen schauen kann.

«Liz», sagt sie mit einem ernsten Ton in der Stimme, «lass uns reingehen. Den Schaden beurteilen und einen Schlachtplan entwickeln.»

Sie übernimmt die Führung und geht mit ihrem Karren auf die Eingangstür zu, nicht auf die Loch-in-der-Wand-Tür. Vor dem Haus bleibt sie kurz stehen und greift nach dem blauen Wasserkanister, um ihn mit reinzunehmen.

«Wir müssen das Zeug doch nicht jetzt gleich reinholen, oder?», frage ich und Maeve runzelt die Stirn.

«Wer weiß, was damit passiert, wenn wir es nicht tun.» Sie steht an der Tür und kratzt unseren Detektivstreifen ab, der glücklicherweise intakt ist.

Von drinnen sieht der Schaden noch schlimmer aus. Die Äste des Baumes reichen von der Wand zur Ecke des Verkaufstresens und haben jedes Regal und jeden Geburtstagskartenständer dazwischen umgerissen. Ich empfinde eine seltsame Dankbarkeit, dass der Baum nicht groß genug war oder näher am Buchladen stand, um noch mehr Schaden anzurichten. Trotzdem ist das klaffende Loch mehr, als ich bewältigen kann. Es hat einen Durchmesser von anderthalb Metern. Vielleicht auch mehr.

Maeve schwingt sich über den halbrunden Tresen und begutachtet den Baumstamm von der anderen Seite.

«Und wie lautet die Einschätzung der Expertin?», frage ich und habe gleichzeitig Angst vor der Antwort.

«Ausnahmsweise bin ich mal keine Expertin», gibt sie zu. Das höre ich zum ersten Mal. «Aber wir haben zwei Möglichkeiten.»

«Und die wären?»

«Eins: Wir machen uns an die Arbeit. Wir entfernen den Baum. Wir reparieren das Loch. Zwei: Wir entfernen den Baum und suchen uns dann sicherheitshalber einen anderen Ort, um den *Sturm* durchzustehen.»

«Was?», blaffe ich. «Ich gehe hier nicht weg, Maeve.»

Sie dreht sich um und sieht mich an. «Aber vielleicht ist das die sicherste Option. Wir kommen dann später wieder, wenn die Gefahr vorbei ist.»

«Wirklich?»

«Klar.»

Ich schüttele den Kopf. «Das kommt nicht mal ansatzweise infrage. Das ist keine Option.»

«Aber es könnte eine sein.»

Ich zögere. Das alles zurücklassen? Diesen Ort womöglich den Plünderern überlassen? Es war schon schwer genug für mich, Maeve auf dieser kurzen Expedition zu begleiten. Der Gedanke, die Buchhandlung den Naturgewalten zu überlassen, ist noch weniger zu ertragen. Ich könnte den einzigen Ort verlieren, den ich noch als Zuhause bezeichnen kann, alles nur für eine geringfügig bessere Überlebenschance. Und wer weiß? Der nächste Unterschlupf hätte womöglich ein noch größeres Loch in der Wand.

«Keine Chance.»

Maeve sucht nach neuen Argumenten, aber sie hält sich zurück. «In Ordnung. Wir können ja später noch mal darüber sprechen.»

Maeve fängt an, die Äste vom Baumstamm zu reißen und auf die Straße zu schleudern. Es knackt jedes Mal ohrenbetäubend laut, aber das scheint sie nicht zu bemerken. Sie arbeitet wie besessen, setzt ihr ganzes Gewicht ein. Jeder Muskel ihres Körpers ist angespannt und in Bewegung. Irgendwie habe ich das Gefühl, dass sie sich mit dem Baum auch ablenkt. Wenn sie sich schnell genug bewegt, wenn ihre Muskeln richtig schmerzen, kann sie unmöglich über unser Gespräch am Morgen auf der Straße nachdenken. Dann kann sie unmöglich über Becca nachdenken.

Ich fühle mich nutzlos, während ich mit meinem guten Arm ein paar kleine Zweige abreiße. Die Zweige, die es nie ganz zu Ästen geschafft haben. Ich starre aus dem Fenster und lasse mich von dem *Nichts* da draußen vor der Tür ablenken. Wäre das hier ein Italowestern, würde genau in diesem Moment ein Steppenläufer durch das Bild treiben.

Ich starre auf die Eisenbahnbrücke am Rande des Platzes. Sie ist hässlich und verrostet und wenn man darunter hindurchgeht, tropfen oft mysteriöse Flüssigkeiten herab. Ich weiß noch, wie ich manchmal an heißen Freitagabenden mit Thea zum Bahnhof gerannt bin, um unseren Vater abzuholen, der von der Arbeit zurückkam. Alle warteten vor der Brücke, bis der Zug weitergefahren war, um das seltsame Zeug nicht abzubekommen, das vom Untergestell der Waggons tropfte. Wenn der Zug nicht mehr zu sehen war und die Passagiere uns entgegenströmten, machten meine Schwester und ich einen Wettkampf daraus, wer Dad in seinem maßgeschneiderten Anzug zuerst entdeckte. Und dann standen wir da, etwas verschwitzt in der lieblichen Sommerluft, bis er uns mit einem Lächeln aufforderte, in seine Arme zu laufen.

Als ich jetzt in Richtung der Eisenbahnbrücke starre, taucht eine Gestalt auf. Sie verharrt im Schatten und ist zu weit entfernt, um genauere Merkmale ausmachen zu können, aber ich meine, einen Mann zu erkennen. Möglicherweise jemand auf dem Weg zur Buchhandlung, um mir einen Handel vorzuschlagen oder einen Brief abzugeben. Eigentlich habe ich im Augenblick nicht den Kopf frei für menschliche Interaktion, aber ich schätze, mit einer unbekannten Person zu sprechen, dürfte spannender sein als Zweige von einem Baum zu rupfen. Also korrigiere ich meine Haltung und gehe auf die Tür zu, um den Neuankömmling zu begrüßen.

Doch die Gestalt bewegt sich nicht vom Fleck. Sie starrt nur in meine Richtung, die Gesichtszüge im Schatten verborgen. Ich stehe da und warte, dass diese Person etwas macht, irgendetwas. Aber sie bleibt einfach regungslos wie eine Statue.

«Siehst du das auch?», frage ich und drehe mich zu Maeve.

Sie wird meinen Verdacht bestätigen. Sie wird darüber lachen, wie seltsam es ist, und mir sagen, dass es keinen Grund gibt, sich Sorgen zu machen. Dass es bloß irgendein Fremder ist, nicht weniger, nicht mehr.

«Was?» Maeve kommt auf mich zu. Die Holzdielen knarren. Sie wischt sich die Hände an ihrer Jeans ab.

Ich drehe mich wieder zum Fenster um und will auf die

Gestalt unter der Brücke zeigen, aber als ich den Finger ausstrecke, ist sie weg.

Vielleicht werde ich verrückt.

———

Ich schlafe schlecht und diesmal liegt es nicht an der Hitze. Eine für die Jahreszeit ungewöhnlich kühle Brise weht durch das offene Fenster herein. Ich umklammere meine Bettdecke und ziehe sie so weit zu meinem Kinn hoch wie möglich.

Ich wollte Maeve von der Gestalt unter der Brücke erzählen. Ich wollte ihr beweisen, dass sie echt war, aber Maeve hat tiefe Ränder unter den Augen und Schwielen an ihren Händen. Jeder Atemzug scheint sie anzustrengen. Da kann sie nicht noch meine verrückten Ideen gebrauchen, die alles nur noch schlimmer machen. Meine Gedanken sollen nur mich quälen, nicht uns beide.

Ich starre weiter an die Zimmerdecke, auch wenn ich hinter mir ein Rascheln wahrnehme. Als ich höre, wie sich unten die Haustür knarrend schließt, schiebe ich meine Decke bis zur Taille nach unten und setze mich im Bett auf. Ich sehe mich um und bemerke, dass Maeves Platz leer ist. Sie ist weg, aber ich weiß, dass sie nicht ins Bad gegangen ist. Dazu muss man nicht nach draußen. Ich warte und frage mich, ob ich ihr folgen soll oder nicht. Vielleicht will sie allein sein. Vielleicht ist ihr gerade jetzt, mitten in der Nacht, eingefallen, dass sie etwas im Karren vergessen hat. Mir fallen zu nachtschlafender Zeit auch immer die abwegigsten Sachen ein. Aber dann höre ich die Haustür zufallen und draußen auf dem Kies leise knirschende Schritte.

Ich will jetzt nicht allein sein. Nicht in dieser Dunkelheit.

Maeve sitzt auf der Vordertreppe, die Beine ausgestreckt. Sie dreht sich nicht zu mir um, als ich vorsichtig durch die Tür schlüpfe und dabei mit meinem Bein ihren Rücken streife.

«Hey», flüstere ich, um den Frieden nicht zu stören, der in der Luft liegt. Ich setze mich neben sie und ziehe die Beine an, sodass meine Schuhspitzen Streifen im Staub hinterlassen. «Kannst du nicht schlafen?»

«Ich hab noch kein Auge zugetan», antwortet sie mit einem matten Lächeln.

«Wann hast du das letzte Mal geschlafen?», frage ich. «Ich meine, so richtig geschlafen.»

Sie stößt ein scharfes Lachen aus, das durch die Leere der Nacht hallt. «Ist es total furchtbar, wenn ich sage, dass ich mich nicht daran erinnere?» Stille. «Gott, ich hab das Gefühl, ich hab mich in einen Zombie verwandelt.»

«Zombies gehören ja irgendwie auch zum Weltuntergang.»

«Ich hab immer gedacht, ich würde mich ganz gut schlagen in so einer Zombie-Apokalypse», sagt Maeve. «Du hingegen wärst bestimmt als Erstes tot.»

Ich ahme einen Pfeilschuss durch mein Herz nach. «Wovon redest du? Ich bin doch im Grunde ein jugendlicher John Wick. Ich wäre ein Zombie-Serienkiller. Alle Zombies würden ihren Zombie-Kindern beibringen, mich zu fürchten.»

Maeve lacht. «Okay, Elizabeth Swann.» Zuvor habe ich mich über diesen Spitznamen geärgert. Jetzt nicht mehr so sehr.

Eine Weile sitzen wir schweigend da und ich will die angenehme Stimmung zwischen uns nicht ruinieren, aber ich weiß, dass ich platze, wenn ich jetzt nicht die Frage stelle, die seit Stunden in mir gärt.

«Willst du darüber reden?»

«Worüber?»

«Über das, was passiert ist?» Meine Wangen werden feuerrot, aber ich rede weiter. «Was du erlebt hast, bevor du hergekommen bist?»

Maeve schüttelt den Kopf. «Ich weiß nicht, ob ich darüber reden will.» Ich nicke und denke, damit hat es sich, aber dann räuspert sie sich. Sie schaut geradeaus und holt tief Luft, als würde sie sich auf eine leidenschaftliche Rede vorbereiten. «Ich habe mit einer Gruppe gelebt, auf die ich etwa fünfzehn Kilometer von hier gestoßen bin. Es schien fast zu schön, um wahr zu sein, weißt du?»

Ja, ich weiß. Ich weiß, wie es ist, total überzeugt zu sein, dass einem nie wieder etwas Gutes passieren wird. Ich weiß, wie es ist zu glauben, dass einen in der Zukunft nichts als Schmerz erwarten wird.

«Ich war mit Abstand die Jüngste in der Gruppe», fährt sie fort. Dabei starrt sie auf etwas, das sich in der Dunkelheit verbirgt. «Der Junge, den sie gestern dabeihatten, war damals noch nicht da. Mir wurde bald klar, dass sie mir wegen meines Alters nichts zutrauten. Alles, was ich konnte, konnte irgendjemand Älteres natürlich besser. Sie gaben mir nie die Chance zu beweisen, dass ich viel fähiger war als sie alle zusammen.» Ich beobachte, wie Maeve auf ihrer Unterlippe kaut, bis sie fast zu bluten beginnt. «Das passte mir natürlich nicht. Ich war kein besonders liebenswürdiger Gast und konnte es nicht ab, mich herumkommandieren zu lassen. Und eines Tages beschloss ich, es ihnen zu beweisen. Ich ging alleine auf die Jagd und nahm Beccas Messer mit. Ich brach früh am Morgen auf, damit mich niemand aufhalten konnte, damit mir niemand sagen konnte, dass ich nicht gehen sollte.

Im Wald fand ich einen Mann, verletzt und blutverschmiert. Er erzählte, er sei überfallen worden und brauche Hilfe. Er sagte, dass die Angreifer seine Tochter mitgenommen hätten und er nicht wüsste, wo sie sei. Also hab ich meine Jagdpläne aufgegeben, um den Mann zu retten. Ich dachte wohl auch, das würde den anderen zeigen, dass ich besser bin als sie. Stärker als sie. Jemandem das Leben zu nehmen, ist eine Sache, aber ein Leben zu retten, ist so viel mehr wert.» Maeve schweigt einen Augenblick, dann sagt sie: «Ich hätte wissen müssen, dass er log. Ich hätte es wissen müssen, als ich ihn nach dem Namen seiner Tochter fragte und er zögerte. Oder als ich ihn fragte, ob er Verbandszeug bräuchte, und er Nein sagte. Ich hätte es merken müssen, aber ich tat es nicht. Stattdessen brachte ich ihn in unser Camp, genau wie er es geplant hatte, ließ ihn auf unser Gelände. In weniger als zwei Stunden war er wieder weg und hatte alle Waffen und Vorräte mitgenommen. Alles, was er zum Überleben brauchen konnte. Und es war meine Schuld.

Sie sagten, das sei jetzt zu viel. Der Tropfen, der das Fass zum Überlaufen brachte. Ich hätte ja schon früher Probleme gemacht, aber jetzt sei endgültig Schluss. Also verbannten sie mich aus ihrem Lager und aus ihrem Wald. Sie sagten, ich hätte sie schon genug gekostet. Es wäre besser, wenn ich auch aus ihrem Jagdgebiet verschwinden würde. Dass dieser Wald der einzige Ort in der Nähe ist, wo es noch sauberes Trinkwasser oder Tiere gibt, war ihnen egal.»

Ich weiß, dass ich in diesem Moment keine Fragen stellen sollte, aber ich mache es trotzdem. Ich muss sie einfach fragen. «Und warum bist du in der Gegend geblieben? Warum bist du nicht in eine andere Stadt gezogen?»

Maeve lacht ein kleines Lachen. Ein verzweifeltes Lachen. «Ich wäre ja weit weggegangen. Ich wäre allein geblieben, wäre weitergezogen, aber bei dem drohenden *Sturm* dachte ich mir, es wäre besser, vorübergehend einen Unterschlupf zu finden.» Sie runzelt die Stirn und zögert. «Eigentlich wollte ich die Buchhandlung plündern, um wieder auf eigenen Beinen stehen zu können, aber daraus wurde ja bekanntlich nichts. Am Ende hab ich mir gesagt, dass sie weit genug vom Wald entfernt war. Was ich als *Zuhause* definieren würde, darüber konnte ich mir ja später den Kopf zerbrechen.» Sie schweigt einen Moment.

«Für mich ist dieser Ort ein Zuhause geworden», sage ich und habe auf einmal ein enges Gefühl in der Brust. «Nach dem *Sturm* ist das hier mein Zuhause geworden. Nachdem Eva gegangen war, musste ich bleiben.»

Maeve stutzt. «Eva?» Mir wird bewusst, dass ich Eva Maeve gegenüber nie erwähnt habe.

«Sie hat eine Weile hier mit mir gewohnt, aber dann ist sie gegangen.»

«Warum bist du geblieben, wenn du hier so schlechte Erinnerungen hast? In dieser Stadt?», fragt Maeve.

«Ich bilde mir ein, dass das Gute das Schlechte überwiegt. Zumindest ein bisschen.»

«Aber denkst du nicht, nach alldem ...» Maeves Stimme bricht ab, bevor sie abrupt hinzufügt: «Vielleicht sollten wir doch gehen.»

Ihre Worte überrumpeln mich und es dauert ein paar Sekunden, bis ich kapiere, was sie da sagt. «Was?»

«Es ist ein *Sturm* unterwegs und wir haben hier beide zu viel erlebt.»

«Aber wir haben auch beide schon einmal einen *Sturm* überstanden.»

«Aber nicht so», kontert sie. «Nicht mit einem Loch in der Wand und einem fehlenden Dach.»

«Dann reparieren wir das. Wie du gesagt hast.»

«Ich weiß. Aber wir haben keine Möglichkeit mehr, frisches Wasser zu besorgen. Ich glaube, das ist jetzt zu gefährlich.»

Ich lache leise, als hätte sie einen Witz gemacht. Aber ich weiß, dass es kein Witz ist. «Du bist weiter in den Wald gegangen, um zu jagen, nicht wahr? Sogar nach der Verbannung?»

Aber Maeve schüttelt den Kopf. «Das können wir nicht noch mal riskieren. Ich werde dein Leben nicht noch einmal riskieren.»

Ich strecke den Arm aus und greife nach ihrer Hand. Es überrascht mich selbst, aber ich ziehe meine Hand nicht wieder zurück. Mit einem Flattern im Bauch verwebe ich meine Finger mit ihren und sehe ihr in die Augen.

«Weggehen ist keine Option. Es tut mir leid, was du alles erlebt hast, aber jetzt ist nicht der Moment wegzulaufen. Ich kann nicht noch einmal weglaufen.» Stille. «Leute wie die sind der Grund, warum wir nicht weggehen können. Es ist nirgendwo sicher außer in der Buchhandlung.»

Ich weiß nicht, ob sie mir das glaubt, aber ich hoffe es. Ich hoffe, sie begreift, dass sie nicht allein ist mit ihrem Schmerz. Dass sie diese Last nicht allein tragen muss. Aber sie antwortet nicht.

KAPITEL ZWANZIG

Ich starre auf den übrig gebliebenen Baumstamm und er starrt zurück. Die Astlöcher sehen aus wie Augen. Maeve steht so dicht hinter mir, dass ich ihren Atem in meinem Nacken spüre. Ich tippe ungeduldig mit meinem Fuß auf den Boden.

Ich weiß nicht, worauf ich warte. Göttliche Intervention? Vielleicht muss ich nur noch ein bisschen länger warten, Zeitreisen werden erfunden und mein zukünftiges Ich taucht auf, um mich in eine Zeit zurückzubeamen, in der hier noch kein Baum lag. Außer dass ich wahrscheinlich nichts ändern könnte, ohne das Raum-Zeit-Kontinuum durcheinanderzubringen. Stattdessen müsste ich in Echtzeit zusehen, wie der Baum aufs Haus fällt, und könnte absolut nichts machen, ohne die gesamte Zukunft der Welt zu verkacken. Und klar, vielleicht wäre das schlimmer, aber zumindest könnte ich erleben, wie sich Zeitreisen anfühlt. Das wäre doch für sich genommen schon mal verdammt cool.

Mein Arm fühlt sich etwas besser an als gestern. Er pocht nicht mehr, aber er juckt jetzt höllisch. Ich habe schon versucht, mit einem Lineal an die Stellen ranzukommen, die ich nicht erreichen kann, aber nur, wenn Maeve nicht guckt. Sonst würde sie womöglich durchdrehen und mich anbrüllen, dass mein Knochen für alle Ewigkeit eine Kerbe von der Form eines Lineals tragen wird.

«Hast du eine Säge?», fragt Maeve und reibt sich mit den Fingerspitzen das Kinn.

«Maeve, das hier ist eine Buchhandlung. Warum sollten wir hier eine Säge haben?»

Sie zieht eine Augenbraue hoch und springt nicht auf meine schlechten Witze an. «Wie steht es mit dem Baumarkt?»

Irgendwo in meiner Erinnerung taucht ein blasses Bild von leeren Regalen auf, von dunklem Staub, der sich auf hellem Metall sammelt. «Da gibt es bestimmt auch keine mehr», sage ich. «Da gibt es überhaupt nichts mehr.»

«Na gut», seufzt Maeve. Sie dreht sich um und schaut mich an. Ihre Augenringe sind noch tiefer geworden, das zuvor leuchtende Grün ihrer Iris ganz matt. «Dann nenn mir eine Lösung.» Sie hält inne und streicht sich eine Haarsträhne aus dem Gesicht. «Und einen Ort, wo wir Holz bekommen können, um dieses Loch zu stopfen.»

Ich will zurückfeuern: *Was ist denn deine Lösung?*, aber ich tue es nicht. Sie ist hier nicht zu Hause, ich schon. Meine Stadt, meine Verantwortung, stimmt's?

Während mir dieser Gedanke durch den Kopf geht, folgt ihm schon ein anderer. Ich weiß, wo wir eine Säge und Holz finden und was zum Teufel Maeve auch immer braucht, um ihre Kunststücke zu vollbringen. Ich habe ein mulmiges Gefühl, aber ich weiß, dass ich es tun muss. Es ist die beste Option, die wir haben. Es ist wahrscheinlich die einzige Option, die wir haben.

«Okay, ich hab eine Lösung», verkünde ich und in Maeves Gesicht kommt wieder ein Funken Leben. «Es ist ein Haus, zehn Minuten Fußweg von hier, dort sollten wir alles bekommen, was du brauchst.»

Maeves Lippen werden zu einem schmalen Strich. Auf ihrer Stirn bildet sich eine Falte. «Liz, das sind alles Wohngebiete um uns herum. Ich will nicht über die Leichen von Leuten stolpern, die nicht so viel Glück hatten wie wir beide. Und ganz sicher will ich nicht durch ein Haus spazieren, dass nach verwesendem Fleisch riecht.» Ich nicke langsam und will ihr alles erklären, aber Maeve ist noch nicht fertig. «Außerdem können wir nicht einfach hingehen und das Haus von irgendwelchen Leuten plündern, selbst wenn du sie nicht ausstehen konntest, als sie noch lebten.»

Auch wenn diese Idee durchaus verlockend klingt, schüttele ich den Kopf. «Wir würden niemandem etwas stehlen», stelle ich klar. «Wir würden zu meinem Haus gehen.»

Diese Tatsache trifft mich wie ein harter Schlag gegen die Brust. *Mein Haus. Mein. Haus.*

Ich lächele Maeve an, als wollte ich sagen: *Alles okay, versprochen. Kein Problem für mich.*

Aber es ist ein Problem für mich. Die Wahrheit ist, dass ich noch nicht wieder dort war, seit es passiert ist. Ich hab versucht, nicht daran zu denken. Wie das Haus aussah, wie es roch, wenn meine Mutter Abendessen kochte. Wie sich der Türknauf in meiner Hand anfühlte. Wie meine Stimme immer durch den zugigen Flur hallte, wenn ich nach Hause kam und rief: *Ich bin wieder da!* Das Geräusch, das die Dielen in meinem Zimmer machten, wenn ich ausnahmsweise mal Lust bekam zu tanzen. Ich hab versucht, mein Zuhause in meinen Erinnerungen einzuschließen, eine Schutzmauer zu bauen und ein neues Leben anzufangen. Besonders gut ist mir das nicht gelungen.

Ich hab mich schon oft gefragt, was ich tun würde, wenn mir jemand anbieten würde, meine Erinnerungen zu löschen. Klingt unmöglich, aber das hätte man früher über den Weltuntergang auch sagen können. Ich hab überlegt, wie es wäre, ganz neu anzufangen, ohne irgendetwas, was mich zurückhält. Dann wäre ich zufrieden in meiner Gegenwart, weil ich keine Vergangenheit hätte, mit der ich sie vergleichen könnte. Ich könnte nicht über Dinge nachdenken wie Schule oder Klimaanlagen oder Familie, weil ich mich nicht daran erinnern würde, dass sie existierten. Ich würde einfach in der Gegenwart neu anfangen. Allein und aufs Überleben gepolt, hätte ich vielleicht eine echte Chance, glücklich zu sein. Diese Existenz des bloßen Überlebens, Tag für Tag, wäre alles, was ich kennen würde. Es gäbe überhaupt nichts, was ich vermissen könnte.

Aber manchmal ist die Erinnerung den Schmerz wert. Es ist wie mit der traurigsten Folge deiner Lieblingsserie, die du dir immer wieder ansiehst, auch wenn du weißt, wie weh es tut. Es ist, als würdest du durch ein Fotoalbum mit Bildern von verstorbenen Leuten blättern.

«Bist du sicher, dass du das kannst?», fragt Maeve leise. «Nicht einmal ich bin zurückgegangen, seit ...»

Ich lasse sie nicht ausreden. Ich will nicht, dass sie daran denken muss. «Schon okay», verspreche ich. «Ich würde es nicht vorschlagen, wenn ich es nicht könnte.»

Maeve scheint das als Antwort gelten zu lassen, wenn auch wahrscheinlich nur, weil sie nicht weiter darüber diskutieren will, und nicht, weil sie mir glaubt. Sie folgt mir durch die Haustür. Das kaputte Schloss klappert, als die Tür zuknallt. Wir befestigen noch einmal einen Klebestreifen daran wie vor unserer Waldwanderung.

Ich gehe voraus, einen Weg entlang, den ich seit fast einem Jahr nicht mehr gegangen bin. Ich versuche, gleichmäßig zu atmen, und starre entschlossen geradeaus. Ich will mir nicht anmerken lassen, was ich denke. Was ich fühle. Wir haben im Moment beide einige Päckchen zu tragen, da will ich sie nicht noch mit meinem Zeug belasten. Es ist schon okay. Alles ist völlig okay.

Ich biege um eine weitere Ecke. Maeve geht ein paar Schritte hinter mir, ihre Stiefel klingen dumpf auf den Gehwegplatten. Wir kommen durch einen Park. Es ist der Park, in dem ich mein erstes Date hatte, mit einem Jungen aus dem Schulorchester. Es war mein erstes und letztes Date mit einem Jungen und es endete abrupt, nachdem er zweieinhalb Stunden am Stück über Boxen geredet hatte. Als ich zuletzt von ihm gehört habe, wollte er nach Harvard gehen. Ich frage mich, ob er noch lebt. Es ist der Park, in dem ich an kalten Wintertagen Schlitten gefahren bin. Unermüdlich rannte ich immer wieder den Hügel hinauf und rodelte hinunter, denn ich wusste ja, dass zu Hause ein Becher Kakao auf mich wartete, mit dem ich mich wieder aufwärmen konnte. Es ist der Park, den ich auf dem Weg zur Arbeit durchqueren musste. Wo ich mich freitags nach der Schule mit meinen Freunden traf und mich das Gras an den Knöcheln kitzelte, während ich Pepsi trank und die Chips knabberte, die gerade am billigsten waren.

Dann kommt Holland Court, die Straße, die perfekt zum Fahrradfahren war, mit einer leichten Steigung, durch die man bergab richtig Schwung bekam. Bei den Häusern am Fuße des Hügels gab es zu Halloween immer große Schokoriegel und eine der Familien hatte eine getigerte Katze, die im Sommer regelmäßig auf unserer Terrasse auftauchte. Auch heute liegt der Duft von Sommer in der Luft, dieser fast greifbare Geruch nach heißem Asphalt und zu viel Pollen. Frisch und schwer zugleich. Und mit der leichten Brise kommen siebzehn Jahre Erinnerungen zurück.

Fahrradfahrten mit Sweatshirt, auch wenn ich darin wie verrückt schwitzte, weil das Sweatshirt neu war und ich damit cool aussah. Kopfhörer auf, solche, die fünfzehn Arbeitsstunden bei Mindestlohn kosteten, weil sie kein Hintergrundgeräusch durchließen. Eigentlich eine Gefahr im Straßenverkehr, aber das war mir egal. Violent Femmes, Woodkid, Harvey Danger und Radiohead dröhnten in meinen Ohren, als würde ich mitten in einer Konzerthalle stehen.

Die Erinnerungen überkommen mich, prasseln auf mich ein wie tausend kleine Hagelkörner, die vom Himmel regnen, und reißen mir den Boden unter den ohnehin schon wackeligen Beinen weg. Wenn Maeve meinen aufgelösten Zustand bemerkt, dann zeigt sie es nicht. Doch die Erinnerungen stürzen weiter auf mich ein, versetzen mir immer wieder einen Schlag in die Magengrube. Geburtstagspartys im Garten, Tennisbälle gegen das Garagentor, kalte Cola von der Tankstelle in der Nähe. In diesem Moment ist das Alltägliche so schön. Das Alltägliche ist selten und wertvoll und flüchtig wie ein Windhauch. Ich lande unsanft wieder in der Gegenwart und werde schlagartig an meine Umstände erinnert. An meine Realität.

Die Gartenpforte steht ein Stück offen. Mein Herz zieht sich zusammen und ich bin gezwungen, die Realität meiner Situation zu begreifen. Ich bleibe mitten auf der Straße stehen, als klebten meine Chucks plötzlich am Asphalt. Auch Maeve neben mir spannt sich an und ich spüre, wie sich sanfte Finger um meinen Arm schließen.

«Wir müssen das hier nicht machen», flüstert sie. «Wir finden eine andere Möglichkeit.»

«Ich bin okay», sage ich. Aber das bin ich nicht.

Die Pforte, etwas mehr als kniehoch, ist eigentlich nur zur Zierde. Die weiße Farbe blättert ab, vernachlässigt und mitgenommen durch gewisse apokalyptische Wetterereignisse. Die Pforte anzusehen, versetzt mir einen Stich. Ich wünschte, ich hätte mehr getan, um sie zu reparieren, bevor ich ging. Um sie so zurückzulassen, wie ich sie in Erinnerung behalten will. Aber dann erinnere ich mich, wie es der Buchhandlung unter meiner kompetenten Aufsicht ergangen ist. Wer weiß, vielleicht würde dieses Haus jetzt auch einen Baum im Dachstuhl haben, wenn ich hiergeblieben wäre.

Die gelbe Farbe blättert von den Mauern, die schief hängenden Fensterläden sehen aus wie aus einem schlechten Halloweenfilm. Ich habe zwar noch nie ein *echtes* Spukhaus gesehen, aber ich würde sagen, die Bezeichnung trifft zu, auch ohne die lebensgroße Pappfigur von Emma Stone, die aus meinem alten Zimmer auf mich herunterguckt. An den seitlichen Hauswänden und auf dem dunkelgrauen Asphalt des Gehwegs wächst Moos. Das Dach ist fast komplett zerstört. Als Kind bin ich einmal dort hochgeklettert und dachte, ich könnte fliegen wie Wendy Darling in *Peter Pan*. Glücklicherweise entdeckte mich Mom, bevor ich springen konnte. Danach weigerte ich mich eine Woche lang, mit ihr zu sprechen.

Das ganze Gebäude sieht überwuchert und verwahrlost aus. Und ich bin der Grund, dass niemand übrig ist, der für das Haus sorgt. Es ist meine Schuld, dass dieses Haus leer steht. Meine Schuld, dass es keine Familie mehr gibt, die darin wohnt.

Ich gehe den Weg zum Haus hinauf, steige über Unkraut und Wildblumen, die aus den Rissen im Zement sprießen. Meinen Dad würde der Schlag treffen, wenn er sehen könnte, in welchem Zustand der Garten ist, nachdem er so viel Zeit hineingesteckt hat, ihn zu kultivieren.

«Ich bin gleich zurück», sage ich und setze das breiteste Lächeln auf, das ich mir abringen kann. Ich glaube nicht, dass es besonders überzeugend wirkt, aber Maeve nickt trotzdem. «Du kannst mit reinkommen oder du kannst hier draußen warten.»

«Ich lass dich nicht alleine da reingehen.»

Dieses geschwollene Gerede ist fast lächerlich. Es ist nur ein Haus, keine mittelalterliche Festung, auch wenn es so aussieht. Und trotzdem bin ich froh, dass Maeve mitkommt. Ich bin froh, dass sie bei mir ist, damit ich nicht vollkommen zerbreche, damit die Schatten nicht ganz die Macht übernehmen.

Das ganze Haus riecht moderig und überall liegt Staub. Als ich den Teppich im Flur betrete, steigt vor mir eine Staubwolke auf und ich muss niesen. Meine Schultern zucken zusammen und der Schmerz schießt wie eine Schockwelle meinen Arm hinunter.

«Alles okay?», fragt Maeve.

«Ich hab nur geniest, daran stirbt man nicht.» Ich bin erleichtert, als ich ein leises Kichern höre.

Das ganze Haus ist dunkel, abgesehen vom Sonnenlicht, das in Streifen durch die zerbrochenen Fenster fällt. Die Holzstufen knarren unter meinen Füßen, als ich anfange, die Treppe nach oben zu gehen.

«Bewahrt ihr eure Sägen wirklich oben auf?», scherzt Maeve.

Ich drehe mich zu ihr um und kann nicht anders, als zu lachen oder zumindest ein amüsiertes Schnauben auszustoßen. «Genau, unter meinem Kopfkissen.» Ich deute auf eine Tür im Erdgeschoss. «Es müsste noch Holz in der Garage sein – von damals, als ich versucht habe, einen Schuppen im Garten zu bauen. Du kannst ja die Stücke mitnehmen, die noch brauchbar sind. Die Säge sollte auch dort sein. Direkt da drin.»

Maeve schlüpft durch die Tür und schließt sie behutsam hinter sich. Ich gehe weiter die Treppe hinauf, schaffe es, einen Fuß vor den anderen zu setzen, auch wenn sich jeder Schritt anfühlt, als würde ich tausend Kilo mit mir schleppen.

Mein Zimmer ist der erste Raum im Obergeschoss. Die Tür ist angelehnt. Zögernd bleibe ich davor stehen und frage mich, ob ich hineingehen will. Ich bin nicht sicher, ob ich diese Welt, diesen Ort, der so lange ein Ort der Geborgenheit war, als Trümmerhaufen sehen möchte. Ich bin nicht sicher, ob ich hineingehen und die Luft einatmen will, nur um festzustellen, dass es nicht mehr nach mir riecht. Aber die Neugier nagt an mir und so drücke ich sanft mit den Fingerspitzen gegen den Türknauf.

Ein Teil der Außenwand ist abgebröckelt, weggerissen von einer gottlosen Kraft. Ich wusste ja, dass der *Sturm* Bauschäden hinterlassen hat, aber ich bin nicht lange genug geblieben, um die Schäden genauer zu untersuchen oder irgendetwas davon zu reparieren. Das ganze Zimmer war das letzte Jahr über Regen, Schnee und sonst was ausgesetzt. Das weiße Bettlaken hat sich beige verfärbt und ist an einigen Stellen so zerlöchert, dass man die Matratze sehen kann. Mr. Frog, ein Lieblingskuscheltier aus meiner Kindheit, sitzt auf meiner Bettdecke. Sein Fell ist verfilzt und ein Knopfauge hängt an einem Faden herunter. Bei diesem Anblick zieht sich mir der Magen zusammen, doch gleichzeitig überkommt mich eine Art makabre Faszination und ich gehe hinein.

Ich setze mich auf meinen Schreibtischstuhl, der sich so fest anfühlt wie ein Fels. Das Metall ist verrostet, aber der Sitz lässt sich immer noch drehen. Es ist seltsam, doch das fühlt sich normal an. Das fühlt sich so normal an, wie sich lange nicht mehr irgendetwas normal angefühlt hat, und so schließe ich die Augen. Ich schließe die Augen und schaue nicht auf das löchrige Bettlaken. Ich schaue nicht auf die weggebrochene Wand oder auf den Staub um mich herum. Ich stelle mir vor, dass alles normal *ist*, nur für einen Moment. Solange ich die Illusion aufrechterhalten kann.

Ich werde zurückversetzt in eine andere Zeit, anderthalb Jahre zurück. Ich hocke an meinem Laptop und tippe irgendwelchen Schwachsinn über *Frankenstein*. Ich schwafele von Pandora und Prometheus und warum das alles eine Metapher ist. Draußen geht die Sonne unter und wird langsam von der

Dämmerung des Aprilabends abgelöst, aber das bemerke ich gar nicht. Ich habe meine In-Ears drin, höre Interpol und wippe mit meinen Stiefelspitzen im Takt zu «Evil».

Meine Schreibtischlampe flackert. Sie steht auf einem Stapel Bücher, die ich immer noch nicht gelesen habe, egal, wie oft ich mir geschworen habe, dass ich sie mir *irgendwann vornehmen* werde. Ich bin glücklich, halbwegs zumindest. Irgendwo zwischen glücklich und zufrieden, während ich meinen Essay schreibe, Musik über Mörder höre und mich rebellischer fühle, als ich es je sein werde.

In meiner Fantasie klopft mein Dad sanft mit seinen Knöcheln an die Tür, auch wenn sie offen ist. Ich ziehe meine Ohrstöpsel heraus und lege sie auf meine Laptoptastatur. Ich kann immer noch die pulsierenden Bassklänge hören, jetzt leise und unbedeutend. Als mein Dad mich ansieht, lächele ich und er lächelt zurück.

Woran arbeitest du gerade?, fragt er mit warmer Stimme.

Nur ein Essay für Thompson. Ich weiß, was ich schreiben will, aber ... es flutscht nicht so, wie ich gehofft hatte.

Ist es denn ganz gut geworden?

Gut genug, um den Essay einzureichen, antworte ich.

Als er lächelt, entstehen kleine Fältchen um seine sanften blauen Augen. *Ich kenne dich doch. Ich bin sicher, es ist gut geworden. Du konntest schon immer so gut schreiben.*

Ich weiß, das sagt er nur so, genau wie alle Eltern es tun. Es ist ihr Job, hin und wieder kleine Lügen zu erzählen, damit die Kinder sich besser fühlen. Aber ich beschließe, dass er zumindest in dieser Erinnerung auch an das glaubt, was er da sagt.

Hast du heute schon was gegessen?, fragt er.

Ich hatte eine Suppe. Und das stimmte auch, denn in meinem letzten Highschool-Jahr habe ich jeden Tag Suppe gegessen. Es war meine Hauptnahrungsquelle.

Dad stöhnt. *Wenn du weiter so viel Suppe isst, wirst du noch selbst zu Suppe!*

Ich weiß, ich weiß. Aber was sich bewährt hat, soll man nicht ändern.

Dad greift etwas vom Tisch im Flur hinter sich. Er hat einen Becher in der Hand, verziert mit Bildern von Golden Retrievern.

Ich hab dir einen Tee gemacht.

Ich spüre die Wärme, die mir in die Wangen steigt, als wäre das hier das echte Leben und nicht nur ein Produkt meiner Einbildungskraft.

Du bist zu gut zu mir, sage ich.

Das ist doch mein Job.

Bevor er geht, drehe ich mich noch einmal mit meinem Schreibtischtischstuhl herum – ein kleiner Schwenk in meiner Erinnerung.

Ich hab dich lieb, weißt du.

Ich hab dich auch lieb.

Ich lasse den Klang dieser Worte meine Ohren füllen. Mich umströmen, mich ersticken. Als ich meine Augen öffne, tropft eine Träne auf meine Wange und holt mich in die Wirklichkeit zurück. Die Illusion ist vorbei.

Der Essay hängt immer noch über meinem Schreibtisch, willkürlich an meine Pinnwand geheftet, überwiegend zerfetzt, aber immer noch erkennbar. Die vergilbten Seiten sind nach innen gewellt und ich stehe auf, um sie mir genauer anzugucken.

Mit zitternder Hand streiche ich das Papier glatt. Die Punktzahl 8/8 ist kaum noch zu erkennen, fast ganz verblasst. Wenn ich nicht wüsste, was da steht, könnte ich es nicht erkennen. Ich bin die Einzige, die sich noch daran erinnert, dass ich für diese Arbeit acht von acht Punkten bekommen habe. Und dieses Wissen wird mit mir sterben.

Unten schlägt eine Tür und ich höre Schritte auf dem Parkett.

«Ich hab das Holz gefunden!», ruft Maeve zu mir hinauf. «Und die Säge. Nur für den Fall, dass du noch danach suchst.»

«Großartig», antworte ich, doch bei der letzten Silbe bricht meine Stimme. «Ich komm gleich runter.»

Etwas Warmes und Nasses rinnt über mein Gesicht und ich stelle fest, dass ich weine. Ich wische die Tränen von meiner Wange und werfe noch einen Blick auf das Zimmer, mein Zimmer. Ich versuche, es in Erinnerung zu behalten, wie es früher war. Ich versuche, mich an Dad zu erinnern, an den Tee und den Essay, nicht an die Löcher und die abblätternde Farbe und den Geruch. Nicht an die schrecklichen Dinge, die hier passiert sind. Bevor ich aus dem Zimmer gehe, schnappe ich mir den Frosch von meinem Bett und drücke ihn an mich, klemme ihn mir unter den Arm.

Maeve wartet unten an der Treppe auf mich. Sie steht vor einem sorgfältig aufeinandergestapelten Holzhaufen, die Säge in der Hand.

«Ich hab auch ein paar Nägel in meinen Taschen», sagt sie, als sie mir die Säge reicht. Ich habe Schwierigkeiten, sie zu halten, ohne Mr. Frog loszulassen. Maeve sieht vom Frosch zu mir und dann zurück zum Frosch. «Was ist das für ein Kuscheltier?»

«Ein Freund.»

Heute Abend fällt es mir schwer einzuschlafen. Na ja, es fällt mir jeden Abend schwer einzuschlafen, aber heute Abend besonders. Denn zurückzugehen hat mich gezwungen, mich zu erinnern. Es hat all diese weggesperrten Erinnerungen wieder hervorgeholt. Sie spuken durch mein Gehirn und es gibt nichts, was sie aufhalten kann.

Als wir zu Buchhandlung zurückgekommen waren, setzte sich Maeve in den Sessel am Küchenfenster und schlief sofort ein. Sie sagte, sie wollte nur einen Augenblick die Füße hochlegen, und im nächsten Moment war sie eingenickt. Ich wollte sie nicht hochtragen und wahrscheinlich hätte ich das auch gar nicht gekonnt mit einem Arm. Das Schlafzimmer fühlt sich leer an ohne sie. Zu still. Kein Rascheln von Bettzeug in der Ecke, kein Schnarchen und kein Herumwälzen. Nichts als Stille.

Ich starre aus dem Fenster und auf die Straße unten. Von meinem Bett aus ist nur ein kleiner Ausschnitt zu sehen, aber ich gucke trotzdem raus und starre auf ein zerknittertes Werbeposter für einen Ferienprogrammierkurs, das die Straße hinunterflattert. Die Szene erinnert mich an einen Songtext von Fiona Apple, was mich wiederum an Maeve erinnert.

Zuerst bemerke ich die Gestalt gar nicht, die vom unteren Ende der Straße in Richtung Buchladen schleicht. Sie ahnt nicht, dass sie beobachtet wird. Ahnt nicht, dass in diesem Haus jemand wach ist, der zu ihr hinunterschaut. Es ist dieselbe Person, die neulich unter der Eisenbahnbrücke herumgelungert hat, das sehe ich. Das sehe ich an der gebeugten Haltung. Und ich weiß es, weil es ziemlich unwahrscheinlich ist, dass ich zwei unterschiedliche Gestalten sehen würde, die sich so ähnln. So kreativ ist mein Gehirn nicht.

Aber ich erinnere mich noch daran, was letztes Mal passiert ist. Als ich wieder hinschaute, war die Gestalt weg – wer auch immer es gewesen war. Vielleicht bilde ich mir das alles auch nur ein. Das einzige Problem ist, dass Maeve nicht hier ist, um mich in die Wirklichkeit zurückzuholen.

Die Gestalt, ob sie nun meiner Fantasie entsprungen ist oder nicht, bewegt sich weiter auf die Buchhandlung zu und beugt sich hinunter, um etwas zu betrachten, das ich von oben nicht erkennen kann. Die Gestalt bleibt einen Moment stehen, bevor sie auf die Seite des Gebäudes zusteuert und aus meinem Blickfeld verschwindet. Vielleicht ist ihr oder ihm der riesige Baum aufgefallen, der aus der Hauswand ragt. Das kann ja niemandem entgehen.

Es dauert ein paar Minuten, bevor die schemenhafte Figur wieder auftaucht. Schnell schlüpfe ich unter der Bettdecke hervor und laufe auf Zehenspitzen über den Fußboden, um besser sehen zu können. Es ist ein Mann, glaube ich. Oder eine sehr große Frau. Sie steht auf dem Gehweg auf der anderen Straßenseite und kramt in der Hosentasche.

Als die Gestalt die Hand wieder aus der Tasche zieht, hält sie etwas weißes Quadratisches zwischen den Fingern. Ein Stück Papier. Nachdem sie das Blatt einen Moment gemustert hat, holt sie einen Stift hervor und fängt an zu schreiben.

Mein Herz klopft schneller, während ich die Gestalt weiter beobachte. Wer ist das? Was schreibt sie da? Eine Warnung? Was will sie? Vielleicht mache ich mich nur verrückt. Vielleicht zeichnet sie nur ein süßes kleines Bild des Buchladens und wenn ich morgen früh aufwache, finde ich es auf der Eingangstreppe, als Geschenk. Vielleicht hat sie plötzlich poetische Anwandlungen bekommen und musste unbedingt ein Gedicht über die Stille der Nacht und das sprießende Unkraut zwischen den Gehwegplatten schreiben. Beide Theorien sind äußerst unwahrscheinlich, aber es ist mir lieber, so zu tun, als wäre diese mysteriöse Person, die da ums Haus schleicht, in Wirklichkeit nur ein poetischer Nachtschwärmer und kein gefährlicher Eindringling.

Ich pirsche noch ein Stück in Richtung Fenster, als würde mir der halbe Meter eine bessere Sicht verschaffen. Alles, was ich damit erreiche, ist ein gespenstisches Knarzen der Bodendielen. Mist.

Ich höre Maeve im anderen Zimmer rascheln, als ich zurück zu meiner Matratze stolpere. «Liz? Alles in Ordnung?»

Maeve ist in der Küche aufgewacht. Ihre Stimme dringt durch die geschlossene Schlafzimmertür.

Ich will ihr sagen, dass sie aus dem Fenster gucken soll, aber ich weiß, was dann passiert. Ich will nicht, dass sie wieder denkt, dass ich verrückt geworden bin. Einmal konnte ich mich da ja noch rausreden, aber ein zweites Mal? Das könnte schwierig werden.

«Alles okay», antworte ich. «Ich will nur zum Klo.»

Und tatsächlich, als ich noch einmal aus dem Schlafzimmerfenster gucke, ist die Gestalt verschwunden.

KAPITEL EINUNDZWANZIG

Am nächsten Morgen wache ich vor Maeve auf und ziehe schnell ein T-Shirt über. Es gelingt mir nicht, die Erinnerung an die Person auf der Straße abzuschütteln. Als ich die Treppe hinuntergehe, achte ich in wahrer Detektivinnenmanier darauf, nur auf die Seiten der Stufen zu treten, unter denen das Fundament am stabilsten ist. (Das habe ich tatsächlich aus einem *Nancy Drew*-Buch gelernt, auch wenn ich mich nicht erinnern kann, welches es war. Es gibt ja Tausende davon.)

Ich weiß nicht, was ich erwarte, als ich aus dem Haus trete. Vielleicht eine Bestätigung, dass ich nicht vollkommen verrückt geworden bin. Vielleicht ein Pflänzchen mit einem gebrochenen Stängel, zertrampelt von der Gestalt letzte Nacht. Vielleicht matschige Schuhabdrücke an der Seite des Gebäudes, auch wenn es in letzter Zeit nicht geregnet hat.

An der Haustür bleibe ich kurz stehen, nur um sicherzugehen, dass an meinen abstrusen Ideen von Gedichten und Zeichnungen nicht doch etwas dran ist. Und selbst wenn nicht – vielleicht ist da ja ein Brief für mich. Vielleicht ist doch nicht alles nur furchtbar. Aber da ist kein Zettel für mich. Da ist gar nichts.

Ich trete auf die Straße und spähe zu meinem Schlafzimmerfenster hoch, während ich überlege, wo genau die Gestalt gestanden hat. Als ich mich dem Punkt nähere, bemerke ich etwas, das in der Spalte zwischen der Straße und dem Gehweg steckt, so festgekeilt, dass ich es fast übersehen hätte. Aber ich habe es nicht übersehen.

Ein kleiner hölzerner Bleistift.

Ich bin die Straße vor der Buchhandlung oft genug abgegangen, um zu wissen, dass dieser Bleistift vorher nicht da war. Ich bilde mir das nicht ein. Hier draußen war gestern Nacht jemand. Ich verspüre Erleichterung, dass sich mein Verdacht bestätigt hat, auch wenn sich das Triumphgefühl bald mit Angst vermischt. Ich hatte recht. Die Gestalt, die gestern die Buchhandlung beobachtet hat, war real. Womit die Frage bleibt: Was wollte sie hier?

Bevor ich richtig über diese Frage nachdenken kann, höre ich Maeve von oben nach mir rufen. Ich beuge mich hinunter und hebe den Bleistift auf. Nachdem ich ihn noch einmal kurz angesehen habe, stecke ich ihn in meine Hosentasche und gehe ins Haus zurück.

An diesem Abend sitzen Maeve und ich an der Küchentheke auf zwei Hockern einander gegenüber. Früher stand hier oben nur ein Hocker und einer reichte ja auch für mich, aber jetzt bin ich nach unten gegangen und habe den Metallhocker vom Verkaufstresen die Treppe hinaufgeschleppt. Er gehört hier oben hin, habe ich beschlossen. Die Tage, an denen wir auf dem Fußboden gesessen und auf dem Sessel gehockt haben, sind vorüber.

«Was willst du zum Abendessen?», frage ich, auch wenn ich eine miserable Köchin bin. Es ist ja nun nicht so, dass ich im Moment einem Gordon Ramsay nacheifern könnte, aber ich wünschte einfach, es würde alles ein bisschen besser schmecken. Außerdem versuche ich, unauffällig ein Gespräch zu beginnen, damit die Erwähnung meiner nächtlichen Entdeckung nicht so plötzlich kommt. Ich hab die Neuigkeiten den ganzen Tag für mich behalten und der Bleistift brennt bald noch ein Loch in meine Hosentasche.

Maeve tut so, als sei sie ganz in Gedanken, während sie langsam aufsteht und den Küchenschrank öffnet, um unsere frisch aufgestockten Vorräte zu präsentieren.

«Hm. Wie es aussieht, haben wir die Wahl zwischen Suppe, Nudeln, Bohnen und … Ist das Maiscreme?»

Ich drehe mich zum Schrank um. «Sieht mir ganz so aus.» Maiscreme ist mir im Moment so was von egal.

Sie verdreht die Augen. «Liz, was macht Maiscreme so cremig?»

Ich habe keine Lust auf ihre Ratespielchen. «Sahne vermutlich.» Und in dem Moment begreife ich meinen Fehler. «Oh mein Gott! Ich wette, dass Zeug ist schlecht.»

«Mhm.» Sie stellt sich auf die Zehenspitzen und angelt die Dose aus dem Schrank. «Willst du sie aufmachen? Mal kurz dran schnuppern?», scherzt sie.

«*Deshalb* waren so viele Dosen übrig!»

«Deshalb und weil das Zeug eklig ist», murrt Maeve. «Da hungern die Leute lieber.»

«Also gut», sage ich, während mein Magen ungeduldig knurrt. «Wir können ja Baked Beans machen.»

«Und ich verspreche, dass ich bald wieder jagen gehe, noch vor dem *Sturm*», fügt Maeve hinzu. «Wir können das Fleisch salzen und trocknen und mitnehmen, wenn wir den Buchladen verlassen. Dann haben wir endlich mal was Ordentliches zu essen.»

Ich will nicht mit ihr darüber streiten, ob wir weggehen sollten. Nicht jetzt. Wo sie doch erst vor zwei Abenden davon angefangen hat. Es gibt wichtigere Dinge, über die wir nachdenken müssen, also nicke ich nur.

Ich krame in einer der Küchenschubladen nach dem Streichholzheftchen, das Maeve gestern Abend dort hineingetan hat, da bin ich mir ganz sicher. Es ist so eine Schublade, wie es sie in jedem Haus gibt, vollgestopft mit all dem Zeug, das nirgendwo sonst einen Platz hat. Alte Weinkorken und kaputte Bleistifte mit Radiergummis, die kaum funktionieren und immer Schlieren hinterlassen. Ein paar bereits benutzte Schmierzettel und die Speisekarten von jedem Take-away-Restaurant in einem Radius von fünfzig Kilometern.

Als ich mich über die Schublade beuge, fallen mir ein paar rötliche Haarsträhnen ins Gesicht. Plötzlich spüre ich zwei Hände und zehn lange Finger, die über meinen Rücken streichen. Maeve lehnt sich zu mir. Ihr Mund berührt fast mein Ohr, ihr Atem kitzelt auf meinem Gesicht.

«Ist es nicht ein bisschen zu heiß für ein warmes Abendessen?», fragt sie.

«Willst du etwa, dass wir das kalt essen?»

Sie lacht. «Komm schon. Ich mach was Leckeres draus, versprochen.» Sie schubst mich zur Seite und scheucht mich praktisch ins Schlafzimmer. «Geh und beschäftige dich irgendwie, ich zaubere uns was.»

Ich zögere, unsicher, ob jetzt der richtige Zeitpunkt ist, es ihr zu sagen. Aber ich muss es ihr sagen. Vielleicht kommt der richtige Zeitpunkt ja nie. Ich greife in meine Hosentasche und schließe meine Finger um den Bleistift, nur um sicherzugehen, dass er noch da ist, bevor ich mich zu Maeve umdrehe.

«Ich glaube, jemand beobachtet uns», sage ich bemüht sachlich.

Ich rechne halb damit, dass Maeve anfängt zu lachen und mir sagt, dass ich spinne. Aber das tut sie nicht.

«Wirklich?»

«Ich dachte, ich bilde es mir nur ein, aber gestern Abend war wieder jemand da. Und dieser Jemand hat einen Bleistift fallen lassen.» Demonstrativ lege ich den Stift auf den Tisch. «Also, wenn wir nicht beide halluzinieren, muss es doch stimmen, oder?»

«Scheiße», murmelt Maeve und stößt ein gezwungenes Lachen aus. «Noch ein Grund mehr zu sagen: *Nichts wie weg hier*, stimmt's?»

Nicht gerade die Reaktion, die ich mir erhofft hatte, um ehrlich zu sein. «Was denkst du, wer es ist?»

«Ich ...» Sie zögert, als suchte sie nach den richtigen Worten. «Ich weiß nicht. Lass uns später darüber reden, okay? Wenn ich Zeit hatte, darüber nachzudenken. Jetzt will ich mich erst mal ums Abendessen kümmern.»

«Wie bitte?» Mir klappt der Unterkiefer runter, so verblüfft bin ich über ihre lässige Reaktion. Ich überlege, was ich sagen könnte, um sie von der Bedeutung meiner Entdeckung zu überzeugen. «Ist dir das egal?»

«Nein, es ist mir nicht egal, Liz», antwortet Maeve verstimmt. «Aber lass uns darüber reden, wenn wir etwas im Bauch haben, okay?»

Das kapiere ich nicht. Ich hätte erwartet, dass Maeve wütend wird oder sofort etwas unternimmt, den perfekten Plan entwickelt, um der Sache auf den Grund zu gehen. Diese Reaktion passt nicht zu ihr. Sosehr ich auch darüber nachdenke, sie ergibt einfach keinen Sinn.

«Was hat denn das Abendessen damit zu tun?», frage ich. «Nein, Maeve. Ich hab schon zu lange gewartet. Ich hab es den ganzen Tag für mich behalten und jetzt möchte ich mit dir darüber sprechen. Kannst du dafür fünf Minuten erübrigen?»

«Okay, Liz», sagt Maeve, ohne mich anzusehen. «Du willst reden? Dann können wir ja auch darüber reden wegzugehen, oder? Wenn wir schon über die *großen dringenden Themen* sprechen.» Sie sagt das, als sei ich ein Kind, und dadurch komme ich mir tatsächlich vor wie ein Kind, das auf dem Grundschulhof trotzig mit dem Fuß aufstampft.

«Das ist nicht fair, Maeve.»

«Für mich klingt das absolut fair. Wir reden über das, was du besprechen willst, und im Gegenzug reden wir auch über das, was ich besprechen will. Und wenn es das Verlassen der Buchhandlung ist.»

Ich presse meine Lippen aufeinander und funkle sie an. Wir reden nicht darüber wegzugehen. Nicht jetzt. Nicht schon wieder, denn dazu wird es nicht kommen und das sollte Maeve wissen. Das sollte sie allmählich verstanden haben.

Schließlich verschränkt Maeve die Arme. «Und jetzt lass mich bitte das Essen fertig machen.»

Damit schließt sie die Tür hinter mir und mir bleibt nichts anderes übrig, als stirnrunzelnd in mein Zimmer zurückzuschlurfen. Ich setze mich auf die Matratze und zupfe an meinem Verband herum. Vorsichtig ziehe ich meinen Arm aus der Schlinge und fange an, den Verband Stück für Stück abzuwickeln, als wäre ich irgendeine verrückte Mumie. Ich ziehe den Stock heraus, als meine Haut zum Vorschein kommt, runzlig und vernarbt, wo Maeve ihr heißes Messer auf meinen Arm gepresst hat. Mein erstickter Schrei hallt immer noch in meinen Ohren wider. Ich denke daran, wie ich mein Gesicht in einem alten T-Shirt vergraben habe, bis ich nichts mehr riechen konnte als Mief und Schweiß. Ich denke an Maeves Hand auf meinem Rücken, die alles macht und gleichzeitig nichts. Ich denke an die Gestalt auf der Straße. Weiß Maeve, wer sie ist, oder ist sie nur genauso beunruhigt wie ich?

Ich sage mir, dass ich warten muss, bis sie Zeit hatte nachzudenken. Dann wird alles besser sein.

Meine Knöchel verheilen langsam, auch wenn ich die Finger immer noch nicht bewegen kann. Ich habe das Gefühl, neben mir zu stehen, als ich meine Hand anstarre. Sie sieht nicht aus, als würde sie zu mir gehören. Sie fühlt sich nicht an, als würde sie zu mir gehören. Ich erkenne meine eigene Hand nicht mehr. Früher kannte ich alle Täler und Linien. Die Stellen, an denen sich die Venen unter meiner Haut abzeichneten. Die Formen meiner Nägel und die Winkel meines Daumens. Die Art, wie diese Finger über die Klaviertasten glitten, einen Bleistift hielten oder Gitarrensaiten zupften. Ich frage mich, ob diese Hand je wieder spielen oder schreiben oder etwas berühren wird.

Nachdem ich meinen Fleischklumpen von einem Arm lang genug inspiziert habe, wickele ich ihn vorsichtig wieder ein und positioniere das Lineal an derselben Stelle. Ich suche noch einmal nach Anzeichen von einer Infektion, auch wenn ich nicht weiß, was ich tun würde, wenn ich welche finden würde. Dann schiebe ich meinen Arm wieder in die Schlinge und versuche, ihn zu vergessen. Ich schaue aus dem Fenster auf die glühende Sonne, die schon fast hinter den Bäumen verschwunden ist. Es sieht schön aus. Ich bin jedes Mal überrascht, in diesen Tagen Schönheit zu finden. Die Ästhetik der Apokalypse ist nicht immer ansprechend, aber dieser Sonnenuntergang ist wunderschön. Pinterestwürdig. Eine Pinterest-Pinnwand zum Weltuntergang.

Ein Klopfen an der Tür holt mich in die Wirklichkeit zurück.

«Komm schnell raus!», ruft Maeve. «Beeil dich! Es hält nicht lange!»

Ich will sie fragen, wovon sie da überhaupt redet, aber dann schwingt die Tür auf und ich sehe es, auf der Küchentheke.

Dort steht eine geöffnete Dose hart gewordener Baked Beans, in der ein brennendes Streichholz steckt. Zuerst bin ich verwirrt. Baked Beans mit Streichholz? Ist das eine Art Insiderwitz zwischen mir und Maeve, den ich bei all der Aufregung vergessen habe?

Maeve steht neben ihrem Werk und strahlt mich an. Ihr Lächeln leuchtet fast mehr als die Flamme.

«Happy Birthday», sagt sie. Ihre Stimme klingt stolz und erwartungsvoll.

Ich hab heute Geburtstag. Wirklich? Jetzt schon? Irgendwie fühlt es sich nicht richtig an, dass ein ganzes Jahr vergangen ist und ich jetzt ein ganzes Jahr älter bin. Ich starre auf das Streichholz, dessen Flamme immer kleiner und kleiner wird, kurz davor, vollkommen zu erlöschen.

«Woher ...?», beginne ich und schaffe es nicht, die Frage zu Ende zu bringen.

«Es stand im Kalender in eurer Küche. Ich hoffe, du bist mir nicht böse, dass ich ...»

«Nein», unterbreche ich sie und zwinge mich zu einem Lächeln. «Das ist toll. Du ...» Meine Stimme bricht und ich merke, dass ich gar nicht weiß, wie ich beschreiben soll, was ich fühle. Ich bin mir nicht einmal sicher, ob ich wirklich weiß, was ich fühle. Aber Maeve scheint das nichts auszumachen. «Ich hab selbst gar nicht dran gedacht», gebe ich schließlich zu.

Sie antwortet mit einem Nicken. «Es ist ja auch schwierig zu feiern, wenn man allein ist.»

«Ich kann mir ja kaum merken, welcher Wochentag gerade ist, wie soll ich da im Auge behalten, wann mein Geburtstag ist.» Aber es ist so viel mehr als das. Ich spüre ein bitteres Gefühl in mir aufsteigen, das mich daran erinnert, was passiert ist. Mich daran erinnert, warum ich am Leben bin und warum ich nicht verdient habe, es zu sein. Es ist, als würde eine Zeitbombe in mir ticken und als könnte ich in den nächsten Sekunden explodieren. Lieber Gott, ich muss explodieren. Ich muss zulassen, dass diese Scham, diese Erschöpfung, dieses Gefühl der Verlassenheit, die sich durch mein Gehirn winden, mich überschwemmen und sich dann endlich auflösen. Ich muss mich wieder normal fühlen und die ständige Stimme in meinem Hinterkopf zum Schweigen bringen, die mir einflüstert, dass alles meine Schuld ist.

«Puste die Kerze aus», drängt sie mich. Ich komme näher und rutsche auf einen der Hocker. Maeve setzt sich mir gegenüber.

Ich starre auf die improvisierte Geburtstagskerze, die nur noch ein winziges bisschen flackert, während das hölzerne Stäbchen kohlschwarz wird und vor meinen Augen verglüht.

Maeve lächelt erwartungsvoll und nickt mir zu, als wollte sie mich anstupsen. *So ist es gut, du hast es fast geschafft! Puste einfach.*

Mit einem leisen *Puff* ist die Flamme verschwunden. Geisterhafte Rauchfäden schlängeln sich in die Luft, bevor sie sich in nichts auflösen. Ich sitze reglos da und Maeve durchbohrt mich mit ihrem Blick.

«Geht es dir nicht gut? Hab ich was falsch gemacht? Ich schwöre, es war nett gemeint.» Sie legt ihre Hand auf meine Schulter und ich zucke zusammen. Es ist nur ein kleines Zurückweichen, kaum wahrnehmbar, aber Maeve rückt trotzdem von mir ab. Ihr Arm kehrt an einen bequemen, sicheren Ort in ihrem Schoß zurück.

«Mir geht es gut», sage ich, auch wenn ich mich fühle, als würden meine Knochen ausgehöhlt werden.

«Es ist okay, wenn es dir nicht gut geht.» Und von einem Moment auf den anderen ist es, als würde das letzte bisschen

Energie aus mir herausgesaugt. Energie, von der ich gar nicht gedacht hätte, dass ich sie noch habe.

«Ich ...» Ich kann nicht sprechen. Egal, wie perfekt ich die Gedanken in meinem Kopf sortiere, sie wollen einfach nicht rauskommen. Also atme ich zitternd ein und fange noch einmal an. «Ich hatte eine Schwester.»

Die Wahrheit schwebt zwischen uns und saugt alle Energie aus dem Raum. Die Worte hängen in der Luft, als bräuchten sie grünes Licht, um ausgesprochen zu werden. *Ich* brauche grünes Licht, also warte ich. Ich warte, bis Maeve sich räuspert.

«Oh.»

«Sie hieß Thea.» Es ist das erste Mal, dass ich ihren Namen laut ausspreche, seit es passiert ist. Das wird mir erst jetzt klar. Ich spüre etwas Warmes, etwas Schwaches, das hinter meinen Augen lauert und jeden Moment hervorbrechen kann. Noch nicht. «Ich hatte eine Schwester. Eine Zwillingsschwester.» Bei diesem Wort dringt ein Schluchzen aus mir und die Tränen beginnen zu fließen. «Sie war besser als ich. Und stärker als ich. Alle mochten Thea, weißt du?»

«Ich mag ...»

«Ich bin noch hier und sie nicht und das ist meine Schuld. Es ist meine Schuld, dass sie tot ist.» Ich ziehe meine Beine an und versuche, mich ganz klein zu machen und zu verschwinden. «Heute ist auch ihr Geburtstag.»

Ich sollte nicht hier sein. Der Gedanke trifft mich wie ein Schlag in die Magengrube und geht in Wellen durch meinen Körper. Ich sollte nicht hier sein, wenn sie es nicht ist. Ich sollte nicht hier sein, wenn meine Eltern es nicht sind. Ich sollte nicht hier sein, wenn so viele andere Leute es nicht sind. Und meine Schwester war so gut. So viel besser als ich. Sie hat so viel Besseres verdient als das.

Maeve legt ihre Hand auf meinen Oberschenkel, eine sanfte und ermutigende Berührung. Der Rauchgeruch lässt sie die Nase krausziehen.

«Ich bin froh, dass du hier bist», sagt sie mit fester Stimme. «Ich weiß, dass es wehtut. Ich weiß, wie sich das anfühlt. Wie zu ertrinken. Zu ersticken.»

Ich kann nur nicken und Luft schlucken, während die Tränen über meine Wangen strömen. Ich muss ein lächerliches Bild abgeben.

«Aber du bist hier. Mit mir. Okay? Und das würde ich nicht eintauschen wollen, nicht gegen die ganze Welt. Oder das, was davon übrig ist.»

Ich wische mir mit der Hand die Nase ab und versuche, mich zusammenzureißen.

«Danke.» Ich zögere einen Moment und frage mich, wie dieses Gespräch weitergehen sollte. «Du weißt, dass ich jetzt achtzehn bin? Wir wären heute achtzehn geworden.» Ein Lachen bricht aus mir heraus und es fühlt sich richtig an. Es fühlt sich an, als würde ich platzen, wenn ich jetzt nicht lache. «Ich sollte Lotto spielen oder so was. Ich sollte meine Wahlunterlagen beantragen. Ich sollte, ich weiß auch nicht, mir eine Costco-Karte besorgen.»

«Klar», antwortet Maeve und greift nach meiner Hand. Ich spüre einen kleinen elektrischen Schlag, als unsere Finger sich berühren. «Ich verstehe.»

Als ich sie ansehe und ihre Hand in meiner spüre, weiß ich, was ich tun muss. Es ist eine langsame Annäherung, jede Bewegung ein Zögern, aber als unsere Lippen sich berühren, strömt die Wärme durch meinen Körper. Maeve presst ihre Lippen auf meine. Sie fühlen sich weich an. Vertraut. Sie fühlen sich an wie etwas, von dem ich nicht wusste, dass ich es vermisst habe. Es ist ein Gefühl von Zuhausesein. Ein Teil von mir hat ein schlechtes Gewissen, sie zu küssen, unter diesen Umständen, aber Maeve bemerkt es nicht. Sie legt eine Hand auf meinen Hinterkopf und zieht mich noch näher an sich. Ihre Lippen öffnen sich und umschließen meine. Als wir uns irgendwann voneinander lösen, ist es, als würde noch immer etwas Elektrisches zwischen uns vibrieren. Ich habe noch nie jemanden geküsst.

Auf einmal wird mir klar, wie albern ich aussehen muss, und ich werde ganz rot. «Tut mir leid», murmele ich und starre auf meinen Schoß. «Ich hätte nicht ...»

«Nein. Es war in Ordnung!», unterbricht mich Maeve. «Es war gut!» Sie bricht ab und sucht nach den richtigen Worten. Ich sehe zu, wie ihr die Hitze in die Wangen steigt. Maeve, verlegen? Niemals. «Was ich sagen will, ist, dass es mir gefallen hat.»

Als sie das sagt, verschwindet die Last auf meiner Brust und ich kann wieder atmen. «Mir auch», bringe ich hervor.

«Okay.»

«Gut.»

Wir starren einander noch ein paar Sekunden lang an, bevor Maeve meine Hand loslässt und das Streichholz aus der Baked-Beans-Dose rupft. Unsere Verlegenheit ist greifbar, aber ausnahmsweise fühlt es sich gut an. Es fühlt sich real an. Es fühlt sich richtig an. Alles, was ich machen will, ist, sie noch mal zu küssen.

«Guten Appetit», sagt sie.

«Ich dachte, du wolltest etwas Besonderes daraus machen.»

«Deshalb ja das Streichholz.»

Ich nicke, während Maeve in einer Schublade nach zwei Löffeln kramt.

«Also», sagt sie. «Erzähl mir von deiner Schwester.»

Ein kleiner Schmerz geht durch meine Brust. «Bist du sicher, dass es dich interessiert?»

«Sonst würde ich nicht fragen.»

Ich beschließe, mit dem Anfang zu beginnen.

KAPITEL ZWEIUNDZWANZIG

«Als wir klein waren, habe ich meine Schwester gegen eine Heizung geschubst.» Damit fange ich an. Es ist ein seltsamer Anfang, aber er kommt mir passend vor. Es fühlt sich an wie der Anfang, denn es ist die erste Erinnerung, die ich an meine Schwester habe. Als ich sie im Alter von drei Jahren gegen eine Heizung geschubst habe.

«Wir hatten diese Kindertafel in der Ecke des Esszimmers stehen und es war Winter, sodass die Heizkörper voll aufgedreht waren. Es war unser altes Haus, nicht das, das du gesehen hast. Ein viktorianisches Haus, also ohne große Sicherheitsvorkehrungen», erkläre ich. «Meine Schwester stand vor der Tafel, aber ich wollte auch irgendetwas Belangloses malen, also schubste ich sie aus dem Weg und direkt gegen die Heizung. Ihr ganzes Bein war voller Brandwunden. Meine Eltern dachten, sie würde für den Rest ihres Lebens Narben haben, und selbst als sie dann doch irgendwann weggingen, hat Thea mir das nie ganz verziehen. Sie hat mich immer wieder daran erinnert. Sie konnte wirklich ganz schön nachtragend sein.»

Ich zögere und warte, dass Maeve es kommentiert, aber sie sagt nichts. Sie lässt mich einfach reden.

«Wir waren irgendwie immer ein seltsames Gespann. Unterschieden uns in so ziemlich allem. Alles, worin sie gut war, lag mir nicht, und die Dinge, die ich gut konnte, mochte sie nicht.

Ich meine, es gab ein paar Überschneidungen, aber größtenteils ... Sie hat nie *Harry Potter* gelesen, weil ich so davon besessen war, dass ich ihr im Grunde die ganze Sache verdorben hab.

Wir waren nicht die Art Schwestern, die überall zusammen hingingen. Andere Zwillinge, die wir kannten, waren unzertrennlich, trugen die gleichen Klamotten und hingen mit denselben Freunden ab. Wir waren nicht so. Wir gaben einander immer Raum. Sie hatte ihre Freunde und ich hatte meine und manchmal trafen wir uns in der Schule nur zufällig auf dem Gang. Wir waren Individuen und das mochten wir auch, aber wir waren uns trotzdem nah.

Wir erzählten einander unsere innersten, dunkelsten Geheimnisse. Wir beschwerten uns über unsere Eltern. Wir machten füreinander die Hausaufgaben. Als ich mein Coming-out hatte, war sie die Erste, der ich davon erzählte, und sie sagte, dass sie es schon seit Jahren gewusst hätte. Wahrscheinlich hat sie es schon gewusst, bevor ich mir darüber klar war. Ich glaube, wir kannten einander besser, als wir uns selbst kannten.

Als im letzten Highschool-Jahr der Abschlussball anstand, wollte meine Schwester natürlich mit ihrem Freund hingehen. Ich hatte ein Kleid ausgesucht und wollte hingehen, aber ich wusste nicht so recht, mit wem, denn ich war mit niemandem zusammen. Es gab eine Freundin, mit der ich etwas ausgemacht hatte, aber die hatte zwei Wochen vor der Prom auf einmal einen Freund, also würde ich nur das fünfte Rad am Wagen sein.

Aber meine Schwester sorgte dafür, dass ich glücklich war. Sie half mir mit meinem Make-up und beschwerte sich nicht, als ich zweimal meinen Eyeliner verschmierte. Sie kaufte mir diese kleinen Plastikteile, die ich auf meine Absätze kleben sollte, um nicht im Gras zu versinken. Sie besorgte mir sogar eine Ansteckblume, die zu meinem Lippenstift passte.

Ich versuchte, mich nicht aufzudrängen, als wir zum Ball kamen. Ich versuchte, bei meinen Freunden zu bleiben und sie nicht zu behelligen, aber sie schaute immer wieder nach mir. Sie kam immer wieder rüber, um sich zu vergewissern, dass es mir gut ging. Sie lachte über mich, als ich meine High Heels ausziehen und gegen Chucks tauschen musste, weil meine Füße zu sehr schmerzten, um weiterzutanzen. Sie ließ mich bei ihr und ihren Freunden sitzen, als meine Begleiterin schließlich mit ihrem Freund verschwand. Sie versicherte mir, dass ich keine Nulpe sei, dass ich ihr nicht zur Last fiele. Sie bat sogar ihren Freund, mich nach dem Tanz in seinem Cabrio nach Hause zu fahren.

Sie kümmerte sich immer total um mich. Egal, was passierte, sie sorgte immer dafür, dass es mir gut ging, und was tat ich? Ich schubste sie gegen Heizungen.»

Ich mache eine Pause, während mir noch einmal die Tränen in die Augen schießen. «Ich hatte eine solche Liebe gar nicht verdient.»

«Sei nicht albern», murmelt Maeve schließlich. «Es hatte doch einen Grund, dass du ihr so wichtig warst.»

«Sie war einfach so *gut*», ist alles, was ich hervorbringe. «Sie war so ein guter Mensch und ich war nur ...»

«Du bist auch ein guter Mensch», flüstert Maeve und greift nach meiner gesunden Hand und hält sie ganz fest. «Du bist der beste Mensch, den ich kenne.»

Ich weiß nicht, was ich darauf antworten soll, also sage ich gar nichts. Mein Magen schlägt Purzelbäume, als ich mich noch einmal zu ihren Lippen beuge.

KAPITEL DREIUNDZWANZIG

21. Juni: Vor dem ersten *Sturm*

Wir hatten vorher nie eine *Sturm*übung gehabt. Zumindest erinnere ich mich an keine. Klar, es gab manchmal Feueralarm und Terroralarm und Evakuierungsübungen, aber nie einen *Sturm*alarm. Das war nie nötig gewesen. In Kansas oder Nebraska oder Oklahoma brauchte man vielleicht Tornadoübungen. In Florida gab es vielleicht Hurrikanalarm. Aber in New Jersey haben wir eigentlich nie so furchtbares Wetter, dass es dafür einen speziellen Notfallplan bräuchte, und wenn wir doch mal einen Sturm abbekommen, zieht er normalerweise die gesamte Ostküste hinauf, bevor er uns erreicht, sodass wir vorher genug Zeit haben, die Schule gleich ganz zu schließen.

Aber ich schätze, so ist das immer. Man braucht keinen Notfallplan, bis man auf einmal doch einen braucht.

Wir brauchten früher auch keine Terrorübungen und jetzt sind sie vorgeschrieben. Mindestens zweimal im Monat. Wir kauern in der Ecke, den Rücken zur Wand, und warten. Wir warten, während der Wachmann der Schule den Flur herunterkommt und am Türknauf ruckelt. Wir sitzen im Dunkeln und warten, bis eine Stimme aus dem Lautsprecher tönt und sagt, dass wir mit unseren Matheaufgaben weitermachen können.

Ms. Carey steht vor der Klasse und klickt halbherzig durch eine PowerPoint-Präsentation mit lauter Stockfotos von bedrohlichen Wolken, umgestürzten Bäumen und großen gelben Warnschildern. Es geht alles zu einem Ohr rein und zum anderen raus.

Ich glaube, die Amokübungen fingen in der dritten Klasse an. Aber vielleicht verstand ich auch erst in der dritten Klasse, was das alles bedeutete.

Ich erinnere mich, dass unsere Lehrerin uns auf dem Teppich versammelte und erklärte, dass wir uns in der Ecke des Zimmers verstecken müssten, zwischen den Punkten, die sie auf die Schränke geklebt hatte. In diesem Bereich würde man uns vom Flur aus nicht sehen können.

Ich erinnere mich, dass sie uns am Ende erlaubte, Fragen zu stellen, aber ich bin mir sicher, dass sie diese Entscheidung kurz darauf bereute. Ich hob die Hand und fragte sie, was passieren würde, wenn ein Amokläufer das Fenster einschlagen würde. Sie sagte, es sei verstärktes Glas. Ein anderes Kind fragte, was passieren würde, wenn ein Amokläufer es durch die Klassenzimmertür schaffen würde. In diesem Moment beschloss unsere Lehrerin, uns in die Pause zu schicken.

Ms. Carey sieht angespannt aus. Die Stirn in Falten gelegt, untermalt sie ihre Präsentation mit fahrigen Gesten. Jede Veränderung ist beunruhigend, aber so eine Art von Veränderung macht einem wirklich Angst. Zu wissen, dass so *die neue Normalität* aussieht, ist beängstigend.

Als ich in der dritten Klasse war, habe ich nicht darüber nachgedacht, was diese Übungen für mein Leben bedeuteten. Für die Gesellschaft. Aber jetzt verstehe ich, dass die Situation ganz schön schlimm sein muss, wenn so etwas notwendig ist.

«Irgendwann im Laufe der Stunde wird über die Lautsprecheranlage ein wetterbedingter Katastrophenfall verkündet werden», sagt die Lehrerin, während sie das letzte Bild ihrer Präsentation aufruft. Auf der Leinwand ist eine Gruppe Schülerinnen und Schüler als lächelnde Strichmännchen zu sehen.

Ich fummele an dem Radiergummi meines Druckbleistifts herum. «Es handelt sich um eine *Übung*. Es gibt keinen Grund, in Panik zu geraten.» Dabei sieht meine Geschichtslehrerin selbst ziemlich panisch aus. «Ihr werdet euch einzeln hintereinander aufreihen und auf den Flur hinaus…»

«Und ich hab gedacht, wenn wir es auf die Highschool geschafft haben, müssen wir nie wieder im Gänsemarsch laufen.»

Ich drehe mich um und sehe den Jungen auf dem Stuhl hinter mir selbstzufrieden grinsen. Das Mädchen daneben lehnt sich näher zu ihm.

«Ach komm, Dawson», flüstert sie. «Ich hätte gedacht, dass du Spaß daran hast, dich von starken Frauen herumkommandieren zu lassen.»

Ich verdrehe die Augen und wende mich wieder dem Whiteboard zu.

«Also, es wird ziemlich voll werden in den Korridoren», fährt unsere Lehrerin fort, während sie ihren Laptop zuklappt. «Ich weiß, dass sie in der Präsentation von der Schule gesagt haben, ihr sollt euch alle mit dem Rücken zu den Schließfächern hinsetzen. Dafür ist hier aber leider nicht genug Platz.»

Es gibt nur eine Highschool in unserer Stadt und man muss kein Genie sein, um zu verstehen, dass sie aus allen Nähten platzt. Die Schüler sitzen in den Klassenzimmern, gedrängt wie Sardinen in der Dose, auch wenn die Schulleitung behauptet, dass nicht mehr als fünfundzwanzig Schüler in jeder Klasse sind. Ich zähle siebenunddreißig.

«Versucht einfach, einen Platz auf dem Fußboden zu finden, und wenn das nicht geht, stellt euch in einen Türrahmen.»

Vorne im Klassenzimmer schnellt eine Hand in die Höhe. «Sollten wir uns nicht *in* die Schließfächer setzen, wenn auf dem Flur nicht genug Platz ist? Das ist vielleicht sicherer.»

Ms. Carey stößt einen entnervten Seufzer aus, was ich ihr kaum vorwerfen kann. «Ich gebe nur das weiter, was auf dem Merkblatt der Schulleitung steht, okay? Und von den Schließfächern ist da nicht die Rede, also *bitte* bleibt weg davon.»

Wie aufs Stichwort beginnt der Lautsprecher über uns zu knistern. «Achtung, Achtung, Lehrer und Mitarbeiter, dies ist ein wetterbedingter Notfall. Ein wetterbedingter Notfall.» Und dann verstummt die Stimme wieder.

Es dauert einen Moment, bevor sich irgendjemand in Bewegung setzt. Es dauert einen Moment, bis wir uns an das erinnern, was unsere Lehrerin uns vor buchstäblich zehn Sekunden erzählt hat. Doch dann stehen wir auf und schlurfen über den Linoleumboden in Richtung Flur, wie eine Herde Lemminge.

Ich schnappe mir mein Handy vom Tisch und stecke es in die Tasche. Ich habe auf die harte Tour gelernt, bei keiner Art von Notfallübung etwas Wichtiges im Klassenzimmer liegen zu lassen. Einmal hatte ich während eines Probealarms meinen Laptop im Zimmer gelassen, nur um dann festzustellen, dass es gar kein Probealarm war. Jemand hatte auf der Toilette eine Flasche Handdesinfektionsmittel in Brand gesetzt. Erst als die Feuerwehrwagen vorfuhren, bemerkte ich meinen Fehler. Ich musste zwei Stunden warten, bevor ich meinen Computer holen konnte.

Als wir in den Korridor kommen, wird mir klar, dass unsere Lehrerin nicht übertrieben hat. Es ist wie im Affenkäfig hier draußen. Zu viele Menschen, die schubsen und drängeln, und alle versuchen, einen Platz zum Sitzen zu finden. Am anderen Ende des Korridors entdecke ich Thea, die mit einer Freundin auf dem Boden sitzt und quatscht, während sie versucht, sich nicht von drei Mitgliedern des Fußballteams niedertrampeln zu lassen.

Ich finde einen Platz in der Nähe der Jungstoilette, hocke mich vorsichtig hin und versuche, von den anderen um mich herum so viel Abstand wie möglich zu halten. Unsere Lehrerin steht neben der Klassenzimmertür und versucht hektisch, ihre Schülerinnen und Schüler durchzuzählen, als hätte sie auf den paar Metern vom Klassenzimmer in den Korridor jemanden verlieren können.

Ein Spanischlehrer formt mit den Händen einen Trichter um seinen Mund. «Denkt dran, was wir euch eben erzählt haben», bellt er. «Hände über den Kopf!»

Wir zögern. Ein Flüstern geht durch die Menge. Ein paar Leute sehen sich um und warten, ob ihre Freunde die Anweisung befolgen. Sie wollen nicht die Einzigen sein, die sich lächerlich machen. Schließlich folgen alle den Anweisungen des Lehrers.

Ich verschränke die Hände über meinem Kopf und mache mich auf den nicht existenten Einschlag gefasst.

KAPITEL VIERUNDZWANZIG

Ich starre Maeve an, wie sie ein weiteres Stück Holz durch das Loch in der Wand schiebt. Ein Teil von mir ist aufgewühlt von diesem schwebenden Gefühl, das sie in mir auslöst. Ein anderer, kleinerer Teil von mir wünschte, ich hätte nie zugelassen, dass ich sie so brauchen würde. Denn das tue ich. Es ist die Wahrheit und sie erfasst mich wie eine Welle, die mich mitzureißen, mich zu ertränken droht. Ich brauche Maeve, auch wenn ich mir geschworen habe, dass ich nie wieder jemanden brauchen würde. Das hatte ich schon mal. Sich daran zu gewöhnen, dass jemand anders da ist. Jeden Morgen aufzuwachen und zu wissen, dass die andere Person da ist, bis sie es auf einmal nicht mehr ist und fortgeht wie alle anderen und du wieder allein bist. Eva ging fort, weil ich sie nicht zum Bleiben bewegen konnte, und jetzt habe ich Maeve in mein Leben gelassen. Ich kann nur hoffen, dass sie mich auch braucht.

In einem plötzlichen Moment der Schwäche gehe ich zu ihr und drücke ihr einen Kuss auf die Wange.

Maeve dreht sich zu mir, ein kleines Lächeln auf den Lippen. «Wofür war der denn?»

Ich weiß auch nicht, wofür er war. Ich hatte einfach das Gefühl, ihr einen Kuss geben zu müssen. Also sage ich ihr die Wahrheit. «Ich weiß auch nicht. Es hat sich irgendwie richtig angefühlt.»

«Soso, es hat sich irgendwie richtig angefühlt», lacht Maeve. «Ist es möglich, dass ich die unerschütterliche Liz sprachlos gemacht habe?»

«Ich bin wohl kaum unerschütterlich.»

Maeve wird rot. Dann wendet sie sich wieder den Baumresten und dem Loch in der Wand zu. Ich will noch etwas anderes sagen, etwas anderes tun, damit dieser Moment noch ein bisschen länger anhält, aber mir fällt nichts ein.

Sie beugt sich hinunter und greift nach einem weiteren Holzstück, um es nach draußen zu werfen. Dann zögert sie einen Augenblick, richtet sich gerade auf und dreht sich wieder zu mir.

«Egal, mir hat es gefallen», sagt sie.

Und damit macht sie sich wieder an die Arbeit, als hätte sie mir nicht gerade etwas Großes offenbart. Ich beschließe, mich auf den Tresen zu setzen, um einen besseren Überblick zu haben. Und auch, damit meine Beine nicht zu weich werden.

«Wir sind schon wie ein altes Ehepaar», sagt Maeve laut, um das Poltern der Holzstücke zu übertönen.

«Ehepaar?»

«Genau», bekräftigt sie und wischt sich mit dem Handrücken über die Stirn. «Ich sorge dafür, dass wir was zu essen auf dem Tisch haben, und du bedienst mich von vorne bis hinten wie eine gute Ehefrau.»

«Ehefrau?» Meine Stimme klingt ein bisschen, als würde mich jemand erdrosseln. «Also, diese Mentalität ist ja wohl ziemlich daneben. Ich möchte doch annehmen, dass wir als Gesellschaft seit den Sechzigerjahren ein paar Fortschritte gemacht haben.»

«Probier doch erst mal, ob dir die Rolle liegt.»

«Mach ich doch schon», gebe ich zurück. «Und ich komme mir total unnütz vor.»

Endlich dreht sich Maeve zu mir um und sieht mich stirnrunzelnd an.

«Willst du mir etwa sagen, dass dir das hier keinen Spaß macht?»

«Was, dir beim Arbeiten zuzusehen, während ich auf dem Tresen hocke?»

«Es ist ja nicht so, dass du nichts machst», korrigiert Maeve mich. «Du konzentrierst dich auf deine Heilung. Das ist genauso wichtig.»

«Es ist nicht das Gleiche.»

Ein Grinsen erscheint auf ihrem Gesicht, als sie einen Schritt auf mich zukommt und sich neben mich auf den Tresen schwingt. Sie legt ihren Kopf auf meine Schulter. Ich habe genau die richtige Größe dafür.

«Okay, wenn du das Sagen haben willst, solltest du mir etwas beibringen.»

«Was denn zum Beispiel?», frage ich und überlege, was in aller Welt ich Maeve beibringen könnte.

«Bring mir bei, wie man Bücher sortiert», antwortet sie und deutet auf einen Stapel Bücher am Ende des Tresens. «Ich bin sicher, du hast da ein unglaublich kompliziertes System.»

Maeve rutscht vom Tresen, landet auf den Füßen und geht mit großen Schritten auf den Bücherstapel zu, um ihn genauer in Augenschein zu nehmen.

«Es ist alles alphabetisch», murmele ich. «Nichts Bahnbrechendes.»

«Hey! Für unsere Vorfahren war das Alphabet verdammt bahnbrechend.»

Sonnenstrahlen fallen durch das Schaufenster und tauchen den Raum in ein goldenes Licht, das Maeve noch schöner erscheinen lässt, auch wenn sie etwas verschwitzt ist und ihre Hände voller Sägespäne sind.

Ich gehöre zu den Leuten, die es am Strand vermeiden, nah ans Wasser zu gehen, weil ich es hasse, wenn der Sand an meinen Füßen klebt. Ich gehöre zu den Leuten, die es vermeiden, in den Pool zu gehen, weil ich später nicht nass sein will. Aber mit Maeve machen mir Schweiß und Sägespäne nichts aus, zumal ich wahrscheinlich selbst auch nicht besonders gut rieche. Wie gut können wir denn auch noch riechen, wenn wir beide seit sechs Tagen nicht ordentlich geduscht haben?

Also neige ich mich nur ein bisschen zu ihr, während Maeve weiter über das Alphabet und dann übers Schreinern monologisiert. Sie klingt wie ich, wenn ich über unbedeutende Fakten aus den Büchern in meinen Regalen schwadroniere.

Sie macht eine Pause und sieht mich stirnrunzelnd an, aber sie stellt keine Frage. Ich gebe ihr auch keine Gelegenheit dazu, denn bevor sie etwas sagen kann, küsse ich sie noch einmal. Sie weicht nicht zurück, sondern legt ihre staubige Hand um meine Taille und zieht mich an sich, bis ich mich losmachen muss, um Luft zu holen.

«Wusstest du, dass das Wort Alphabet von den ersten beiden Buchstaben des griechischen Alphabets kommt?», frage ich.

«Soll das eine romantische Anspielung sein?»

Ich lächele. «Alpha und Beta.»

«Jetzt verstehe ich», antwortet Maeve. «Wo hast du denn diese goldene Weisheit her? Aus *Hundert Wege, Frauen zu erobern*?»

«Nee. *Spannendes Wissen für Kinder*, elfter Band. Ist doch klar.»

«Klar.»

Jetzt ist es Maeve, die sich zu mir beugt und eine Hand in meinen Nacken legt, als unsere Lippen sich berühren. Ich schlinge meinen guten Arm um ihren Oberkörper und erwidere ihren Kuss.

Die Haustür fliegt mit einem Windstoß auf, was bestimmt

an dem kaputten Schloss liegt, aber ich ignoriere es und ziehe Maeve noch näher an mich.

Irgendwann lösen wir uns voneinander und Maeve kichert über einen nicht vorhandenen Witz. Ich will gerade einen geistreichen Kommentar loslassen, als ich eine Stimme höre.

«Tut mir leid, wenn ich störe.»

Maeves Wangen werden knallrot, als wir uns beide zu unserem unerwarteten Besuch umdrehen. Dann war es wohl doch nicht nur der Wind. Es dauert eine Sekunde, bis sich meine Augen an das grelle Licht gewöhnt haben, das durch die Vorderfenster hereinströmt, aber dann begreife ich, wen ich da anstarre.

Ihr blondes Haar, das in einem Zopf über ihren Rücken fällt. Das Efeutattoo neben ihrem Ohr, kaum sichtbar. Mit jedem Detail, das ich wahrnehme, zieht sich mein Herz weiter zusammen.

Sie bricht als Erstes das Schweigen.

«Hi, Liz.» Da ist diese Stimme. Diese allzu vertraute Stimme.

«Hi, Eva», bringe ich hervor. «Lang nicht gesehen.»

KAPITEL FÜNFUNDZWANZIG

*E*va ist hier. Eva ist *hier*. Der Gedanke rast in Endlosschleife durch meinen Kopf, zusammen mit tausend anderen Gedanken, die sich in meinem verkorksten Gehirn überschlagen.

Maeve ist einfach nur verwirrt. Und schockiert. Sie hebt eine Augenbraue und beugt sich näher zu mir. *«Das ist Eva?»*

Ich antworte nicht. Ich kann nicht antworten. Ich habe vergessen, wie man spricht.

Sie ist zurückgekommen, genau wie sie gesagt hat. Sicher, es hat etwas länger gedauert, als ich gewollt hätte, aber sie ist gekommen. Und jetzt ist sie hier. Ich will auf sie zu rennen. Sie umarmen und ihr sagen, wie sehr ich sie vermisst habe. Ihr alles erzählen, was passiert ist, während sie weg war. Ein Teil von mir möchte sie einfach nur anstarren, um sich an das Gefühl zu gewöhnen, sie wiederzusehen. Der Klang ihrer Stimme. Die Farbe ihrer Haare. Das Leuchten in ihren Augen.

Doch Maeve reagiert als Erstes und streckt ihre linke Hand aus. Eva nimmt sie.

«Maeve.»

«Eva.» Ihre Stimme ist rau. Rauer, als ich es in Erinnerung habe.

«Ich weiß.»

Eva sieht mich an, als warte sie auf mein Einverständnis, bevor sie sich wieder Maeve zuwendet. «Ich hab hier gearbeitet, bevor ich ...»

«Bevor sie weggegangen ist», beende ich ihren Satz.

«Bist du gefeuert worden?», spöttelt Maeve. Aber Maeve kennt die Wahrheit. Ich habe ihr die Wahrheit erzählt. Und Eva kennt sie auch.

Sie verzieht das Gesicht und antwortet: «So was in der Art.»

Ich will etwas einwerfen. Etwas Schlagfertiges und Witziges sagen, das die Anspannung löst und die Situation auflockert. Aber mir fällt nichts ein, also redet Maeve weiter.

«Und warum bist du zurückgekommen?», fragt sie. Zunächst klingt das nach einer ziemlich harmlosen Frage, doch dann fügt sie hinzu: «Sie braucht dich nicht mehr, weißt du? Du bist hier nicht erwünscht.»

Mein Unterkiefer klappt herunter. Ich starre Maeve an, geschockt von ihrer Unverfrorenheit. Sie entschuldigt sich nicht. Es scheint ihr nicht einmal im Entferntesten leidzutun, was sie gesagt hat. Stattdessen zieht sie herausfordernd eine Augenbraue hoch und wartet darauf, dass Eva widerspricht. Doch Eva sagt nichts.

«Die Liebe wächst mit der Entfernung, nicht wahr, Eva?» Ich schenke ihr ein Lächeln. Einen Friedenszweig.

Eva nimmt ihn dankbar an. «Wenn du das sagst.»

Maeve macht oben im Schlafzimmer ein Nickerchen, während Eva und ich reden. Allein.

Ich kann nicht anders, als ihr Gesicht zu mustern. Sie wirkt verändert. Wenn sie lächelt, sehe ich Falten, die vorher nicht da waren. Hat sie in letzter Zeit mehr gelächelt oder gelacht als früher? Oder ist sie einfach älter geworden? Ihr fallen ein paar Haarsträhnen ins Gesicht, aber sie verdecken kaum ihre eisblauen Augen. Sie wirkt älter. Anders. Ich bin mir nicht sicher, wie ich das finde.

«Also, diese Maeve ...», versucht sie, ein ungezwungenes Gespräch anzufangen.

«Sie ist eine Freundin. Ihr Zelt ist kaputtgegangen und sie brauchte eine Bleibe, deshalb ist sie im Moment hier.» Eva muss ja nicht alles wissen. Noch nicht.

Eva nickt. Ich sehe an ihrem Gesichtsausdruck, dass sie mir nicht glaubt, aber sie hakt nicht nach. Stattdessen sagt sie: «Du wirkst glücklich.»

«Das bin ich auch.» Das ist natürlich nicht die ganze Geschichte, aber in der Summe stimmt es. Ich bin glücklich im Moment oder zumindest glücklicher als in letzter Zeit und das ist alles, worauf es ankommt.

«Und wie hält sich der alte Buchladen so?», fragt Eva und klopft spöttisch gegen einen der Holzbalken, die noch stehen.

Ich lache, um ihr zu signalisieren, dass es in Ordnung ist und sie mir immer noch etwas bedeutet. Dass ich ihr nichts nachtrage. Es war ja in erster Linie meine Schuld, das verstehe ich jetzt. Ich kann ihr nicht etwas vorwerfen, was ich getan habe. Ich kann ihr nicht vorwerfen, dass ich ihr nicht das geben konnte, was sie mir gegeben hat. Ich war ihr nie genug. Ich habe mich nie angestrengt, das zu werden, was sie brauchte, so, wie sie es für mich getan hat.

«Du meinst abgesehen von dem Loch in der Wand? Ziemlich gut. Ich meine, Maeve hat mir viel geholfen. Neulich hab ich kurz gedacht, ich hätte kein fließendes Wasser mehr, aber sie hat es in Ordnung gebracht.»

«Und dein Arm?»

Ich sehe abschätzig auf meinen Arm hinunter. «Du hättest mal den anderen Typen sehen sollen», spotte ich.

Eva sieht mich mit großen Augen an. «Bist du in eine Schlägerei geraten?»

«Nein, nichts dergleichen. Es war ein Generator. Kann sein, dass ich etwas Dummes gemacht hab.»

«Irgendwie kann ich mir das vorstellen», murmelt Eva. «Funktioniert der Generator denn?»

Natürlich bedeute ich ihr auch noch etwas. «Das glaub ich schon. Ich hab nur nicht genug Technikerfahrung, um ihn zum Laufen zu bringen. Ich wette, Maeve könnte das, wenn sie wollte.»

Eva nickt nur, bevor sie fragt: «Woher kennst du sie eigentlich?»

Und für einen Moment ist es wie in alten Zeiten. Eva macht sich ein bisschen zu viel Sorgen um mich, während ich so tue, als ob ich davon genervt bin. Es fühlt sich gut an. Es fühlt sich richtig an. «Das ist eigentlich eine lustige Geschichte», beginne ich, bevor mir bewusst wird, dass Eva die Geschichte vielleicht überhaupt nicht lustig findet. Ich glaube, die meisten gesitteten Menschen würden Einbrüche nicht als lustig bezeichnen. Aber ich finde es lustig, also erzähle ich weiter. «Sie ist quasi hier eingebrochen, während ich ...»

«Eingebrochen?»

«Ja.» Der besorgte Ausdruck auf ihrem Gesicht sagt mir, dass sie es nicht lustig findet.

«Du musst wirklich vorsichtiger sein, Liz. Du kannst doch nicht einfach jedem vertrauen, der zu deiner Tür hereinspaziert.»

Etwas zieht sich in mir zusammen. Ich bin froh, Eva zu sehen, na klar, aber es fühlt sich seltsam an, dass sie mir vorwirft, Leute ins Haus zu lassen, wenn sie mich zuvor verlassen hat.

«Ich vertraue ihr.»

«Ich glaub kaum, dass du besonders viel über sie weißt», murrt Eva.

«Sie hat mir das Leben gerettet.»

Eva sieht aus, als wollte sie noch etwas sagen, aber sie atmet nur tief durch. «Ich wollte dir sagen, dass es mir leidtut.»

«Ist schon okay», antworte ich. «Es ist in Ordnung. Ich nehme es dir nicht mehr übel.» Und ich meine es auch so. Glaube ich. Alles, was jetzt zählt, ist, dass Eva hier ist. Sie ist zurück. Und ich konzentriere mich lieber auf die Gegenwart, als die Vergangenheit wieder aufzuwärmen.

«Du solltest es mir aber übel nehmen. Ich hätte mit dir reden sollen, bevor ich gegangen bin.»

«Hast du aber nicht. Und das ist okay. Jetzt bist du wieder zurück und das ist alles, was zählt.»

Eva versucht nicht zu widersprechen. Stattdessen legt sie ihre Hand auf meinen Arm. Es ist eine unbeholfene Geste. Ihre Finger zittern leicht bei der Berührung. Ich stoße sie nicht weg.

«Ich muss dir etwas sagen», murmelt Eva.

«Dann bist du also nicht nur hergekommen, um mich um Entschuldigung zu bitten?»

Sie macht ein Gesicht, als wollte sie sich gleich verteidigen, aber sie tut es nicht. Sie kaut auf ihrer Unterlippe. «Ich überbringe ungern schlechte Nachrichten», sagt sie so leise, dass ich sie fast nicht verstehen kann.

Ich versuche, mich auf alles gefasst zu machen. *Schlechte Nachrichten*, das hat heute eine neue Bedeutung. Früher konnte es heißen: *Ich hab meine Geldtasche verloren*, oder: *Ich hab am Sonntag einen Strafzettel bekommen, ist das nicht verrückt?* Heute sind schlechte Nachrichten so was wie: *Mein Arm ist von einem Generator verschluckt worden*, oder: *Meine Essens- und Wasservorräte sind alle.* Trotzdem hab ich keine Ahnung, was Eva sagen wird. Vielleicht ist es ja doch nicht so schlimm. Was sie mir zu sagen hat, könnte auch eine nicht ganz so schlimme Nachricht sein, wie: *Meine Vorräte sind zwar noch nicht aufgebraucht, aber alles, was ich noch zu essen habe, ist Maiscreme in der Dose, ist das nicht beschissen?* Doch Evas Gesichtsausdruck sagt mir, dass es etwas anderes ist.

«Der *Sturm* kommt», sagt sie mit heiserer Stimme. «In drei Tagen wird er hier sein. Vielleicht etwas früher, vielleicht etwas später, aber er kommt.»

Als ich meinen Blick durch den Raum schweifen lasse, von dem Loch in der Wand zur kaputten Tür zu den fehlenden Fensterscheiben, packt mich die Angst. «Nein, wir haben noch einen Monat.» Der Marine-Mann hat nichts davon gesagt, dass der Sturm früher kommen könnte. Er hat gesagt, wir hätten noch etwa vier Wochen. Maeve hat das Gleiche gesagt. Ich bin davon ausgegangen, dass wir einen Monat haben. Wer hat denn nun recht? Eva oder Maeve?

Eva sieht mich ernst an. Ihre Haut ist fast grau. «Letztes Jahr hatten wir einen Monat, stimmt, aber das sind ja keine zuverlässigen Daten. Ich meine, das solltest du doch besser wissen als alle anderen.»

Das weiß ich auch, sosehr mein Herz es auch bestreiten will. Ich kann nicht vom letzten Jahr auf dieses schließen. Das ist statistisch gesehen einfach nicht haltbar. Wie mein Statistiklehrer sagen würde: *Die Datenmenge ist nicht groß genug.* Wie unsere außerirdischen Overlords sagen würden: ⱶ☐⼮ῳ ⌡⼌♋ῳ⌊⌡, was so viel heißt wie: *Du bist total gearscht.* Aber ich bin noch nicht bereit, schon aufzugeben.

«Bist du sicher?», frage ich. Meine Stimme zittert nur ein bisschen. Es gibt immer noch eine Chance, dass sie sich irrt, aber als ich noch einmal die Fakten abwäge, wird mir klar, dass wir vielleicht weniger Zeit haben, als wir dachten. Ich denke an die Vögel und die Rehe und die Kaninchen. Im letzten Jahr waren sie erst Mitte August verschwunden. Jetzt ist gerade mal der Juli um und ich habe schon seit Tagen kein einziges Tier mehr gesehen.

«Meinst du, ich wäre den ganzen Weg hierher zurückgekommen, wenn ich nicht sicher wäre?», entgegnet Eva.

Zuerst versetzt mir die Frage einen Stich. Wie konnte ich so naiv sein? Natürlich wäre sie nicht zurückgekommen, wenn sie nicht einen wichtigen Grund hätte. Sie wäre nicht zurückgekommen, wenn es nicht nötig gewesen wäre. Schließlich hat sie auch unmissverständlich klargemacht, dass sie einen Grund hatte zu gehen. Doch dann trifft mich die Erkenntnis wie ein Schlag. Der *Sturm* kommt in weniger als einer Woche und ich bin nicht vorbereitet. Ich sehe hinunter auf meine nutzlose Hand und denke, dass ich sie jetzt gut brauchen könnte. Ich hab noch so viel zu tun.

«Ich musste es dir sagen», erklärt Eva ernst. «Ich konnte dich doch nicht einfach so sterben lassen. Das kann ich nicht vor meinem Gewissen verantworten.»

Bei diesem Gedanken setzt mein Herz einen Schlag aus. Ich bin überrascht, wie emotional ich auf sie reagiere, selbst jetzt noch. Sie empfindet noch etwas für mich. Ich wusste es.

«Ich hab es bis jetzt geschafft. Da wird mich dieser *Sturm* auch nicht umbringen», erwidere ich. «So viel kann ich dir versprechen.»

KAPITEL SECHSUNDZWANZIG

Wir sitzen in einer schiefen Dreierkonstellation zusammen und schlürfen lauwarme Suppe. Mein Magen ist wie zugeschnürt. Das Schweigen zwischen uns ist ohrenbetäubend und jedes Mal, wenn ich von meinem Essen aufsehe, starrt Maeve mich an. Dann funkelt sie Eva, die den Blick auf ihre Suppe richtet, wütend an. Vielleicht ist Eva eifersüchtig. Vielleicht gefällt es Eva nicht, dass Maeve jetzt die Aufmerksamkeit hat, die früher ihr gehörte. Aber so ist das eben, wenn man für ein Jahr verschwindet.

Ich komme mir vor wie eine Vermittlerin zwischen zwei unterschiedlichen Freundschaftsgruppen. So ähnlich wie auf einem Kindergeburtstag. Wo du als Geburtstagskind am Kopf des Tisches sitzt und dich ein Dutzend Kinder abwartend ansehen. Du bist das Bindeglied zwischen den Kindern aus deiner Malklasse und den Kindern aus deinem Fußballklub und versuchst unbeholfen, ein Gespräch über Smarties anzuregen, die alle mögen, in der Hoffnung, dass sich niemand fehl am Platze fühlt.

Mein Blick geht zwischen Maeve und Eva hin und her, die mich beide erwartungsvoll anstarren. Eva wirkt lächerlich. Sie ist neun Jahre älter als ich und wartet darauf, dass ich ihr sage, was sie tun soll. Ich weiß nicht, wen ich ansehen soll – Eva oder Maeve? Ich sehe von einer zur anderen. Immer, wenn ich mich der einen zuwende, habe ich das Gefühl, die andere vor den Kopf zu stoßen.

«Wir werden schon klarkommen», sage ich und hoffe, dass man meiner Stimme die Angst nicht anhört. Sie zittert trotzdem, aber weder Maeve noch Eva merken es. Zumindest tun sie so, als würden sie es nicht merken. «Weißt du noch, als sich mal ein Waschbär in die Buchhandlung verirrt hat? Du und Laurel seid beide total in Panik geraten und der Waschbär hat versucht, die Sonderausgabe der *Brüder Karamasow* anzuknabbern, erinnerst du dich? Es waren höllische zehn Minuten, aber dann rannte der Waschbär wieder raus und wir reparierten, was er kaputt gemacht hatte, und am Ende war alles wieder gut.»

«Klar erinnere ich mich», murmelt Eva, aber es klingt nicht so, als wollte sie sich erinnern. Sie schürzt die Lippen und richtet den Blick in den Raum zwischen Maeve und mir. «Habt ihr euch in letzter Zeit mal hier umgeguckt? Es war ja schon schlimm, als wir hier gearbeitet haben, aber jetzt ...»

Maeve sitzt einfach nur da und verzieht das Gesicht, also beschließe ich, uns beide zu verteidigen. «Wir haben schon die Materialien.» Ich sehe zu Maeve, die langsam nickt, als wollte sie sagen: *Das stimmt, die haben wir.* Ich wünschte, sie würde mich ansehen. Ich wünschte, sie würde die Gesprächsführung übernehmen. Aber sie bleibt stumm. Also rede ich weiter. «Es sollte nicht allzu schwierig sein. Ich meine, ich hab natürlich gut reden, schließlich bin ich nicht diejenige, die die harte Arbeit leistet, aber ... wir haben die Materialien, nicht wahr? Wir können dieses Loch in einer Woche stopfen.» Niemand korrigiert mich oder sagt, dass wir jetzt nicht einmal mehr eine ganze Woche haben.

Maeve dreht sich zu Eva. «Wir brauchen deine Hilfe nicht, Eva. Wenn es das ist, was du fragen wolltest.»

Ihr Tonfall überrascht mich, harsch und ernst. Sie starrt Eva herausfordernd an und Eva starrt genauso verbissen zurück. Ich ignoriere die beiden und versuche, auch nicht an die anderen Dinge auf meiner To-do-Liste zu denken. Die Fenster. Das Dach. Die Haustür. Maeves Stimme hallt durch meinen Kopf. *Bevor der Sturm kommt, gehe ich noch mal richtig jagen.* Die abgelaufene Maiscreme reicht nicht mehr lange und wir haben nicht daran gedacht, dass wir vielleicht keine Tiere mehr werden fangen können, selbst wenn wir eine Falle hätten. Dass keine Tiere mehr da sein werden.

Wir stehen unter extremem Zeitdruck. Der gnadenlose Countdown bis zum *Sturm* ist gerade um ein paar Wochen verkürzt worden, aber ich tue immer noch so, als wäre alles in Ordnung. Ich muss an einen Essay denken, den ich am Ende meiner Highschool-Zeit geschrieben habe und in dem es um die fünf Stadien der Trauer ging. Leugnen, Wut, Verhandeln, Depression und Akzeptanz. Es ist nicht immer diese Reihenfolge, aber ich stecke definitiv in der Phase des Leugnens. Ein Teil von mir weigert sich zu glauben, dass es diesmal vielleicht wirklich das Ende ist.

«Wir kommen schon klar», sage ich zu Eva, um Maeves Bemerkung einen freundlicheren Anstrich zu geben. «Du musst dir keine Sorgen um uns machen.»

Sie schüttelt den Kopf und sieht wieder hinunter auf ihre Suppe. Ich habe längst nicht mehr so viel Hunger wie vorhin.

«Wenn ihr das sagt, dann wird es wohl so sein», murmelt sie.

Das ist nicht die alte Eva. Die alte Eva hätte länger nachgehakt. Sie hätte so lange auf mich eingeredet, bis ich ihr geglaubt hätte, dass ich *nicht* klarkommen würde. Die alte Eva hätte mir endlose Vorträge über sauren Regen gehalten und darüber, dass man mit einer solchen Situation nicht so einfach klarkommt. Die alte Eva hätte mich so lange gelöchert, bis ich die Wahrheit zugegeben hätte. Aber die neue Eva wirkt resigniert. Sie hat ihren Job erledigt, ihr Gewissen entlastet. Vielleicht bedeute ich ihr doch nicht mehr so viel, wie ich zuerst dachte.

Ich frage mich, wie Maeve sich fühlt, die neben mir sitzt und doch Meilen von mir entfernt zu sein scheint. Wenn Eva nicht hier wäre, würde sie mir einfach sagen, wie albern oder lächerlich ich bin, oder sie würde sich über mich lustig machen, wie sie das immer tut. So aber sitzt sie nur da und weigert sich, mehr mit Eva zu sprechen als unbedingt nötig. Ich hätte nie gedacht, dass Maeve eifersüchtig sein könnte, aber die Menschen überraschen einen ja oft in ungewohnten Situationen.

Ich strecke die Hand unter die Küchentheke, langsam und zaghaft, bis meine Finger Maeves berühren. Sie zieht sich nicht zurück. Sie wartet und erlaubt mir, meine Hand um ihre zu schließen. Ich drücke sie sanft, als wollte ich sie nie mehr loslassen.

Ich sehe wieder zu Eva. «Dann bleibst du nicht?»

Maeve legt ihren Löffel zur Seite und dreht sich zu Eva, um sie zum ersten Mal während unseres Essens direkt anzusehen. «Ich bin sicher, du kannst es dir nicht erlauben, lange zu bleiben.» Ihre Stimme ist kalt.

Eva nickt. «Nein, ich muss wieder zurück. Aber es ist ein ziemlich langer Weg, also hab ich gedacht, ich bleibe eine Nacht und breche morgen früh auf.» Sie sieht von Maeve zu mir und dann zurück zu Maeve. «Im Dunkeln ist der Weg gefährlich.»

«Wohin gehst du denn?», frage ich.

«Ich hab eine Gruppe», antwortet Eva. «Das ist immerhin etwas.»

«Oh.» Ich kann nicht verbergen, dass die Neuigkeit mich ein bisschen verletzt, aber was hab ich auch erwartet? Dass sie zurückkommen und bleiben würde und wir alle glücklich und zufrieden zusammenleben würden? Sie ist nicht cool genug, um solche fantastischen Einzelkämpfer-Vibes zu kultivieren, wie ich sie habe. Oder hatte. «Sind die auch so gut drauf wie ich?»

Eva starrt auf ihre Suppe. «Lass uns nicht über sie reden.» Dann sieht sie wieder auf und schüttelt den Kopf. «Sorry, es ist nur, dass ich langweilig bin. Du bist interessanter als ich.»

«Das ist übertrieben. Aber ich muss zugeben, dass Maeve alles um einiges interessanter macht. In letzter Zeit ist hier ständig was los gewesen, im guten und im schlechten Sinne.»

Ich schaue zu Maeve, die sich auf die Zunge beißt.

«Na, dann will ich euch nicht in die Quere kommen.»

«Du kannst auch länger bleiben», biete ich ihr an. Ich nehme alle Zeit, die ich kriegen kann. «Natürlich nur, wenn du willst. Ich würde mich freuen.»

Eva schüttelt den Kopf. «Ich wünschte, ich könnte es.»

«Es ist wahrscheinlich besser so», wirft Maeve ein. Ihre Stimme klingt hart. Sie sieht mich nicht an. Wenn sie mich ansehen würde, würde sie mich vielleicht verstehen. Wenn sie nur mit mir reden würde, würde sie vielleicht begreifen, dass Eva eine Freundin ist. Keine Feindin. Doch Maeve bleibt verbohrt, gefangen in ihren eigenen Vorstellungen.

Eva schläft im Wohnzimmer.

Maeve und ich teilen uns das Schlafzimmer. Wir teilen uns auch eine Matratze, was eine aufregende Weiterentwicklung ist. Nur dass ich gar nicht schlafe. Ich starre zu Maeve, die versucht, so zu tun, als wäre sie müde.

«Warum bist du so abweisend?», frage ich.

Maeve gibt endlich auf, sich schlafend zu stellen, und dreht sich zu mir um. «Was?»

«Warum bist du Eva gegenüber so abweisend?»

«Ich bin nicht abweisend», murmelt Maeve nach kurzem Zögern.

Darüber kann ich nur lachen. «Du hast praktisch kaum etwas zu ihr gesagt, seit sie angekommen ist. Du bist total kühl. Abweisend.»

«Weil ich weiß, dass sie dich verletzt hat», murrt Maeve. Aber das verstehe ich nicht, denn davon hab ich nie etwas gesagt. Ich hab Maeve nicht einmal die Hälfte von der Sache mit Eva erzählt.

«Aber jetzt ist sie zurück. Sie hat sich entschuldigt.»

Maeve kneift argwöhnisch die Augen zusammen. «Das will nichts heißen.»

«Ich hab ihr verziehen», antworte ich. «Du musst ihr nichts übel nehmen, weil *ich* ihr nichts mehr übel nehme. Du kannst doch nicht wütender auf sie sein als ich.»

«Doch, das kann ich.»

Maeve dreht sich wieder auf die Seite und ich starre ihren Rücken an.

«Kannst du nicht ein bisschen netter zu ihr sein? Mir zuliebe?», frage ich, ohne damit zu rechnen, dass sie darauf überhaupt reagiert.

«Liz, bitte lass mich damit jetzt in Ruhe.» Ihre Stimme klingt brüchig und erschöpft.

«Denk einfach mal darüber nach, okay?»

Maeve antwortet nicht.

Ich bin nicht sicher, wie ich mich fühle. Sobald ein Anflug von einem Gefühl in mir aufkommt, prallt es auf ein anderes, das das erste null und nichtig macht. Ich sollte erleichtert sein, dass ich nicht verrückt bin. Dass ich recht hatte, als ich mir immer wieder vorgestellt habe, dass Eva zurückkommen könnte. Ich sollte mich freuen, dass alles wieder so sein könnte wie früher, mit Maeve als Zusatzfaktor.

Nur dass das nicht möglich ist. Weil Maeve eine unerklärliche Abneigung gegen die Person hat, die mir lange am wichtigsten war. Und plötzlich habe ich noch mehr Probleme, als ich dachte. Ich hab immer geglaubt, dass Evas Rückkehr alle Probleme lösen würde. Inzwischen frage ich mich, ob sie zur falschen Zeit zurückgekommen ist. Inzwischen denke ich, das hätte alles ganz anders laufen sollen. Das ist nicht das glückliche Wiedersehen, das ich mir ausgemalt habe. Die Situation hat eine andere Dynamik entwickelt. Da ist etwas zwischen Eva und Maeve, mit dem ich nicht rechnen konnte. Etwas, das tiefer geht als Maeves Bedürfnis, mich zu beschützen. Etwas, wovon sie mir nicht erzählen wollen.

Ich kann sie in der Küche miteinander flüstern hören, auch wenn sie bestimmt denken, dass sie superleise sind. Ich weiß nicht, wann Maeve es geschafft hat, sich aus dem Zimmer zu stehlen, ohne mich zu wecken. In Gedanken füge ich zur Liste «Maeves unbegreifliche Talente» *Ninja* hinzu. Jedenfalls reden sie so leise, dass ich von meinem Bett aus nur einzelne Worte verstehe.

Es ist seltsam, dass sie miteinander reden und auch noch ohne mich. Wenn man bedenkt, wie feindselig Maeve bisher war und wie lange Eva gebraucht hat zurückzukehren. Und vielleicht ist es egozentrisch, wenn ich denke, die beiden sollten ohne mich nichts zu besprechen haben, aber es stimmt doch. Was sollte Eva einer Person zu sagen haben, über die sie überhaupt nichts weiß? Warum würden sie mich ausschließen?

Aber als ihre Stimmen lauter werden, fange ich an, mich zu fragen, ob mir da etwas entgangen ist. Eine zusätzliche Dimension dieser Situation, die ich einfach nicht erkenne.

«Zum Teufel mit dir, Eva», faucht Maeve. Etwas knallt auf die Küchentheke und ich hoffe, es ist ihre Hand und nicht etwas Bedrohlicheres. «Du kannst mir nichts vormachen, wie damals, als …»

Der Rest des Satzes ist zu leise, um ihn zu verstehen, zumal der pfeifende Wind draußen das Gespräch in der Küche immer wieder übertönt.

«Du weißt nicht … Maeve … Tu nicht so, als wüsstest du, was abgeht.»

«Dann erzähl es ihr … und dass … hierhergekommen … sie wäre stolz auf dich? Denkst du, sie würde dich immer noch mit offenen Armen …»

«Du weißt, dass ich das nicht tun kann. Du weißt, was passiert, wenn ich das mache.»

«Oh, jetzt stell dich nicht als Opfer dar. Du hattest eine … hast sie nicht ergriffen. Du bist nie gezwungen worden zu bleiben.»

«Du bist noch ein Kind. Ich muss mir das von dir nicht anhören!»

«Du nicht auch noch, Eva. Erzähl mir nicht, dass du diesen Bullshit glaubst. Das ist doch das … in dieses Schlamassel gebracht hat.»

«Wenn du glaubst, dass du über alldem stehst, dann sag es ihr doch! Tu nicht so, als ob … Denn wir wissen doch beide, dass du schlimmer bist als …»

Ihr Gespräch hat zu viele Lücken, als dass ich verstehen könnte, was los ist. Am Ende bleibe ich mit mehr Fragen als

Antworten zurück, aber ich versuche, keine davon zu vergessen.

Während ich mich auf den Rücken drehe und an die Decke starre, versuche ich, die Lücken zu füllen und ein Rätsel zu lösen, dessen Ergebnis ich vielleicht gar nicht kennen will.

KAPITEL SIEBENUNDZWANZIG

Als Maeve und ich am nächsten Morgen aufwachen, ist Eva dabei aufzubrechen. Ich kann hören, wie sie in der Küche herumhantiert und vergeblich versucht, leise zu sein.

Maeve sieht mich an, als ich mich herumdrehe. Unsere Gesichter sind nur Zentimeter voneinander entfernt und ihr Bein bleibt auf meinem liegen. Früher habe ich es gehasst, wenn ich im Familienurlaub ein Bett mit Thea teilen musste. Das hier ist besser. Es fühlt sich richtig an. Es ist schön.

Sie runzelt die Stirn, als wollte sie sagen: *Wie um Himmels willen kann sie so früh losgehen?* Ich frage sie nicht nach ihrem Gespräch letzte Nacht. Wenn ich sie frage, weiß sie, dass ich weiß, dass es dieses Gespräch überhaupt gab, und dann macht sie dicht. Vielleicht erfahre ich mehr, wenn ich ein bisschen abwarte. Wenn ich behutsamer bin. Aber ich bin noch nie ein besonders behutsamer Mensch gewesen, also mal sehen, wie lange ich das durchhalte.

Als ich einen Blick aus dem Fenster werfe, stockt mir der Atem. Die Sonne geht gerade auf, aber das ist nicht das, was meinen Blick auf sich zieht. Am Horizont haben sich kleine Wolken gebildet, so klein, dass ich sie nicht erkennen kann. Aber ich weiß, dass sie da sind. Ich kann sie spüren. Irgendwie macht mich mein Gehirn auf sie aufmerksam. Alles dort draußen ist dunkler als sonst, der blaue Himmel zu einem tristen

Grau verblasst. Ich fühle mich gleich gedrängt, unten mit den Reparaturen weiterzumachen, schäle mich aus meiner Decke. Maeve tut, als würde sie nichts bemerken, aber ich sehe, wie sie auf ihrer Unterlippe kaut, als sie einen kurzen Moment nach draußen schaut. Sie spürt es auch.

Ich ziehe über meinen ausgeleierten Sport-BH ein frisches T-Shirt, das neben dem Bett liegt. Mein Arm tut immer noch zu weh, um ihn hochzuheben, also zupfe ich an dem Stoff herum und versuche, meinen Arm vorsichtig durch den Ärmel zu schieben. Das T-Shirt ist nicht richtig sauber, aber ich hab es neulich durchgespült und kann keine Flecken finden, als ich den Stoff jetzt mustere. Vorne prangen die Worte «DWIGHT D. EISENHOWER MIDDLESCHOOL SCIENCE FAIR CHAMPION». Ich habe nie einen Preis bei einem Forschungswettbewerb gewonnen oder auch nur an einem teilgenommen, aber das T-Shirt hat mir eine Cousine vermacht, also trage ich es mit Stolz. Obwohl es mich indirekt auch an mein furchtbar peinliches Physikreferat im ersten Highschool-Jahr erinnert. Aber weder Maeve noch Eva müssen diesen erbärmlichen Teil meiner Vorgeschichte kennen.

Ich ziehe mich an der Schreibtischkante hoch und gehe zur Küche.

Zaghaft klopfe ich an die Tür, um Eva keinen Schrecken einzujagen. Ich bewege mich leise und tauche oft wie aus dem Nichts hinter jemandem auf. Als ich fünf war, fand ich das cool, fast als hätte ich eine geheime Superkraft, aber die meisten meiner Familienmitglieder und Freunde sahen das anders. Wenn ich mich recht entsinne, fand Eva es *total nervig*.

«Kann ich reinkommen?», frage ich zögerlich. Ich sollte in Evas Gegenwart nicht wie auf Eiern gehen. Eva müsste doch an mein plötzliches Auftauchen gewöhnt sein. Sie müsste an mich gewöhnt sein.

Ich höre keine Antwort. Ich höre nichts außer dem leisen Rascheln der Decken, als Maeve hinter mir aus dem Bett kriecht.

Dann geht die Tür vor mir knarrend auf. Da steht Eva, die Haare ordentlich geflochten.

«Hab ich euch geweckt?», fragt Eva, als ich an ihr vorbei in die Küche gehe. Sie hat schon ihren Rucksack in der Hand, die Schnürsenkel gebunden. Ich weiß, was sie getan hätte, wenn sie noch ein paar Minuten allein gehabt hätte. Sie hat es schon einmal getan.

«Überhaupt nicht», antworte ich, bevor ich hinzufüge: «Wieso? Wolltest du dich wieder heimlich davonmachen?» Sie schüttelt verlegen den Kopf. «War nur ein Scherz, versprochen.»

Dann taucht Maeve in der Küche auf, die Haare auch nach hinten gebunden, nur nicht ganz so ordentlich geflochten wie Evas Zöpfe. Ich komme mir vor, als würde ich aus der Reihe fallen.

«Ich hab einen langen Weg vor mir», sagt Eva schließlich. «Ich sollte wohl mal los.» Sie sieht beklommen aus dem Fenster und ich folge ihrem Blick. Sie hat die sich zusammenbrauenden Wolken auch bemerkt. Das Blut gefriert mir in den Adern.

«Oder willst du bleiben?», frage ich. «Nicht dass du in das Unwetter gerätst, wenn es noch früher kommt.» Maeve sagt nichts.

Eva macht langsam einen Schritt auf mich zu. Zuerst verstehe ich gar nicht, was sie vorhat, aber dann schlingt sie die Arme um mich und drückt mich an sich. Es fühlt sich warm an, wenn auch seltsam. Ich bin ein paar Zentimeter gewachsen, seit wir uns zuletzt gesehen haben, und mein Körper passt nicht so in ihren, wie das früher war. Es ist anders. Sie ist anders. Ich bin anders. Trotzdem kann ich mich nicht durchringen, mich aus ihrer Umarmung zu winden, kann mich nicht durchringen loszulassen. Das ist der Abschied, den wir nie hatten. Letztes Mal war ich zu angespannt. Letztes Mal hab ich sie nicht umarmt und hab dann die nächsten Wochen damit verbracht, es zu bereuen.

Ein Teil von mir will sie anflehen zu bleiben. Ein Teil von mir wünscht sich, dass ich nicht bleiben müsste. Aber ich hab so viel Zeit damit zugebracht, auf Evas Rückkehr zu warten und mein Leben wieder in den Griff zu bekommen, dass ich gar nicht gemerkt habe, dass ich ohne sie klargekommen bin. Die Zeit ist weitergegangen. Ich bin weitergegangen. Und jetzt ist Maeve hier, ein neuer Baustein in dem Bild, von dem ich vorher noch gar nichts geahnt habe. Ich kann Eva nicht anflehen, in ein Leben zurückzukehren, das nicht mehr existiert.

Es ist nicht so, dass ich sie nicht hierbehalten möchte. Das ist es nicht. Ich kann mir das nur nicht noch einmal antun. Ich kann nicht mein Leben lang darauf warten, dass Eva sich für mich entscheidet. Und gleichzeitig wissen, dass ich sie gezwungen habe zu bleiben.

Wir begleiten Eva beide die Treppe hinunter zur Haustür und gehen in unbehaglichem Schweigen an den Baumresten und dem Loch vorbei. Wir tun so, als ob wir das alles nicht sehen, aber natürlich tun wir das.

Eva geht durch die Tür und dreht sich auf dem Bürgersteig noch einmal um. Ich beobachte, wie ihr Blick kurz zum Dach und der Plane hinaufgeht.

«Viel Glück», sagt sie mit fester Stimme.

«Dir auch», antworte ich und hoffe, dass sie auch all die Dinge hört, die ich nicht laut sagen kann.

Eva schaut zu Maeve, die ihr kurz zunickt.

«Du erinnerst dich, worüber wir gesprochen haben?» Eva

fixiert Maeve mit ihrem Blick. Maeve nickt langsam, bevor Eva sich umdreht und geht. Ich habe nicht einmal eine Chance sie zu fragen, was sie meint. Ich hab keine Zeit, sie nach dem Gespräch zu fragen, das ich belauscht habe.

Ich sehe ihr nach, wie sie die Straße hinuntergeht und hinter der Hecke verschwindet. Nach Hause. Es ist ein seltsames Gefühl, dass ich nicht weiß, wo jetzt ihr Zuhause ist. Dass ich sie so gut und so lange gekannt habe und sie mir auf einmal so fremd ist. Sie hat ein neues Leben. Sie hat neue Leute. Sie hat ein neues Zuhause. Und ich doch auch, oder?

Ich drehe mich zu Maeve, die eine Grimasse zieht und vergeblich versucht, es als Lächeln auszugeben. Ich greife nach ihrer Hand und bin fast überrascht, dass sie sich nicht abwendet. Aber sie hat sich letzte Nacht nicht abgewendet und sie hat sich auch vorletzte Nacht nicht abgewendet.

«Alles okay?», frage ich und hoffe, dass sie mir jetzt vielleicht doch erzählt, was sie vor mir geheim gehalten hat. Jetzt, wo Eva weg ist. Aber sie ist noch nicht so weit.

Maeve nickt. «Na klar.» Sie zieht mich zurück zum Baumstamm, dem Holzhaufen und dem Loch in der Wand. Sägespäne bedecken den Boden und erinnern an die Arbeit, die noch getan werden muss, bevor der *Sturm* kommt, und an die kurze Zeit, die uns dafür noch bleibt. «Komm schon, wir sollten anfangen.»

«Klar.»

Maeve bringt sich vor dem Loch in Position. «Nagel», brummt sie und streckt ihren Arm nach hinten.

Ich haste zur Werkzeugkiste und reiche ihr einen Nagel. Sie greift danach und dreht sich dann wieder zu mir um.

«Hammer», kommandiert sie und ich reiche ihr auch den.

Ich sehe zu, wie sie alles mit routinierter Präzision vorbereitet. Dann ruft sie mich mit einer ungeduldigen Geste zu sich und ich halte mit meiner guten Hand das Holz fest. Sie fixiert den Nagel mit Daumen und Zeigefinger, dann lässt sie den Hammer heruntersausen, knapp an ihren Fingern vorbei.

«Noch einer», sagt Maeve und streckt den Arm wieder aus. Ich reiche ihr einen Nagel, aber als Maeve danach greift, ziehe ich ihn weg und halte ihn hinter meinen Rücken. «Was?», fragt sie stirnrunzelnd und dreht sich endlich zu mir um.

«Worüber hast du mit Eva gesprochen?», frage ich. Meine Stimme klingt auf einmal ganz energisch. Ich muss es wissen. «Ich hab euch letzte Nacht gehört.»

«Was?» Ein Zögern, dann verhärten sich ihre Gesichtszüge. «Nichts Wichtiges.»

«Erzähl mir keinen Scheiß», warne ich sie.

«Es geht dich nichts an.»

«Es geht mich sehr wohl was an!»

Ein paar Sekunden lang schweigen wir, bevor Maeve schließlich nachgibt. «Sie wollte, dass ich dich überrede zu gehen.»

«Was?»

Von allen übrig gebliebenen Menschen auf der Welt ist Eva die Person, von der ich dachte, dass sie mich verstehen würde. Die einzige Person, die verstehen würde, wie viel mir dieser Ort bedeutet und warum ich mich nicht so einfach davon trennen kann.

«Sie hat mir erzählt, wo ihre Gruppe hinwill, und gesagt, dass wir dazukommen können. Vielleicht schaffen wir es noch, wenn wir heute aufbrechen.»

«Warum hat sie es mit dir besprochen?», frage ich. Warum sollte Eva eher Maeve als mir vertrauen? «Warum ist sie nicht einfach zu mir gekommen?»

Maeve schüttelt den Kopf. «Ihre Versuche, dich zu überreden, waren ja bisher nicht gerade von Erfolg gekrönt. Sie dachte, ich hätte vielleicht mehr Einfluss auf dich.»

Ich dränge das Gefühl des Verrats zurück, das in mir gärt. Für Gefühle ist später Zeit. «Weißt du überhaupt, wie man da hinkommt?»

«Ja, das weiß ich, Liz. So, wie es aussieht, überstehen wir den *Sturm* nicht. Das sage ich schon seit Wochen. Es ist zu viel zu tun und alleine schaffe ich das nicht. Ich weiß, dass du und Eva irgendwelchen Scheiß aufzuarbeiten habt, aber Überleben ist wichtiger als alles andere.»

«Und woher willst du wissen, dass die so viel besser dran sind?», frage ich. «Kann ja auch sein, dass sie genauso gearscht sind wie wir. Und wir haben schon so viel Arbeit in die Reparaturen gesteckt ... Willst du wirklich, dass das alles umsonst war?» Ich warte einen Augenblick, bevor ich hinzufüge: «Bitte, Maeve. Ich würde dich nicht fragen, wenn es nicht wichtig für mich wäre.»

«Du kapierst es einfach nicht.» Maeves Stimme wird lauter. «Diese Sache ist so viel größer als das, was du willst und was du fühlst. Ich hab es schon mal gesagt: Hierzubleiben ist eine furchtbare Idee. Es wird dich das Leben kosten.»

«Ich hab dir gesagt, dass ich hier nicht weggehe.»

Maeve schnaubt verächtlich und legt ihren Hammer auf den Tresen. «Und ich sage dir, hierzubleiben ist keine Option. Was denkst du denn, was werden soll, wenn der *Sturm* tatsächlich hier ist? Denkst du, wir kuscheln uns beide in die Kochbuchabteilung und warten, bis alles vorbei ist? Saurer Regen und herumfliegende Trümmer werden dieses Haus vernichten, Liz. Am Ende werden wir zusammen verbrennen.

Vertraust du mir nicht?», flüstert Maeve und greift nach meiner Hand. Ich weiche ihrer Berührung aus. «Das Mädchen, das mich geküsst hat, hat einmal gesagt, dass wir das *zusammen* durchstehen müssen. Wir können aber nicht zusammen sein, wenn wir tot sind.»

«Willst du denn mit mir zusammen sein?», frage ich. Mein Hals ist auf einmal ganz trocken. «Was denkst du, wie lange das halten wird? Mit uns beiden?»

«Natürlich will ich mit dir zusammen sein, Liz. Jetzt red keinen Quatsch.» Sie sucht nach den richtigen Worten. «Genau deshalb müssen wir weggehen. Ich will nicht, dass das mit uns zu Ende ist, bevor es überhaupt angefangen hat.»

«Ich wette, du wünschtest, du hättest dich nie hierher verirrt», murmele ich. Meine Spucke schmeckt wie Gift. «Ich wette, du wünschtest, du wärst nie auch nur in die Nähe dieses Hauses, in meine Nähe gekommen.»

«Das stimmt nicht. Ich sorge mich wirklich um dich, Liz. Ich habe mich vor zwei Tagen um dich gesorgt und ich sorge mich jetzt um dich. Wir würden diese Auseinandersetzung gar nicht haben, wenn ich mich nicht um dich sorgen würde. Egal, wie das alles ausgeht, ich werde nicht bereuen, dass ich hergekommen bin.»

«Und wie wird es ausgehen?», frage ich und bin nicht sicher, ob ich die Antwort wissen will.

«Das liegt an dir», antwortet Maeve. Sie dreht sich wieder zum Loch in der Wand um und streckt ihre Hand in meine Richtung. «Nagel.»

Ich sitze am Tresen und sehe Maeve zu, wie sie ihr Werk vollendet, indem sie einen Nagel nach dem anderen in die Wand drischt. *Sicher ist sicher.* Wenn ich es wohlwollend betrachte, sieht das Ganze aus wie ein Patchwork oder, weniger wohlwollend, wie Frankensteins Monster. Doch ich zwinge mich zu hoffen. Es wird halten. Es muss einfach. Und dann können wir uns um das Dach kümmern.

Maeve wischt sich mit ihrem Sweatshirtärmel über die Stirn und dreht sich zu mir.

«Du bist unglaublich», sage ich und ahme einen einhändigen Applaus nach. «Du bist eine Lebensretterin. Im wahrsten Sinne des Wortes.»

Da lacht Maeve endlich und streicht eine Haarsträhne hinter ihr Ohr. «Ich gehe mal nach oben», sagt sie und sieht mich an, als warte sie auf meine Zustimmung. Ich antworte mit einem Nicken. «Nur ein kleines Schläfchen und vielleicht ein paar neue Klamotten, um wieder einen klaren Kopf zu bekommen.»

«Unbedingt. Das hast du dir verdient.»

«Und in ein oder zwei Stunden können wir dann über die nächsten Schritte sprechen, okay? Denk mal drüber nach, was ich gesagt habe.»

Ich nicke noch einmal und Maeve verschwindet. Ich höre, wie sie in ihren Stiefeln die Treppe hinaufpoltert, bevor oben die Wohnungstür hinter ihr zuknallt. Ich sage ihr nicht, dass ich keine Uhr habe. Ich sage ihr nicht, dass ich Angst habe. Ich sage ihr nicht, dass ich wünschte, wir hätten mehr Zeit. Ich muss überhaupt nichts sagen. Sie versteht es auch so.

KAPITEL ACHTUNDZWANZIG

22. August: Vor dem ersten *Sturm*

Es kommt nur noch selten vor, dass wir alle zusammen zu Abend essen. Meine Schuld ist das aber nicht. Mom sagt, sie hat es satt, immer zu kochen, wenn wir es überhaupt nicht zu schätzen wissen. Ich glaube, sie hat auch unsere nihilistischen Tischgespräche satt. Dad macht immer öfter Überstunden, weil er mehr Geld verdienen will, oder vielleicht auch, weil er Mom und den Gesprächen über Alaska aus dem Weg gehen will. Ich bin mir nicht sicher. Wahrscheinlich ein bisschen von beidem.

Ich weiß, dass Dad auf jeden Fall nach Alaska gehen wird, mit oder ohne uns. Er hat mal seine E-Mail-Korrespondenz mit seiner Schwester offen gelassen, als er aufs Klo ging. Ich kam ins Zimmer und sah seinen Bildschirm. Ich glaube nicht, dass es als Herumschnüffeln gilt, wenn jemand etwas für alle Welt sichtbar stehen lässt.

Ich weiß nicht, ob er noch vorhat, mich und Thea mitzunehmen. Das stand nicht in der E-Mail. Aber ich würde mit ihm gehen, wenn er mich fragt.

Heute Abend hat Mom darauf bestanden, dass wir zusammen essen, denn sie wollte noch etwas Besonderes machen, bevor Thea mit dem Studium beginnt. Der besondere Anlass ändert allerdings nichts an der Tatsache, dass wir alle nicht hier sein wollen. Ich muss nicht unbedingt in Alaska sein, ich will einfach nur weit weg von hier sein.

Mein Studium fängt erst in zwei Wochen an, später als an den meisten Unis, aber mir ist das nur recht. Noch zwei Wochen mehr in der Buchhandlung, zwei Wochen mehr, um zu packen, zwei Wochen mehr, um mich irgendwie aufs Erwachsenenleben vorzubereiten. Es fühlt sich bizarr an, mit dem Studium zu beginnen, wenn alles um dich herum den Bach runtergeht. Es fühlt sich bizarr an zu ignorieren, was passiert, und so zu tun, als sei dies die neue Normalität. Als müsste man akzeptieren, dass *das jetzt nun mal so ist.*

Die angespannte Atmosphäre am Esstisch ist mit Händen greifbar. Mom hat darauf bestanden, draußen zu essen, «unter freiem Himmel». Ich finde, das ist nur eine Einladung für irgendwelche Insekten, mich zu stechen oder in meinem Wasserglas zu schwimmen. Aber ich werde mich hüten, mich zu beschweren. Es ist mit Sicherheit keine gute Idee, Moms *besonderes* Abendessen zu ruinieren. So dumm bin ich nun auch wieder nicht.

Thea hat sich für ihr letztes Essen Hamburger gewünscht, was ich sehr begrüße, denn Hamburger mag ich auch besonders gern. Außerdem kriegt Mom sie immer gut hin, sodass auch Dad zufrieden ist. Niemand sagt etwas, während wir essen. Die ganze Welt ist still bis auf das Klappern des Silberbestecks auf unseren Tellern.

Zuerst merke ich gar nicht, dass es anfängt zu nieseln. Mir ist nicht einmal aufgefallen, dass es sich bewölkt hat. In der Dunkelheit sind die Wolken schlecht zu erkennen und in New Jersey rechne ich nie damit, viele Sterne zu sehen. Eines Tages, vielleicht in Alaska, werde ich mitten ins Nirgendwo aufbrechen, ausgerüstet mit nichts als einer funzeligen Taschenlampe, und dann werde ich sie ausschalten. Dann gibt es nur noch mich und die Sterne. Alle Sterne, in all ihrer Pracht. In Alaska wird es kein Studium geben, keine Verpflichtungen. Es wird alles zu nichts verblassen.

Meine Eltern und meine Schwester scheinen auch nicht nach Sternen Ausschau zu halten und wir sind alle überrascht, als es zu nieseln anfängt. Mom will es ignorieren, das merke ich. Sie hat dieses Abendessen mit viel Mühe vorbereitet und sie will, dass wir sitzen bleiben und zu Ende essen, auch wenn die Hamburgerbrötchen labberig werden. Das soll jetzt keine Beschwerde sein. Ich hab mir ja vorgenommen, mich nicht zu beschweren.

Wir essen schweigend weiter, bis ich es nicht mehr aushalte. Ich schnappe mir mein leeres Wasserglas und stehe abrupt auf.

«Will noch irgendjemand etwas sagen?», frage ich. «Oder essen wir weiter stumm vor uns hin? Das kann ich nämlich auch drinnen machen.»

«Liz ...», sagt Dad warnend und legt sein Messer auf das Tischtuch.

«Thea zieht morgen aus und ihr zwei hasst euch so sehr, dass ihr nicht einmal so tun könnt, als wäre alles in Ordnung?»

Thea verdreht die Augen. «Lass mich aus dem Spiel, wenn du deine Tirade loslässt, Liz.»

«Oder wie wäre es, wenn du überhaupt keine Tirade loslässt?», sagt Dad. «Das hier soll doch ein netter Abend sein.»

«Du hast gut reden, wo du uns auch bald verlassen willst», blaffe ich ihn an. Etwas Fremdes hat von mir Besitz ergriffen. «Lasst ihr beiden euch scheiden?»

«Sag das nicht», schimpft Mom. «Sag so was nicht.»

Aber jetzt bin ich schon zu weit gegangen, um wieder zurückzurudern. Jetzt kann ich mir genauso gut mein eigenes Grab schaufeln. «Warum hört ihr euch nie meine Meinung an?», frage ich. «Warum hört ihr euch nie *unsere* Meinung an? Du und Dad streitet über alles Mögliche und lasst uns nicht einmal mitreden!» Mom öffnet den Mund, um etwas zu sagen, aber ich bin jetzt richtig in Fahrt. «Dad, ich will mit dir nach Alaska gehen. Ich will nicht an die Uni und ich will nicht hierbleiben und krepieren.» Ein bisschen amüsiert mich Moms schockierter Gesichtsausdruck, aber bevor sie noch irgendwas sagen kann, drehe ich mich um und marschiere auf die Hintertür zu.

«Also, ich bin drinnen zu finden, falls ihr euch bequemt, mich in euer nächstes Gespräch einzubeziehen.» Meine Turnschuhe quietschen auf dem Holz, als ich die Stufen zur Hintertür hochstürme. Ich brauche ein paar Versuche, um die Tür aufzubekommen, aber dann schlüpfe ich nach drinnen und mache sie hinter mir zu.

Ich setze mich an den Küchentisch und gratuliere mir zu meinem eigenen Wagemut. Ich kann über mir den Donner grollen hören, aber ich achte nicht darauf. Wenn meine Schimpftirade das Abendessen nicht ruiniert hat, wird der Regen es mit Sicherheit tun.

Ich stelle mein leeres Wasserglas auf den Tisch. Draußen beginnt es zu schütten. Es ist ein richtiger Wolkenbruch, die Art von Regen, von dem man sich gerne durchnässen lässt, wenn man von der Sommersonne überhitzt ist. Ich schüttele den Kopf und schiebe mein leeres Glas auf dem Holztisch hin und her. Es ist wie ein Hockeypuck, der von einer Hand zur anderen gleitet.

Ich höre erst auf, als ich draußen Geschrei höre.

Es ist nichts Ungewöhnliches, einen Streit zwischen meinen Eltern mitzubekommen. Sie tun gerne so, als ob wir sie nicht hören könnten, wenn sie sich draußen streiten, aber sie vergessen, dass unser Haus alt ist und dünne Wände hat. Inzwischen hat jeder in der Nachbarschaft schon mal eine ihrer Auseinandersetzungen mitbekommen. Ich lasse sie alleine herumkeifen. Ich bin sicher, Thea wird sich irgendwann zu mir gesellen.

Aber je länger ich zuhöre, desto klarer wird mir, dass das kein normaler Streit ist. Keine der Stimmen stoppt zwischendurch, um einer anderen Raum zu geben. Stattdessen schreien sie zusammen. Ein schrilles, panisches Geschrei. Langsam beschleicht mich das Gefühl, dass etwas nicht stimmt. Es ist, als sei die Luft statisch aufgeladen. Ich lasse mein Glas stehen und gehe auf die Tür zu. Da stimmt etwas nicht, wenn sie sich so lautstark streiten. Und wenn es wirklich so ein Riesenzoff ist, will ich es sehen.

Thea stimmt in den kreischenden Chor ein und ich stutze. Thea schreit nie herum. Da muss etwas Schlimmes passiert sein.

Als hätten meine Gedanken sie herbeigerufen, taucht Thea vor der Küchentür auf, ihre Gestalt erhellt von einem grellen Blitz hinter ihr. Mein Herz hämmert, während ich auf die Tür zustolpere. Was ist hier los?

So nah an der Tür sehe ich Thea besser. Nur dass sie überhaupt nicht aussieht wie Thea.

Ihr Gesicht ist feuerrot und bedeckt von Blasen. Der Regen prasselt auf sie nieder. Ihre Kleidung hängt nur noch an wenigen Stellen an ihrem Körper. Ihre blasse, unbedeckte Haut hängt von ihrem Leib, als sei sie mit einem Gasbrenner geschmolzen worden. Sie löst sich vor meinen Augen auf, sodass darunter blutiges Fleisch hervorkommt. An ihren Schultern und Ellenbogen, den Stellen, wo es keine Schutzschicht durch Fett und Muskeln gibt, kann ich weiße Knochen durchscheinen sehen. Das Knorpelgewebe haftet noch an den Gelenken. Die Haut an ihrem Unterarm faltet sich an ihrem Handgelenk wie überschüssiger Stoff, während der Regen Löcher in ihr beflecktes T-Shirt beißt. Mein Herz bleibt stehen, als ich sie bewegungslos anstarre, unsicher, ob ich einen Menschen oder einen Geist vor mir sehe. Das kann nicht echt sein. Das kann nicht das echte Leben sein. Das ist ein Monster, wie es mich in meinen schlimmsten Albträumen heimsucht.

Ich stehe wie angewurzelt da und kann nichts anderes tun, als zuzusehen, wie Thea mit einer blutigen Hand gegen das Glas hämmert. Sie fummelt an dem Türknauf herum, aber sie schafft es nicht, mit ihrer wunden Haut den kalten Metallgriff zu fassen. Ich kann ihre Klagelaute durch das Glas hören, auch wenn ich die Tränen in ihren Augen nicht sehen kann. «Der Regen», keucht sie, während sie sich gegen die Tür stemmt. «Bitte. Liz. Hilfe.»

Aber ich mache keinen Schritt nach vorn. Ich kann es nicht. Ich kann nicht einmal atmen, als mein Herz sich zusammenzieht und mein Inneres zu Stein wird. Stattdessen strauchele ich zurück, stolpere über meine Füße und stürze nach hinten. Mit einem dumpfen Aufschlag lande ich auf dem Boden, beiße mir auf die Lippe, bis ich Blut schmecke, und höre oben eine Tür zuschlagen. Ein lautes Krachen hallt durch das Haus.

Ich kann nicht aufstehen, sosehr ich es auch versuche. Meine Beine zittern zu sehr, um zu funktionieren. Meine Hände zucken und krampfen, als meine Nägel sich in meine Haut graben. Ich kann überhaupt nichts machen. Ich bin gelähmt vor Angst, vor Verwirrung. Tausend Gedanken rasen durch meinen Kopf und machen es unmöglich, klar zu denken. Nichts reimt sich zusammen. Nichts ergibt einen Sinn.

Die Hintertür ist geschlossen und alles, was ich tun kann, ist zuzusehen, wie Theas Knie einknicken und sie zu Boden stürzt. Wie sie aufhört, sich zu bewegen. Wie ihre Brust aufhört, sich zu heben und zu senken.

KAPITEL NEUNUNDZWANZIG

Maeve erwartet mich in der Küche, als ich endlich nach oben komme. Irgendwann wurde es mir zu langweilig, aus dem Fenster zu starren und die heraufziehenden Wolken zu beobachten, und ich beschloss, meinen Posten aufzugeben. Dieses Fenster war früher mein Lieblingsplatz, um Leute zu beobachten und mir meinen Teil über sie zu denken. Die Leute sind einfach interessant mit ihren Rollkragenpullis, Plateaustiefeln und ihrer fragwürdigen Kleiderwahl. Der Nachthimmel ist nicht ganz so interessant, selbst wenn er möglicherweise meinen vorzeitigen und vollkommen tragischen Tod ankündigt.

Maeve sitzt auf einem der Hocker an der Küchentheke und spielt mit ihrer Streichholzschachtel herum. Das einzige Licht in der Wohnung ist ihre Campinglaterne, die das Zimmer in ein schummeriges Licht taucht. Maeves Augen sehen glasig aus, starren auf alles und nichts zugleich.

«Bist du in Ordnung?», frage ich. Mir wird bewusst, wie oft ich diese Worte in den letzten paar Tagen gesagt habe. Wie oft ich das fragen musste. Wie viele Dinge wir beide erlebt haben, die diese Frage nötig machten.

Maeve antwortet nicht. Sie schiebt mir eine halb aufgegessene lauwarme Dosensuppe zu. «Hast du Hunger?»

«Das ist keine Antwort auf meine Frage.»

Maeve sieht langsam zu mir auf. «Ich kann nicht essen, Liz», sagt sie. Ihre Stimme klingt hart. Keine Spur mehr von dem Mädchen, das ich vor zwei Abenden geküsst habe. «Ich kann nicht essen und ich kann nicht schlafen, auch wenn ich müde und hungrig bin. Ich kann mich kaum bewegen.»

«Es geht mir genauso», murmele ich und suche ihren Blick. «Aber wir werden das durchstehen, Maeve.»

Eine weitere Minute Schweigen verstreicht zwischen uns und entzieht uns unsere Lebenskraft. Es erinnert mich an ein erstes Date, an die furchtbare Pause im Gespräch, wenn beiden klar wird, dass es kein zweites Date miteinander geben wird, nie im Leben. Ich weiß nicht, was ich sagen könnte, um die Anspannung zu lösen. Ich weiß nicht, ob ich es überhaupt versuchen soll.

«Du hörst mir nicht zu, Liz. Ich kann so nicht leben», flüstert sie kaum hörbar. «Ich weiß nicht, was ich tun soll.»

Es ist das erste Mal, dass ich sie das sagen höre. Ich dachte schon, es würde nie vorkommen. Ist das dieselbe Maeve, die mich aus dem Weg geschubst hat, um den Generator zu reparieren? Ist das dieselbe Maeve, die immer eine Lösung parat hat und das Loch in der Wand repariert hat, als ich es nicht konnte?

Was ist passiert? Doch dann erinnere ich mich an das heimliche Getuschel gestern Nacht. Das ist die einzige Variable, die sich seit gestern geändert hat.

Maeve wendet den Blick ab und fügt hinzu: «Ich weiß nicht, wie ich sie stoppen kann.»

Sie? Zuerst begreift Maeve gar nicht, was sie gesagt hat. Das sehe ich daran, wie sich ihr Kiefer anspannt, als ihr Gehirn verarbeitet, was ihr da gerade rausgerutscht ist. Die Farbe weicht aus ihrem Gesicht, während ihr Blick durch den Raum springt und fieberhaft nach etwas sucht, um ihren Versprecher zu erklären. Aber es ist zu spät.

«Von wem redest du?»

«Ach nichts. Ich hab das komisch ausgedrückt. Ich weiß nicht einmal, was ich eigentlich sagen wollte», gibt sie schnell zurück.

Aber ich weiß, dass das Bullshit ist. Das muss doch alles zusammenhängen. Ihr heimliches Gespräch letzte Nacht und die Tatsache, dass sie mich nicht dabeihaben wollten. Eva weiß etwas. Etwas Schlimmes. Etwas Gefährliches. Hier geht es um so viel mehr als um einen *Sturm*.

Maeve steht hastig auf und will ins Schlafzimmer gehen. Sie weigert sich, mir in die Augen zu sehen. «Ich fange jetzt an zu packen, okay?», murmelt sie.

«Was hat sie dir erzählt, Maeve?» Ich stelle mich vor die Schlafzimmertür. «Sag schon.»

Maeve macht einen Schritt zurück und sieht mich an. «Ich hab keine Angst vor dir, Liz.»

«Dann gehe ich nicht.»

Maeve starrt mich an und fuchtelt mit einem Finger vor meinem Gesicht herum. «Du kapierst es nicht. Du gehst oder du stirbst.»

«Ich werde nicht sterben», grummele ich.

«Gut», knurrt Maeve. «Du willst wissen, worüber wir gesprochen haben? Es geht um die Leute aus dem Wald. Sie kommen hierher. Sie werden uns beide umbringen.»

«Was?»

«Sie kommen noch vor dem *Sturm* und deshalb müssen wir die Chance nutzen und abhauen, solange wir es noch können.»

«Was? Warum hierher? Warum jetzt?»

Maeve schüttelt den Kopf. «Es ist eigentlich deine Schuld. Anscheinend hast du dich bei dem Jungen im Wald verplappert und von deinem Generator erzählt. Sie hatten diesen Ort gar nicht auf dem Schirm, bevor du es ausposaunt hast.»

Ich hab das für keine große Sache gehalten, als ich mit Benji geredet habe. Ich dachte, es wär so was wie eine lockere Unterhaltung mit jemandem aus meinem alten Leben. Ich wusste nicht, dass alles so viel größer war, als ich es mir vorstellen konnte. Mir schwirrt der Kopf. Alles, was ich hervorbringe, ist: «Es ist deine Schuld. Nicht meine. Ich hatte solche Probleme überhaupt nicht, bevor du herkamst.»

«Es ist nicht meine Schuld», antwortet Maeve mit erstickter Stimme. «Sag das nicht.»

«Wenn du Becca nicht getötet hättest ...»

«Wenn ich Becca nicht getötet hätte, wärst du tot. Erinnerst du dich?» Natürlich erinnere ich mich, aber es interessiert mich nicht. Doch Maeve ist noch nicht fertig. «Aber das ist nicht der Grund, warum sie herkommen. Sie kommen, um die Buchhandlung einzunehmen.»

Ich weiche erschrocken einen Schritt zurück. «Warum sollten sie die ...?»

Maeve stößt ein harsches Lachen aus. «Warum sollten sie nicht? Du hast hier einen Tauschhandel laufen. Draußen steht ein Generator rum und setzt Staub an. Und als Eva kam, hast du wieder den Mund nicht halten können und von fließendem Trinkwasser gefaselt!»

«Dieses Haus ist eine Bruchbude!»

«Du bist achtzehn!», blafft Maeve. «Du glaubst doch nicht wirklich, dass du in der Lage bist, dich um so ein Haus zu kümmern! Nicht so, wie es nötig wäre. Du bist ein sentimentales Kind, das an einem alten Gebäude hängt.»

Mein Herz zieht sich zusammen, aber ich ignoriere das Gefühl. «Warum hast du dann gelogen? Warum hast du es mir nicht einfach erzählt? Warum so ein Geheimnis daraus machen?»

«Ich wusste es nicht. Ich hab es erst rausgefunden, als ich

Eva zur Rede gestellt hab. Ich kenne Eva. Ich kenne sie schon seit ein paar Monaten, seit sie in unserem Camp im Wald aufgetaucht ist. Nachdem sie von hier weggegangen war, schätze ich. Als sie jetzt zurückkam, war es nicht, um heile Familie zu spielen, das wusste ich sofort.» Maeve macht eine kurze Pause. «Ich hab es dir nicht erzählt, weil ich dich zu gut kenne. Ich weiß, dass du hierbleiben und diesen Laden beschützen willst. Und ich weiß, dass du in Eva nur die Freundin sehen willst, die du früher kanntest.» Sie sieht mir direkt in die Augen. «Sag mir, dass das nicht stimmt.»

Aber das kann ich nicht, weil sie recht hat. Ich hasse es, dass sie recht hat. Ich hasse es, dass sie immer recht haben muss und glaubt, alles besser zu wissen. Alles, was ich hervorbringe, ist: «Wer *bist* du?»

Maeve schnaubt. «Jetzt werd nicht albern!»

«Du bist viel schlimmer! Du hast mich angelogen. Du hast mich angelogen und dann warst du auch noch so dreist, dich über Eva aufzuregen, weil sie abgehauen ist.»

Maeve öffnet den Mund und sucht nach der richtigen Entgegnung. «Es war alles Evas Schuld!»

«Jetzt schieb es nicht Eva in die Schuhe!»

«Was denkst du denn, warum sie hergekommen ist? Um dir Hallo zu sagen? Sie ist hergekommen, um die Lage zu peilen. Um sich zu vergewissern, dass sich ihre Mühe lohnen würde. Was du ihr selbst bestätigt hast, wie ich dich erinnern darf.»

«Du lügst.»

«Eva ist kein guter Mensch», sagt Maeve. «Sie gehört zu der Gruppe im Wald. Sie hat Leute *umgebracht.*» Maeve macht eine Pause. «Als sie herkam, wusste ich, da stimmt was nicht. Es gab keinen Grund, warum sie hier einfach so auftauchen sollte. Das wäre ein zu großer Zufall gewesen.»

«Das ist nicht wahr.»

«Ich hasse es, dir das zu sagen, Liz, aber ich glaube, ich kenne Eva besser als du. Ich hab mit ihr in diesem Wald gelebt, zehn *Monate* lang. Zumindest kann ich ihr echtes Ich sehen. Nicht die Person, die sie mal war. Deshalb hab ich sie zur Rede gestellt. Deshalb hab ich herausgefunden, was sie wirklich hier wollte.»

Plötzlich fällt mein perfektes Bild von Eva in sich zusammen. Die Person, die immer für mich da war, mir immer zugehört, mich nie verletzt hat, verwandelt sich in jemand ganz anderen. In die Person, die alles getan hat, um hier selbst lebend rauszukommen. Die mich vergessen hat. Die mich verlassen hat, um ihre eigene Haut zu retten. Die Person, die meine Fragen nicht beantworten und mir nicht die Wahrheit sagen wollte. Aber ich glaube nicht, dass ich diesen Gedanken ertragen kann.

«*Du* hast auch Leute umgebracht!»

«Ich hab das getan, um dir das Leben zu retten!», protestiert Maeve.

«Aber es war nicht dein erstes Mal, nicht wahr?», fauche ich sie an. Dann füge ich etwas sanfter hinzu: «Sag mir, dass es dein erstes Mal war.»

Maeve sagt nichts und ihr Schweigen ist Antwort genug. Sie schüttelt den Kopf. «Ich versuche, besser zu werden. Ich versuche, das Richtige zu tun. Das Gute.»

«Manche von uns haben solche Fehler gar nicht erst gemacht.»

«Glaubst du wirklich, dass sie den langen Weg hierhergekommen ist, weil du ihr so viel bedeutest?» Maeves Frage versetzt mir einen Stich und ich spüre, wie mir die Tränen in die Augen steigen. «Eva ist nur ein Bauer in ihrem Spiel.»

«Was?»

«Herrgott nochmal, Liz!», blafft Maeve. «Das war alles gespielt! Eva schert sich nicht um dich, sie brauchte nur die Informationen von dir.» Maeve kaut auf ihrer Unterlippe. «Sie wird mit den anderen kommen und diesen Laden stürmen. Verdammt, ich würde mich nicht wundern, wenn sie diejenige wäre, die abdrückt, wenn du dich weigerst, sie reinzulassen.»

«So ist Eva nicht.»

«Du weißt überhaupt nichts mehr über sie.»

Für einen Augenblick lasse ich das Schweigen zwischen uns köcheln. Maeve starrt mich an und ihre Augen brennen Löcher in meine Haut. Ich erwidere ihren Blick nicht. «Wohin würden wir überhaupt gehen? Zu Evas Gruppe? Der Gruppe, die dich verbannt hat?»

Maeve starrt hinunter auf den Fußboden und schüttelt den Kopf. «Das hab ich mir ausgedacht», sagt sie. «Eva hat uns nirgendwohin eingeladen.»

«Da hast du auch gelogen?», platze ich heraus, während mir die Hitze ins Gesicht schießt.

«Ich wusste, dass du nur mitkommen würdest, wenn wir wüssten, wo wir hingehen würden.»

«Und was war dann dein Plan?», fahre ich sie an. «Wenn ich mitgekommen wäre, hättest du uns einfach irgendwo anders sterben lassen?»

«Ich hätte mir was einfallen lassen!» Maeve schlägt mit der Hand auf die Küchentheke, aber die Falten auf ihrer Stirn zeigen, wie angespannt sie ist. «Mir wäre schon eine Idee gekommen, ganz sicher.»

«Und jetzt erwartest du, dass ich einfach mitgehe? Nach all dem? Du willst, dass ich die Buchhandlung verlasse und zu einem Ort mitkomme, den du noch nicht gefunden hast. Du willst, dass ich mitkomme, damit wir woanders sterben können, fern von meinem Zuhause.» Ich hole Luft. «Du erzählst mir, dass du mich retten willst, aber alles, was ich höre, ist, dass du absolut keinen Plan hast und absolut nichts vorzuweisen hast.»

«Bitte, Liz. Komm mit mir. Egal, was du denkst, du bist mir wichtig. Ich hab das alles getan, weil du mir wichtig bist.»

«Sag das nicht. Das Einzige, was dir wichtig ist, ist doch, deine eigene Haut zu retten.» Ich mache eine Pause, dann füge ich hinzu: «Ich kann die Buchhandlung nicht im Stich lassen.» Der Gedanke klingt lachhaft, als er über meine Lippen kommt, aber ich tue so, als hätte ich es nicht bemerkt. «Sie hat mich so lange am Leben gehalten. Ich kann sie nicht einfach sterben lassen.»

Maeve schüttelt den Kopf. «Du kapierst es echt nicht, oder? Du redest von diesem Haus, diesem baufälligen Haus, als wäre es eine Person. Als wäre sein Überleben genauso viel wert wie deines. Aber das ist es nicht. Für mich ist es das nicht. Nie und nimmer wäre mir dieses Haus wichtiger als du. Wichtiger als wir.»

«Ich mache es nicht», sage ich mit fester Stimme. «Ich gehe nicht weg, selbst wenn ich tatsächlich hier sterben muss. Nicht für Eva und nicht für dich.» Auch wenn meine Stimme jetzt zittert, weiß ich, dass es die Wahrheit ist. Ich glaube nicht, dass ich ohne diesen Ort, dieses Gebäude leben kann. Es zu beschützen, ist mehr wert als alles, was mein Leben mir noch bieten kann.

Maeve funkelt mich wütend an. «Ich hatte auch eine Schwester», faucht sie. «Ich hatte auch eine Schwester und eine Mutter und einen Vater und Menschen, die mir wichtig waren, Liz. Da warst du nicht die Einzige. Und ich habe sie zurückgelassen. Klar, es hat wehgetan zu gehen, aber ich hab es getan, um zu überleben. Ich hab es getan, um nicht von den Erinnerungen an sie erstickt zu werden. Ich hab es getan, um nicht zu verhungern. Wenn du dich mal eine Sekunde zusammenreißen würdest, würdest du vielleicht kapieren, dass du nicht die Einzige bist, die jemanden verloren hat, verdammt nochmal! Du willst hier sterben? Das einfach in Kauf nehmen? Thea hätte was Besseres gewollt.» Sie schüttelt den Kopf und fügt hinzu: «Du hast hier ein Grab für dich geschaufelt, Liz, und darin ist nicht genug Platz für uns beide.»

Darauf erwidere ich nichts. Ich lausche dem Wind, der vor dem Fenster pfeift. Ich weigere mich, Maeve anzusehen, und mustere stattdessen die Maserungen des Holzfußbodens.

Ich kann fast sehen, wie es in Maeves Kopf arbeitet. Ich kann fast ihre Gedanken lesen. *Reiß dich zusammen, Liz. Du hast alles verkackt. Warum sagst du denn nichts?*

Was sie tatsächlich sagt, ist: «Ich verstehe, warum Eva gegangen ist.» Und das trifft mich mehr als alles andere.

Mein Mund ist trocken. So trocken, dass ich kaum einen Ton herausbringe. «Nein, du verstehst das nicht», murmele ich, auch wenn das wahrscheinlich nur die halbe Wahrheit ist. «Du verstehst das überhaupt nicht.»

«Doch das tue ich, Liz», gibt Maeve zurück. «Ich verstehe es ganz genau. Vielleicht musst du endlich einsehen, dass du einfach nicht das Zeug hast zum Überleben.»

Da kocht alles in mir hoch. Der Verrat. Der Hass. Die Lügen. Die Erinnerungen. Alles schwirrt in meinem Kopf herum. Maeve ist egoistisch. Maeve versteht mich nicht. Maeve denkt nur daran, sich selbst zu retten. Also sage ich zähneknirschend das Einzige, was mir noch zu sagen bleibt.

«Ich will, dass du gehst. Ich will, dass du weggehst.»

Maeve sieht mich an und ihre Feindseligkeit schmilzt dahin. «Liz, das meinst du nicht wirklich.»

«Geh. Bitte», flüstere ich. «Wenn ich aufwache, will ich, dass du weg bist.»

Sie scheint einen kleinen Moment zu schwanken, dann dreht sie sich um und verschwindet durch die Schlafzimmertür.

KAPITEL DREISSIG

Heute Nacht träume ich vom Tod. Ich kann ihn praktisch auf der Zunge schmecken. Ich träume von Dunkelheit und Kälte und dem Nichts.

Der Traum ist wie eine Mischung aus allen Endzeitfilmen, die ich je gesehen habe und die jetzt noch einmal in meinem Kopf ablaufen und zwischen meinen Schädelwänden widerhallen. Mein Traum hält sich nicht an physikalische Gesetze und ist voller verzerrter Gebäude und Straßen, die sich in Richtung Himmel biegen.

Als ich jünger war, so richtig jung, hab ich mal ein Buch über das Ende der Welt gelesen. Ich glaube, es war mein erstes dieser Art. Wahrscheinlich eine Art Einstiegsdroge, bis das echte Leben die Fiktion irgendwann eingeholt hat.

Ich hatte das Buch aus der Bücherei ausgeliehen. Das Cover war schon ganz abgenutzt und hatte ein paar Flecken. Es war der letzte Band einer Nachfolgereihe zu einer Lieblingsserie von mir. Und auch wenn meine Lieblingsfiguren nicht mehr dabei waren und die Handlung etwas seltsam wurde, las ich weiter.

Ich verschlang eine Seite nach der anderen, wie es nur Kinder in den Sommerferien tun können, während für meine unerschrockenen Helden das Ende nahte. Die Figuren lieferten sich einen Wettlauf gegen die Zeit und versuchten, die

Mitglieder einer verfeindeten Familie davon abzuhalten, unsterblich zu werden, während sich der Himmel gelb färbte und die Hölle losbrach. Und die neunjährige Liz schwor sich, es nicht zu verpassen, wenn der Weltuntergang bevorstünde. Nein, ich würde ganz bestimmt auf mein Bauchgefühl hören, wenn der Himmel plötzlich seine Farbe änderte. Denn das war offensichtlich ein deutliches Zeichen, dass alles den Bach runterging.

Deshalb ist der Himmel in meinem Traum gelb, auch wenn die Wolken, die jetzt tatsächlich am Horizont heraufziehen, von einem schaurigen Grau sind. In meinem Traum ist der Boden mit Ruß bedeckt. Vulkanische Asche rieselt vom Himmel, Teilchen für Teilchen, doch nie lange genug, um liegen zu bleiben.

Der Traum nimmt immer neue Wendungen. In der Ferne grollt der Donner und als der Himmel sich von Gelb zu Rot verfärbt, beginne ich zu fallen. Direkt durch die Straße und den Abgrund, der darunter lauert. Direkt durch den offenen Himmel. Ich falle, finde nirgends Halt und werde immer schneller, bis ich aus dem Schlaf schrecke, kalter Schweiß auf der Stirn.

Mattes Sonnenlicht fällt ins Zimmer, zumindest das bisschen Sonnenlicht, das durch die Unheil verkündenden Wolken dringt, die die Hälfte des Himmels bedecken. In meinem Unterbewusstsein weiß ich, dass uns nicht mehr als vierundzwanzig Stunden bleiben, wenn wir Glück haben. Ich weiß, dass ich aufstehen und mich an die Arbeit machen muss. Um noch so viel wie möglich zu schaffen, bevor es so weit ist.

Ich stoße meine Decken weg und lege sie auf einen Haufen am Ende der Matratze. Wir haben letzte Nacht nicht das Bett geteilt. Maeve wollte weder mit mir sprechen noch neben mir schlafen. Stattdessen hat sie sich auf der anderen Seite des Zimmers auf den Fußboden gelegt. Schnell ziehe ich meine

Socken an, bevor ich zu Maeve hinüberrufe: «Komm schon, du Schlafmütze! Nutze den Tag.»

Ich erwarte ein Stöhnen aus ihrer Richtung. Ich erwarte, dass sie sich beschwert, weil ich sie Schlafmütze genannt habe. Ich erwarte, dass sie mich daran erinnert, wer hier normalerweise die Langschläferin ist. Aber sie antwortet nicht.

Ich gehe zu ihr rüber. Die Holzdielen knarren bei jedem Schritt. Als ich bei Maeve ankomme und mich hinunterbeuge, um sie wach zu rütteln, merke ich, dass etwas nicht stimmt.

Sie ist weg. Sie hat ihre Decke an der Seite ihres Schlafplatzes zusammengerollt, sodass sie eine leere Hülle von der Form ihres Schlafsacks bildet. Genau wie in einer dieser kitschigen Filmkomödien aus den Achtzigern, die mein Dad am Wochenende immer mit mir gucken wollte. Es ist wie in einer grotesken Version eines Jugendfilms, in dem die Teenager sich spät am Abend aus dem Haus schleichen, um mit Jungs rumzuknutschen und Unmengen von Alkohol zu trinken. Ich weiß noch, dass ich bei solchen Filmen immer gedacht habe, wie unglaubwürdig es war, dass erwachsene Eltern mit Universitätsbildung sich von einem Haufen Bettdecken und abgespielten Schnarchgeräuschen täuschen ließen. Und jetzt stehe ich selbst hier, kaum erwachsen und definitiv noch nicht universitätsgebildet, und bin hereingelegt worden, was absolut nicht so lustig ist, wie es in den Filmen immer wirkt.

Und dann fällt mir ein, was ich gestern Abend gesagt habe. Was ich zu Maeve gesagt habe und wie ihr Gesicht ausgesehen hat, als sie meine Worte verarbeitet hat. *Geh. Bitte. Wenn ich aufwache, will ich, dass du weg bist.* Sie hat es getan. Sie hat es wirklich getan und ich habe sie dazu aufgefordert.

Mein Magen zieht sich vor Angst zusammen und ich fange an zu schwitzen. Ich renne aus dem Schlafzimmer und rechne halb damit, dass Maeve in dem abgewetzten Sessel sitzt und darüber lacht, wie panisch ich bin. Noch ein Jugendfilmklischee. Doch Maeve ist nirgends zu finden. Alles, was ich finde, ist mein Notizbuch, das auf der Küchentheke liegt, ein Blatt Papier und ein Stift sorgfältig auf dem Cover drapiert.

Ich mache einen Schritt darauf zu, zwinge meine Beine, sich zu bewegen, auch wenn sie es nicht wollen. Mit zittriger Hand greife ich nach dem Papier und falte es auseinander. Alles wäre besser als das. Selbst mein Albtraum von letzter Nacht wäre besser als das. Da weiß ich wenigstens, dass es nicht die Realität ist.

Weit ausholende, schräge Buchstaben füllen die Seite, die schwarze Tinte an einigen Stellen etwas verschmiert. Es sieht aus, als sei der Brief in Eile geschrieben worden.

An Elizabeth Swann,
an Liz

Es tut mir leid, dass ich das tun muss. Ich weiß, dass du es selbst wolltest, aber es tut mir trotzdem leid.
Es ist meine Schuld, dass wir nicht in den Wald können. Es ist meine Schuld, dass du noch hier bist, weil ich dich nicht überzeugen konnte, mit mir zu kommen. Es tut mir leid.
Aber ich bin nicht bereit, hier mit dir zu sterben. Egal, wie sehr du deine Bücher und deine tragisch endenden Romane liebst, ich will nicht einfach so draufgehen. Das hier ist nicht eine dieser Liebesgeschichten, in der eine von uns sterben muss, um die Handlung voranzubringen. Mein Leben ist mehr wert als das Schicksal eines Gebäudes. Und deines auch.

Wenn du noch zur Vernunft kommst – auf der Rückseite ist eine Wegbeschreibung.
Ich werde mich für den Rest meines Lebens an dich erinnern. Egal, wie lang das ist. Ich kann nur hoffen, dass deines genauso lang sein wird.
Vergiss mich nicht.

Alles Liebe
Maeve

Als ich das Papier zusammenfalte und aus dem Fenster starre, wird mir bewusst, dass sich der Kreis wieder einmal geschlossen hat. Wieder einmal bin ich allein. Wieder einmal kann ich nur mir selbst die Schuld dafür geben.

KAPITEL EINUNDDREISSIG

*E*s gibt da dieses Phänomen, das sich jemand ausgedacht hat, der zu viel Zeit hatte. Schmetterlingseffekt nennt man es, ich weiß auch nicht, warum, denn irgendwie ist das irreführend. Der Grundgedanke ist, dass jeder Moment jeden anderen beeinflusst und dass das kleinste Geschehen, wie der Flügelschlag eines Schmetterlings am anderen Ende der Welt, einen Dominoeffekt in Gang setzen kann, der alles verändern könnte. So ähnlich, wie wenn du die grüne Ampel um Millisekunden verpasst und deshalb deinen Zug nicht mehr erwischst. Vielleicht wartete in diesem Zug deine einzige wahre Liebe auf dich und jetzt, wo du auf dem Bahnsteig stehst und auf den nächsten Zug wartest, triffst du stattdessen deinen Erzfeind. Und so fällt ein Dominostein nach dem anderen. Wenn du geboren wirst, ist alles perfekt. Völlig sorgenfrei machst du die ersten Schritte auf dem Weg, der sich Schicksal nennt. Und dann wird mit jedem beschissenen Ereignis alles ein bisschen schlechter.

Einige betrachten den Schmetterlingseffekt und staunen über das Glück, das sie hatten, nicht in einen Abwärtsstrudel aus kleinen Tragödien geraten zu sein. Aber ich habe meine eigene Philosophie. Alles, was schiefgehen kann, wird schiefgehen. Einige nennen es Murphys Gesetz, ich nenne es *realistisch sein*. Und dass ich mich mein ganzes Leben an Murphys Gesetz gehalten habe, hat mich zu diesem Punkt geführt. Keine Schmetterlinge, einfach nur schlechte Lebensentscheidungen.

Vielleicht hat alles angefangen schiefzugehen, als ich Maeve erlaubt habe zu bleiben. Ohne sie hätte ich jetzt noch zwei funktionierende Arme. Ich hätte nicht solche Schmerzen. Ich hätte nicht alle Vorsicht vergessen und zugelassen, dass die Dinge so aus dem Ruder laufen. Es gäbe niemanden, der mich bedrohen würde. Niemand hätte mich verlassen. Niemand mich angelogen. Ich könnte einfach unbehelligt hierbleiben. Es wäre allein meine Entscheidung.

Aber mein größter Fehler war vielleicht, so hart ums Überleben zu kämpfen. Alle zu überleben, die ich kannte oder liebte oder mir wichtig waren. Denn wenn ich es nie versucht hätte, würde es vielleicht auch nicht so wehtun zu scheitern. Wenn du so lange überlebt hast, fängst du an, dich zu fragen, ob du je sagen wirst, dass es das wert gewesen ist. Ich fange an zu glauben, dass das vielleicht nie passieren wird.

Ich falte Maeves Brief zusammen und lege ihn auf die Küchentheke. Ich starre ihn wütend an, bis ich fast schon glaube, ich könnte ihn mit dem puren Zorn, der aus meinen Augen sprüht, in Flammen aufgehen lassen. Es ist meine Schuld, dass ich anscheinend immer das Schlimmste heraufbeschwöre. Es ist meine Schuld, dass ich so eine Loserin bin, dass niemand bei mir bleiben will. Alle gehen weg. *Was schiefgehen kann, wird schiefgehen.* Den Satz würde ich mir als Tattoo machen lassen, aber bei meinem Glück würde ich davon wahrscheinlich eine Infektion bekommen und sterben.

Als ich fünfzehn war, hab ich es mal mit einer leicht gebogenen Nähnadel und Edding-Farbe versucht, inspiriert von einem Punkrocksong aus den Neunzigern über Zungenpiercings. Wenn ich «metal» genug wäre, würde es schon nicht wehtun, dachte ich. Aber es tat höllisch weh. Wieder und wieder stocherte ich auf meinem Arm herum, um die wahrscheinlich hochgiftige Farbe in meine Haut zu stoßen, bis ein schlecht gezeichnetes Unendlichkeitszeichen auf meinem Bizeps prangte. Es sah schludrig aus und gefiel mir überhaupt nicht, aber ich hatte es ja selbst zu verantworten, also konnte ich mich nicht beschweren.

Das denke ich, als ich die Treppe hinunter in die Buchhandlung gehe. Ich wiederhole es in meinem Kopf wie ein Mantra. *Du hast es selbst zu verantworten, Liz, du kannst dich nicht beschweren.*

Und mein Gehirn hat recht, so wie meistens. Also mache ich das Einzige, was ich zu machen in der Lage bin, wenn Menschen, die mir wichtig sind, mich verlassen. Ich mache das, was ich danach immer mache, nach meinen Eltern und nach Thea. Nach Eva. Und jetzt nach Maeve. Einfach weitergehen. Einen Schritt machen und dann den nächsten, auch wenn ich mich dabei frage, ob es das je wert sein wird.

Bevor ich noch eine einzige Minute länger meinen sentimentalen Gefühlen nachhängen kann, richte ich meine Aufmerksamkeit auf die Haustür. Die Haustür, die sich nicht abschließen lässt. Die Haustür, die eine persönliche Abneigung gegen mich zu haben scheint. Die Haustür, die sich anscheinend nur von Maeve abschließen ließ, wie sollte es auch anders sein.

Ich nehme mir vor, meine Wut einhändig an der Tür auszulassen. So wie die Leute das früher in diesen überteuerten «Rage Rooms» getan haben, die sich in verwaisten Einkaufszentren fanden. Zehn Dollar, um mit einem Baseballschläger fünf Bierflaschen zu zerschmettern, als ob man so was nicht auch kostenlos in seiner eigenen Garage machen könnte. Ich klemme mir die übrig gebliebenen Holzbretter unter den guten Arm und nehme die restlichen Nägel in meine verschwitzte Hand. Ich fange immer an zu schwitzen, wenn ich nervös bin, aber warum sollte ich im Moment nervös sein? Es ist ja keine Gruppe blutrünstiger und rachsüchtiger Typen auf dem Weg zu mir.

Maeve hat gesagt, dass die Leute aus dem Wald noch vor dem *Sturm* hier sein werden. Wäre ja auch logisch, das Unwetter im Schutz der Buchhandlung auszusitzen. Wenn sie dieses Gebäude zu ihrem Unterschlupf erklären wollen. Also werden wir das im Stil von *Les Misérables* angehen. Wenn ich sie lange genug draußen halten kann, werden sie den Naturgewalten zum Opfer fallen.

Ich platziere ein Holzstück über dem Türknauf und nutze das Gewicht meiner nicht funktionsfähigen Hand, um es festzuhalten. Der Druck lässt einen brennenden Schmerz durch meinen Arm schießen, aber ich ignoriere ihn. Ich bin sicher, von der Waldgang gelyncht zu werden oder im sauren Regen bei lebendigem Leibe zu verbrennen, würde um einiges mehr wehtun. Wie es früher immer so schön hieß: *Was dich nicht umbringt, macht dich stärker.* Oder was dich nicht sofort umbringt, sorgt dafür, dass du später keinen langsamen und schmerzhaften Tod stirbst.

Ich schiebe einen Nagel zwischen meine reglosen Finger – ein Manöver, bei dem mein Werkenlehrer in der Highschool wahrscheinlich einen Herzinfarkt bekommen hätte. Nach ein paar planlosen Hammerschlägen ist der Nagel drin. Hoffentlich wird das besser halten als das kaputte Schloss. Es wird halten. Es muss halten.

Die Bücherregale waren schwer zu bewegen, aber ich hab es geschafft, auch wenn es sicher keine elegante und anmutige Prozedur war. Jetzt liegen zwei Regale waagerecht vor den

Schaufenstern, zusammen mit zwei Lesesesseln, der Kasse und einem elektrischen Fake-Holzofen, den ich im Keller gefunden hab. So lächerlich es sein mag, die Bücher wollte ich nicht benutzen. Ich weiß, sie werden vielleicht ohnehin alle zerstört werden, aber es kam mir vor wie ein Sakrileg, sie als Barrikadenmaterial zu benutzen. So tief sind sie auch in *Les Misérables* nicht gesunken, glaube ich.

Ich gehe hinüber zum Science-Fiction-Regal und nehme ein Buch heraus. *Lobgesang auf Leibowitz*. Jetzt scheint mir der richtige Zeitpunkt dafür zu sein. Während draußen der Himmel immer dunkler wird, lehne ich mich an den Tresen und blättere durch die Seiten. Es ist nicht so schlimm, wie ich befürchtet habe. Es ist nicht so schlimm, wie mein Dad gesagt hat, vor wie vielen Jahren das auch immer war. Obwohl ich sicher bin, dass ihm das Buch unheimlicher vorgekommen ist, als die Apokalypse noch etwas war, auf das man sich vorbereitete. Es fühlt sich alles an wie eine ferne Erinnerung. Es fühlt sich alles so unwirklich an, als hätte mein früheres Leben nie wirklich existiert. Wie im Vorspann eines schmalzigen Films, in dem die Familie so glücklich und vergnügt ist, dass man den Autounfall schon ahnt, von dem sie noch nichts wissen. Nur dass meine Familie nie glücklich und vergnügt war. Sie ist einfach nur weg.

Draußen heult der Wind und eine Mülltonne wird scheppernd die Straße hinuntergetrieben. Ich sehe von meiner Lektüre auf, knicke ein Eselsohr in die Seite und lege das Buch zurück auf den Tresen. Als ich aus dem Fenster sehe, taucht in der Ferne hinter dem Baumarkt eine Gestalt auf, die im Halbdunkeln schlecht zu erkennen ist. Die Wolken lassen gerade mal so viel Licht durch, dass ich meine Umgebung innerhalb des Buchladens sehen kann. Um richtig erkennen zu können, was draußen vor sich geht, reicht das Sonnenlicht bei Weitem nicht aus.

Als die Gestalt langsam näher kommt, wird mir ganz mulmig. Ich spüre, wie meine Hände wieder zu schwitzen anfangen. Ich starre aus dem Fenster und rühre mich nicht. Wenn ich jetzt nicht meine Stellung behaupte, bin ich schwach. Wenn ich wegrenne und mich verstecke, habe ich es vielleicht verdient zu sterben. Mein Mantra wiederholt sich in meinem Kopf. *Was schiefgehen kann, wird schiefgehen.* Aber das darf es nicht. Nicht dieses Mal. Dieses Mal muss es gut gehen.

Irgendwann stelle ich fest, dass es nicht nur eine Person ist, die ich sehe, sondern vier. Natürlich. Ich bin sicher, sie glauben, dass Maeve noch hier ist und irgendwo zwischen den Wänden dieses Ladens lauert. Sie hat für mich getötet. Da würden sie doch sicher davon ausgehen, dass wir danach zusammenhalten, oder?

Aber die Typen aus dem Wald irren sich. Ich bin alleine hier, mit nur einem guten Arm und nicht annähernd genug Kraft, um vier Erwachsene in die Flucht zu schlagen. Vielleicht finde ich das in zehn Jahren komisch und kann darüber lachen, aber jetzt in diesem Moment kommt mir das Ganze vor wie ein schlecht getimter Witz.

Ich sehe hinunter auf meinen guten Arm und begreife den Ernst der Lage. Gut möglich, dass ich nie den Tag erleben werde, an dem all das hier zu einer aberwitzigen Erinnerung verblasst sein wird. Gut möglich, dass ich den morgigen Tag nicht erleben werde. Verdammt, es ist sogar äußerst wahrscheinlich. Ich presse mich an die Wand, bis ich mit den Schatten verschmelze und sicher bin, dass man mich von draußen nicht sehen kann.

Alles, was schiefgehen kann, wird schiefgehen, erinnert mich mein Gehirn.

Die Gestalten bahnen sich ihren Weg durch die Trümmer auf den Straßen um den Marktplatz und kommen langsam näher. Eine von ihnen ist kaum größer als eins sechzig und hat ihr glattes schwarzes Haar zu einem Pferdeschwanz zusammengebunden, der beim Gehen auf und ab wippt. Sie verschränkt die Arme und dreht sich zu dem Mann neben ihr, der nicht viel größer ist als sie. Ein verfilzter Bart reicht seinen Hals hinunter und über seinem Mund wächst ein ungepflegter Schnauzer, den er sich mit seinen Wurstfingern glatt streicht. Der andere Mann oder Junge, wie man wohl eher sagen müsste, ist dünn und hochgewachsen wie eine Bohnenstange und sieht mit seinem ungekämmten Strubbelkopf aus wie eine Mischung aus Mensch und Wattestäbchen. Die Hände in den Taschen vergraben, geht er hinter den anderen beiden und tritt nach den Trümmern auf der Straße. Die letzte Person in der Gruppe, muskulös und breitschultrig, kommt hinter dem schlaksigen Jungen hervor, die Zöpfe über ihre Schulter geworfen.

Ihr blondes Haar bringt ihren knallroten Pulli noch mehr zum Leuchten. Ich weiche zurück, weg von der Haustür, weg von ihr. Mein Blick springt zu dem Messer, das sie an der Hüfte trägt.

Sie späht von ihren Reisegefährten zur Buchhandlung, als würde sie direkt in meine Seele gucken. Als könnte sie spüren, dass ich sie beobachte.

Ich spreche ihren Namen aus, auch wenn niemand mich hört. Es klingt wie ein Stoßgebet.

«Eva?»

Maeve hatte recht. Maeve hat die Wahrheit gesagt.

KAPITEL ZWEIUNDDREISSIG

6. März: Nach dem ersten *Sturm*

Ich sitze hinter dem Tresen und sehe zu, wie Eva sich in Reiseführer mit Bildern von der *Sagrada Familia* und dem *Park Güell* vertieft. Auf dem Fußboden neben ihr stapeln sich Spanisch-Wörterbücher und *Hundert erste Worte*-Bücher aus der Kinderbuchabteilung. Wir haben beide einen Lagerkoller, denke ich, während ich durch eine Ausgabe von *Politeia* blättere. Allerdings unterschiedlich stark ausgeprägt.

Ich räuspere mich. «¿Has estado en Barcelona antes? Es mucho más bonito de lo que parece en esas fotos.» *Warst du schon mal in Barcelona? Es ist noch viel schöner als auf den Fotos.*

Eva sieht mit verklärtem Blick zu mir auf. «Was?»

Ich lache auf. «Ich frage mich, was du mit diesen Wörterbüchern machst, wenn du nicht die Sprache übst. Ich wollte dir nur helfen, ein bisschen Konversation zu üben.»

Eva scheint das nicht witzig zu finden. «Ehrlich, Liz, ich hab keine Lust auf deine Albernheiten», murrt sie.

«Es könnte aber Spaß machen! So als kleines Projekt. Ich könnte dir helfen! Erinnerst du dich noch, wie wir mal aus reiner Langeweile die erste Seite von *Schuld und Sühne* auswendig gelernt haben? Und ich Lernkarten dazu gemacht habe?»

Jetzt kann Eva nicht anders, als zu lächeln, auch wenn sie versucht, es zu unterdrücken. «Ich hab das Zeug nicht auswendig gelernt. Das warst du.»

«Mag sein, aber du hast es auch versucht, nicht wahr?»

«Ja und versagt.» Sie klappt den Barcelona-Reiseführer zu und fragt: «Erinnerst du dich noch an diese endlos langen Sonntage früher?»

«Lass mich raten – Mitte Juli?»

Eva zuckt die Achseln. «Wahrscheinlich. Es war total ausgestorben hier, weil alle in den Ferien waren, und wir haben viel zu viel Zeit damit zugebracht, die meistgestreamten Künstler auf Spotify zu erraten.»

Ich erinnere mich. Natürlich erinnere ich mich. Ich erinnere mich an alles, ob ich will oder nicht. «Nummer sechs haben wir nie erraten, stimmt's?» Ich atme langsam aus und lasse die Erinnerung den Raum zwischen uns füllen. Warum kann es nicht wieder so sein? Die Buchhandlung ist genauso leer wie in jenem Sommer, sogar noch leerer. Und wir sind zusammen, nicht wahr? Sind uns sogar noch näher als vorher. Was fehlt in dieser Gleichung? «Was denkst du, wer Nummer sechs ist?»

Eva verdreht die Augen. «Das können wir im Moment wohl kaum überprüfen», murmelt sie.

«Ich weiß, aber es würde Spaß machen. Tu es mir zuliebe, Eva.»

Eva schüttelt den Kopf. «Das macht alles keinen Spaß. Wir sitzen hier drinnen fest und selbst wenn es nicht so wäre – vor der Haustür ist auch nichts mehr.» Sie schluckt. «Ich denke allmählich, dass ich die besten Jahre meines Lebens in New Jersey vergeudet hab.»

«Aber du hast sie mit *mir* in New Jersey vergeudet», wende ich ein. «Ganz schlimm war es also nicht.»

Eva seufzt. «Willst du nicht auch mal ein Abenteuer erleben, wenn all der Schnee geschmolzen ist? Hast du nicht das Gefühl, hier zu ersticken?»

Nein, das habe ich nicht. Aufregung und Abenteuer sind

Dinge, die aus der Ferne cool erscheinen, aus der Nähe betrachtet aber beängstigend sind. Träume wirken so viel verlockender, wenn sie weit genug weg sind, um noch wie Träume auszusehen. Wenn sie näher kommen, verschmelzen sie mit der Realität. Aber die Realität lässt sich nicht nach den Launen eines Teenagers verbiegen und Aufregung kommt nie in der Form, wie man es möchte. Sie kommt in der Form von Stürmen und Regen und all den schrecklichen Dingen, die dazwischen lauern.

«Nein, eigentlich nicht.» Ich wende mich wieder meiner *Politeia*-Ausgabe zu und blättere eine Seite um.

Eva starrt aus dem Fenster und sieht zu, wie der Schnee fällt. «Ich verstehe dich einfach nicht, Liz. Du wirst noch eines Tages verrückt, wenn du immer in diesem Loch hocken bleibst.»

Genau das habe ich vor.

Es ist immer noch eiskalt und der Schnee liegt bestimmt dreißig Zentimeter hoch. Tatsache ist, dass wir beide keine Schneestiefel haben. Trotzdem steht Eva vor der Tür der Buchhandlung und macht sich bereit rauszugehen.

Neben ihren Füßen steht ein praller Rucksack, dessen Träger ganz abgewetzt sind. Sie ist so damit beschäftigt, Plastiktüten um ihre Turnschuhe zu wickeln, dass sie mich nicht bemerkt, als ich durch die Hintertür hereinkomme. Aber vielleicht hört sie mich auch und tut nur so, als ob sie mich nicht bemerkt.

Mom hatte die schlechte Angewohnheit, so was zu tun. «Selektives Hören» nannten wir das immer. Sie hatte ein hypersensibles Gehör, wenn Thea sich aus dem Haus schlich oder wenn ich einen superblutrünstigen ausländischen Film guckte, wovon sie absolut nichts wissen konnte. Doch sobald ich mit ihr darüber sprechen wollte, dass ich ein Familienessen für ein Konzert verpassen würde oder fünfzig Dollar für meinen Uni-Zulassungstest brauchte, stellte sie sich taub. Das war für sie ziemlich praktisch und für alle anderen furchtbar nervig.

«Was machst du da?», frage ich, als ich in Schlafanzug und Socken auf Eva zugehe. Es ist zu kalt und ich bin zu müde, um mir heute gesellschaftsfähige Kleidung anzuziehen.

Evas Kopf schnellt herum, als hätte sie vergessen, dass ich überhaupt existiere. Sie hebt ihren Rucksack und drückt ihn an ihre Brust, bevor sie antwortet: «Ich geh nur mal kurz raus.»

«Bei diesem Wetter?»

Eva nickt. «Wir brauchen was zu essen.»

Ich will ihr glauben, aber ich sehe, wie sich ihr Bizeps anspannt, weil sie ihren geheimnisvollen Rucksack kaum halten kann. Um etwas zu essen zu suchen, müsste sie nicht so viel Zeug mitschleppen. Im Gegenteil, dann bräuchte sie Platz im Rucksack, um die Vorräte zu verstauen. Wenn ich so was wie einen Bullshit-Detektor hätte, würde der jetzt Alarm schlagen.

«Was hast du denn da in dem Rucksack?»

Eva schluckt, schaut auf ihre Füße und schüttelt den Kopf. «Ist doch nicht so wichtig, Liz. Du musst mich nicht die ganze Zeit kontrollieren.»

«Was?» Ich kaue einen Augenblick auf meiner Unterlippe. «Tut mir leid, dass ich mir Sorgen mache und nicht will, dass du ums Leben kommst, ohne dass irgendjemand weiß, wo du bist.»

«Ich bin erwachsen», sagt Eva. «Ich komm allein zurecht.»

Sie sagt das so nüchtern, dass ich total vor den Kopf geschlagen bin. *Ich komm allein zurecht.* Ihre Stimme hat so viel Gewicht, dass ihre Aussage endgültig klingt.

«Allein?», frage ich.

«Das ist doch nur eine Redewendung. Ich komm zurück.»

Aber sie sagt nicht, wann sie zurück sein wird, und sie verspricht nicht einmal, dass sie es sein wird. Sie lässt ihre Lüge einfach leblos in der Luft hängen.

«Wo gehst du hin, Eva? Echt jetzt mal.»

Eva seufzt, schwingt ihren Rucksack über die Schulter und zieht den Reißverschluss ihres Mantels hoch. Sie sieht mich schweigend an, bis sie sich endlich durchringt, in den sauren Apfel zu beißen.

«Ich gehe weg, Liz», murmelt sie. «Es tut mir leid.»

Ihre Worte sind wie ein Schlag in die Magengrube. Ich weiß auch nicht, welche Antwort ich erwartet habe. Vielleicht dass sie eine supercoole Reise machen und in zwei Wochen mit einem Souvenir zurück sein würde. Aber das wäre Quatsch und das hier ist das echte Leben.

Mein Brustkorb schmerzt direkt unter den Rippen und in der Taille, als meine Eingeweide sich drehen und winden. Ich weiß, das ist anatomisch nicht korrekt, aber das sind Gefühle oft nicht.

«Wie bitte?»

Es ist eine alberne Frage, denn ich habe sie natürlich schon beim ersten Mal genau verstanden, aber vielleicht ist es sicherer noch mal nachzufragen. Wer weiß, vielleicht wird sie es sich dann noch mal anders überlegen oder sagen, dass alles nur ein furchtbar gemeiner Scherz war.

Stattdessen greift Eva nach dem Türknauf. «Ich gehe.»

Tausende von Fragen schießen mir in den Kopf, aber ich ahne, dass ich wohl keine Zeit mehr haben werde, sie alle zu stellen. Ich bin immer davon ausgegangen, dass Eva für immer hier sein würde, genauso wie Thea. Ich hab nie gedacht, dass es mal zu Ende sein würde.

«Für immer?», frage ich. Meine Stimme ist leise und klingt kläglich.

Eva stöhnt noch einmal auf, als würde sie dieses Gespräch total nerven. Als ich sie so ansehe, die Hand auf dem Türknauf, wird mir klar, dass sie es nie führen wollte. Wahrscheinlich hatte sie vorgehabt zu verschwinden, bevor ich überhaupt aufwachte. Dann wäre sie schon weit, weit weg gewesen, wenn ich es gemerkt hätte. Aber so viel Glück hatte sie nicht.

Habe ich nicht einmal ein Gespräch verdient? Einen Abschied?

«Ich weiß es nicht, Liz», antwortet Eva und nimmt langsam die Hand von der Tür. Das ist ein gutes Zeichen. Vielleicht ändert sie ihre Meinung ja doch noch, wenn ich es schaffe, sie zu überzeugen. Vielleicht bleibt sie noch ein bisschen länger. Das würde mir schon reichen. Nur ein bisschen länger. Wir können von einem Tag zum anderen leben.

«Kann sein, dass ich zurückkomme», redet Eva weiter. «Wenn die Dinge sich etwas verändert haben. Aber ich kann nicht für immer mit dir hierbleiben. Dann werde ich verrückt, das wissen wir beide. Es muss noch ein Leben außerhalb dieses Buchladens geben. Vielleicht gibt es dort draußen sogar Kommunen oder Städte mit Elektrizität. Wir isolieren uns von der Welt, wenn wir hierbleiben.»

Eigentlich geht es hier doch um mich, oder? Es gibt tausend Dinge, die Eva nicht ausspricht, aber ich verstehe sie alle. *Du machst mich noch verrückt, Liz. Ich kann doch nicht einfach ewig mit dir hierbleiben. Ich brauche mehr. Ich brauche was Besseres. Ich brauche nicht dich.*

«Wolltest du einfach gehen, ohne mir etwas zu sagen?»

Sie antwortet nicht.

«Wolltest du das, Eva?»

Sie macht einen zögerlichen Schritt auf mich zu. «Ich dachte, so wäre es vielleicht einfacher. Wenn ich es dir gesagt hätte, hättest du versucht, mich zum Bleiben zu überreden. Aber ich kann nicht bleiben. Und ich werde es auch nicht.»

«Dann ist das also der Abschied?» Ich umarme sie nicht. Ich bin mir nicht sicher, ob sie das wollen würde. Und ich könnte es nicht ertragen, wenn sie Nein sagen und mich wegstoßen würde.

«Es tut mir leid. Ich halte es nicht mehr aus.»

«Du hältst es mit *mir* nicht mehr aus, nicht wahr?», frage ich. Auch ohne dass sie es ausspricht, verstehe ich, was sie meint. Ich verstehe es nur zu gut. «Schon klar.»

Wir umarmen uns nicht. Wir lächeln nicht. Wir winken nicht. Wir wünschen einander nicht viel Glück. Stattdessen nickt Eva mir nur kurz zu, öffnet die Tür und tritt nach draußen.

Ich versuche nicht, sie aufzuhalten. Egal, was ich mache, sie wird sich nicht umdrehen. Sie ist nicht bereit, mit mir verrückt zu werden.

KAPITEL DREIUNDDREISSIG

Ich bewege mich keinen Zentimeter, als der erste Ziegelstein durch das Vorderfenster kracht. Es ist, als wären alle meine Gelenke zusammengeklebt und fixierten meine Kniescheiben und Ellenbogen, sodass ich gezwungen bin, still wie eine Statue zu bleiben. Es ist ein Gefühl, das ich schon einmal empfunden habe, vor einem Jahr, als ich durch ein ganz ähnliches Fenster starrte. Es ist ein Gefühl, von dem ich gehofft hatte, es nie wieder empfinden zu müssen.

⋔⊓⩝⊑⊬⸵ ⫽⚭△ ⊬⚪⊓ ⁝⟦⫽⁞⚪⟊, erinnern mich unsere außerirdischen Overlords, was ungefähr so viel heißt wie: *Jetzt bist du gearscht.*

Ich antworte: *Jetzt haltet endlich mal die Klappe, ja? Das passt jetzt gerade überhaupt nicht.*

Mein Blick springt zu dem Hammer, der auf dem Fußboden liegt. Vielleicht würde ich mich stärker fühlen, wenn ich ihn in der Hand halten, sein Gewicht spüren und wissen würde, dass ich etwas hätte, um mich zu verteidigen. Denn irgendwo in den dunkelsten Windungen meines Gehirns, zwischen den einzelnen Neuronen, die im Moment so schnell feuern wie noch nie, weiß ich, dass das alles nur mit einem Sieg enden kann. Für sie oder für mich. Und als ich zu den vier Gestalten starre, die da draußen auf mich zuschleichen, bin ich mir nicht sicher, wie meine Chancen stehen.

Ich bin keine Killerin, das ist schon mal klar. Ich werde nie die heiße, zombiemordende, hammerschwingende, knallharte Type sein, für die ich mich gerne ausgeben würde. Ich werde nie jemand sein, der zuerst zuschlägt und dann nachdenkt. Also lasse ich den Hammer liegen.

Ich beobachte, wie die Gruppe weitergeht, immer näher und näher kommt, bis ihr Atem fast schon die Ladenfenster beschlagen lässt. Warum ist Eva hier? Ist sie freiwillig mitgekommen? War das alles ihre Idee? Ich kann nicht genug von ihrem Gesicht erkennen, um zu sehen, welche Gefühle hinter ihren Augen lauern. Aber die Gefühle, die ich vor ein paar Tagen hatte, als ich eine alte Freundin vor meiner Tür stehen sah, sind so gut wie weg. Wenn Eva vor einem Jahr nicht gegangen wäre, dann wäre sie heute nicht mit den anderen hier. Wir wären zusammen und niemand wäre auf dem Weg hierher, um alles zu zerstören, was mir wichtig ist. Und ich hätte mir nie erlaubt, Gefühle für Maeve zu entwickeln. Es hätte keine Leere in meinem Leben gegeben, die hätte gefüllt werden können.

Ich bin ganz in Gedanken vertieft, als ein dumpfer Schlag an der Tür zu hören ist. Ein Stiefel, der die Holztür trifft. Die Tür biegt sich, wölbt sich wie eine Mondsichel, aber sie gibt nicht nach. Der Teil, den ich zugenagelt habe, erfüllt seinen Zweck, beschützt mich noch einen kleinen Moment. Der Schlaksige flucht laut und zischt den anderen etwas zu, was ich bei dem heulenden Wind nicht verstehen kann. Ich bin einfach nur froh, dass meine behelfsmäßige Konstruktion noch hält.

Ich lausche einen Moment. Die Stimme kenne ich. Das ist Benji. Ich spähe von meinem Versteck aus nach draußen. Dasselbe lockige braune Haar, das früher hinter unserem Sofa hervorguckte, wenn er in unserem Wohnzimmer mit meiner Schwester herumknutschte. Es ist seltsam, wie die Zeit einen

Menschen verändert. Noch vor anderthalb Jahren saß ich zwischen Mom und Thea in einer muffigen Turnhalle, um zuzusehen, wie er in einem abgrundtief hässlichen Gymnastikanzug herumhampelte.

Benji stakst zurück auf die Straße, schnappt sich einen verblassten Ziegelstein und wiegt das Gewicht in seinen langen Fingern ab. Er zögert nicht, wie ich es tun würde, weil ich in meinem Kopf immer erst hektisch alles durchspiele, was schiefgehen könnte. Er kneift die Augen zusammen und überlegt gar nicht erst, ob ich ihn vielleicht von drinnen beobachte. Dieser Gedanke kommt ihm gar nicht in den Sinn, als er ausholt, wahrscheinlich um die Ladentür endgültig zu demolieren.

Benji schleudert den Ziegelstein durch das Fenster und der Lärm von splitterndem Holz und zerspringendem Glas vibriert in meinen Knochen. Er hat das Holzkreuz getroffen, das die Fensterscheiben zusammenhält, und die obere Hälfte des Fensters komplett zerstört. Unter dem klaffenden Loch klammern sich die verbleibenden Reste der Glasscheibe an ihren Holzrahmen, aber auch sie könnten jeden Moment zu Boden krachen.

Ich ziehe erschrocken die Luft ein und weiche zurück, bis mein Rücken gegen das Wirtschaftsregal stößt. Ich schaue hinter mich und sehe reihenweise Regale und keinen Ausgang. Ich sitze in der Falle. Für den Trupp da draußen ist Scheitern keine Option. Entweder sie schaffen es nach drinnen oder sie verbrennen, wenn der *Sturm* kommt. Etwas dazwischen gibt es nicht und für mich stehen die Chancen schlecht. Dass sie hier einbrechen, ist unausweichlich und ich habe so viel Zeit damit zugebracht, mich hier drinnen zu verbarrikadieren, dass ich mir keinen Fluchtweg überlegt habe.

Mit einem lauten *Rums* landet ein weiterer Ziegelstein neben meinen Füßen, lässt die Holzdielen vibrieren und schickt eine Schockwelle durch mein Nervensystem. Der Aufprall ist hart genug, um eine große zerschrammte Delle im Holzfußboden zu hinterlassen wie Krallenspuren auf einer Brust. Ich frage mich, ob ich den Ziegelstein aufheben und zurück zu Benji werfen sollte. Ich bin mir nicht sicher, was das bringen würde.

Aber dieser Impuls ist genug, um meinen Körper wieder in einen halbwegs funktionsfähigen Zustand zu versetzen. Wenn ich nirgendwohin fliehen kann, muss ich mich verstecken. Ich habe keine andere Wahl. Also renne ich schnurstracks auf die Kinderbuchabteilung zu, wohin mich der pastellfarbene Teppich im dämmerigen Licht wie ein Leuchtstreifen leitet. Mein Körper schaltet auf Autopilot und ich bleibe auch nicht stehen, als die Stimmen von draußen hereindringen. Ich denke nicht darüber nach, was sie zueinander sagen. Ich habe keine Zeit. Erst als ich um die Ecke der Kinderbuchabteilung gebogen bin und man mich von der Haustür aus nicht mehr sehen kann, bleibe ich stehen. Mein Blick fällt auf eine Ausgabe von Lemony Snickets *Der schreckliche Anfang*. Wie passend.

Ich spähe durch den Spalt zwischen zwei Regalen und presse meine Brust gegen die Bücherborde, bis meine Lungen so zusammengedrückt sind, dass ich kaum noch atmen kann. Ich kann meinen Herzschlag sogar in meinem Kiefer spüren. In einer perfekten Welt (sprich: ganz bestimmt nicht dieser) hätte ich massenhaft Zeit gehabt, mir einen lupenreinen Plan auszudenken. Ich hätte die Fenster zugenagelt. Ich hätte überall Fallen versteckt wie in *Kevin – Allein zu Haus*. Ich hätte Zeit gehabt, darüber nachzudenken, was da auf mich zukommt, und mich nicht nur auf den *Sturm* vorbereiten können, sondern auch auf diese unheimlichen Eindringlinge. Stattdessen muss ich jetzt beides aus dem Stegreif machen. Wo hab ich mich da bloß reingeritten?

Die kleine dunkelhaarige Frau mit den Ringen unter den Augen und dem langärmeligen Pulli holt mit ihrem Ellbogen zum nächsten Schlag gegen das Fenster aus, dass das Glas nur so splittert. Während sie stolz ihr Werk betrachtet, erkenne ich den Fehler in meinem fantastischen Verbarrikadierungsplan. Ich hab sie nicht hoch genug gebaut. Was nützt eine Barrikade, wenn man einfach darübersteigen kann?

Als sie mit einer Hand durch das Fenster greift, suche ich in den Regalen vor mir nach etwas, mit dem ich mich verteidigen kann. In dieser Hinsicht wäre es wohl besser gewesen, sich in der Klassikabteilung zu verstecken, wo die meisten Schinken mit über fünfhundert Seiten stehen, aber in der Not frisst der Teufel Fliegen. Mein Blick fällt auf ein Haustierset aus Stein, ungeöffnet, Preis: 12,99. Damit lässt sich zwar nicht ganz so gut zuschlagen wie mit *Anna Karenina*, aber es wird schon gehen. Es muss gehen. So leise wie möglich öffne ich die Laschen der Pappverpackung und schätze das Gewicht eines Steins in meiner Hand. Er kann kaum mehr als ein Kilo wiegen, aber ich hoffe, es wird wehtun wie zehn, wenn ich ihn werfen muss.

Ich höre, wie Evas Stimme durch den Laden hallt, kaum gedämpft durch die klapprigen Regale. Ich kann die einzelnen Worte nicht verstehen, aber den Klang, die Art, wie ihre Stimme absackt, wenn sie sich aufregt, kenne ich gut genug, um zu wissen, dass sie nichts Nettes sagt. Jemand anders hustet, hat wahrscheinlich den Staub in die Lungen bekommen, den sie durch die Verwüstung aufgewirbelt haben. Entweder das oder das Sägemehl, das ich nie weggefegt habe. Glas knirscht unter ihren Stiefeln. Ich schließe die Augen und lausche. Ein Paar Schuhe trampelt über den Boden. Dann ein anderes. Und noch eines. Und noch eines.

Sie sind jetzt drinnen, alle vier. Es ist zu gefährlich, durch den Spalt zwischen den Regalen zu spähen, denn bei vier

Augenpaaren würde mich garantiert jemand sehen oder eine Veränderung in den Schatten wahrnehmen, wenn ich mich vor- und zurückbewege. Also presse ich meinen Körper weiter an die weißen Holzborde und warte. Warte, bis ich keine andere Wahl mehr habe, als in Aktion zu treten. Warte auf ein Wunder.

Als hätte sie meine Gedanken gespürt, knarren die Bodendielen und Evas Stimme hallt wieder durch den Raum.

«Liz?» Sie sagt meinen Namen, als wäre es eine Frage. Als wäre ich vielleicht gar nicht hier. Aber wir kennen einander beide zu gut, oder? Wir wissen beide, dass ich immer diejenige bin, die zurückbleibt.

«Maeve?», ruft nun auch Benji. «Liz?»

Ich antworte nicht, auch wenn es mich juckt. Ich spare mir die Worte. Ich beiße einfach auf meine Unterlippe, bis ich denke, dass ich gleich blute. Jeder Laut, den ich von mir gebe, kann mich enttarnen. Alles, was ich tue, kann ihnen mein Versteck verraten. Wahrscheinlich werden sie mich sowieso bald finden, aber ich nehme jede Sekunde, die ich noch kriegen kann.

Eva redet trotzdem weiter, als hätte sie auch nie eine Antwort von mir erwartet. «Liz», wiederholt sie. «Wir wollen dir doch nichts tun.»

Ich erinnere mich daran, was ich im Wald gesehen habe. Ich erinnere mich daran, wie sich Benjis Messer an meinem Hals anfühlte. Ich erinnere mich daran, wie Becca mich so intensiv angesehen hat, dass ich das Gefühl hatte, in Flammen aufzugehen. Ich erinnere mich an das, was Maeve getan hat, um mich zu beschützen. Sie hätte es nicht getan, wenn es nicht notwendig gewesen wäre. Sie hätte Becca nicht getötet, wenn sie nicht gewusst hätte, dass sie bereit und imstande gewesen wären, mir dasselbe anzutun. Genau wie jetzt.

«Das hier kann alles friedlich enden», fährt Eva fort. «Sie sind bereit, dir wegen Becca zu vergeben, wenn du bereit bist zu verhandeln.»

Sie sagt das, was ihre Freunde hören wollen, nicht das, was sie glaubt. Schließlich war Eva diejenige, die hier aufgetaucht ist und halbherzig versucht hat, mich zum Gehen zu bewegen. Oder Maeve zu überzeugen, mich mitzuschleifen und in Sicherheit zu bringen. Sie wusste, dass es nicht gut für mich ausgehen würde, wenn ich hierbliebe. Und diese ganze Sache hätte nicht mit einem Ziegelstein durchs Fenster angefangen, wenn irgendjemand von ihnen auch nur ansatzweise friedliche Absichten hätte. Auch wenn es einfacher wäre, Eva zu glauben und aus meinem Versteck zu kommen, weiß ich, dass ich das nicht kann.

Mir ist klar geworden, dass Eva anders ist als früher. Maeve hatte recht. Sie ist nicht mehr die, die mir Bücherwitze erzählt hat, wenn im Laden nichts los war, oder Gummibänder in meine Richtung geschnipst hat, wenn ich an der Kasse stand. Sie ist nicht mehr die, die ich kannte. Sie hat sich verändert in den Monaten, seit sie die Buchhandlung verlassen hat. Sie ist härter geworden, weil weich zu sein keine Option mehr ist. Eva ist kaum noch wiederzuerkennen – eine neue, stärkere Ausgabe ihrer selbst. Ich hätte mir mehr Mühe geben sollen, sie davon abzuhalten zu gehen. Ich hätte sie davon abhalten sollen, sich zu verändern.

Ich versuche, die Entfernung zwischen mir und ihren Stimmen abzuschätzen. Vielleicht fünf Meter? Ich stoße einen schaudernden Atemzug aus und drücke meinen Hinterkopf gegen das Regal hinter mir. Ich versuche, mich zu erinnern, wie es sich vor anderthalb Jahren angefühlt hat, hier zu sein, als das Leben noch unbeschwert und hell und normal war. Wenn mir vor anderthalb Jahren jemand gesagt hätte, dass Eva eine gewalttätige und wahrscheinlich mordlustige Meute hierherführen würde, um vor einem drohenden apokalyptischen *Sturm* die Buchhandlung einzunehmen ... Ich hätte gedacht, das klingt echt hammermäßig. In der Theorie. Aber ich hätte diesen Jemand auch für verrückt erklärt.

Ich höre, wie sie an der Hintertür stehen bleiben.

Eine unbekannte Frauenstimme fragt Eva: «Wo geht es hier hin?»

«Ins Obergeschoss.»

«Obergeschoss?»

«Ja», sagt Eva. «Oben ist noch ein Apartment. Ich denke, da haben die beiden gewohnt.»

«Könnte es sein, dass sie sich da oben verstecken?», fragt die Frau. «Du kennst sie besser als wir.»

Eva überlegt einen Augenblick. «Nein», sagt sie schließlich. «Nein, das würde sie nicht. Sie ist irgendwo hier unten, da bin ich sicher. Beide müssen hier irgendwo sein.»

«Wie du meinst», knurrt die Frau und die Schritte kommen wieder zurück, langsam und zielstrebig.

Ich bin geliefert. Sie sind auf dem Weg hierher und es gibt nichts, was sie noch ablenken kann. Es ist nur eine Frage der Zeit.

Ich schließe meine Finger um den Stein und hole mit dem guten Arm zum Wurf aus, als mein Blick auf das frei stehende Bilderbuchregal fällt, das einen Teil des Durchgangs zum Kinderleseraum bildet. Eva und ihre Freunde warten auf der anderen Seite. Das doppelseitige Regal ist etwa einen Meter breit und reicht bis fast an die Decke. Auf der anderen Seite ist es mit Graphic Novels und Sachbüchern für Jugendliche gefüllt und dazwischen steht noch die Pride-Day-Deko vom Juni. Das Regal sollte etwas Privatsphäre für die Kinder im Leseraum schaffen, der in L-Form vom Hauptraum abzweigt. Es schirmt auch mich ab, als ich mich in die Ecke zwänge, außer Sicht.

Früher hab ich das Regal manchmal für Autorenlesungen und andere Events zur Seite geschoben, um einen offenen Raum zu schaffen. Es hat mich jedes Mal genervt, dass das schwere Regal kaum zu bewegen war, aber jetzt ist das eine Chance.

Ich lege meinen Stein zur Seite und mache einen Schritt nach vorn. Vorsichtig setze ich meinen Turnschuh auf den Teppich, um kein Geräusch zu machen. Ich zögere nicht. Ich habe keine Zeit. Ich drücke einfach mit all meiner Kraft, während mein Bizeps zuckt und meine Handfläche brennt. Ich drücke, bis das Regal nachgibt und zu kippen beginnt.

Es fällt nicht sofort. Stattdessen schwankt es vor und zurück, dass ich mich schon frage, ob es überhaupt umfallen wird. Aber es fällt doch. Es ist ein Riesenradau. Ein Gerangel bricht aus und eine dunkle raue Stimme flucht laut. Gummisohlen quietschen auf dem Boden, als alle vier Eindringlinge versuchen, der Katastrophe in Form eines Bücherregals zu entkommen.

Ich renne schnell zurück um die Ecke in den hinteren Teil des Lesezimmers, bevor Eva mich sehen kann. Als sie durch die große Öffnung stolpert, die ich geschaffen habe, verfehlt das Regal knapp ihr Bein. Jemand anders hatte anscheinend nicht so viel Glück, denn ich höre einen Schmerzensschrei. Der Laut ist zu tief für Benji, aber es ist auf jeden Fall eine Männerstimme.

Ich hebe den Stein wieder auf und weiß, dass ich ihn diesmal benutzen muss. Ich habe nur ein paar Sekunden gewonnen, während der Mann versucht, seinen Fuß unter dem Regal herauszuziehen. Aus den Augenwinkeln sehe ich, wie die unbekannte Frau sich hektisch umsieht. Angriffsbereit sucht sie nach irgendeiner Spur von mir, die Lippen zu einer Grimasse verzogen.

Eine Hand taucht in meinem Sichtfeld auf und die Frau greift danach und drückt die Finger des Mannes, bis seine Knöchel weiß werden. Als der Mann sich näher zu ihr beugt, kommt sein Kopf in Sicht und mein Magen zieht sich zusammen. Es ist der Mann vom Wanderweg, der uns kurz darauf freigelassen hat, nur um ein paar Tage später zurückzukommen, um mich umzubringen. Der Mann, der Maeve mit einem Würgegriff festgehalten hat, damit sie zusehen musste, wie ich sterbe. Er ist hier. Er ist zurück. Diesmal wird er nicht zögern. Er wird mich nicht verschonen wie das letzte Mal. Nicht wenn sein eigenes Überleben auf dem Spiel steht.

Die Frau umfasst das Regal und hebt es ein Stück hoch, während der Mann seinen Fuß herauszieht. Sie sehen fast aus wie Geschwister. Entweder das oder sie sind ein Paar. Das ist schwer zu sagen. Die beiden, die ich in Gedanken Alison und Luther taufe, sehen einander an und ich beobachte, wie sich Luthers Adamsapfel hebt und senkt. Er wirft einen Blick auf seinen Fuß und verzieht das Gesicht.

«Ist er gebrochen?», fragt Benji mit stockender Stimme.

«Was glaubst du wohl?», gibt Luther mürrisch zurück. Ich beobachte, wie Alison ihre Hände vors Gesicht schlägt.

«Bleib du hier», raunt Alison und sagt dann zu Eva: «Lass uns weitergehen.»

Sie wartet nicht auf Evas Reaktion, sie biegt einfach um die Ecke und betritt das Lesezimmer, bevor ich bereit bin. Bevor ich die Chance habe, mich weiter vom Hauptraum wegzubewegen, soweit das möglich ist. Bevor ich die Chance habe, irgendetwas zu bewegen. Es gibt keine Vorwarnung. Also mache ich einen letzten verzweifelten Versuch, Alison aufzuhalten, und werfe den Stein.

Als der Stein sie an der Stirn trifft, hebt sie den Blick und entdeckt mich. Sie zuckt nicht zusammen. Sie sagt kein Wort. Ich stemme mich gegen das Kinderbuchregal. Wir haben dieses Regal zwar noch nie bewegt, aber das heißt ja nicht, dass es sich nicht bewegen lässt.

Ich höre das Holz ächzen, als das Bücherbord zu wanken beginnt. Mein Arm spannt sich an, während sich das Regal langsam von der Wand wegneigt. Diesmal geht es nicht so schnell. Das umstürzende Regal überrascht niemanden und das muss es auch nicht. Die zerbrochenen Regalbretter und zerfledderten Bücher auf dem Boden sind einfach ein weiteres Hindernis zwischen mir und Alison.

Sie zögert eine Sekunde, bevor sie die Verfolgung wieder aufnimmt. Mein Blick mustert ihren Körper und bleibt an dem Griff eines Messers hängen, das in ihrem Stiefel steckt. Aus einer kleinen Wunde auf ihrer Stirn sickert Blut und die Haut darum färbt sich bläulich. Sie greift nicht nach dem Messer, noch nicht. Das muss sie auch nicht. Ich sehe, wie sie die Augenbrauen hochzieht und lächelt, als ihr klar wird, dass sie im Moment kein Messer braucht, um die Oberhand zu haben. Ich spüre schon die Wand hinter mir, auch wenn ich sie noch nicht erreicht habe. Ich muss mich nicht umdrehen, um zu sehen, dass sie da ist. Ich habe keinen Platz mehr und ich habe keine Chance mehr, aber hatte ich jemals wirklich eine Chance? Ich war nie dazu bestimmt zu gewinnen, nur dazu, ein paar Minuten länger zu leben. Das weiß Alison auch.

Sie beginnt, über die Haufen von zersplittertem Holz und Kinderbüchern zu steigen, das Gesicht angespannt vor Anstrengung. Fast der gesamte kleine Raum ist verwüstet, sodass es eine ziemliche Kraxelei ist. Als sie einen Fuß auf ein Buch mit Schutzumschlag setzt, rutscht er in den Bücherhaufen und verkeilt sich unter einem umgestürzten Bord. Während

Alison an ihrem Bein zieht, nutze ich meine einzige Chance zur Flucht. Im Bruchteil einer Sekunde entscheide ich mich loszurennen. Wohin weiß ich nicht, aber hier angewurzelt stehen zu bleiben, ist keine Option.

Ich presche los und bin fast schon an Alison vorbei, bevor sie kapiert, was ich vorhabe. Ihr linker Stiefel steckt noch fest, aber sie versucht, mich mit ihrem Arm zu packen, als ich an ihr vorbeirenne. Mein Körper reagiert, bevor ich darüber nachdenken kann. Ich mache einen Satz zur Seite und meine Schulter pocht vor Schmerzen, als ich gegen eine Graphic Novel im Display stoße. Ich ignoriere den Schmerz, drehe mich um und renne an Benji vorbei, der sich gerade hinunterbeugt, um die Blutung an Luthers Bein zu stillen. Er versucht nicht, mich aufzuhalten, als ich an ihm vorbeihaste.

Ich renne auf die Tür und meine notdürftige Barrikade zu, ohne eine Ahnung zu haben, was ich dann machen soll. Nach draußen zu flüchten, ist keine Option. Wenn ich aus dem Haus renne, blockieren sie womöglich die Tür und ich bin ausgesperrt. Das ist alles keine Lösung. Die Energie, die im Moment durch meine Adern strömt, wird nicht lange vorhalten.

Als ich auf der anderen Seite des Tresens ankomme, bleibe ich einen Augenblick stehen. Ganz außer Atem werfe ich einen Blick zurück zu der chaotischen Truppe im hinteren Teil des Ladens. Alison hat sich befreit und steht neben Eva, jetzt mit dem Messer in der Hand. Ihr Kiefer ist fest, ihre Haltung angespannt. Ihre lodernden Augen starren mich nicht an, sie starren durch mich hindurch. Ich bin keine Person für sie, ich bin nur ein Objekt. Ich bin ein Hindernis auf ihrem Weg. Langsam richtet sich auch Benji wieder auf und hilft Luther hoch. Der scheint gar nicht zu bemerken, dass er noch blutet. Er verlagert sein Gewicht und greift nach der Axt, die an seinem Hosenbund befestigt ist.

Eva hat keine Waffe in der Hand und zögert. Ihre blauen Augen scheinen etwas in meinen zu suchen. Ich weiß nicht, was sie von mir erwartet.

Es ist Luther, der sich als Erstes bewegt. Auf seinem blassen Gesicht glänzt Schweiß und sein verletztes Bein, das durch den zerrissenen Stoff zu sehen ist, hinterlässt eine Spur von Blut, aber sein Gang wirkt nicht entkräftet.

Als er die geschlossene Wohnungstür erreicht, holt er kurz Luft und dreht sich zu Benji. «Benji», sagt er mit einer wahllosen Handbewegung. «Such nach der anderen. Nicht dass sie sich auch irgendwo versteckt.»

Benji nickt und huscht die Treppe hinauf in die Wohnung im Obergeschoss. Ohne ihn ist die Luft noch ein bisschen stickiger. Ohne ihn ist das Gewicht, das auf meiner Brust lastet, noch ein paar Tonnen schwerer. Eva sieht ihm nach und kaut auf ihrer Unterlippe, während sie in ihrer Hosentasche nach etwas kramt.

Ich weiß, dass sie weiß, dass Maeve nicht hier ist. Wir kennen Maeve beide gut genug und wir kennen mich. Eva ist vollkommen klar, dass Maeve sofort an meiner Seite wäre, wenn sie sich irgendwo in der Nähe dieses Gebäudes befände. Und Eva weiß, dass Maeve diejenige ist, die sich bereitwillig auf einen Kampf einlässt, nicht ich. Unter allen anderen Umständen wäre ich diejenige, die sich oben in der Wohnung versteckt und den Atem anhält, während die Angst meine Eingeweide zerfrisst und Maeve unten mutig Widerstand leistet. Eva weiß, dass es nie andersrum wäre. Aber sie sagt nichts.

Luther zögert nicht. Er marschiert auf mich zu, so schnell es ihm sein Bein erlaubt. Es gibt keinen Fluchtweg für mich.

Alison folgt einen halben Meter hinter ihrem Bruder/Lover und als die beiden immer näher kommen, greife ich nach dem Hammer auf dem Boden. Doch bevor meine Finger den

Hammer berühren, stößt Luther eine Art Urschrei aus und schwingt seine Axt, fast nah genug, um mich am Kopf zu treffen. Ich muss zugeben, dass ich erleichtert bin. Ich hänge doch ein bisschen an meinem Kopf. Stattdessen trifft seine Axt das reparierte Loch in der Wand, schlägt festgenagelte Bretter entzwei und lässt das zersplitterte Holz in alle Richtungen fliegen. Hastig beuge ich mich noch einmal hinunter und umklammere den Griff des Hammers, bis meine Knöchel weiß werden.

Mein Herz klopft wild, während ich versuche, die Angst hinunterzuschlucken, die in mir aufsteigt. Es bleibt ein bittergiftiger Geschmack, von dem mir kotzübel wird, aber ich nutze jede flüchtige Minute, die ich noch kriegen kann.

Ich taumele rückwärts und stolpere fast über meine provisorische Barrikade. Hier also werde ich sterben. Ich werfe einen Blick auf die Reihen von Taschenbüchern hinter mir. Edgar Allan Poe. Wie passend.

«Maeve musste es tun», murmele ich und weiß auch nicht, warum ich mir meine Spucke nicht spare. «Sie hatte keine andere Wahl. Becca hätte mich umgebracht. Becca *wollte* mich umbringen.» Es ist wie eine Beichte auf dem Sterbebett.

Die Worte sprudeln in schneller Folge aus mir heraus, als wollten sie meinem Kopf entkommen, bevor mir das Licht ausgeblasen wird. Als müssten sie gesagt werden, bevor ich nichts mehr sagen kann.

«Eva, du willst das doch nicht wirklich tun, oder? Du weißt, dass es falsch ist. Bitte sag mir, dass du das weißt.» Ich mustere suchend ihr Gesicht. Was genau ich suche, weiß ich auch nicht. Irgendetwas, um mir zu zeigen, dass sie mit dem hier nicht einverstanden ist.

Eva öffnet den Mund, um etwas zu sagen, doch Luther hält sie davon ab. «Darum geht es hier nicht. Entweder du stirbst oder wir sterben und deine Chancen stehen nicht besonders gut.»

«Was, wenn ich einen von euch mit in den Tod nehme», drohe ich und hebe den Hammer, den ich mit meiner Faust umklammere. «Ich mache das wirklich.» Die Worte klingen falsch und hohl, auch wenn ich versuche, etwas anderes vorzutäuschen.

«Ich glaub kaum, dass du dafür noch Zeit hast.»

Und damit macht er einen Satz nach vorn und presst mir mit einer blitzschnellen Bewegung die Klinge seiner Axt an den Hals, sodass ich mit dem Hinterkopf gegen einen Holzstuhl krache, der an der Haustür lehnt. Luther drückt noch härter zu, als Benji es an jenem Tag im Wald getan hat. Ich spüre schon, wie die Klinge durch die Schichten meiner Haut schneidet und das warme Blut meinen Hals hinunterrinnt, bis ich es auf meiner Zunge schmecken kann. Ich wage es nicht, mich zu bewegen. Ich wage es nicht zu sprechen. Ich wage es nicht, den metallischen Geschmack in meinem Mund hinunterzuschlucken. Eine falsche Bewegung und die Axt durchschneidet meinen Hals. Eine falsche Bewegung und ich bin verloren.

Luther lächelt, als er mein Blut sieht, und wirft einen Blick über seine Schulter zu Alison, die ihm zunickt, als wollte sie sagen: *Gut gemacht, Bruder/Lover. Geschieht ihr recht.*

Jetzt wird mir der Ernst der Lage so richtig klar. Nach jahrelanger Lektüre von Büchern über Tod und Krieg, über Schwerter und Schmerz erfahre ich das jetzt alles am eigenen Leib. Und es gefällt mir gar nicht. Ich bin den Geschichten, die ich so gerne verschlinge, nicht gewachsen. Ich hab Angst. Ich hab immer zu viel Angst zu handeln, wenn es wirklich drauf ankommt. Ich hatte zu viel Angst zu reagieren, als Thea an die Hintertür trommelte. Ich hatte Angst, etwas zu sagen, als Eva dieses Haus verließ, ohne sich noch einmal umzudrehen. Und das einzige Mal, das ich versucht habe zu kämpfen, nämlich jetzt, fällt schon wieder alles in sich zusammen.

Die Aussicht zu sterben, ist furchterregender als alles, was ich bisher erlebt habe. Die Vorstellung, dass alles zu Ende ist. Dass alles schwarz wird und danach nichts mehr kommt. Ich werde mich nicht mehr erinnern, wie sich Maeve anfühlte. Ich werde mich an nichts von alldem hier erinnern. Ich werde einfach weg sein, nichts hinterlassen als tote Zellen und totes Fleisch. Und eines Tages werden diese Dinge auch weg sein. Und Eva wird weg sein und Maeve und Benji und es wird niemanden mehr geben, der sich an mich erinnert.

Der Gedanke, dass die Dinge nur so beendet werden können, hat eine schmerzlich schöne Tragik. Der Schmerz, die Herzensqualen und die Trauer können nur enden, wenn alles andere mit endet. Vielleicht war das hier immer unvermeidbar. Vielleicht war es immer so vorherbestimmt.

Ich will, dass er die Sache hinter sich bringt. Ich will nicht, dass er mich quält und mich warten lässt, bis er die Gnade hat, mein Leben zu beenden. Ich will, dass er zusieht, wie der letzte Atemzug aus meinem Körper weicht, bis er gezwungen ist, sich zu fragen: *Was hab ich getan? Was ist aus mir geworden?* Ich will, dass sie sich erinnern, bis sie es nicht mehr können.

«Du musst das nicht tun», murmelt Eva. «Sag einfach, dass du die Buchhandlung aufgibst. Okay, Liz?»

Luther sieht zu Eva hinüber und verringert den Druck auf die Axt ein kleines bisschen. Aber ich habe nicht einmal die Möglichkeit zu entscheiden, ob ich mich ergeben will. Was bin ich ohne dieses Gebäude?

«So funktioniert das nicht», wendet Luther ein. «Sie haben Becca umgebracht. Es gibt Regeln.»

Eva schüttelt den Kopf und sagt mit leicht gebrochener

Stimme: «Sie hat nichts getan! Liz ist unschuldig. Maeve hat Becca umgebracht, Liz war nur dabei.»

«Maeve ist nicht hier», antwortet Luther. «Wir nehmen die Rache, die wir kriegen können.»

Evas Augen weiten sich, als sie sich zu mir dreht. «In welcher Welt gelten denn solche Regeln?»

«Bist du eigentlich auf unserer Seite oder nicht?», wirft Alison verärgert ein. «Das klingt ja allmählich so, als wärst du es nicht.»

Aber Luther schüttelt den Kopf. «Du solltest das machen», murmelt er mit einem Seitenblick zu Eva.

«Was? Nein! Ich mach das nicht.»

Alison macht einen Schritt nach vorn und drückt Eva ihre noch imposantere Klinge in die Hand. Doch sie greift nicht nach der Waffe. «Komm schon, Eva, erledige die Sache. Wir haben nicht den ganzen Tag Zeit.»

Ich spüre, wie mir warme Tränen über die Wangen laufen und von meinem Kinn tropfen. Eva schließt die Augen.

«Sei kein Waschlappen», knurrt Luther. «Zeig uns, wie stark du bist.»

Ich sehe zu, wie Alison Eva einen Schubs gibt und sie zwingt, ihre Hände um den Griff von Luthers Axt zu legen. Sie hält die Waffe nicht so wie er. Ihre Finger berühren den Griff kaum und ihr Blick sagt, dass sie furchtbare Angst hat. Aber nur eine von uns wird am Ende dieser Auseinandersetzung tot sein. Ich bin die Einzige hier, die das Recht hat, Angst zu haben.

Ich presse die Zähne aufeinander. Ich muss stark bleiben, egal, wie flau mir im Magen ist. Es ist fast schon ironisch, dass es so endet. Fast wie bei Shakespeare. Mein erster Highschool-Englischlehrer könnte aus diesem Moment wahrscheinlich Interpretationsstoff für eine ganze Unterrichtsstunde ziehen. Aber die Ironie spielt jetzt keine Rolle.

«Einfach machen, Eva», raunt Alison. Wie in einem dilettantischen Werbefilm.

«Gib mir eine Sekunde!», faucht Eva, aber ihre Stimme klingt nervös. «Zwing mich nicht, das zu machen.»

Als Evas Hände zu zittern beginnen, wende ich den Blick ab und starre aus dem zugestellten Schaufenster. Ich spüre, wie die Klinge sich tiefer in meine Haut gräbt, Millimeter für Millimeter. Ich werde ihr nicht in die Augen sehen.

Draußen ist alles grau, ein Grau, das die Welt und die Orte verschluckt, die ich einmal kannte. Ein Schatten lauert auf dem Platz wie ein Geist. Vielleicht mein Geist. Ich bin sicher, es ist ziemlich plausibel, Sekunden vor seinem Tod Halluzinationen zu haben, oder? Auf jeden Fall wäre jetzt der perfekte Zeitpunkt, um verrückt zu werden.

Ich beobachte, wie der Schatten näher und näher kommt, bis er vor der Haustür stehen bleibt. Vielleicht ist es der Tod? Oder der Sensenmann oder so etwas, eine Sinnestäuschung. Es wäre nicht das erste Mal, dass ich in den letzten paar Wochen halluziniere.

Der Schatten zögert, doch dann steigt er durch das Loch im Fenster. Wanderstiefel klettern über die Bücherregale, bevor sie mit einem dumpfen *Rums* auf dem Holzfußboden aufkommen.

Das ist nicht der Sensenmann. Mein Gehirn ist nicht kreativ oder wagemutig genug, um sich so eine kühne Abweichung von der Vorlage auszudenken. Und als die Schattengestalt ihre Kapuze herunterreißt und aus einem Futteral an der Hüfte die mir allzu bekannte Klinge zieht, entfährt mir ihr Name.

«Maeve.»

Sie ist zurückgekommen.

Sie ist für mich zurückgekommen.

Ich spüre, wie mein Puls schneller wird, als mir klar wird,

was das bedeutet. Es bedeutet, dass ich genug bin. Dass ich für sie genug bin. Genug, um absichtlich in diese Scheiße zurückzukommen. Und dann strömen mir die Tränen über die Wangen, weil Maeve die Entscheidung getroffen hat, mit mir hier festzusitzen, und das bedeutet mir mehr als alles andere. Vielleicht sind es also Tränen der Erleichterung. Erleichterung, dass ich nicht vollkommen allein bin. Noch nicht zumindest.

Eva nimmt die Axt von meinem Hals, sobald Maeves Name über meine Lippen gekommen ist und starrt unsere unerwartete Besucherin mit großen Augen an. Sobald die Klinge weg ist, sobald ich das kalte Metall nicht mehr auf meiner Haut spüre, kann ich wieder atmen. Ich lasse die kalte Luft in meine Lungen strömen, während ich zurückstolpere, weiter in den Laden hinein. Niemand hält mich auf. Ich atme in tiefen Zügen wie nie zuvor, weil ich dachte, dass ich es nie mehr tun würde.

«Ist die Party etwa schon vorbei?», fragt Maeve, während sie den Griff ihres Messers noch fester umschließt.

Luther flucht. Sein Blick geht von Maeve zu mir und zurück. Dann marschiert er zu Eva und reißt ihr die Axt aus den Händen. Sie scheint mehr als glücklich zu sein loszulassen.

«Du hättest das einfach erledigen und sie töten sollen», murrt er. «Jetzt müssen wir uns mit zwei von ihnen rumschlagen.»

«Tut mir leid», sagt Eva und senkt den Kopf.

Aber Maeve wartet nicht, bis die beiden ihr Gespräch beendet haben. Stattdessen schwingt sie sich über den Verkaufstresen, schrammt mit dem linken Oberschenkel über das lackierte Holz und landet sicher auf der anderen Seite. Wir haben keine Zeit für ein freudiges Wiedersehen. Das wissen wir beide, auch wenn ich sie am liebsten festhalten und nie mehr loslassen würde. Auch wenn ich ihr am liebsten gleich sagen würde, dass es mir leidtut und dass ich sie jetzt verstehe. Als sie auf mich zurennt, sehe ich keinen Vorwurf in ihrem

Gesicht. Wenn sie auch nur zehn Sekunden später gekommen wäre, hätte es wahrscheinlich gar kein Wiedersehen gegeben, freudig oder nicht.

Luther stellt sich an die Spitze der Gruppe, bereit, das Kommando zu übernehmen. Doch diesmal tritt Maeve vor, um sich ihm entgegenzustellen. Schachmatt.

Maeve reagiert als Erstes und stürzt sich auf Luther, ihr Messer fest in der Hand. Es ist eine kleinere Waffe als die Luthers, aber sie hantiert viel geschickter damit als er. Luther ist zu langsam, um auch nur mitzubekommen, was sie macht. Erschrocken heult er auf, als Maeves Messer über seinen Oberkörper fährt.

Doch sein Schrei bringt Alison dazu, in Aktion zu treten. Sie stürmt auf mich zu und umkreist mich wild mit ihrem Küchenmesser wie ein rotierender Helikopter. Natürlich habe ich kein gutes Reaktionsvermögen und natürlich habe ich keinerlei Kampftraining, aber Alison offenbar auch nicht. Ich muss es einfach nur schaffen, sie zu überleben, bis Maeve mir zu Hilfe eilen kann. Ich muss einfach nur ihrem Messer ausweichen.

«Eva, beweg dich!», bölkt Luther und plötzlich tastet Eva wieder nach ihrem Messer. Mit einem Grunzen greift sie an, ihre Klinge schneidet Maeves Oberarm entlang und rotbraune Rinnsale laufen über ihre Haut. Maeve presst die Zähne aufeinander und kneift die Augen zusammen, aber sie gibt keinen Laut von sich. Sie gibt den anderen nicht die Genugtuung, sie verletzt zu haben.

Alison beschließt, ihre Taktik zu ändern, und zieht ihr Messer zurück, während wir einander langsam umkreisen. Ich warte, bis ihr Körper ihre Pläne verrät und es zu spät ist, sie zurückzunehmen. Während sie die Lippen spitzt und ihr Blick von meinem Gesicht zu meinem Oberkörper schießt, springt sie nach vorn. Sie hat so viel Energie in diese eine Bewegung gelegt, dass sie nicht mehr zurückkann. Als ich einen Schritt zur Seite mache, schießt sie an mir vorbei. Ihre Klinge verfehlt ihr Ziel und streift lediglich meinen Bauch. Es tut nicht weh genug, um groß darauf zu achten.

Plötzlich wird die Hintertür aufgerissen und knallt gegen die Wand. Ich drehe mich um und sehe Benji die Treppe herunterkommen. Er schlendert in den Raum, viel zu cool, ruhig und gefasst für die aktuelle Situation.

«Ich konnte sie nicht finden», sagt Benji mit ruhiger Stimme. «Maeve, meine ich.»

Luther schnaubt und deutet auf Maeve, die mit einem Lachen antwortet. «Ach wirklich?»

Benji kapiert endlich, was los ist, und sucht hastig nach seiner Waffe. Es ist nichts Besonderes, nur ein Stück geschliffenes Metall, um das ein Klebeband gewickelt ist, wie man es bei einem Hockeyschläger verwendet. Ungeschickt greift er nach der Klinge und schafft es irgendwie, sich nicht zu schneiden. Das Messer sieht lächerlich klein aus in seiner Hand, aber er hält es fest und stellt sich bedrohlich in Position, gegenüber von Alison. Allmählich fange ich an, mich ausgeschlossen zu fühlen. Ein Hammer ist wohl nicht die beste Ausrüstung für einen Messerkampf.

«Überleg es dir gut, Benji», knurre ich, während die beiden mich einkreisen. Ich versuche, die Dialoge nachzuahmen, die ich unzählige Male in Abenteuerbüchern gelesen habe. Ich hab das Gefühl, ich muss mich gleich übergeben. «Ich weiß zu viel über dich.»

Benji schüttelt den Kopf, ein unbehagliches Lächeln auf den Lippen. «Du weißt überhaupt nichts über mich, Liz.»

«Ich kenne dich gut genug, um zu wissen, dass du das nicht tun willst. So ein Mensch bist du nicht.»

Ich rede weiter, denn solange ich rede, kann ich keine Angst haben. Gut, okay, ich habe immer noch Angst, aber ich mach mir nicht jeden Moment in die Hose. Das ist ja schon mal eine Verbesserung.

«Halt die Klappe», antwortet Benji.

«Glaubst du, Thea würde wollen, dass du das tust?»

«Fang nicht von Thea an.»

Ein Donnerschlag unterstreicht Benjis bissigen Worte und in der darauf folgenden Stille kann ich die Regentropfen hören, die draußen zu fallen beginnen und zischend auf den heißen Boden treffen.

Es ist so weit.

Jetzt ist es so weit und jedes Molekül in mir droht zu kollabieren, als der zweitschlimmste Moment in meinem Leben sich immer mehr zuspitzt. Ich drehe mich um und sehe, wie das Gras draußen in Sekunden verwelkt und verendet. Meine Knochen sind plötzlich aus Blei.

Der *Sturm* ist hier. Der Marine-Mann hatte recht. Eva hatte recht. Maeve hatte recht. Und vielleicht wusste ich auch immer, dass sie recht hatten.

Aber das ändert nichts daran, dass das alles jetzt verdammt wehtut.

Und es ändert nichts daran, dass ich komplett gearscht bin.

KAPITEL VIERUNDDREISSIG

Alison steht wie angewurzelt da und starrt nach draußen, als hätte sie noch nie Regen gesehen. Ein Atemstoß entweicht durch ihre leicht geöffneten Lippen. «Scheiße», flüstert sie. Da drehen sich auch die anderen um, Maeve eingeschlossen. Alle starren aus dem Fenster und sehen den fallenden Regentropfen zu, als wären sie hypnotisiert worden. Aber ich nicht.

Ich nutze diese Sekunden und setze so schnell nach vorn, dass Benji keine Zeit hat zu reagieren. Ich beschließe, einen Move anzuwenden, den ich mal bei einem Thanksgivingdinner von einem nervigen Cousin gelernt habe. Ich hake mein rechtes Bein um Alisons und ziehe ihr die Füße weg. Sie knallt mit dem Steißbein auf den Boden, bevor sie überhaupt kapiert, was ich gemacht hab. Bevor Benji kapiert, was passiert ist.

Und dann renne ich los, schlinge meinen schlechten Arm um Maeves und ziehe sie mit mir, während die Waldkonsorten noch abgelenkt sind. Ich kriege mit, dass Maeve etwas sagt. Wahrscheinlich fragt sie, was zum Teufel in mich gefahren ist, aber ich bleibe nicht stehen. Ich bleibe nicht stehen, als Luther sich brüllend auf uns stürzt, nur Zentimeter davon entfernt, Maeves T-Shirt zu packen, bevor wir durch die Hintertür verschwinden. Ich stoße die Tür zu und schließe sie ab, während dahinter ein lautes Geschrei losbricht und Luther und wer weiß noch gegen das Holz trommeln.

«Was zum Teufel soll das?», flüstert Maeve, während ich sie die Treppe hinaufziehe. «Ich hätte ihn fast erledigt!»

«*Ich* aber nicht», antworte ich. «Ich musste die Chance ergreifen und wegrennen oder ich wäre tot gewesen. Also bin ich gerannt.»

«Und was sieht dein genialer Plan jetzt vor? Jetzt, wo du weggerannt bist? Soweit ich mich erinnern kann, gibt es hier keinen zweiten Ausgang, es sei denn, du willst aus dem Fenster springen. Wir sind gearscht.»

«Sie sind zu viert und wir sind zu zweit. Es war immer klar, dass wir gearscht sind.»

«Also hast du keine Ahnung, was wir als Nächstes tun sollen», bestätigt Maeve. Ich antworte nicht, denn ich hab tatsächlich keine Ahnung, was wir als Nächstes tun sollen, aber ich werde ihr nicht die Genugtuung geben, recht zu haben. Also zuckt sie die Achseln und hebt den Sessel hoch, um ihn die Treppe hinunterzustoßen. Eine ziemlich übertriebene Reaktion auf mein plötzliches Schweigen, aber ich verkneife mir einen Kommentar. Wir haben ja alle unsere Laster und wenn das in Maeves Fall Möbelwerfen ist, will ich mir nicht anmaßen, über sie zu richten.

Maeve bemerkt den Blick, den ich ihr zuwerfe, und verdreht die Augen. «Es wird nicht lange dauern, bis sie es durch die Tür schaffen, und dann ist es doch besser, wenn sie nicht freie Bahn nach oben haben, stimmt's?»

«Stimmt.» Und damit sind wir wieder beim Barrikadenbauen. Ich kann nicht sagen, dass ich es vermisst habe.

Draußen regnet es immer heftiger, während Luther und Co. ihre Versuche fortsetzen, die Hintertür aufzubrechen. Maeve ignoriert den Lärm, nimmt die Mikrowelle und zieht den Stecker raus, bevor sie das Gerät die Treppe hinunterpoltern lässt. Mit einem traurigen Klonk kracht es gegen den Sessel.

«Könntest du mal aufhören, das Mobiliar zu zerstören?», frage ich. «Wie würdest du dich fühlen, wenn ich *dich* die Treppe runterwerfen würde?»

Maeve wirft mir einen finsteren Blick zu und greift nach dem Couchtisch. «Hast du eine bessere Idee?»

Ich lasse meinen Blick durch den Raum wandern und suche nach einer «besseren Idee». Im Worst-Case-Szenario leisten wir unseren letzten Widerstand hier oben und nutzen jetzt die Minuten, die wir gewonnen haben, um unsere gefährlich hohe Herzfrequenz zu drosseln. Oder wir versuchen, durch die geschlossene Tür, ihnen die Sache auszureden. Solange sie physisch noch nicht in der Lage sind, uns umzubringen, lassen sie vielleicht eher mit sich reden. Aber ich weiß, dass diese Gedanken albern sind. Sie haben sich schon zu weit in diese Sache hineingeritten, als dass sie sich auf einen Waffenstillstand einlassen würden, vor allem, wenn sie am längeren Hebel sitzen.

Der *Sturm* hat die Tür zum Schlafzimmer ein Stück aufgeweht. Ein Küchenbrett fliegt vor meinem Gesicht durch die Luft, als ich durch den Türspalt sehe. Die blaue Plane flattert wild im tosenden Wind und taucht das ganze Zimmer in ein blaues Licht wie in einem außerirdischen Raumschiff oder einem kitschigen Science-Fiction-Streifen mit stümperhaft computeranimierten Aliens. Als ich ins Schlafzimmer starre, macht irgendetwas in meinem Gehirn klick. Ich drehe mich zu Maeve, die sich immer noch mit dem Couchtisch abschleppt.

«Maeve, hör auf. Ich hab eine bessere Idee.»

Sie zieht eine Augenbraue hoch und kapituliert endlich vor dem schweren Couchtisch. «Ach ja?»

«Ja», antworte ich. «Wir machen das im Stil von *Kevin – Allein zu Haus.*»

KAPITEL FÜNFUNDDREISSIG

Wir warten am oberen Ende der Treppe und lauschen atemlos auf das Getöse unter uns. Innerhalb von Sekunden werden sie durch die Tür sein, aber wir hatten genug Zeit, um uns so etwas wie einen Plan auszudenken. Und alles, was es uns gekostet hat, waren ein Sessel, eine Mikrowelle, ein Couchtisch und vier Plastikküchenbretter. Was für ein Schnäppchen!

Ich werfe einen Blick zu Maeve, die am Rand der Treppe steht, das Messer in der Hand. Es gibt nichts, was ich im Moment mehr möchte, als ihr die tausend Dinge zu sagen, die in meinem Kopf herumschwirren, aber ich weiß, dass jetzt nicht die Zeit dafür ist. Später, wenn mein Herz nicht mehr versucht, aus meinem Brustkorb zu springen, und meine Hand aufhört zu zittern, werden wir reden. Ich werde ihr all die Dinge sagen, die ich mir für später aufgehoben habe, denn wer weiß, wann «später» sein wird.

Ich lege den Hammer auf die Küchentheke und suche mir ein Kochmesser aus, dessen Gummigriff an meinen schwitzigen Händen klebt. Wahrscheinlich werde ich mich damit ziemlich ungeschickt anstellen, aber als Einzige ohne ordentliche Waffe dazustehen, wäre eine noch schlechtere Idee. Wer auch immer diese Messer gekauft hat, hätte sicher nie gedacht, dass sie so verwendet werden, aber ich hätte ja auch nie gedacht, dass ich jemals in einen Messerkampf geraten würde. Ich fühle mich wie der reinste Rowdy. Im nächsten Moment wird unten mit einem hallenden Krachen die Tür aus den Angeln gehoben und ich nehme wieder meinen vereinbarten Posten ein.

Maeves Blick springt von der Schnittwunde an meinem Hals zu meinen blassen zitternden Händen. Dann atmet sie einmal lang aus und kommt ein Stück näher. Sie legt eine Hand in meinen Nacken und ich presse meine Stirn an ihre.

«Wir haben keine Zeit», flüstert sie und ich spüre ihren Atem auf meinen Lippen. «Aber ich will, dass du weißt, dass es mir leidtut.»

«Mir tut es auch leid ...», beginne ich, aber sie unterbricht mich.

«Wir kommen hier lebend raus. Wir haben später noch Zeit für ausführliche Entschuldigungen.»

Und dann lässt sie los und wir stehen wieder getrennt. Die Welt setzt sich erneut in Bewegung und am Fuß der Treppe taucht Luthers Gesicht auf.

Ich straffe meinen Rücken, als Maeve mir einen Blick zuwirft, die Spur von einem Lächeln auf den Lippen.

«Wir haben alles im Griff, oder?», frage ich und bin mir nicht sicher, ob ich ihre Antwort wirklich hören will.

Maeve zuckt mit den Schultern. «Klar haben wir das. Ich locke sie ins Schlafzimmer und schließe die Tür ab. Du musst nur ein bisschen Zeit schinden und die anderen aufhalten. Öffne nicht die Tür, egal, was passiert. Ich komm schon klar. Wir kommen klar.» Sie macht eine Pause. «Ist doch Pipifax, oder?»

Nicht gerade ein Vertrauensvotum, aber es muss reichen.

Luther ist der Erste, der durch den offenen Türrahmen tritt. Für einen Moment starrt er auf die Wohnzimmermöbel, die seinen Weg blockieren, dann flucht er vor sich hin und fängt an zu klettern. In dreißig Sekunden wird er hier oben sein. Alles, was ich tun kann, ist, auf meinem Posten zu warten.

«Erst schießen, wenn du das Weiße in ihren Augen siehst», raune ich Maeve zu, während Luther sich an unserem Couchtisch vorbeidrängt.

«Was? Ich hab doch keine Pistole.» Ich wünschte, *ich* hätte eine.

Aber ich schüttele nur den Kopf. «Alter Witz aus dem Unabhängigkeitskrieg.»

Alison stolpert hinter ihrem Bruder/Lover die Treppe hoch. Maeve weicht zurück, um sich zwischen der Küchentheke und dem Durchgang zum Schlafzimmer zu positionieren. Das angriffslustige Duo wird keine andere Wahl haben, als ihren Kampf im Schlafzimmer fortzuführen, wie wir es geplant haben. Was danach passiert, bleibt Maeve überlassen. Jetzt geht es los.

Als Alison die letzte Stufe erreicht, springt Maeve auf sie zu und holt mit ihrem Messer aus, sodass Alison und Luther rückwärts ins Schlafzimmer stolpern. Maeve folgt ihnen in geduckter Angriffshaltung. Sie wirft noch einen letzten Blick über ihre Schulter und zwinkert mir zu, dann verschwindet auch sie im Schlafzimmer und knallt die Tür hinter sich zu.

Jetzt sind nur noch Benji, Eva und ich im leeren Wohnzimmer. Etwas ungelenk gehe ich ein Stück in die Knie und halte das Küchenmesser ausgestreckt vor mir. Benji macht es mir sofort nach und fordert Eva mit einem Blick auf, sich auch in Position zu bringen.

«Tja, Eva», fange ich an, während wir umeinander herumpirschen. Benji holt nach mir aus, aber ich springe geschickt zur Seite. Seine Bewegungen sind nicht besonders subtil und lassen sich gut voraussehen. «Lange nicht gesehen, was?» In meinem Kopf klang das irgendwie cooler.

«Mir gefällt das hier genauso wenig wie dir», antwortet Eva und kneift die Augen zu Schlitzen zusammen.

«Mir gefällt es auch nicht», äfft Benji, aber ich werfe ihm einen vernichtenden Blick zu.

«Ich hab nicht mit dir geredet, Benji.» Dann wende ich mich wieder an Eva, die den Griff um ihr Messer kontrolliert. «Das hätte ich nicht von dir gedacht.»

Benji sieht aus, als würde er mich gerne daran erinnern, dass er mir *auch* schon mal ein Messer an die Kehle gesetzt hat, aber Eva antwortet, bevor er etwas sagen kann. «Wenn ich eine andere Wahl gehabt hätte, wäre ich nicht hier.»

«Dann bist du gezwungen worden mitzukommen … Ist es das?» Vielleicht würde dann all das hier einen Sinn ergeben. Vielleicht könnte ich dann verstehen, was sich verändert hat.

«Ich tue, was ich tun muss, um zu überleben», murmelt sie. Eine richtige Antwort ist das nicht.

«Und was ist mit meinem Überleben?»

Ich sehe zu, wie Evas Wangen feuerrot werden. «Ich hab ja versucht, dich zum Gehen zu bewegen!»

«Aber du hast mich verraten! Und ich hab gedacht, du bist meine Freundin.» Diese Feststellung klingt so belanglos, aber deshalb ist sie nicht weniger wahr.

Bevor Eva etwas erwidern kann, geht die Schlafzimmertür auf und Maeve steht da. Ihre Silhouette im Türrahmen wirkt bedrohlich. Blut färbt ihr Sweatshirt und rinnt die Rückseite ihres Beins hinunter. Ich will wissen, was sie mit ihr gemacht haben, aber ich weiß, dass ich ihr jetzt nicht helfen kann. Noch nicht. Luther und Alison sind in der Mitte des Raumes und kommen langsam näher. Maeve streckt den Arm nach oben aus und wartet, bis sie die richtige Position erreicht haben. Sie wartet, bis sie sich sicher fühlen und bereit sind, wieder anzugreifen. Sie wartet, bis sie direkt unter der Plane sind, bevor sie die Abdeckung wegzieht und den Blick auf den stürmischen Himmel freigibt.

Ich beobachte Luthers Gesicht, als er die ersten Tropfen auf seinem Gesicht spürt. Seine Augen werden ganz groß. Sein Mund klappt auf, bevor er einen Schrei ausstößt. Ein paar Tropfen fallen auf seine Zunge, wie bei einem Kind, das bei Schneefall begeistert den Mund aufreißt. Ich spüre, wie sich mir die Nackenhaare aufstellen und mir eine Gänsehaut über die Haut läuft, als er zu schreien beginnt und der Regen hereinströmt. Und er hört nicht auf. Er verschont niemanden. Das weiß ich noch zu gut. Ich werde zurückversetzt in unsere Küche zu Hause, erinnere mich an Theas ohrenbetäubende Schreie, als sie verzweifelt Zuflucht suchte. Wie ich da einfach gestanden habe, unfähig, mich zu rühren und sie zu retten.

Auch jetzt bin ich wie erstarrt – wir sind es alle – und meine Beine verweigern ihren Dienst, als Maeve aus dem Schlafzimmer entkommt und die Tür hinter sich zuknallt. Es gibt keinen Kampf mehr. Es ist, als hätten wir vergessen, warum wir hier sind. Stattdessen stehen wir wie gelähmt da, während der Lärm des Todes durch das Haus hallt. Und auch wenn nicht ich die Plane von der Decke gerissen habe und nicht ich die Tür abgeschlossen habe, trage ich ebenso die Verantwortung für die Folgen.

Maeve dreht sich nicht zu mir um. Sie starrt noch immer auf die verschlossene Tür und malt sich die Szene aus, die sich dahinter abspielt. Sie weigert sich, jemanden anzusehen, aber ich hoffe, sie weiß, dass ich verstehe, was in ihr vorgeht. Dass ich ihren Schmerz fühle und ihre Last mittrage. Ich kann nur hoffen, dass ihr das etwas Trost gibt. Wir tun, was wir tun müssen, um zu überleben.

Benji ist der Erste, der wieder etwas sagt. Mit gezücktem Messer marschiert er auf Maeve zu. «Was zum Teufel hast du getan?», brüllt er. Sein Schreien kann Luthers nicht übertönen, aber er versucht es trotzdem.

Maeve dreht sich langsam herum. Ihre Kiefermuskeln arbeiten, als sie Benjis wütenden Blick erwidert. «Ich hab getan, was ihr mit mir gemacht hättet. Ich hab getan, was die zwei mir antun wollten.» Es ist eine stümperhafte Verteidigung, aber Benji reagiert ohnehin nicht darauf.

Die Schreie sind verstummt. Das einzige Geräusch, das noch zu hören ist, ist das Trommeln der Regentropfen auf dem Dach. Sollen wir jetzt weiterkämpfen?

In diesem Moment öffnet sich knallend die Schlafzimmertür, aufgerissen von einem Windstoß. Der Schreck geht wie eine Schockwelle durch meinen Rücken und hallt in meinen Ohren wider. Alle vier drehen wir uns zur Tür um. Maeve erneuert den Griff um ihr Messer und macht einen Schritt zurück, um sich auf das gefasst zu machen, was da drinnen auf uns wartet. Ich glaube nicht, dass ich eine Leiche sehen will. Noch eine. Ich habe vermieden, die Leichen meiner Eltern und meiner Schwester zu sehen, aber es ist noch nicht genug Zeit vergangen und nicht genug Regen gefallen, um diese leblosen Körper aufzulösen. Nicht einmal ansatzweise. Als wollte das Schicksal uns zwingen hinzusehen. Damit wir begreifen, was wir getan haben.

Doch dort in der offenen Tür liegt keine Leiche. Es ist Alison, humpelnd, aber lebendig. Die linke Seite ihres Kopfes ist von Blasen übersät, eine gruselige Maske wie im *Phantom der Oper*, und als sie mit einem zitternden Finger auf Maeve zeigt, ist ihre Haut wund und blutig.

Ich blinzele und frage mich, ob ich Gespenster sehe. Vielleicht ist das eine Manifestation der Schuld, die in mir gärt. Ist es möglich, dass Alison den Regen überlebt hat? Sie konnte doch nirgendwohin fliehen. Dann fällt mir das Badezimmer ein, untergebracht in einer Ecke des Schlafzimmers, ein abgeschlossener Raum, abgeschirmt von dem, was durch das Dach kam. Alison muss nah genug dran gewesen sein, um dort Zuflucht zu suchen. Hinter ihr ist ein dunkler Schatten zu sehen. Luther hat nicht so viel Glück gehabt.

Alison schreitet auf Maeve zu, den Finger direkt auf ihre Brust gerichtet. Maeve stolpert zurück, bis sie an die Wand stößt. Bis sie nicht mehr weiter zurückweichen kann.

«Du hast ihn umgebracht», faucht Alison, als sie einen knappen Meter vor Maeve stehen bleibt. «Ich will, dass du mich anguckst und siehst, was du getan hast.»

Dann dreht Alison sich zu mir. Ihr Gesicht verzieht sich zu einer irren Grimasse. «Mit so einer willst du dich also verbünden? Mit der willst du auf einer Seite stehen? Nach allem, was sie getan hat?»

Maeve beginnt, leicht zu schwanken, als wäre jedes bisschen Leben aus ihr gesaugt worden. Maeve ist nicht bereit weiterzukämpfen. Ihre Unterlippe zittert, während sie nach der richtigen Antwort sucht. Ich glaube nicht, dass es in dieser Situation eine gibt.

Aber Alison ist bereit zu kämpfen und jetzt hat sie noch mehr Grund dazu. Rache ist ein starker Antrieb. Womöglich der stärkste überhaupt.

Ich beobachte, wie Alison ihre Waffe umklammert und damit zum tödlichen Stich ausholt. Maeve strauchelt, sucht mit verkrampften Fingern an der Wand hinter sich Halt. Sie macht keinen Versuch, sich selbst zu schützen.

Als Alison einen Schritt nach vorn macht, gebe ich mir einen Ruck. Ich weiß, was ich tun muss, und ich weiß, dass ich etwas tun muss, um den Teufelskreis zu durchbrechen, in den ich anscheinend immer wieder gerate. Ich kann nicht mehr einfach tatenlos dastehen, wenn die Menschen, die ich liebe, sterben. Ich kann nicht mehr einfach zusehen, wie mich alle, die mir wichtig sind, zurücklassen.

Als Alison ein dunkles Grollen ausstößt und ihre Klinge nach vorn schnellen lässt, passiert alles wie in Zeitlupe. Maeve presst sich gegen die Wand und sieht mich mit aufgerissenen Augen an. Sie beginnt, ihren Mund zu öffnen, um mir zuzurufen, dass ich stehen bleiben soll, aber ich bin bereit, zwischen Alisons Klinge und Maeves Oberkörper zu treten und ihre Worte werden mich nicht davon abhalten.

Ich hab es fast geschafft, als ich eine starke Hand auf meiner Schulter spüre, die mich aus dem Weg reißt. Die Sekunden ziehen sich in die Länge wie Kaugummi, als Eva vor mich springt und Alison begreift, was passiert. Aber sie ist schon in Fahrt. Sie ist schon zu nah. Die Klinge trifft, dunkles Rotbraun quillt aus der Wunde. Alison wollte töten und sie hat es getan.

Eva stürzt zu Boden. In ihrem Bauch steckt ein Messer.

Wir anderen vier – Maeve, Alison, Benji und ich – stehen für einen Moment regungslos da und wissen nicht, was wir als Nächstes tun sollen. Dann trifft es mich wie eine Welle und ich renne zu Eva. Meine Knie knicken ein und ich breche neben ihr auf dem harten Holzfußboden zusammen, während das Blut weiter aus ihrem Bauch strömt. Zu viel. Zu schnell. Und ich weiß nicht, was ich tun soll. Zu meinem Erstaunen hält mich niemand zurück. Niemand, nicht einmal Alison, rührt sich von der Stelle.

Meine Hände fangen an zu zittern, als ich in Evas Gesicht blicke. Ich beobachte, wie ihre Hautfarbe von blass zu Grau und schließlich aschfahl wird, während sie vor Schmerzen das Gesicht verzieht. Ich schlüpfe aus meinem Sweatshirt, rudere wild mit den Armen, um den verschlissenen Stoff abzustreifen. Ich wickele den Stoff um meine Finger, knülle ihn zusammen und presse ihn auf Evas Oberkörper, auch wenn ich nicht einmal sicher bin, dass ich damit das Richtige tue. Aber es ist das, was man in Filmen sieht, wenn die Leute sich zurufen: *Du musst Druck auf die Wunde ausüben!* Also tue ich das, weil es besser ist, als nichts zu tun. Ich tue es, weil es nichts anderes gibt, was ich tun kann. Eva verzieht das Gesicht, als ich den Stoff auf ihre Haut drücke, und bemüht sich eisern, ihre Schmerzen nicht zu zeigen. Aber ich weiß, dass sie große Schmerzen hat, denn sie sieht aus, als wollte sie schreien, aber könnte es nicht. Ihre Augen treten leicht hervor, ihr Blick lodert.

Endlich entweicht ihren Lippen ein Atemzug. «Liz, bitte.»

Ich bin nicht sicher, um was sie fleht. Erlösung oder Freilassung? Ich versuche, mit ruhiger Stimme zu sprechen, als ich antworte. «Du schaffst das.»

Eva lacht. Nicht ihr übliches warmes Lachen. Sie lacht, weil ihr nichts anderes übrig bleibt. «Ach ja?»

Ich sehe ihr in die Augen, bis ich es nicht mehr ertrage, bis mein Blick verschwimmt und ich in ihnen ertrinke. Also starre ich auf meine Hände, die noch immer den Stoff auf die Wunde pressen. Meine Finger sind jetzt rot gefärbt, meine Knöchel werden immer weißer. Und ich kann von Glück sagen, dass mein Sweatshirt rot ist, denn so kann ich mir vorstellen, dass ich irgendwo anders bin, nur nicht hier. Ich starre auf meine Hände und höre zu.

«Es tut mir leid», flüstert Eva. Bei der letzten Silbe bricht ihre Stimme. «Ich will, dass du weißt, dass es mir leidtut.»

«Bitte, Eva. Nicht jetzt.»

Sie stöhnt und ich höre die Bodendielen knarren, als Alison durch den Raum tigert. Sie fährt mit den Fingern durch ihr dunkles Haar.

«Es tut mir leid, dass es so kommen musste», murmelt Eva. Ihr Gesicht sieht jetzt ganz eingefallen aus. «Es tut mir leid, dass ich dich in diese Sache reingerissen hab. Dass ich dich nicht beschützt hab.»

«Es war doch nicht deine Aufgabe, mich zu beschützen.» Ich hab das Gefühl, als hätte ich Sägespäne geschluckt.

«Du hast das nicht verdient. Du hast das alles nicht verdient.»

«Doch, doch, das habe ich. Als du zum ersten Mal gegangen bist, hab ich es nicht verstanden. Es war, als würde ich meine Eltern, als würde ich Thea noch einmal verlieren, nur dass du Schuld hattest. Ich hatte so viel Angst vor allem ... vor Veränderung, vor Verlust, vor der Welt, dass ich nicht sehen konnte, dass du auch gelitten hast. Es tut mir leid. Es tut mir so leid.» Die Entschuldigungen purzeln aus meinem Mund wie Dominosteine. Ich spüre, wie sich das Blut um meine Finger sammelt. Es ist warm. «Ich verstehe, warum du gegangen bist. Es tut immer noch weh und vielleicht wird es das auch immer tun. Aber es tut mir leid, dass ich dich nicht loslassen konnte.»

Eva schüttelt den Kopf und kaut auf ihren aufgesprungenen Lippen. «Du hast ja eine neue Familie gefunden.» Sie sucht Maeves Blick und lächelt. «Jemanden, der auf dich achtgibt, wenn ...»

Ich starre in Evas blaue Augen, als ihre Lippen zu beben beginnen. Ich weiß nicht, was ich sagen soll, um die Sache besser zu machen. Ich weiß nicht, ob es irgendetwas gibt, was ich sagen kann. Ich weiß, dass ich sie nicht retten kann. Wie bei Marius und Éponine in *Les Misérables* kann ich nur zusehen, wie das Licht in ihren Augen allmählich erlischt. Bis ich merke, dass meine Hände, die ich auf Evas Brustkorb presse, sich nicht mehr auf und ab bewegen.

Sie ist tot.

Nein. Nicht jetzt. Nicht gerade jetzt. Das nicht auch noch. *Nein.*

Ich hebe meine Hände und begreife erst so richtig, mit wessen Blut sie verschmiert sind. Das Blut der Person, von der ich gedacht habe, dass sie immer existieren würde, auch wenn sie weit weg von mir existierte. Das sind nicht meine Hände. Sie gehören zu jemand anderem. Sie zittern, als ich sie mustere und nach irgendeinem Detail suche, das mir an diesen nun fremden Objekten vertraut ist. Meine Gliedmaßen gehören nicht zu mir. Das ist alles nicht real.

Ich reibe meine Knöchel an meinen Oberschenkeln und schabe das Rot ab. Ich wische meine Finger ab, wieder und wieder, bis die Haut wund wird und brennt. Ich rubbele meine Hände an meinen Oberschenkeln, bis ich überhaupt nichts mehr fühle. Bis kein Schmerz mehr übrig ist, den ich fühlen kann.

Und dann kommen die Tränen, laufen eine nach der anderen meine Wangen hinunter und fallen auf den Boden. Zu Eva. Ich lasse meine Brust beben, als würde sie gleich zerspringen. Ich lasse das Wimmern aus meinen Lungen entweichen, denn es zurückzuhalten, würde mich vollkommen zerreißen. Das hätte nicht passieren sollen. Nicht so. Es hätte nicht so weit kommen dürfen.

Das war nie Teil des Plans. Natürlich, Eva hat Fehler gemacht, aber ich doch auch. Genauso wie Maeve. Sie hat das nicht verdient. Der Plan war doch, dass wir einander vergeben und zurückbekommen sollten, was wir verloren hatten. Vielleicht würde es noch Jahre dauern, aber es würde passieren und wir würden glücklich sein. Wir würden einander hin und wieder treffen, wenn wir älter würden und graue Haare bekämen. Vielleicht würde sie sogar Kinder bekommen, irgendwie, und ich würde sie kennenlernen und die Dinge würden sich entspannen. Wir würden uns wieder treffen und alles wäre *in Ordnung*. Vielleicht würden wir uns nicht so oft sehen, wie ich das gerne hätte, aber sie würde da sein. Und nur darauf käme es an.

Ich fahre mir mit meinen blutigen Fingern durch die Haare und kratze mit den Fingernägeln über meine Kopfhaut. Ich will genauso leiden, wie Eva es getan hat. Ich will ihren Schmerz spüren. Ich will bluten, wie sie es getan hat, nicht nur ein bisschen. Sie hat das nicht verdient.

Noch einmal reibe ich meine Hände an meinen Beinen, wieder und wieder, bis die wunde Haut ganz rosa wird und ich darunter mein Blut hochquellen sehe. Ich will ihren Schmerz fühlen. Ich muss ihren Schmerz fühlen.

«Liz, hör auf.»

Ich spüre Maeves Hand auf meiner Schulter und greife danach, klammere mich an ihre Finger, als wären sie alles, was ich noch habe. Vielleicht ist das ja auch so. Ich starre Eva an, während das Blut weiter aus ihrer Wunde sickert, auch wenn ihr Herz schon aufgehört hat zu schlagen. Ich sehe zu, wie sich der Fußboden rot färbt.

Als ich klein war und mir auf den Gehwegplatten beim Spielplatz die Knie aufschürfte, nahm mein Dad mich auf den Arm. Mit seinen starken Händen wischte er die kleinen Steinchen weg, die an meiner Haut klebten, und trug mich hinüber zum Trinkwasserbrunnen. Während er Wasser über meine winzige Wunde laufen ließ, murmelte er, dass er sich am liebsten an meiner Stelle das Knie aufgeschürft hätte. Ich hab nie verstanden, warum er mir den Schmerz hatte abnehmen wollen, denn dann hätte er ihn ja selbst ertragen müssen.

Aber jetzt, als ich Evas Haare betrachte, die sich über den Boden ergießen, empfinde ich das Gleiche wie er damals. Ich weiß, was er gemeint hat. Wie in Trance, als hätte ich die Kontrolle über meine Gliedmaßen verloren, greife ich nach dem Messer, das aus Evas Oberkörper ragt. Es ist ein Küchenmesser. Ein Küchenmesser wie das, mit dem ich noch vor einem Augenblick herumgefuchtelt habe und das jetzt auf dem Boden liegt. Mehr brauchte es nicht. Ich schließe meine Hand um den Griff und ziehe es heraus.

Als ich langsam vom Fußboden aufstehe wie Lazarus von den Toten, hört Alison auf herumzutigern und sieht mich an. Alle, die noch übrig sind, sehen mich an und meine blutigen Hände und das Messer, nach dem sie greifen.

Die Frage steigt in mir auf, sprüht von meinen Lippen wie Lava, während ich auf Alison zugehe. Es ist eine Eruption.

«Was hast du getan?», brülle ich. Meine Stimme ist rau wie Sandpapier.

Alison stolpert zurück und weicht der offenen Schlafzimmertür aus. «Das geht nicht auf meine Rechnung», kontert sie und greift nach einem kleinen Steakmesser, das noch auf der Küchentheke liegt. «Du hast meinen Bruder umgebracht. Denkst du nicht, dass du es verdient hast zu sterben?»

«Hatte Eva es verdient zu sterben?»

«Sie ist in den Weg gesprungen! Warum soll das meine Schuld sein? Sie hat es für dich getan! Es ist *deine Schuld*.»

Benji wieselt durch den Raum, um sich der letzten Person anzuschließen, die noch auf seiner Seite ist.

Alison sieht hinunter auf die Leiche am Boden, dann dreht sie sich zu Maeve. «Ich wollte sie nicht töten. Ich wollte nicht, dass das passiert.» Sie macht eine Pause. «Ich wollte dich töten.»

Maeve kommt zu mir und greift nach meiner Hand. Es fühlt sich warm an. Und sicher. Für einen Augenblick – nur einen Augenblick – vergesse ich Eva. Dann ist das Gefühl wieder weg, so schnell, wie es gekommen ist.

«Und habe ich es verdient?», fragt Maeve mit monotoner Stimme.

«Du hast meinen Bruder umgebracht.»

«Und wenn ich es nicht getan hätte? Was hättest du dann getan?»

«Du hast Becca umgebracht!»

«Du hast versucht, Liz umzubringen. Du hast mich verbannt. Was hätte ich tun sollen?»

Alisons Gesichtszüge entgleiten, während sie nach einer Antwort sucht. Ich kann die Gedanken sehen, die durch ihren Kopf treiben. *Weiß ich nicht. Woher zum Teufel soll ich denn das wissen?* Ihr Gespräch dreht sich Kreis, also mache ich einen Schritt auf sie zu.

«Heißt das, wir machen immer so weiter? Auge um Auge, Zahn um Zahn?», frage ich.

Benji sieht hinunter auf die Leiche und Alison steht regungslos neben ihm. Draußen grollt der Donner und schüttelt die Fensterläden.

Bevor ich meine eigene Frage beantworten kann, spüre ich etwas Heißes auf meiner Schulter, etwas Kleines, das sich wie ein Feuer ausbreitet. Vielleicht ist das der Schmerz, den ich verdient habe, der endlich kommt. Ein paar Minuten zu spät. Doch als ich zur Zimmerdecke hinaufsehe, stockt mir der Atem. Ich sehe den Riss, der sich dort auftut und mit jeder Sekunde größer wird. Als die Decke bröselt und das Dach einbricht, greife ich nach Maeves Hand und verflechte meine Finger mit ihren. Der ganze Raum ächzt unter der Wucht des tobenden Sturms. Saurer Regen beginnt, durch die Decke zu tropfen, und prasselt auf die abgenutzten Bodendielen. Wir müssen hier raus.

Jetzt.

Ohne ein Wort zu sagen, renne ich die Treppe hinunter und ziehe Maeve hinter mir her. Meine Hand packt ihren Unterarm, meine Nägel hinterlassen Halbmonde in ihrer Haut. Sie wehrt sich nicht und folgt mir blind, während sie fast über ihre eigenen Füße stolpert. Aber Benji folgt uns nicht. Alison steht noch wie angewurzelt neben ihm. Er zögert in der offenen Tür und starrt mit weit aufgerissenen Augen zu uns herunter.

«Was ist los?»

Ich denke an Alison, die immer noch voller Wut und kurz davor ist zu explodieren, der tausend Gedanken durch den Kopf schwirren. Es wäre leichter, nichts zu sagen und eines meiner Probleme zu lösen, ohne etwas dafür tun zu müssen, aber es sind heute schon zu viele von uns gestorben. Wir brauchen nicht noch eine Leiche.

«Kommt raus hier, jetzt!», brülle ich zu ihm hoch und hoffe inständig, dass er mich bei dem Donnerlärm draußen hören kann. Ich muss es ihm nicht zweimal sagen.

Mit fliegenden Haaren wirbelt er herum und versucht, Alison zu packen und durch die Tür zu ziehen. Sie sträubt sich, aber ihr Körper ist nur noch eine kraftlose Hülse und Benjis Überlebensinstinkt ist stärker. Ihre Knie knicken ein und sie folgt ihm wie in Trance, während er sie polternd die Treppe hinunterzieht. Kaum sind sie aus der Wohnung, gibt die Decke nach und der Regen strömt herein.

KAPITEL SECHSUNDDREISSIG

29. August: Nach dem ersten *Sturm*

Das Wasser kam bis zur unteren Treppenstufe der Veranda. Ich hab von meinem Schlafzimmer aus zugesehen, wie es immer weiter anstieg. Die Leute haben schon immer gesagt, dass diese Gegend überschwemmungsgefährdet ist. Ich habe ihnen nie geglaubt. Ich hätte nie gedacht, dass uns so etwas passieren würde.

Als das Wasser zurückging, nahm es meine Eltern mit. Zumindest gehe ich davon aus. Entweder das oder das Wasser hat sie vor meinen Augen aufgelöst, ohne dass ich es gemerkt habe. Ich bin nicht sicher, welche Variante schlimmer wäre. Dann kam das kalte, winterartige Wetter. Schon seit einer Woche ist es jetzt eiskalt und Frost überzieht alles, was noch nicht verbrannt ist. Ich bin sicher, es würde schneien, wenn der Himmel noch Wasser übrig hätte.

Wenn ich heute aus meinem Schlafzimmerfenster gucke, sehe ich nichts als gelbes Gras und einen Haufen Erde unter dem Baumhaus. Alles, was ich sehe, ist tot. Alles. Vielleicht ist es meine Strafe. Vielleicht ist es meine Strafe, am Leben zu bleiben, weil ich nicht weiß, wie es jetzt weitergehen soll. Vielleicht wird mein Tod zehntausendmal schmerzhafter sein als ihrer und ich akzeptiere das, weil ich es verdient habe. Ich hab es alles verdient.

Heute Nacht werde ich nicht schlafen können, so viel ist mir klar. Auf den Straßen sind jetzt Schusswechsel zu hören. Die letzten Überlebenden töten einander. Dad hat sich geirrt, als er sagte, dass so etwas in New Jersey nicht passiert. Vielleicht sind wir einfach so. Dazu verdammt, einander zu zerstören.

Wahrscheinlich haben alle Angst und sind bereit, alles zu tun, um sich selbst zu schützen. Ich frage mich, wie viele Menschen übrig sein werden, wenn sie aufhören zu schießen. Ich bin mir nicht sicher, ob dann überhaupt noch jemand übrig sein wird. Und was ist mit mir?

Ich bin nicht sicher, ob ich es verdient habe zu leben.

KAPITEL SIEBENUNDDREISSIG

Benji zögert nicht, die Tür hinter sich zuzuschlagen. Der Lärm hallt durch das kleine Treppenhaus.

«Was zum Teufel geht hier ab?»

Er redet mit niemandem im Speziellen, wirft die Frage einfach in den Raum. Als wir in die Buchhandlung stolpern, blickt er entgeistert von einem zum anderen, zuerst zu Alison und dann zu mir.

Benjis blasse Haut ist rot angelaufen und auf seiner Stirn glänzt Schweiß. «Bedeutet das, dass wir nicht einmal hier drinnen sicher sind? Was machen wir jetzt?» Niemand antwortet.

Der Wind frischt auf und ich höre ein Ratschen von Metall draußen auf dem Parkplatz, ein schabendes Geräusch wie Nägel auf einer Tafel. Maeve dreht sich langsam um und starrt aus dem hinteren Fenster, während ich mir eine schlüssige Antwort auf Benjis Frage überlege.

«Wir konnten die Reparaturen nicht rechtzeitig beenden. Wir waren nie bereit, hier einen weiteren *Sturm* zu überstehen.»

Benji fährt sich mit zitternden Fingern durchs Haar. Er sieht Hilfe suchend zu Alison, aber sie ist noch immer total abwesend. Sicher, ihr Körper ist hier, nachdem er die Treppe hintergeschleift wurde, aber ihr Geist ist ganz woanders, weit weg. Sie denkt an tausend andere Dinge und das Dach ist ihr geringstes Problem.

Ich denke an Evas Körper, der noch immer dort oben liegt, der noch nicht einmal kalt ist und schon langsam zersetzt wird. Was hat sie getan, um das verdient zu haben? Und warum nicht ich? Warum war sie ein würdigeres Opfer als ich? Und jetzt ist sie weg und ich bin hier und es gibt nichts, was ich dagegen tun kann.

«Was ist mit dem Generator?», fragt Benji, während draußen der Wind heult.

Der Generator ist mir egal. Vollkommen egal. Von mir aus kann er sich in Luft auflösen. Ich hoffe, dass er sich einfach zersetzen wird. Aber ich weiß, dass das nicht passieren wird. Ich erinnere mich noch gut genug an meinen Highschool-Biokurs, um zu wissen, dass es einen sehr viel stärkeren pH-Wert braucht, um Metall zu zersetzen, als der von menschlichem Fleisch. Ich spähe aus dem Fenster zu den Autos, die immer noch verlassen am Straßenrand stehen. Wenn die noch nicht verschwunden sind, wird der Generator wohl oder übel noch stehen, auch wenn es mein Leben gerade tausendmal komplizierter macht.

Das schabende Geräusch vom Parkplatz ist wieder da, lauter als zuvor, als es immer näher kommt. Maeve sieht weiter aus dem Fenster. Ihr Blick springt unruhig hin und her. Ich versuche, nicht darauf zu achten. Ich versuche, die Haare zu ignorieren, die sich mir im Nacken aufstellen. Aber Maeve bleibt wachsam. Ich höre, wie sie erschrocken nach Luft schnappt, als im Kinderleseraum Glas zersplittert. Eine abgerissene Autotür scheppert über den Boden, umhergeschleudert von den heftigen Sturmböen.

Angst schnürt mir die Kehle zu, als Maeve sich zu mir umdreht. «Wir müssen hier raus.»

Aber ich höre sie nicht. Ich kann nur gebannt zusehen, wie der Regen ins Haus dringt und den hellblauen Teppich versengt. Ich kann nur zusehen, wie meine Bücher Seite für Seite zerstört werden. Die Autotür ist durch den letzten halbwegs intakten Teil der Wand gekracht und jetzt ist die westliche Seite des Gebäudes den Naturgewalten ausgesetzt. Wenn wir hierbleiben, werden der Wind oder der Regen uns umbringen.

«Liz, bitte sag, dass es einen Keller gibt», murmelt Maeve.

«Es gibt einen Keller?», wiederholt Benji wie ein Papagei. Seine Hand greift erneut nach Alisons, ihre Finger liegen schlaff in seinen.

«Er überflutet manchmal», antworte ich schließlich. «Dort ist es auch nicht sicher. Der Keller ist voll mit Restposten und Büchern, die wir nicht mehr zurückschicken konnten.» Und mit unzähligen Exemplaren von Hüter der Erinnerung, aber das erwähne ich lieber nicht.

Maeves Blick schnellt von den zerschmetterten Vorderfenstern zur Verwüstung im hinteren Teil des Ladens. «Aber es ist sicherer als hier, oder?»

Ich weiß nicht, ob es sicherer ist als hier, aber die Entscheidung wird mir abgenommen, als die nächste Windböe die Bruchstücke unseres hölzernen Patchworks zersplittern lässt. «Es ist sicherer als hier.»

Ich suche nach einem Weg, die anderen hinunter in den Keller zu führen, in dem es muffig ist und ganz bestimmt spukt. Es wird nicht einfach sein, dorthin zu kommen, denn der Eingang zum Keller ist auf der anderen Seite des Raumes. Wir müssen unter einer undichten Decke und an einer offenen Wand vorbeirennen und dabei beten, dass wir nicht vom Regen oder von herabstürzendem Schutt eingeschlossen werden.

Ich bin schon dabei, unsere Fluchtroute zu planen. Es ist wie eine sehr reale, sehr angsteinflößende Runde von Der Boden ist Lava, aber in diesem Fall bedeutet ein falscher Schritt den sicheren Tod und statt des Bodens ist der Himmel die Lava.

Doch Alison rührt sich nicht von der Stelle, um mir in Richtung Keller zu folgen. Sie starrt ausdruckslos vor sich hin, wie hypnotisiert. Erst als Benji zaghaft eine Hand auf ihre Schulter legt, kehrt sie schlagartig in die Realität zurück. «Das mach ich nicht», faucht sie. Sie presst die Worte zwischen zusammengebissenen Zähnen hervor, jede Silbe rau und harsch. «Mit euch beiden gehe ich nirgendwohin.»

Benji zieht seine Hand zurück und sieht Maeve ratlos an. Doch Maeve hat kein Interesse daran, an Alisons Überlebenswillen zu appellieren. Benji beugt sich zu ihr und flüstert etwas in Alisons Ohr. Ihre Gesichtszüge werden kurz weicher, aber als sie einen Blick aus dem Fenster wirft, wird ihr Gesicht sofort wieder zu Stein. «Ich riskiere es, hier oben zu bleiben. Allein, wenn es sein muss.»

«Das ist keine gute Entscheidung», fleht Benji. «Das ist nicht klug. Das ist Selbstmord.» Er macht eine Pause und kaut auf seiner Unterlippe, bevor er hinzufügt: «Was würde dein Bruder sagen?»

Sofort laufen Alisons Wangen rot an, als würde eine Glut in ihr brennen, und ihr Blick schnellt zurück zu Benji. «Wie kannst du es dir anmaßen, über meinen Bruder zu reden? Du kennst ihn doch überhaupt nicht.»

Maeve schüttelt den Kopf. «Ich gehe. Dann bleibst du eben hier oben und stirbst, meinetwegen.»

Maeve lässt meine Hand los und tritt zurück ins Treppenhaus, ohne die Tür zu schließen. Sie erwartet, dass ich ihr folge, aber ich bleibe noch stehen und drehe mich stattdessen zu Benji, der nickt und hinter Maeve den Raum durchquert. Bei jedem Schritt, den sie machen, zieht sich mein Magen zusammen. Gequält sehe ich zu, wie Maeve vorsichtig durch das Zimmer geht, voller Angst, dass ein einziger Fehler das Ende der Familie bedeuten könnte, die ich gerade erst gefunden habe.

Ich hole tief Luft, bevor ich ihren Schritten folge. Jetzt oder nie. Ich steige über einen Stapel *Percy Jackson*-Bücher und weiche gerade noch einem stetigen Strom von Wasser aus, der durch das halb eingefallene Dach kommt. Der Wind drückt mich zurück an die Wand und sprüht Tropfen auf meine Beine. Ich stöhne vor Schmerzen auf und beuge mich hinunter, um meine Blasen schlagende Haut zu berühren. Maeve und Benji haben es durch den Raum geschafft und sind jetzt fast an der Tür zum Keller. Sie drehen sich nach mir um, um sich zu vergewissern, dass ich ihnen immer noch folge. Nicht so ganz.

Ich sehe mich um und bemerke, dass Alison nicht mitgekommen ist.

Sie steht noch genau an derselben Stelle und starrt auf den blauen Teppich, der sich vor ihren Augen langsam auflöst. Heftige Windböen fegen durch den Raum und lassen ihre Haare um ihr Gesicht fliegen. Sie erinnert mich an eine dieser aufgeblasenen Werbefiguren vor Autohäusern.

«Komm schon!», schreie ich gegen das Tosen des *Sturms* an. «Es ist nicht sicher hier.»

«Ich weiß», antwortet Alison, die Lippen zu einem schmalen Strich zusammengepresst.

«Hier wirst du sterben.»

Alison antwortet nicht. Die Autotür schlittert durch den Raum, weitere Regale stürzen um, und das Holz zerbirst auf dem regennassen Boden. Das Glas des einzigen noch intakten Fensters zerspringt und mir ist nur allzu bewusst, dass sich *unser* Fenster zur Rettung jeden Moment schließen wird.

«Also gut!», schreie ich. «Wenn du unbedingt sterben willst, bitte schön.»

Ich habe Angst, ich bin müde und ich weiß, wenn ich nicht schnell hier wegkomme, wird mich dasselbe Schicksal ereilen wie Luther, wie Eva, wie all die anderen Menschen, die vor mir gestorben sind. Wie Thea. Habe ich wirklich so lange überlebt, nur um jetzt aufzugeben? Soll das jetzt wirklich das Ende sein?

Meine Stiefel preschen über den Boden, ein Schritt nach dem anderen. Es ist alles, was ich tun kann. Ich habe kaum Zeit zu überlegen, kaum Zeit stehen zu bleiben, während ich Büchern und Regentropfen ausweiche.

Ich bleibe erst stehen, als ich die Schreie höre, und drehe instinktiv den Kopf.

Alison liegt auf dem Boden und windet sich vor Schmerzen. Ein Bücherregal liegt auf ihren Beinen und nagelt sie auf dem Boden fest, während das Wasser hereinflutet. Ihre schon deformierten Finger greifen mit ihren restlichen Nägeln nach den Teppichfasern und kratzen am Regal zu ihren Füßen. Sie sieht nicht aus wie jemand, der bereit ist zu sterben.

Auch wenn meine Beine brennen und meinen Körper antreiben wollen, lässt mich mein Verstand zögern. Das ist Alison. Nicht jemand, der es verdient hat zu leben. Alison ist der Grund, warum Eva tot ist. Alison ist der Grund, warum ich fast gestorben bin. Soll ich mein Leben für jemanden riskieren, der mir schon so viel Schmerz zugefügt hat? Aber dann denke ich an Thea. An Mom und Dad. Daran, wie hilflos ich mich gefühlt habe, als sie starben. Wie die Angst, die durch meine Adern strömte, mich daran gehindert hat, mich von der Stelle zu rühren. Ich konnte sie nicht retten. Nein, ich *wollte* sie nicht retten. Ich hatte zu viel Angst. Aber ich werde denselben Fehler nicht noch einmal machen. Ich weigere mich, das zu tun.

Ich renne los und packe Alison, lege meine Finger um ihren blasenbildenden und blutenden Oberarm. Mein eigener Arm, der nach meinem Griff in den Generator immer noch nicht wieder verheilt ist, bekommt ein paar sengende Regentropfen ab. Ich versuche, Alison hochzuziehen, aber sie hat nicht genug Kraft, um ihre Beine zu bewegen.

Als ich sie wieder ansehe, beobachte ich, wie sich ihr Gesicht in Theas verwandelt und ihr dunkles Haar mit jeder Sekunde heller wird. Meine Fantasie geht mit mir durch und verzerrt meine Realität. Ich beobachte, wie ihre dunklen Augen blau leuchten und ihre Schreie allzu vertraut klingen.

Benjis Turnschuhe quietschen auf dem Fußboden, als er um die Ecke sprintet. Herbeigerufen durch Alisons Schreie, eilt er zu uns.

«Du musst mir helfen, ihre Beine zu bewegen», befehle ich ihm, während der Wind anschwillt und meine Worte schluckt. Ich werde mutig sein. Für Thea.

Ich nehme all meine Kraft zusammen und ziehe noch einmal. Die Kante des weiß gestrichenen Regals gräbt sich in die Haut meiner Finger. Meine Schuhe rutschen über den rauen Teppich, als sich das Regal bewegt, nur ein kleines Stück, aber es ist genug, um Alisons Füße freizubekommen. Benji greift nach ihren Beinen und zieht sie zur Seite, bevor er mir ein Zeichen gibt, dass ich das Regal wieder loslassen kann.

Ich lasse es auf den Boden krachen, als das Tosen und Heulen des Windes in meinen Ohren widerhallt und all meine anderen Sinne betäubt. Ich schiebe meinen guten Arm unter Alisons Oberkörper und hebe ihn an, während Benji ihre Füße packt und wir versuchen, Abstand vom offenen Fenster zu gewinnen. Ich beiße mir auf die Zunge, der Geschmack von Blut füllt meinen Mund und Regen prasselt auf meinen Rücken. Ich werde nicht schreien. Ich werde keinen Ton von mir geben.

Alison ist klein und wiegt sicher nicht mehr als ein Minikühlschrank, aber sie fühlt sich viel schwerer an. Meine Waden verkrampfen und meine Wirbelsäule wird gestaucht, als Benji und ich Alison mühsam weiterschleppen und ich fast über meine eigenen Füße stolpere.

Regentropfen versengen meinen Rücken. Bücher wirbeln durch den Raum wie ein Tornado. Meine Kraft lässt nach. Benji und ich haben Mühe, Alison in Richtung Keller zu schleifen. Wir schaffen es nicht.

Ich schaffe es nicht.

Ich sacke zu Boden, lasse Alison los und halte meinen zerfleischten Arm. Ich kann die Kraft nicht mehr aufbringen weiterzulaufen. Und plötzlich spüre ich, wie eine kalte Welle über mich schwappt. Ein Nebel füllt meine Sinne und es ist, als wäre ich tausend Meilen entfernt von hier. Das hier existiert alles nicht. Das hier ist nicht real. Ich bin schon so lange voller Angst. So zögerlich. So unsicher. Aber jetzt nicht. Wenn das mein Ende ist, dann soll es so sein.

Der Schmerz verblasst, als ich an Thea denke. An meine Eltern. Eva.

Maeve.

Maeve.

Plötzlich spüre ich, wie mich etwas packt, mich in Richtung Keller zerrt. Aus den Augenwinkeln sehe ich, wie Benji hinter mir mit all seiner Muskelkraft Alisons Körper über den Boden schleift. Und dann breche ich zusammen. Ich kann nichts anderes mehr tun, als mich fallen zu lassen.

KAPITEL ACHTUNDDREISSIG

Wir sitzen alle im Keller und versuchen, nicht an die Leichen zu denken, die noch oben sind. Draußen tobt noch immer der *Sturm*. Ob es Benji und Alison gefällt oder nicht, sie sitzen hier mit uns fest, bis das Unwetter weitergezogen ist. Daran werden wir immer wieder erinnert, wenn wir dem Heulen des Windes lauschen und über uns Glas zerschmettern hören.

Maeve und ich sitzen neben einem Regal mit Restbeständen, die Rücken an einen Stapel Kinderbücher von James Patterson gepresst. Maeve hält meine Hand, auch wenn uns niemand mehr umzubringen versucht. Auch wenn ich jetzt in Sicherheit bin und sie mir eine Decke über meine mit Blasen bedeckten Schultern gelegt hat. Auch wenn Maeve nie Angst hat. Sie hält trotzdem meine Hand, verschränkt ihre Finger mit meinen und drückt sie fest, wann immer das Getöse oben lauter wird. Wir sitzen auf einem Aktenschrank, als das Wasser hereinzusickern beginnt und der saure Regen langsam, aber sicher den Fußboden bedeckt. Es ist zu dunkel um zu erkennen, wie tief das Wasser ist, aber wir hören es in der Stille des Kellers hin und her schwappen.

Benji und Alison hocken neben der Kellertür auf einem alten Schreibtisch, das heißt, Alison liegt auf dem Rücken, während Benji über sie wacht. Auch wenn ich zu weit weg bin, um den Ausdruck auf Alisons Gesicht zu erkennen, kann ich sehen, wie ihre Schultern beben, als sie leise schluchzt. Benji beobachtet sie aus der Nähe, die Hände um seine Knie geschlungen. Er sitzt reglos da und sagt kein einziges Wort. Ich bin sicher, er hat keine Ahnung, was er zu Alison sagen soll.

Ich will etwas zu ihr sagen, auch wenn ich weiß, dass ich es nicht tun sollte. Ich will Alison sagen, dass ich verstehe, wie sie sich fühlt. Ich weiß, wie es ist, seine Geschwister sterben zu sehen, ohne ihnen helfen zu können. Ich erinnere mich an das Gefühl, den Boden unter den Füßen zu verlieren, unter Wasser gezogen zu werden. Plötzlich ist man allein und weiß nicht mehr, wie man atmet. Vielleicht wünscht sich Alison, sie wäre mitgestorben. Mir ging es so.

Es tut weh zu wissen, dass ich zu diesem Schmerz beigetragen habe. Zu wissen, dass auch ich dafür verantwortlich bin, wie sich Alison jetzt fühlt. Aber ich musste es doch tun, oder? Wir mussten es tun. Und anders als in den Kinderbüchern hinter mir gibt es keine einfache Lösung für unser moralisches Dilemma. Es gibt kein apokalyptisches Äquivalent zu Aesops Fabeln, auch wenn es vielleicht keine schlechte Idee wäre, sich eine Fabel für all die postapokalyptischen Kinder nach mir auszudenken. Es gibt kein Richtig oder Falsch, nur tausend Zwischentöne.

Ich weiß nicht, was passieren wird, wenn der Regen aufhört und der Boden endlich wieder trocken ist. Ich weiß nicht, was Alison und Benji tun werden. Werden sie uns wieder angreifen? Werden sie sich an Eva erinnern und ihren Leuten davon erzählen, wie sie vor Alisons Messer gesprungen ist? Wird Alison sich erinnern, wer sie in Sicherheit gebracht hat? Wenn das Teil der Erzählung ist, mit der sie zu ihrer restlichen Gruppe zurückkehren werden, dann hält der momentane Frieden vielleicht noch ein bisschen länger. Doch eine kleine Stimme in mir erinnert mich auch daran, dass es vielleicht gar nichts mehr geben wird, um das es sich zu kämpfen lohnt, wenn wir wieder aus dem Keller kriechen.

«Es tut mir leid, Liz.»

Ich werde aus meinen Gedanken gerissen, als Maeve meine Hand drückt. Ich spüre, wie mir die Wärme ins Gesicht steigt, sobald ich daran erinnert werde, dass sie da ist. Darf ich in einem Moment wie diesem einen Hauch von Glück empfinden? Ich bin nicht sicher, ob ich mich dafür schuldig fühlen muss oder nicht.

«Was tut dir leid?»

«Das mit Eva. Dass ich gegangen bin. Das Ganze hier.»

«Das mit Eva war nicht deine Schuld», antworte ich und schlinge meine Finger um Maeves. «Es war ihre eigene Entscheidung.» Ich schweige einen Moment und höre zu, wie das Haus im Wind ächzt, dann sage ich: «Ich hätte das Gleiche getan.»

«Sag das nicht», murmelt Maeve.

«Es ist aber die Wahrheit.»

«Gut.» Maeve dreht sich herum und sieht mich an, bevor sie meine andere Hand nimmt. Jetzt hält sie meine beiden Hände in ihren. «Dann tut es mir leid, dass ich weggegangen bin.»

«Aber du bist doch zurückgekommen. Du bist jetzt hier. Darauf kommt es an.»

«Es war meine Schuld, dass diese Typen überhaupt hierhergekommen sind. Sie hätten ja gar nicht von dem Generator erfahren oder von dir, wenn ich dich nicht mit in den Wald genommen hätte.»

Ich schüttele den Kopf. «Ich war diejenige, die es ihnen erzählt hat. Und wenn ich es nicht Benji erzählt hätte, dann hätte ich es Eva erzählt. In jedem Fall hätten sie irgendwann bei uns vor der Tür gestanden. Vielleicht war das alles unvermeidbar.»

Maeve zieht eine Augenbraue hoch. In ihrer Stimme klingt

der Anflug von einem Lachen durch. «Ich hätte nicht gedacht, dass du an die große Vorsehung des Universums glaubst.»

«Ich stecke eben voller Überraschungen.»

Draußen grollt der Donner und lässt die letzten Glasscheiben in den Fensterrahmen des Gebäudes erzittern.

Maeve fährt mit dem Finger durch die Staubschicht auf dem Aktenschrank. «Trotzdem, es tut mir leid.» Eine gebundene Ausgabe von Octavia E. Butlers postapokalyptischer *Parabel vom Sämann* strudelt im Wasser unter uns und löst sich langsam auf. Das Wasser muss doch irgendwann aufhören anzusteigen. Das muss es einfach.

«Jetzt ist Schluss mit den Entschuldigungen, Maeve.»

«Ich mein es ernst. Ich hätte hierbleiben sollen. Vielleicht wäre alles anders gekommen, wenn ich hiergeblieben wäre.» Sie sieht hinunter auf meine blutende Hand, fest umwickelt mit einem alten Stoffbeutel, der auf der Treppe herumlag. Ich verstecke meine Hand unter der Decke, in die ich gehüllt bin. Das spielt jetzt alles keine Rolle.

«Vielleicht würden die Dinge jetzt auch anders liegen, wenn ich mit dir gegangen wäre.»

Ich habe das Bedürfnis, ihr von dem Schmetterlingseffekt zu erzählen. Dass jede der unzähligen Entscheidungen, die wir in unserem bisherigen Leben getroffen haben, diejenige gewesen sein kann, die uns hierhergeführt hat. Vielleicht war es ihre Entscheidung als Neunjährige, zum Frühstück Müsli statt Cornflakes zu essen, die diesen Strudel von Ereignissen in Gang gesetzt hat. Vielleicht war es auch eine Kombination von Dingen und keines dieser Dinge ist ihre Schuld.

«Alle Sünden, für die du glaubst, büßen zu müssen, sind längst vergeben.»

Maeve lacht, diesmal richtig, und der Klang ihres Lachens durchbricht die angespannte Schwere, die in der Luft liegt.

Benji sieht stirnrunzelnd zu uns herüber. «Willst du mir jetzt mit biblischen Sprüchen kommen, Liz?»

«Den Schinken hab ich vor ein paar Monaten auch gelesen. Um meine eigene Langeweile zu bekämpfen, lese ich die abstrusesten Sachen. Soll ich dir vielleicht ein paar Funfacts über die russische Scharfschützin Lyudmila Pavlichenko erzählen?»

«Bist du sicher, dass es *Fun*facts sind?», fragt Maeve. Sie hat nicht Nein gesagt, also beschließe ich weiterzureden.

«Fun- oder Nicht-Funfact Nummer eins: Sie hat behauptet, dreihundertneun Menschen getötet zu haben, was sie zur …»

«Bitte erspar mir die blutrünstigen Details», stöhnt Maeve, während sie in das Regal hinter uns greift.

«Was machst du da?»

Sie sucht nach etwas auf dem Bücherbord, zieht eine Plastikfolie ab und wirft sie auf den Boden, wo sie sich vor unseren Augen auflöst. Alison sagt etwas zu Benji, der ein mürrisches Gesicht macht und eine Hand auf ihr Knie legt. Alison stößt sie weg.

Maeve hält ein ledergebundenes Notizbuch in der Hand. Es ist nicht mein ledergebundenes Notizbuch, das Cover ist noch neu und unversehrt, aber es ist fast das gleiche. Maeve rückt näher an mich heran und legt es auf meinen Schoß. Das braune Cover ist in dem zu dunklen Zimmer fast nicht zu erkennen.

«Was soll das?», frage ich, als sie das Notizbuch aufschlägt.

«Erinnerst du dich noch, als wir uns gerade kennengelernt hatten und du mich nach meiner Geschichte gefragt hast?»

«Du hast gesagt, du wärst noch nicht bereit.»

Maeve blättert durch das Buch und schlägt eine Seite auf. «Ich glaube, jetzt bin ich bereit, wenn du es bist.»

Ich lächele. «Ist das jetzt dein großes Happy End?»

«Nein, aber es kann doch unser Anfang sein, oder?»

Ich nicke.

Wir schreiben zusammen und ich flüstere meine Worte in ihr Ohr. Maeve bringt sie mit ihrer perfekten Handschrift zu Papier und meine Formulierungen werden besser, weil ihre Hand sie übernimmt.

Ich schreibe über meine Schwester und meine frühesten Erinnerungen an sie. Wie wir mit fünf Jahren im Regen getanzt haben, ohne uns darum zu kümmern, wenn wir völlig durchnässt wurden, ohne vor dem Donner zu fliehen, der über uns grollte. Wie wir beim Talentwettbewerb in der Grundschule zusammen gesungen haben, in albernen Kostümen, die nicht unbedingt zu unserer Nummer passten. Sie weigerte sich, einen Backing Track zu verwenden, auch wenn wir uns ohne furchtbar anhörten. Es gab keine computergenerierten Trompeten, die unsere schiefen Töne kaschierten. Ich schreibe darüber, wie wir abends oft lange aufblieben und leise über Gott und die Welt quasselten. Wie wir einander Geheimnisse erzählten, die wir sonst nie jemandem anvertraut hätten. Es waren Geheimnisse nur für Schwestern. Geheimnisse, die mich verrückt gemacht hätten, wenn ich sie niemandem erzählt hätte. Also erzählte ich sie ihr. Und ich schreibe darüber, wie wir zusammen den Abwasch gemacht haben und dabei Musicalsongs gesungen haben, auch wenn sie immer besser singen konnte als ich. Dann war sie Maureen und ich Joanne, auch wenn die beiden ein Paar waren und wir Schwestern. Auch wenn die Töne zu hoch für mich waren und meine Stimme irgendwann kippte. Es machte mir nichts aus, wenn sie über mich lachte. Solange wir nur zusammen waren.

Maeve schreibt über New York City und erzählt, dass jeder Häuserblock nach Essen oder Müll roch, nur dass man nie so recht wusste, ob es das eine oder das andere war. Sie schreibt über Jefferson Market Garden und erzählt, dass sie in der zweiten Klasse ein Referat darüber halten musste. Angeblich war dort früher ein Frauengefängnis, bevor es in eine Bücherei umgewandelt wurde. Sie schreibt von ihrer Wohnung im Untergeschoss und dem Tor, das die Treppe nach unten vom Bürgersteig oben trennte. Dort stellte sie im Sommer manchmal einen Stand auf und verkaufte Limonade, direkt an der Neunten Straße. Sie schreibt über den kleinen Süßigkeitenladen in der Bleeker Street, wo sie mit ihrem Dad immer hinging, bevor die Miete zu hoch wurde und der Laden umzog. Sie schreibt über Schokohasen und Weingummihimbeeren. Sie schreibt so anschaulich, dass ich mir den Geschmack genau vorstellen kann.

Ich schreibe über Maeve und ihre Begeisterung für Fiona Apple. Ich schreibe über ihren Karren, den sie überall mit sich herumzieht, und die quietschenden Geräusche, die er von sich gibt. Ich schreibe über ihren besonderen Geruch und darüber, wie sie im Schlaf spricht.

Und Maeve schreibt über mich und den Generator. Sie schreibt über meine ausgelatschten Converse und darüber, wie stur ich manchmal sein kann. Sie schreibt darüber, wie viel ich schnarche, und stößt meine Hand weg, als ich versuche, den Satz durchzustreichen.

Wir schreiben über uns. Wir schreiben alles auf. Wir schreiben, bis alles andere verschwindet, nur für den Fall, dass wir es auch tun.

EPILOG

Die Welt beginnt, wieder zum Leben zu erwachen. Blumen lugen aus dem Boden. Die Luft riecht süßlich. Sie riecht gut. Nach zu Hause. Tatsächlich riecht sie wie die Augustluft roch, bevor alles den Bach runterging, aber das versuche ich zu verdrängen. Ich versuche, mich auf das Gute zu konzentrieren.

Alison und Benji sind weggegangen, nachdem sich der Himmel aufgeklart hatte und der Boden wieder trocken war. Die Leichen haben sie mitgenommen, worüber ich echt froh war. Sie haben kein Wort zu uns gesagt, als sie gegangen sind, aber Alison hat mir in die Augen gesehen und genickt. Ich verstand: ein Waffenstillstand, fürs Erste. Ich versuche, mich auf das Gute zu konzentrieren.

Maeve liegt neben mir, als ich mich im Bett umdrehe und die Sommersonne durch das offene Fenster scheint. Die Reparaturen im Schlafzimmer haben lange gedauert, aber wir haben es geschafft, und diesmal konnte ich auch mit anpacken. Wir haben das Holz mithilfe eines alten Tischlerhandbuchs, das ich unten in der Ratgeberabteilung gefunden habe, vermessen und zurechtgesägt. Wir haben sogar das Dach geflickt – und diesmal richtig. Nach alldem sind wir zu meinem alten Haus zurückgegangen und haben die Dinge geholt, die wir brauchten. Und vielleicht sogar ein paar Dinge, die wir nicht brauchten. Eine Sache nach der anderen.

Der alte Schaukelstuhl, der früher oben im Gästezimmer untergebracht war, steht jetzt hier in der Ecke, ein Stapel Bücher auf dem abgenutzten Polster. Wir sind fast zusammengebrochen, als wir ihn von meinem Haus zur Buchhandlung geschleppt haben, aber wir haben es geschafft. Und dann lagen wir schweißgebadet auf dem Fußboden und haben uns geweigert aufzustehen, bis unser Hunger zu groß wurde.

Die Buchhandlung ist nicht länger meine glorifizierte Junggesellinnenbude. Maeve hat sie in ein Zuhause verwandelt. Leider gehört zu ihrer Definition von Zuhause auch eine peinliche Sammlung von Babyfotos, die sie aus meinem alten Wohnzimmer gestohlen hat. Falls wir es irgendwann nach New York City schaffen, werde ich ihr das heimzahlen. Bis dahin muss ich mir andere Möglichkeiten ausdenken, mich über sie lustig zu machen.

Ich stupse Maeve an, um sie zu wecken, bevor ich aus dem Bett schlüpfe. Die Fensterscheiben verstärken die Hitze der Sonne noch.

«Wie spät ist es?», grummelt Maeve und stößt die alte Steppdecke meiner Großmutter auf den Boden. Früher lag sie immer an meinem Bettende und wurde nur benutzt, wenn es kalt genug war. Jetzt riecht sie nach Maeve.

Ich ziehe ein T-Shirt über mein schäbiges Tanktop und gehe durch die Schlafzimmertür. Maeve reibt sich den Schlaf aus den Augen und folgt mir nach unten in die Buchhandlung.

Auf dem Tresen liegt eine To-do-Liste, jeder Buchstabe in perfekter Schreibschrift geschrieben. Ich lese die Stichpunkte und betrachte lächelnd jeden Strich und Schnörkel. Maeve plant, das Wandbild zu erneuern, das früher den Kinderleseraum geschmückt hat. Das bedeutet, dass sie mich gleich zum Baumarkt schicken wird, um noch mehr blaue Farbe zu besorgen. Doch erst mal fummele ich an der batteriebetriebenen

Stereoanlage herum, die auf dem Science-Fiction-Regal steht, und warte darauf, dass die lieblichen Klänge von Pinegrove den Raum erfüllen.

Als Maeve auf dem Weg zur Ladentür an mir vorbeigeht, bleibt sie stehen und wirft einen Blick auf das kleine Messer, das auf dem Bord über dem Ladentisch liegt. Es ist Evas Waffe, der Griff abgenutzt, die Klinge gesäubert. Wir wussten beide nicht, was wir damit machen sollten, also blieb es hier liegen, wie eine Art Heiligtum. Wir erinnern uns beide noch gut.

Ich nicke wie zur Bestätigung, als Maeve weitergeht und das Metallschild umdreht, das an der Ladentür hängt. Die Fenster müssen noch repariert werden, aber dafür haben wir ja Zeit. Egal, was als Nächstes kommt – ich bin sicher, dass wir es bis zum *Danach* schaffen werden. Wir haben Zeit.

«Glaubst du, es gibt einen Grund, warum ausgerechnet wir es geschafft haben?», fragt Maeve und dreht sich zu mir um, als hätte sie meine Gedanken erraten.

Ich grinse mit zusammengebissenen Zähnen. «Kakerlaken lassen sich nun mal nicht so leicht tottreten.» Am Ende des Satzes platzt mein Lachen heraus und Maeve grinst breit zurück. «Du und ich? Wir sind einfach zu dickköpfig, um zu sterben.»

«Ich bin froh, dass du so dickköpfig warst.» Für eine Sekunde verstehe ich nicht so ganz, was sie sagt. Aber dann wird es mir klar.

«Ich auch», sage ich. «Ich bin froh, dass du auch dickköpfig warst.»

Durch die Reste des Schaufensters kann ich den Marine-Mann die Straße entlangstolpern sehen. Als er meinen Schatten im Fenster sieht, lächelt er. Und ich lächele zurück.

ENDE

DANK

Zunächst einmal ein riesengroßes Dankeschön an Lily Dolin von UTA, die von Anfang an an diese Geschichte geglaubt und sich unermüdlich dafür eingesetzt hat. Auch an das übrige Agentur-Team – Viola Hayden, Ciara Finan, Atlanta Hatch und Roxane Edouard: danke! An meine wunderbare Lektorin Hannah Hill und das ganze Team bei Delacorte Press: danke, dass ihr diese Geschichte so begeistert aufgenommen und Liz und Maeve ins Herz geschlossen habt. Mein Dank geht auch an Carmen McCullough bei Penguin UK: danke für deinen Scharfsinn und dein Engagement auf der anderen Seite des Großen Teichs.

Nicht genug betonen kann ich meine immense Liebe und Dankbarkeit gegenüber der gesamten Gang von Watchung Booksellers: Margot, Maddie, Marni, Kathryn, Nicole, Aubrey, Katie, Emma, Felisa, Asia, Caroline, Evelyn (die Divas!). Danke für den fantastischen Ort, den ihr geschaffen habt, und dafür, dass ihr mich dort so herzlich aufgenommen habt. Ohne euch gäbe es dieses Buch nicht.

Danke an meine Eltern Peter (der *Lobgesang auf Leibowitz* tatsächlich gelesen hat) und Tim (der eine riesige Sammlung von antiken Tischdecken besitzt), die mich und mein Schreiben unterstützt haben, seit ich sechs war und unvollendete Geschichten über magische U-Bahn-Wagen aufs Papier kritzelte. Ich kann nicht in Worte fassen, wie viel ihr mir bedeutet. Ich werde euch immer lieben.

Und danke an Bea, die es über sich hat ergehen lassen, wenn ich beim Abendessen mal wieder endlos von der Apokalypse gefaselt habe. Danke, dass du mich auf der Prom gerettet hast. Es tut mir leid, dass ich dich vor all den Jahren gegen die Heizung geschubst habe.

Meine Dankbarkeit gilt auch all den wunderbaren Menschen in meinem Leben, die mir beigebracht haben, mich anzustrengen und meine Ziele zu verfolgen: Tante Betsy, Kathleen, Anne, Maggie, Kat, Daniella und Grandpa. Ein besonderer Dank an Onkel Joel, Tante Karen, Phoebe und Onkel Nick, die alle das Manuskript von *The Last Bookstore on Earth* in verschiedenen Stadien zu sehen bekommen und trotzdem weitergelesen haben.

Danke an die fantastischen Lehrerinnen und Lehrer, die mich angespornt haben, besonders Mr. Hernandez, Ms. Duerson, Ms. Dorian und Ms. Schulz.

Schließlich noch ein Dank an jene, die, ohne es zu wissen, für meinen Schreib-Soundtrack gesorgt haben: Julien Baker, Alanis Morissette und Harvey Danger. Ihr habt keine Ahnung, wer ich bin, aber ihr seid vielleicht der einzige Grund, dass ich mich hingesetzt und dieses Buch zu Ende geschrieben habe.